不死鳥は夜に羽ばたく

ケイト・クイン&ジェイニー・チャン
加藤洋子 訳

THE PHOENIX CROWN
BY KATE QUINN&JANIE CHANG
TRANSLATION BY YOKO KATO

THE PHOENIX CROWN
BY KATE QUINN&JANIE CHANG

Published by K.K. HarperCollins Japan, 2024

スティーヴンとジェフリーへ

不死鳥は夜に羽ばたく

おもな登場人物

ジェマ・ガーランド――オペラ歌手
ネリー・ドイル――ジェマの親友。画家
アリス・イーストウッド――ネリーの下宿の住人。植物学者
フェン・スーリン――チャイナタウンの洗濯屋の娘
ジョルジュ（ジョージ）・セラーノ――声楽コーチ
ヘンリー・ソーントン――実業家。美術品収集家
エンリコ・カルーソー――当代随一の人気オペラ歌手
オリーヴ・フレムスタッド――カルメン役のオペラ歌手
ミン・リー――スーリンの母親。故人
マダム・ニン――ミン・リーの親友。高級娼館の経営者
レジー――スーリンの恋人
コウ――洗濯屋の配達係
ドクター・オーヤン・リン――チャイナタウンの名士
ミセス・マクニール――オクタゴン・ハウスの家政婦
マイケル・クラークソン――巡査部長
トスカニーニ――ジェマのセキセイインコ

プロローグ

一九一一年夏、ロンドン

「バラはどんな名で呼ぼうとも」誰かが引用するのを聞いて、アリス・イーストウッドは、勘弁してよ、と思う。シェイクスピアの花にまつわる台詞といって必ず出てくるのが『ロミオとジュリエット』のこのくだりだ。彼女は『ジュリアス・シーザー』のこの台詞のほうが好きだ。〝自然の求めには応じざるをえまい〟

母なる自然は大食漢だ。腹がへれば食べたいものを食べる。大地が肩をすくめ都市が真っ二つに割れた五年前のあの日以来、アリスはそう肝に銘じてきた。

「ヨーロッパの庭園と温室を巡り歩いているそうじゃないか、ミス・イーストウッド！　いつになったらサンフランシスコに戻るんだ？」声をかけてきたのはキュー王立植物園の園長だった。アリスのあとをついてクリスタルのウェディングケーキみたいな巨大なガラス張りのパーム・ハウスへと向かう。「カリフォルニア科学アカデミーから戻ってこいと言われているんだろう？　席を空けて待っているって――植物研究部の研究主幹だったか?」

「まだ当分は」だが、いつまでもこうしてはいられないとわかっていた。消失した植物標本を揃(そろ)えなおす手助けを頼まれていた。はたして引き受けられるのか自分でもわからない。だから、質問からも話し相手からも逃れるために歩を速めた。いまも仕事への情熱は失っていない。それはたしかだ——五十二歳になったといえ、歳(とし)だからと尻込みしない。ケシの原の調査でカリフォルニアの山を登るのだって、運搬用ラバにまたがりロッキー山脈を遠征するのだって、整形式庭園の掃きならされた小径(こみち)をまたぎ越すのだって、アリス・イーストウッドはいつでも先頭だ。

そう、足りないのは情熱ではない——心がまえだ。あんなことがあったあとで、サンフランシスコの危なっかしい大地を踏みしめられる?

園長が慌てて追ってくる。息が少しあがっている。「アカデミーの植物標本は、一九〇六年の地震で破壊されたと聞いている。科学にとって大変な損失だ」

「ええ」アリスはそっけなく言い、パーム・ハウスに目をやった。棘(とげ)のある植物を素手で引き抜かねばならないときの気分だ。一九〇六年のあの日以来、温室は少しばかり苦手だった(それを恐怖と呼ぶつもりはない)が、植物学者たるもの、温室が苦手などと言ってはいられないから、気を取り直して足を踏み入れた。ああ——植物の匂い、あたたかな空気、シダの葉。命。頭上のガラス窓から降りそそぐ太陽、ヤシの木陰を縫うように走る小径、ランの花のひそやかな香りを嗅いだ気がした。「エンケファラルトス・アルテンステイニーの植物標本をお持ちなんですよね。見てみたい……」

「ええ、こっちです。いつかエピフィルム・オキシペタルムを手に取ってみたいんだが――」

「月下美人ですね？」アリスが正式な学名以外を口にすることはめったにない――正式な紹介を受けていない女性をニックネームで呼ぶようなもので、はしたない――が、エピフィルム・オキシペタルムは特別だった。

「それだよ！」王立植物園の園長が顔を輝かせて頬ひげを引っ張った。「いまだ目にする幸運に恵まれていなくてね。まして咲いたところなんぞは。花の命がひと晩だけなのだから、よほどのことがないと、ねえ？」

「わたしは一度だけ見たことがあります」ありありと目に浮かぶ。真っ暗な部屋で、エキゾチックな白い花がゆっくりと開いてゆく。まるで花自体が光っているようで、濃厚なえもいわれぬ香りを放つ。このうえなく美しい花びらに触れたとき指が震えたのを思い出す。ひとつとして共通点のない四人の女性が、その花の奇跡に畏怖の念を抱いてひとつになった。あんな思いをしたあとだったから、奇跡という言葉が少しも大げさに思えなかった。

「いったいどこで……」

「はるか昔のことですよ」アリスは首からさげたチェーンに眼鏡と一緒にさげたツアイスのレンズを目に当てて、シダの葉を調べた。「エンケファラルトス・アルテンステイニーを見せてください」

大勢の植物学者に紹介されて連絡先を交換し（〝ジェニスタ属に興味をお持ちなんですよね、ミス・イーストウッド、標本をお送りしますよ！〟）、別れを告げると、パーム・ハウスの外の芝地をぶらぶら歩いた。花を飾った帽子が夏の風に飛ばされないよう手で押さえる。パリから送られてきた帽子だ。カロ姉妹のアトリエの熟達の刺繡(ししゅう)職人の手によるものだ。ベルベットのハンドバッグより野外で標本作りに使う野冊(やさつ)を抱えているような女の、お洒落(しゃれ)といったらこれだけだ。歩様はいまも潑剌(はつらつ)としているが、この問いからはどうしても逃れられない。〝サンフランシスコに戻るつもり？〟

ベンチがあったので腰をおろし、捨ててあった新聞を拾ってそれで顔を扇(あお)いだ。はたして、ただの思いつきだったのだろうか。ふだん社交欄など読まないのだから。そもそも読む必要などなかった。ところが、その新聞は派手な社交欄を表にして捨ててあった。レディ・誰それがペールグリーンのリバティサテン（リバティ社の商標名）のガウンに八連の真珠のネックレスをして舞踏会に登場しただの、どこそこの伯爵令嬢がモスリンとバランシエンヌレースの渦に埋もれて結婚式を挙げただの……その明るい夏の朝、アリスの目を引いたのは、ガウンや舞踏会の描写ではなかった。

——希少な青と白の翡翠に彫られた不死鳥——
——五十七個のサファイアと四千個の真珠——
——カワセミの羽根で作られた蝶——
——象牙に彫られた月下美人の花——

気がつくと食い入るように記事を読み、握りしめた指のなかで新聞紙がくしゃくしゃになっていた。一度、二度と読むうち手が震えだした。ようやく新聞を置き、輪投げをする子どもたちや、白いサマーモスリンに身を包んで散歩する女性たちをぼんやり眺める。目に映るのは群れ咲くバラではなく炎の壁、耳に入るのは小鳥のさえずりではなく透明なガラスが砕け散る音。

立ちあがり、足早にベンチの前を通りすぎるシルクハットの紳士に、非礼を詫びもせずつかつかとちかづいていった。「あの。ロンドンはまったく不案内なんです。どこへ行けば外国に電報を送れるでしょうか？」紳士は怪訝な面持ちで彼女を眺めてから、ぶっきらぼうに道案内をした。それを責める筋合いはない。冷や汗びっしょり、顔面蒼白で震えていたのだから——かつてのカリフォルニア科学アカデミーの崩れた階段を六階まで息も切らさずのぼり切ったアリス・イーストウッドがだ。コロラド州のキャタラクト渓谷で滝に流され死にかけたときも、しっかり植物標本を握って水からあがったアリス・イーストウッドがだ。

アリス・イーストウッドが怖気（おじけ）づいてる？

すごく。そう思いながら王立植物園を出たときには、電報の文面はできあがっていた。

実際には電報三通。一通はニューヨーク、一通はブエノスアイレス、もう一通はパリ……

だが、出だしの文句はおなじだ。

不死鳥の冠
見つけた

第一幕

1

一九〇六年四月四日
サンフランシスコ大地震まで十三日十四時間五十二分

座席の上の鳥籠が啼き声をあげガタガタ揺れるので、ジェマ・ガーランドは覆いをちょっと持ちあげて話しかけた。「もうじきだからね、いい子にしてて」向かいの席に座ったばかりの女がジロリと睨む。ニューヨークから三等車で長旅をしてきて、旅の垢と疲労にまみれ、三十二歳という歳を痛感させられているいまのジェマには、非難がましい視線を気にする余裕はなかった。ネイビーのボンバジーン（絹とウステッドの綾織りで喪服によく使われる）の服に鼠色の縁なし帽の、女教師然としたしかめ面が相手ならなおさらだ。十二の年から、この手の女たちにこういう視線を浴びせられてきたから慣れっこだった。

「やけに冷えるわね」女が口をきいた。パンフレットの束を抱えて、コンパートメントを渡り歩いているのだ。この会話の向かう先を考え、ジェマはうんざりした。「サンフランシスコで降りられるんでしょ？」

〝いいえ〟ジェマはなんと返事をしようか考えた。〝このまま乗っていって、列車もろとも湾に突っ込むんです〟サンフランシスコは西の端なんだもの、それしかないでしょ？

「ええ」辛辣な切り返しをする元気もなかった。列車はすでにサンフランシスコ郊外に差しかかっていた。煙草の臭いがこもるコンパートメントにも、お節介な乗客にもこれ以上耐えずにすむ。「サンフランシスコまで」ぼそっと言う。

「神を信じぬ場所」女が舌打ちした。「罪と邪悪にまみれ腐りきっている。化粧を塗りたくった売春婦と邪教の中国人と罪深い百万長者ばかり」

〝あたしたちにぴったりの街！〟親友の顔が浮かぶ。笑顔のネリー。サンフランシスコから届いた最初の手紙には、おなじようなことが書かれていた。〝陽気にはしゃぐ街――サンフランシスコはひと山あてたもんだから、いまや体裁を取り繕おうと必死よ。画廊に劇場に大邸宅……金持ちの男たちが金塊みたいに転がってて、拾われるのを待ってる！〟

「長居は無用ですよ、あなた」向かいの席の女がなおも言う。「西部の汚物溜めは呪われている。ベンジャミン王子がそう予言しています」

「はあ」ベンジャミン王子が誰なのか尋ねなかったが、それで許してもらえるはずがない。

「ハウス・オブ・デイヴィッドのフライング・ローラーズの開祖」女が言う。「ミシガン州ベントン・ハーバー」

「ミシガン州ベントン・ハーバーですか」新興宗教のコロニーがあるところ。だから鼠色の縁なし帽なのね、とジェマは思った。

「教祖さまご自身がわたしをここに遣わしたのです。サンフランシスコの人びとに警告して、不道徳な生き方をやめさせるために――」なにものもこの女のおしゃべりを止められないのだから、ジェマはせいいっぱい演技することにした。うっとりしたふうで顎に手をあてがい、大きなブルーの瞳を見開いて人形のような無邪気さを装う。『ホフマン物語』でオランピアを演じるとき、「人形の歌」を歌う前に作る表情で、決まって大喝采を博す。

「――罪深き行いを改めないかぎり、神は彼らに火事と地震をもたらすでしょう」女の長広舌がようやく終わりを迎えた。「ひと月以内に」

「まあ、火事と地震ですって」目は見開いたままだ。「どっちかひとつで充分なんじゃありません?」

「五月になるまでに、彼らの悪にまみれた足の下で大地は割れるでしょう。悔い改めないかぎり!」

「よかった。わたしは四月いっぱいまでしかいないから」ジェマはつぶやいた。

〝フライング・ローラー〟はジェマを眺めまわし、ロンドンのスモッグみたいな色で黒い縁取りのある地味な旅行着に満足したようだ。「家族に会いに行かれるの? ご不幸があったんじゃないといいけれど」

「その逆です。デビューするんですもの」

「デビュー？」フライング・ローラーが目をぱちくりさせた。「社交界に？」

「いいえ、ちがいます」ほんのり桃色がかった白い肌はまだ張りがあるし、ネブラスカのトウモロコシ色の髪はまだ染める必要がないけれど、誰が見ても十八歳には見えない。

「舞台に！　わたし、オペラ歌手なんです」女がヘビに出会ったみたいに竦んだので、ジエマはとっておきの輝く笑顔を振りまいた。「メトロポリタン・オペラの二週間の巡業公演で、グランド・オペラ・ハウスの舞台に立ちます――ビゼーの『カルメン』、偉大なるカルーソーの相手役として」

やれやれ、フライング・ローラーを追い払えた。パンフレットを一枚、座席に叩きつけるようにして置くと、ぶつぶつ言いながらつぎのコンパートメントへ移っていった。

〝全部が全部、ほんとうじゃないでしょ？〟コンパートメントに一人になると思いが口から洩れた。〝カルーソーの相手役でデビューだなんて〟

「それにちかいじゃないの」ジエマはきっぱり言うとパンフレットを取りあげた。デビューする。メトロポリタン・オペラの巡業団の舞台で。出し物は『カルメン』だし、カルーソーが栄光のゴールデンテノールでフットライト越しに彼女に歌いかける……コーラスのほかの歌手たちと並ぶ彼女に。それがジエマの晴れのデビューだ。コーラスの一員として。煙草工場の女工の衣裳を纏い、スペイン風のペチコートを揺らして。もしかすると酒場のシーンで、闘牛士に向かって扇をひらめかすぐらいはやらせてもらえるかも。

〝メットはメット〟ジェマは自分に言い聞かす。〝カルーソーはカルーソー〟でも、コーラスよね。若いころに夢見た三十二歳の自分にはほど遠いし、もう若くない。三十二歳といえばオペラ歌手の全盛期に差しかかるころだ……それでも、煙草工場の女工の一人から抜けだす夢はまだ失っていなかった。

「来年のいまごろには、きっと抜けだしてみせる」ほかに乗客のいないコンパートメントで声に出して言う。ネブラスカ州で唯一の孤児院、レッド・フックの孤児院院長の冷酷な口調を真似てみる。冷酷さは生まれ持ったものではない——目に入るのは牛や草原や白い尖塔の教会という農場育ちの娘は、冷酷さと無縁だ。誰にでも親切に寛容に接すれば必ずよい人生が送れる、と信じる両親に育てられればなおのことだ。農場も牛も両親もいなくなった十四の年まではそうだった。ジェマは孤児院に入れられ、子どものころの教えが間違っていたことを知った。女が頼れるのは自分だけ。突っ張って生きなければ、虚仮にされて路頭に迷うだけだ。

目をぎゅっと瞑って記憶を締め出した。ニューヨークでどん底を味わったあの時期はとくに思い出したくなかったから、フライング・ローラーが置いていった煽情的な挿絵入りのパンフレットをめくった。(雷雨、燃え盛る地獄の業火、泣きわめくサンフランシスコの罪人たちを呑みこむ地面の亀裂)、新しいはじまり。いま必要なのはそれだけだ。

それに少しの休暇。カルーソーと巡業団がサンフランシスコに到着するまで二週間ある。

ネリーには事前に手紙で知らせておいた。〝カンザスシティでの公演後、好きな人と結婚するために退団したコーラスのソプラノの穴埋めに抜擢(ばってき)され、サンフランシスコで団員たちと合流して『カルメン』を演るの。初日はサンフランシスコのお歴々が顔を揃えるらしいわ。（サンフランシスコにお歴々なんているの？　カルーソーの出演料を払えるぐらいなんだから、いるんでしょうね、きっと！）それはそうと、早めにそっちに行ってもいい？　あんたとは一年ちかく会ってないし、正直言って、あんたのなにものにも動じない楽観主義が、いまのわたしに必要なのよ。ここんとこ踏んだり蹴ったりでね、ネル、あんたには想像もつかないわ。あんたの楽天主義がどうしても必要なのよ、それよりあんたに会いたい〟

愛(いと)しのネルはこまめに手紙をよこさない――情熱を注ぎこむものが見つかれば、数週間も数カ月も音信不通になる――が、その手紙にはむろん即座に返事がきた。左利きの彼女の左に傾いた文字の手紙。たしかに注意散漫で支離滅裂だけれど、彼女は絶望がどんなものかわかっている。〝つぎのサンフランシスコ行きの列車に飛び乗って。カルーソーが来るまであたしのところに泊まればいいよ、農場育ち(ファーム・ガール)のお嬢ちゃん。あんたがどんな目に遭ったか知らないけど、一緒になんとかしよう。ノブ・ヒルのテイラー・ストリートに部屋を借りてる。どっちも初心(うぶ)で世間ずれしてなかったブロンクスのころみたいに雑魚寝(ざこね)しよう。こっちはそんなにゴキブリいないし！〟

冷水しか出ないむさくるしいアパートメントで、二人は出会った。ネリーはひょろっと背が高いブルネットの十六歳、これみよがしにスケッチブックと絵筆を抱え、尖った肘で小突く代わりにキュービズムや遠近法といった言葉を投げつけた。そのころのジェマは平凡なサリー・ガンダーソンで、孤児院を出て一年の十九歳、ニューヨークで大向こうをうならせるには、自分の声帯では無理かもと不安におののいていた。レッド・フックでは教会の尖塔が吹き飛ぶほどの声と言われてはいたけれど。だが、それより恐ろしいのは、荒れた手のメイドで一生を終えることだった。地下の穴倉で藁布団に寝て、もたもたしているとベルトで叩かれる人生。ゴキブリが走り回るブロンクスのアパートメントで出会ったとたん、たがいを品定めし、怯えた娘ではなくいっぱしのプロに見せようと必死になった。最初に笑い崩れたはネリーだった。

〝あたしったら、なにやってんだか〟彼女は伝染力の強い大きな笑顔で言ったものだ。〝あんただってそう思ってるんでしょ、ファーム・ガール。もっともさ、おたがいに新しい名前が必要なのはたしか。この都会でネリー・ドイルとサリー・ガンダーソンじゃ、まともに取り合ってもらえないよね？〟そんなわけで、二人はその場で新しい名前を決めた——もっとも何年経っても、おたがいにとってはサリーとネリーのままだった。

ああ、ネリー。〝あんたなしでどうすればいいの？〟ニューヨークから逃げだすことになった不愉快な出来事を詳しく手紙には書けなかった（怒鳴り合いに人を蔑むような視線、屈辱、だめだめ、思い出しちゃだめ、いまはだめ）。二人きりになったらすべてを打ち明ける。ネリーならわかってくれる。誰でもけっきょくは裏切るという一般原則に当てはまらない、世界でただ一人の人間だもの、彼女は。

列車が耳障りなブレーキの音をたてて減速する。ジェマは慌ててフライング・ローラーのパンフレットを畳み、鳥籠の桟のあいだに突っ込んだ。「それで遊んでて」トスカニーニに声をかけ、覆いをおろし、ハンドバッグに手を伸ばす。やっと着いた。

街にはそれぞれ特有の雰囲気がある。あちこちのオペラ・カンパニーと旅をした年月で、そう思うようになった。ニューヨークはシニカル、シカゴはエネルギッシュ、レッド・フックは眠たそう……西部の偉大なるゴールデン・シティから感じるのはなんだろう。ホームに立ってスカートの裾から煙草の吸殻を叩き落としながら、サンフランシスコの海と馬(ば)糞(ふん)と煙の匂い、それに活気を胸いっぱいに吸いこむ。道行く人は誰も彼も急ぎ足で、話し声は賑(にぎ)やかすぎるぐらいだ。着ている服は色彩の洪水。中国服の紐(ひも)ボタン、水兵の首に巻かれた大柄のネッカチーフ、人混みを掻(か)き分けて港に急ぐ売春婦たちの肩を包む房飾りのショール。それに音楽――ジェマの訓練を積んだ耳はすぐに音楽を聞き分けた。数軒先のバーから洩れ聞こえる舟歌……乳母車を押して足早に通りすぎる女が口ずさむ短調の子守歌……籠を抱えてのんびり歩く洗濯女二人が、意外にも見事なハーモニーで聞かせる『カトリーン・マヴォーニン』。

「喉を潤してついでに腹ごなしもしたいんじゃないかい、ミス?」馬車の列をきょろきょろ見ていると、ハンサムな御者が声をかけてきた。「サリーズに案内してやるよ。スロットの南で最高のスチームビール（西部で造られる高沸騰性のビール）を出す店さ」

「スロットの南?」ジェマはきょとんとする。

「マーケット・ストリートの南ってことだよ、マム。ケーブルカーの線路のあいだにロープが走る溝（スロット）があるからね。乗って、乗って、案内してやる——」

「そっちは結構です。行き先は決まってるから、テイラー・ストリート」ネリーが書いてよこした住所を控えた紙をごそごそ取りだして御者に見せ、運賃を聞いて驚いた。「テイラー・ストリートに行きたいの。ノブ・ヒルの。北極（ノース・ポール）じゃないのよ」

「だったら好きにしな。そのトランクを引き摺（ず）ってノブ・ヒルを登りゃいいさ」御者が鼻で嗤（わら）う。その顔に渋い表情が浮かぶのを見てジェマは溜飲（りゅういん）をさげ、片手に鳥籠、もう一方の手でトランクの取っ手を握ってスタスタ歩きだした。

サード・ストリートとミッション・ストリートの交差点に差しかかるころには、舗道の石ころに当たって跳ねるトランクを引き摺りながら歯を食いしばっていた。これがオペラの舞台なら、勇ましい若手のテノールがトランクを持ってくれて、ノブ・ヒルの頂まで情熱的なデュエットを聞かせるところだ。でも、人生はオペラのように都合よくはいかない。「お黙り」鳥籠の中で抗議の声をあげるトスカニーニに命じる。「トランクのお尻を持ちあげてって頼んでるわけじゃないでしょ」オペラハウスはこのちかくにちがいない。酒場の横に真新しいポスターが貼ってあった。流麗な字体の〝カルーソー〟がひときわ目立つ。なんだか期待がもてそうだ。建物の横手にポスターがベタベタ貼ってあるし、建築現場の足場には広告板が設置してある――この街では誰も彼もなにか売るか、なにか建てるかしている。一攫千金も夢じゃない。

年配の中国人男性が手押し車を押して通りすぎざま、浮いた敷石につまずいてジェマのほうに倒れかかった。トランクの取っ手が手から離れ、荷物もろともひっくり返りそうになった。老人と並んで歩いていた痩せた少年が、手を伸ばしてトランクを支え、くたびれたフェドーラ帽のつばを摘んでお辞儀した。「ごめんなさい、マダム」少年が驚くほど訛りのない英語で言う。「コウ爺に悪気はなかったんです。許してくれって言ってます」老人は中国語でまくしたて、さっと帽子を脱ぐと隙っ歯を覗かせためらいがちにほほえんだ。どうか怒鳴らないでと言いたげに。

「あら、とんでもない。足元がこんなだから――」ジェマはそう言いかけて手押し車に目をやった。「わたしのトランクをテイラー・ストリートまで運んでもらえないかしら。むろん手間賃は払います」

交渉は成立し（ハンサムな御者よりもずっと手ごろな値段で）、トランクと鳥籠が荷台におさまり、老人は二本の取っ手を持ちあげ、歳に似合わぬ軽快な足さばきを見せる。三つ編みにした艶やかな黒髪を隠すようにフェドーラ帽をかぶりなおした少年と並び、ジェマはほっとして坂をのぼった。「英語が達者なのね」つい口が滑った。「ここの生まれだから、マム」少年は十七か十八、きめ細かな肌の小作りな顔、口はぎゅっと引き結ばれ、黒い瞳は用心深いふたつの盾だ。

「それなら、サンフランシスコを案内してもらえるわね」ジェマはほほえんだ。「あそこに見える大きな大理石のドーム、あれはなんなの？」

「市庁舎です、マム」老人が笑いながら中国語でなにか言ったが、少年は通訳したくない様子だ。ジェマは目顔で促してみた。「コウ爺が言うには、市庁舎の中にいる男たちより建物のほうがよっぽど価値があるって。男たちは家のペンキを剝がして食うほどの守銭奴だって」

ジェマは笑い、慌てて足を止めた。自動車が猛スピードで角を曲がってきたからだ。まるで幼稚園児が玩具を乱暴に扱うみたいに。「ノブ・ヒルだけど、どんなところなの？」

「上等な人間が住むところですよ、マム。大きな屋敷を構えて」並んで長い距離を歩き坂に差しかかっても、少年は緊張を解こうとしなかったが、ジェマが指さす先々の説明はしてくれた。「あれはチャイナタウンの入り口……パレス・ホテルの上に翻る旗は……」

「西部でいちばん大きなホテルなんでしょ」カルーソーとメトロポリタンの巡業団が泊まる予定のホテル。だが、彼女はたとえお金があっても泊まりはしない。スチームビールを飲むのがせいぜいの金しか稼げないのにシャンパンの味を覚え、借金と屈辱まみれの末路を辿ったソプラノを何人も見てきた。いいえ、いまはネリーの下宿で充分満足だ。たとえソファーで寝ることになっても。「テイラー・ストリートはまだ遠いの？」ほろ酔い気分の友だち同士みたいにもたれ合って立っている木造住宅が並ぶ地区をすぎて、先の尖ったフェンスに囲まれた金箔の丸屋根の石造りの邸宅が現れる。道行く人もまばらになり、芝生に立ち入るべからずの雰囲気に包まれる。

「そう遠くないですよ、マム」やがて手押し車はこぎれいな木造四階建ての家の前で停まった。急勾配の丘――ノブ・ヒル――に半ば沈むように立っている。これでそこそこ立派という程度なのだろう、とジェマは思った。ハンドバッグを開き、急坂をのぼって切れた息を落ち着かせながら、少年に渡すコインを数えた。薄くなった財布を見ながら、気を強く持ってと自分に言い聞かせたものの、チップをはずんだ。倹約するのとチップをけちるのとはちがう。

「ありがとう、マム」中国人の少年はお辞儀し、口元をほころばせた。真面目腐った顔が一瞬にして別物になる。ジェマはふと思った。少年だと思っていたけれど、ほんとうは少女なのかも……オペラの物語では、男装の少女は別世界からやって来ると相場が決まっている。だが、案内役の少年だか少女だかはすでに背中を向け、さざ波のような中国語で老人に話しかけ、手押し車を押しながら坂をくだっていった。どっちにしたってわたしには関係ないことよね、とジェマは思った。

目的地に着けてよかった。あたしのところに泊まればいいよ、とネリーが誘ってくれた家だ。〝一緒になんとかしよう〟と、彼女は言ってくれた。開いた窓の風に揺れるカーテン越しに、蓄音機の音がする。オペラ『ラクメ』の「花の二重唱」、力強いコントラルトがレコードに合わせて歌っている。ジェマがノックしても誰も応えない。もう一度ノックすると歌も蓄音機もやみ、階段をおりる足音がした。

「パエオニア・オッフィシナリス・アネモニフォローラ」応対に出てきた女性が言った。

ジェマはハンドバッグと鳥籠を持ったまま目をぱちくりさせた。「いまなんて？」

「帽子のそれ」女が指さしたのはジェマの帽子だった。グレイの馬の毛を編んだハットバンドに黒いシルクの花が留めてある。「シャクヤクね。ボタン科のなかで唯一の属。でも、ふつうはピンク、紫、白、黄色、赤。自然に咲いているのはね、帽子の上じゃなく。もっとも断定はできない。黒いシャクヤクがどこかで咲いているかもしれないでしょ？　未発見のものを研究するのが科学だし、あたしたちは自分で思っているほどものを知らない」

「ツバキだと思ってました」つい口が滑った。「帽子にはツバキを飾ることにしているので――『椿姫（ラ・トラヴィアータ）』にあやかって。デュマの小説『椿姫（ラ・ダム・オウ・カメリア）』が原作の」

「あら、あなた、それはないわ。パエオニア・オッフィシナリス・アネモニフォローラとカメリア・ジャポニカを間違えるなんてありえないわよ」女は四十五歳ぐらいだろうか、顔には笑いじわ、ざっくり結わえた白髪交じりの髪、日に焼けた肌は外出の際に帽子をかぶるのを忘れるせいだろうか。スカートは短くて靴が丸見え、きちんとアイロンがかかったブラウスを飾るのは手折ったばかりのスミレだ。「アリス・イーストウッド」女はそう言うと、男みたいに衒いなく手を差しだした。結婚指輪はしていない。

「ジェマ・ガーランド」ジェマも調子を合わせた。「レコードに合わせて歌っていたのはあなたですか、ミス・イーストウッド？」

「ええ、そうよ。歌手じゃないけど、難問に苦しんでるときには大声で歌うことにしているの」

「難問って？」ジェマはおかしなやり取りを楽しみながら、ミス・イーストウッドについて玄関を入った。

「新しい花を発見したんだけど、なんなのか確信がもてない」ミス・イーストウッドが案内してくれた居間は、陶器の骨董品やらクロシェ編みのカバーやらでごった返し、アップライトピアノにも房飾り付きの中国製ショールが掛かっていた。「通勤途中に空き地の片隅で見つけたのよ」

物で溢れたサイドテーブルの上に、分厚い紙に貼られた小さな紫色の押し花が載っていた。「プレイリー・フロックスだわ。ラテン名は知らないけれど、ネブラスカの生まれ育った農場ちかくに群生してました」

「そうなの？」ミス・イーストウッドは顔を輝かせて屈みこみ、小枝の下にきちんと鉛筆で〝プレイリー・フロックス〟と書き込んだ。「ネブラスカからはるばるやって来たのね。種は風に乗ってどこまででも飛んでいって、興味を惹かれた場所に根を張る。恐れ入るわよね。ノブ・ヒルの植物相に関する論文を書いたのよ。そこらの道端の小石のあいだから必死に芽を出す植物のことをね。六十四種のうち五十五種はこの州が原産ではないのに、石のあいだに根を張って懸命に生きている。命ってすごい」

「ええ、そうですね」ジェマは居間をぐるっと見回して、ネリーを思わせる物がないか探した。「この下宿を運営されてるんですか、ミス・イーストウッド？」

「まさか。あたしは屋根裏部屋を借りてるだけ。九二年から。このあたりでいちばん古い下宿屋なのよ」ほつれ毛を手で払いながら、ミス・イーストウッドはほほえんだ。「あたしは植物学者なの、ミス・ガーランド。カリフォルニア科学アカデミーの植物研究部の研究主幹」

ジェマにとって女性の植物学者に会うのはたぶんはじめてだ。もっとも、たいていの人は女性のオペラ歌手に会ったことなどないだろう――舞台に立っているのを動物園の珍しい生き物みたいに眺めるのではなく、じかに会うのは。「そんなに長くここに住んでおられるなら、風に運ばれてここに来たほかの移植植物のこともご存じですよね。ミス・ネリー・ドイル、もっともべつの名を名乗っているかもしれませんけど」ジェマは十九の年からずっとジェマ・ガーランドで通してきたが、ネリーは服を着替える気楽さで名前を変えている。「もしかしたらドナテラ・ディソグノと名乗っているかもしれません」――イタリア人肖像画家と戯(たわむ)れの恋をしたあとそう名乗っていた――「それともトマシーナ・クレイ」――ハドソン河畔の風景画を描いていたころ――「あるいはダニエル・ルマルク」――フランス印象派時代。

「ミス・ルマルク、ええ。カリフォルニア・ポピーみたいな人でしょ？　見た目は儚(はかな)げだけれど、中身は雑草みたいに逞(たくま)しい」ミス・イーストウッドがにっこりする。ジェマは一瞬、ネリーがとっぴなズボン姿でぶらぶら入ってくるのではと思った。ジョルジュ・サンドを読んで真似しだしたのだ。だが、植物学者は頭を振(かぶ)った。「お友だちは出ていったわよ。だいぶ前に。あたしの部屋の下の階に住んでたけれど、荷物をまとめてべつの草原に移っていった」

ジェマの顔から笑みがずり落ちる。「引っ越し先の住所を残していきませんでした？」

「いいえ……ここですごす時間がどんどん短くなってね、この六カ月あまり。展覧会用の絵を描いてるって、それも大がかりな展覧会。おそらく」ミス・イーストウッドは言いにくそうにした。「男がらみだったんじゃないかしら」

いかにもネリーらしい。たぶん彼女は引っ越し、転送された手紙はどこかで迷子になったのだろう。ジェマは唇を嚙(か)みながら思案した。トランクは玄関先に置いたままだ。部屋のランプや窓のまわりがぼうっと霞(かす)みはじめた。偏頭痛が起きる前兆だ——頼むから、いまはやめて。こめかみをこっそり揉(も)んだが、ミス・イーストウッドは鳥籠に気を取られていた。ガタガタとまた揺れている。「中にいるのは小鳥なの、それとも小さな地震？」

ジェマはカバーをはずした。「トスカニーニです」

「有名なイタリア人指揮者を荷物に入れてきたの？」

それができれば、三十二歳でコーラスをやっていない、とジェマは思った。「いいえ、ただのセキセイインコです」

トスカニーニは日光を浴びて絶叫し、緑色の羽をバタバタやった。見るからに怒っている。フライング・ローラーズのパンフレットは食い千切られていた——止まり木の下でずたずたになっている。「よくやった」ジェマは言い、撫(な)でてやろうと桟の隙間から指を突っ込んだが、トスカニーニは睨むだけだ。「汽車の旅がよっぽどお気に召さなかったのね。痰壺(たんつぼ)だったもんね」

「痰壺がどうかしたの？」と、ミス・イーストウッド。「それにしても、男はどうしてちゃんと命中させられないのかしら？」飛びまわったり餌皿の種をついばんだりするトスカニーニを、二人して眺めた。「シサシダエの仲間？　動物相は専門じゃないけど、オウムとおなじなのかしら？　おしゃべりする？」

「いいえ、でも、わたしの発声練習を真似します。彼のほうが音域が広くて頭にくるけど。オペラ歌手はキャンキャン吠える小型犬と旅をするらしいけれど、わたしは……」

「オペラ歌手なの、ミス・ガーランド？」

　いつもの表情を目にするだろうと身構えた。フライング・ローラーが浮かべたような。売春婦と言いたげな表情。ところが、植物学者は称賛の眼差しをくれた。ニューヨークで痛めつけられぼろぼろになった心がほんの少し元気づいた。「ソプラノです」思わず「花の二重唱」の一節を披露していた。そういえばミス・イーストウッドはレコードに合わせて歌っていた。「ス・ル・ドメ・エペ、ウ・ル・ブラン・ジャスマン……」ジェマの声が陽光のようにあたたかく部屋を満たす――そう実感してこみあげるものがあった。長旅もだが、準備に追われて何日も歌うことができなかった。たった二日でも練習を休むと、いざ使おうと思っても声が出ないのではないかと恐ろしくなる。迷信じみた疑念に駆られる。話すときには使わない皮膚と声帯の精妙な仕掛けが、部屋を陽光で満たす能力を与えてくれるのだ。

　よかった、ちゃんと出る。ニューヨークでさんざんな目に遭ったけれど、声はまだ出る。それにここは生まれたばかりの都市、ここでなら心機一転できそうだ。

（それにしてもネリーはどこにいるの、ここで両手を広げて迎えてくれるはずだったの

に）

「美しい声」アリス・イーストウッドが言う。ジェマの胸に渦巻く思いなどおかまいなしに。でも、トスカニーニが止まり木を伝ってちかづいてくると、ジェマの指に頭を擦り付けたので、胸のつかえがおりた気がした。首筋をやさしく撫でてやる。

「友だちが使っていた部屋、もし空いてたら貸してもらえないでしょうか？」

2

一九〇六年四月五日
地震まで十二日二十三時間三十六分

パレス・オブ・エンドレス・ジョイに入るところを人に見られるわけにはいかない。娼館（しょうかん）のちかくをうろついていた、と叔父に告げ口されたら、スーリンは嫁に行く日まで監禁される。叔父を出し抜くのは気分がいい。刺繍のひとつもない地味な濃緑色の上着にだぼだぼの黒いズボンを身に着け、寝室のドアについている鏡の前で立ちどまり、三つ編みにした髪をうなじでまとめてお団子にした。平凡な中国人少女が用足しに出掛けるところだ。きのう、荷物を丘の上まで運んであげたブロンド女性は、いまのスーリンを見てあのときの洗濯屋の少年だと気づくだろうか。彼女を思い出したのは、ほかの連中より親切そうでチップをはずんでくれたからだ。それに、テイラー・ストリートの下宿屋は馴染（なじ）みの場所だったから。家族が営む洗濯屋のお得意さんだ。

深呼吸してドアを開け、廊下に出て階段へと急いだ。叔父の部屋のドアが半開きだから、こそこそしないですむ。阿片を吸って藤の長椅子に寝そべり正体を失っているにちがいない。すっかり注意散漫になっているから、スーリンの両親が必死に働いてチャイナタウンに開いた洗濯屋の商売は傾く一方だった。もうどうでもよかった。叔父のぼんやりは好都合だ。スーリンが店にいなければ、副業に精を出していると思っている。チャイナタウンでは体が丈夫ならみんな、半端仕事を掛け持ちして生活の足しにしている。スーリンは裁縫道具を扱うファン・タイ・ドライ・グッズを手伝い、ヒン・チョン・テーラーズでお針子をしている。たまにミッション・ホームで刺繍を教える。どれも家のちかく、チャイナタウンの中でできる若い娘にふさわしい仕事だから、叔父に見咎められることなく家を出られる。

ワシントン・ストリートをヒン・チョン・テーラーズに向かったのは、まだ早い時間だった。どの店も開店前の準備に追われている。郊外の農園で採れた野菜を台に並べ、歩道には春野菜が箱ごと陳列してある。青々としたワケギにアスパラガス、タマネギに豆、ホウレンソウ、ラディッシュ。肉屋の店先には豚のあばら肉がフックからさがり、朝びきの鶏やアヒルも一羽丸ごと並べられる。乾物屋は遠くからでもわかる。干しエビやカブの漬物、豆豉やサラミの匂いは強烈だ。

出勤途中の男たちが肘で突き合って冗談を飛ばす。チャイナタウンの外のホテルやレストランで働く者もいれば、エビ釣り漁船に乗るため港に向かう者もいる。町工場で煙草を巻いたり、衣料を縫ったり、靴やブーツを縫う者もいる。彼らが働く建物には〝一生物の箒工場〟といった御大層な看板が出ているが、チャイナタウンに大工場などあるわけがない。どれも低賃金に長時間労働の町工場だ。

上の階の賭博場は、四月のひんやりした空気を入れるため窓を開け放ち、麻雀の牌の音や夜通し遊んだ客の歓声が通りすがりの人を誘い込む。

朝のこの時間に扉を閉ざしているのは娼館だけだ。チャイナタウンには数十軒ある――中国人経営の店より白人経営の店のほうが多いが、新聞が罪深さと堕落を糾弾するとき槍玉にあげるのは中国人経営の娼館ばかりだ。スーリンは、閉ざされた窓の上のパレス・オブ・エンドレス・ジョイの派手な看板を見あげた。サンフランシスコで最高級の中国人経営娼館で、経営者は女性だ。

角を曲がってヒン・チョン・テーラーズに入ると、店主がドレスフォームにせっせと布地を纏わせていた。スーリンが店の奥のドアを目顔で指すと、店主は小さくうなずいた。ドアの向こうには狭い階段があり、店の裏手の建物に通じている。パレス・オブ・エンドレス・ジョイへの秘密の入り口で、マダム・ニンのとくに大切な客――それに彼女の友人――しか知らない。スーリンはヒン・チョン・テーラーズのお針子だから、見咎められることなく娼館に出入りできた。母親が存命のころは、こそこそする必要もなかった。父は愛する妻が親友を訪ねてもなにも言わなかった。だが、叔父は物分かりがよくない。

汚れた天窓からわずかに射す光だけが頼りだから、階段は薄暗い。二階の踊り場の真っ赤に塗られたドアは通りすぎる。このドアの奥は美しい設えの客をもてなす場所だ。三階は女たちが住む場所、体を休め食事をとる場所で、客の立ち入りはご法度だ。スーリンが質素な茶色のドアの鎖を引っ張ると、中でベルが鳴る音がした。重ったるい足音が床板を震わせ、ドアが開く。ぼてっとした顔の太った女があくびを嚙み殺す。

「ずいぶん早いじゃないの、お嬢ちゃん」お手伝いのチャンだ。「女将は起きたばかりよ。さあ、お入り。あたしは朝食の支度があるから」布底の靴をパタパタいわせて廊下の奥に消えた。大きなあくびが聞こえた。

廊下は静かで、白檀とローズの香りがする。マダム・ニンが使っている特別なお香で、彼女はこれしか買わない。娼婦の守護神、バイ・メイシェンには最高のものを供えていた。廊下の突き当たりに祭壇があり、磁器の像が祀られ錦織が敷かれ、小銭や小粒な宝石が供えてあった。ここで働く娼婦は八人だけだが、いずれも高値がつけられている。

スーリンは階段をあがったとっつきの部屋のドアをノックした。「おばさん？　あたし」しゃがれ声がお入りと言う。質素な部屋で壁は灰緑色、飾りと言えるのは壁の数枚の水墨画で、いずれも風景が描かれている。部屋を占領しているのは大きな紫檀のライティングビューロー、かたわらに背の高いランプがある。デスクの抽斗はつねに鍵がかかっており、その鍵はマダム・ニンが肌身離さず持っている。当人は化粧台に向かい、顔に厚く塗った白いクリームを拭き取っていた。「ずいぶん早いじゃないの」鏡を見たまま言う。

「眠れなくて」スーリンはかたわらの床に腰をおろし、血のつながりはなくてもおばさんと慕う女性の膝に頭をもたせた。

「嫌な夢をまた見たの？」と、マダム・ニン。

スーリンはうなずく。言葉はいらない。おばさんは夢のことを知っている。マイル・ロックス灯台がある海岸を見おろす断崖に立つ夢で、助けを呼びたくても声が出ず、走って逃げることもできない。海岸におりる急勾配の道に立ち尽くしたあの恐ろしい瞬間が、繰り返し夢に出てくる。足を滑らせれば岩場に真っ逆さまだから動くに動けず、潮の流れが両親を太平洋へとさらってゆくのを見ているしかなかった。母が岩場で海藻を採っていて足を滑らせ、助けようとした父もろとも波に呑まれてから八カ月が経った。二人は離岸流に乗って外海へと流されてしまった。マダム・ニンは母の親友だったから、それ以来ずっとスーリンの話し相手をしてくれた——ただし店の営業時間外に。

鏡に映るおばさんの顔を見あげる。娼館の女将は四十がらみで、美しく弧を描く眉にしみひとつない肌、卵形の顔にふっくらした唇がふくれっ面の少女のような魅力を添えているが、かんたんに騙せると思うのはよほど人を見る目がない人間だ。彼女を娼婦からチャイナタウン一の娼館の女将へとのしあがらせた恐れ知らずの野心が、黒い瞳の知的な輝きや意志が強そうな顎の線に覗いている。

「このフェイスクリーム、あげるから持ってお帰り、スーリン。試しに使ってみてるんだけどね。真珠の粉に朝鮮人参とツバキ油を混ぜたもの。あんたはまだ若いからあれだけど、手遅れになる前に手入れしといたほうがいい」マダム・ニンは深刻な話をする前にどうでもいいおしゃべりをしたがる。人をうっとりさせる声で噂話に興じ、〝うちの子たち〟の心配をするが、抜け目のない彼女が素早くこっそり後始末するから、店で問題が深刻化することはなかった。

ドアが開いて、お手伝いのチャンが大きな盆を掲げ入ってきた。

「熱々の豆乳二杯ね。砂糖入りはあんたのよ、お嬢ちゃん、それで、塩入りはマダムの。お饅頭の具は餡と塩漬けのアヒル卵。お好きなほうをどうぞ。あたしは台所で片付けがあるから」チャンは退出するとドアを閉めた。

「うちではあの人がいちばん頼りになる」マダム・ニンが言う。「娼婦は入れ替わるけど、チャンの料理の味は変わらない」塩漬けのアヒル卵入り饅頭をおいしそうに食べた。「さあ、豆乳を飲みなさいな。チャンはああ見えて人が料理を残すと傷つくのよ。ところで、こんなに早く現れるなんてどういう風の吹き回し？」

彼女のやさしい笑みが、甘い豆乳よりスーリンの心をほぐす。胸のつかえが少しおりた気がする。ありがたいことに、おばさんにはなんでも話せる。ほぼなんでも。

「いとこたちがこっちに着いたの」スーリンは朝食の盆に見向きもせず言った。「きのう船が着いて、入管の手続きをしているところ。それが通ったら、あたしはドクター・オーヤンと結婚しなきゃならない」ベッドに腰かけ、大きなため息をついて仰向けになった。アメリカの通関は中国人をかんたんには入国させない。太平洋郵船のターミナルに数週間、ときには数カ月も留め置くことがふつうだ。だが、問題なのはいとこたちが彼女の代わりを務めることだ。そうなれば叔父にとって彼女は用無しとなり、ドクター・オーヤンに嫁がせる。すでに妻が二人いる男に。

「あんたも十九なんだから、そろそろ結婚しないと」マダム・ニンは豆乳の椀に手を伸ばし、ごくりと飲んだ。「ドクター・オーヤンはチャイナタウンの名士じゃないの。いい人よ、親切だし。よぼよぼの年寄りってわけじゃないもの。髪に白いものが目立っていったって、五十にしては引き締まった体つきで三十でも立派にとおる」

呆れた。「でも、奥さんがいるのよ！　横柄な態度で、母さんにきつく当たってた。そんな人たちと一緒に暮らすなんて。それもいちばん位の低い三番目の妻として」

「あんたなら彼のお気に入りになれる」マダム・ニンが断言する。「あたしにはわかる。あたしたちがうんと若かったころ、オーヤン・リンはあんたの母さんにぞっこんだったんだから。あのころは金はなかったけど、娼館にやって来るたびに〝ミン・リーは空いてる？〟って。あんたの母さんは値段がいちばん高かったのにね」

チャイナタウンでは周知の事実だ。ミン・リーもマダム・ニンも家族に売り飛ばされ、サンフランシスコ行きの船に乗せられ、こっちでまた娼館に売り飛ばされた。たいていの娘が虐待や病気で命を落とすか自殺するかの世界で、二人は親友になり生き延びた。ミン・リーは逃げだし、マダム・ニンは居残って踏ん張り、店の女将にのしあがった。

「だったら、なんでドクター・オーヤンは母さんを身請けしなかったの？　それが無理でも、母さんがミッション・ホームに逃げこんだとき、なんで結婚しなかったの？　父さんはそうしたんだから」

「それだけの金があったら身請けしてただろうね。でも、なんにだって潮時ってものがある」

ドクター・オーヤンが漢方薬局を開く資金作りに中国に戻っていたあいだに、中国人排斥法が議会を通り、中国人労働者の移住が禁止された。オーヤンは商人――入国が許されたいくつかの職業のひとつ――であることを証明するのに、数カ月にもおよぶ尋問に耐え、いくつもの障害を乗り越えねばならなかった。

「その先のことはあんたも知ってのとおり」と、マダム・ニン。「そのあいだにあんたの母さんはミッション・ホームに逃げこみ、あんたの父さんのフェンが洗濯物を届けにきて彼女を見初め、数カ月後に結婚を申し込んだ」

ミン・リーが娼婦だったことをフェンは気にしなかった。未婚の中国人女性はわずかだから、男たちは喜んで娼婦や年季奉公人を身請けしたし、それで見下されることもなかった。チャイナタウンで男が結婚して家族を作りたければ、ほかに選択肢はないのだから。

「母さんのことがあるから、ドクター・オーヤンはあたしに親切にしてくれると思ってるのね?」

おばさんは頭を振った。「そうじゃない。あんたが美人だった母さんにそっくりだからよ」

「そっちのほうが気持ち悪い」スーリンは身震いした。

「オーヤンの妻たちは、彼があんたの母さんを愛してたことを知ってる。彼女にきつく当たったのはそのせい」と、マダム・ニン。「でも、あんたはオーヤンに惚れてないんだから、情にほだされることもない。忍耐と賢さでうまく立ち回り、オーヤン家で自分の居場所を作ればいい。愛だの恋だのは邪魔なだけ」

スーリンは背筋をしゃんと伸ばした。「だったら、あたしはひどい妻になる。ほかの妻たちに邪険にする。仲良くなんてしない。彼の子どもたちを無視するし、ベッドで彼を寄せつけない。そうすれば、彼はあたしを離縁するでしょ」

「あるいは、あんたを娼館に売り飛ばす。それとも、娼館の出入り業者に売り飛ばす」言葉が鞭のように繰りだされた。「夫が手に負えない妻を始末するのに売り飛ばすのは、珍しくもなんともないからね」

「あたしはアメリカ市民なのよ。ここで生まれて育った。逃げだしてミッション・ホームに駆けこむことができる。役所に訴え出ることができる」

「逃げだすなんてまず無理ね」マダム・ニンは鼻を鳴らした。「金のやり取りが終わるまで監禁されるし、それからだって逃げだせない。あたしだってうちの子にそうするよ」

「結婚式の前に逃げだすわ。ミス・キャメロンがあたしを匿ってくれる。タイ・レオンにそうしてあげたみたいに。いまではタイはミス・キャメロンを手伝って、娼館や情け容赦もない雇い主から逃げた娘を助けてる」

「だからタイはミッション・ホームに住まなきゃならない」と、マダム・ニン。「警官がおもてを守っているのは、財産を盗まれた人たちから殺すと脅されているから」

娼婦も年季奉公人も金で買われた財産だ。それでもタイは証明してみせた。中国人女性だって、自分で人生を切り拓けることを。それに時代が変わりつつある。ちゃんと教育を受け、流暢な英語を話すアメリカ生まれの中国人なら、ちがう生き方ができるのでは？

「残りの人生をミッション・ホームですごすなんてこと、あんたにできるの、スーリン？タイが自由に出入りできるのは、見合い結婚を彼女に無理強いしないと両親が確約したからよ」

スーリンにもわかっていた。ミッション・ホームを出た娘たちはたいてい、ミス・キャメロンの仲人でクリスチャンの中国人男性と結婚している。彼らはよその州からサンフランシスコにやって来て、ミッション・ホームで見合いする。結婚によって法的に守られることが、逃げだした女たちを追い回す元の雇い主や持ち主たちを思いとどまらせる確実な方法のひとつだ。

だが、見ず知らずの人との結婚は、ドクター・オーヤンとの結婚とおなじぐらい嫌だ。

「顎を突きだして、スーリン、強情っぱりが顔に出てるわよ、みっともない」マダム・ニンがため息をつく。「レジーって人のせいだね。ずっとご無沙汰なんだろ。だから言ったじゃないの。白人の薄情者ときたら、中国人娘を珍しい玩具としか見ない。異国情緒たっぷりのね」

スーリンにとっても、レジーは異国情緒そのものだった。カールした短い黒髪、エメラルドグリーンの瞳、気怠い笑みを浮かべるたっぷりの唇が誘いかける。慌てて記憶を追い払う。

「あなたとクラークソンはどうなの？　恋仲になってもう十年？」スーリンは言う。「彼も白人の薄情者なんじゃない？」

「彼とは仕事上の付き合い。ありがたいことに好意を寄せてくれてる」マダム・ニンがすまして言う。

もっとありがたいことに、マイケル・クラークソン巡査部長は、チャイナタウンの治安を守る警察部隊の隊長だ。パレス・オブ・エンドレス・ジョイはめったに手入れを受けないし、受けたとしても大事にはならない。

「いいかい、よくお聞き」マダム・ニンが言う。「女にとって世知辛い世の中なの。中国人を憎む国に住む中国人の女にとってはなおさら」スーリンに顔を向けた。「肝に銘じておきなさい。人をあてにしないこと。頼れるのは自分だけ」

「わかってる」スーリンの脳裏にレジーの姿が浮かぶ。あの人がいなくなって、マダム・ニンの言うとおりだと痛感した。母はよく言っていた。あなたが愛する人は、あなたを傷つける力を持つ人でもある、と。マダム・ニンも母も実の親に売り飛ばされた。父は母にべた惚れだったが、母はこまごまと父の世話を焼いても愛してはいなかった。

レジーを心底愛したわけではない。スーリンはそう自分に言い聞かせた。それでよかったのだ。恋に溺れなくてよかった。

なのにどうしてもレジーを忘れられない。

ミッション・ホームで刺繍のクラスを終えたのはお昼すぎだった。少女たちを教えるのは楽しかった。刺繍の腕が上達したら商品として売れるとスーリンが請け合ったせいで、みんなやる気満々だ。彼女たちにとって自分で稼いだお金を貯めるのは、生まれてはじめての経験だろう。だが、スーリンは帰る道々考えずにいられなかった。少ない手間賃をいくら貯めても自活できる見込みはないのだ。洗濯物の配達先の主婦たちに刺繍を施した付け襟やカフスを売る経験から、そのことを痛感していた。

店の二階の居住スペースに通じる階段をのぼる。叔父の部屋のドアは開けっ放しだった。床がきしむ音を聞きつけ、入れ、と叔父が声をかけてきた。

「おまえにいい知らせがある」痩せたあばただらけの顔に満面の笑みを浮かべている。「ドクター・オーヤンが大変な便宜を図ってくれたんだ。いま帰ったところだ。おもてで会わなかったか？」

「便宜って？」会えなくても残念だとは思わない。

「太平洋郵船のターミナルの入管事務所に出向いて、いとこたちの身元引受人になってくれたんだよ。あちこちに、その……祝儀を配ってまわって。手続きが迅速に進むようにな。二週間で出られるそうだ。保証してくれた」

「二週間？」スーリンは唇を噛んだ。ドクター・オーヤン。早すぎる。あまりにも早すぎる。

「ああ。それともうひとつ。ドクター・オーヤンが言うには、占い師が結婚式にいちばんふさわしい日を選んだそうだ――四月十九日。花嫁衣裳を急いで縫いあげないとな」

スーリンは自室のドアを閉めた。ベッド脇の椅子を簞笥(たんす)の前まで引き摺ってゆき、上の棚に隠した小さな布袋を手探りする。こつこつ貯めた金が入っている。レジーに出会う前からだ。スーリンは頭を振って面影を払いのけた。目を輝かせて時刻表を覗きこむレジーの姿を。

結婚式が早まったいまやるべきは、少しでも多く金を稼ぐことだ。サンフランシスコを去る計画はなにがなんでも実行するつもりだった。

たとえレジー抜きでも、結婚から逃げる。チャイナタウンから、この人生から逃げださなければ。

3

グランド・オペラ・ハウスに足を踏み入れたとたん、ネリーの作品が目に留まった。ジエマはまるっきりの美術音痴だ。ブロンクスでネリーと五年も暮らしたのに、印象派とアールヌーボーのちがいもわからず、油絵と水彩画はどこがどうちがうのかもわからない（ペチコートが臭くなるのは油絵のせいだってこと以外は）。でも、ネリーの絵はひと目でわかる。〝グランド・オペラ・ハウスに雇われてフレスコ画の修復をすることになった〟と、ネリーは手紙に書いてよこした。八カ月ほど前だ。〝女を雇ってくれるとは思ってなかったけど、いつもの画家が仕事をほっぽり出してサンディエゴに逃げたんで、あたしにお鉢がまわってきたってわけ。よくある騙し絵（トロンプ・ルイエ）の類（たぐい）。雲の上にキューピットが憩（いこ）う胸糞（むなくそ）悪いパステル画！〟

型通りの仕事であっても、人を食った性格のネリーだから捻（ひね）りを加えずにいられない。グランド・オペラ・ハウスの玄関ホールのフレスコ画のキューピットたちは、どれもこれもおどけた表情を浮かべていた。にやけ顔のキューピットがいて、媚（こ）びを売るキューピットがいる。目を丸くしたキューピットの尻の下には雲が描き加えられ、まるで臭いのを一発かましたみたいに見える。天井のギリシャ風衣裳を纏ったミューズたちは、ジェマが仰向いて眺めたところ——竪琴（たてごと）を持ったすまし顔のミューズはテイラー・ストリートの下宿の女主人にそっくりで、花の冠をかぶったのはアリス・イーストウッド？　そう、たしかに、人懐っこい笑みといいスミレの花といい彼女そのものだ。ネリーは肖像画を得意としている。

ジェマは奥へと進んだ。階段状の観客席に通じるダブルドアではなく、楽屋に通じるサイドドアに向かう。居眠りしていたドアマンにひと言かけ、メトロポリタン・オペラ巡業団の新メンバーであることを証明するカードをちらっと見せて中に入った。これまでにいったいいくつのオペラハウスや劇場を探検してきただろう？　狭苦しい煤（すす）けた廊下、壁には以前の公演ポスターが貼られたまま四隅が丸まっていて、雨漏りを受けるためのバケツが置いてあり……スカートの縁取りのある裾を持ちあげ、楽屋があるほうへぶらぶら歩きながら、ヴァイオリンの弓に塗る松脂（まつやに）や埃（ほこり）をかぶったベルベット、古い楽譜の匂いを吸いこんだ。でも、人気（ひとけ）はなかった。午前中のオペラハウスは地下聖堂みたいに静かだ。活躍中の音楽家のなかに、朝の九時前に起きる人なんている？　昼までに起きられたらたいしたものだ。

ふだんの彼女はそっちの部類だけれど、テイラー・ストリートの下宿屋では一睡もできなかった。偏頭痛はそれほどひどくはならなかった——暗い部屋で額に冷湿布を当て、できるものなら目玉をスプーンで刳りぬきたいと思いながら横になっていたら数時間でおさまった——ものの、体は疲れきりぐったりしているのに、頭全体がガラスみたいに脆い感じで、それでもようやく眠れると思ったのも束の間、悪夢が襲ってきた。二月のニューヨークでの惨憺たる一日が甦ったのだ。這いずりまわり、人びとの笑い声に竦みあがり——だから日が昇ると起きて、トスカニーニにひと握りの種とリンゴのかけらをやり、霞む目ですでに賑わいを見せる通りに出た。

　ところがいま、遠くからピアノの音がすると頭の靄が晴れる気がした。『カルメン』の「ハバネラ」、気迫に満ちた演奏だ。メロディーを口ずさみながら音に導かれて練習室に辿りつき、半開きのドアから顔を覗かせた。

　ピアノに向かっていた男が顔だけこちらに向け、「ハバネラ」の華やかな最終楽章を大きな手で弾き終えた。「人探し？」

「どうやら見つけたみたい」男はオリーブ色の肌でがっしりとした体格、黒髪はくしゃくしゃ、袖をまくりあげている。「わたし、メトロポリタン・オペラ巡業団の新メンバーなんです」ジェマは言い、舞台でやるお辞儀の短縮版を披露する——長く引く裾を翻し、優雅に膝を曲げ、輝く笑みを浮かべる。はじめてのオペラハウスに着いたときの身を守る盾だ。もっとも、ニューヨークで彼女になにがあったか知る人は、サンフランシスコにはいない。「ジェマ・ガーランドです」

「セニョール・カルーソーやほかの団員たちより二週間早いご到着だね」がっしりした男が言い、ピアノ椅子に座ったまま上体を捻った。

「カンザスシティで抜けたソプラノの穴埋めなんです。早めに来て観光でもするつもりで。けさはアルプスの倍はあろうかという急な坂を歩いており、チャイナタウンを通りすぎたらこれ以上ないってぐらい小さな纏足の中国人女性を見かけ、ピンカートン探偵社の私立探偵が行方不明っていう最新の噂話も仕入れてきました。マーケット・ストリートの先で降ろしてくれた路面電車の運転手によると、犯罪がらみですって。マーケット・ストリートの先ってつまりサウス・オブ・ザ・スロット」ジェマは訂正した。「地元の人はそう呼ぶんでしょ？　路面電車の線路より南ってことで」

「そうだね」ピアニストは手を頭に持ってゆき、そこではじめて脱ぐべき帽子をかぶっていないことに気づいたようだ。「ジョルジュ・セラーノ――」彼はラテン系特有の巻き舌で名前を発音した。スペイン人かブラジル人、もっとも彼の英語は訛りがない。「ここの声楽コーチの一人。巡業団が到着したら、練習室できみの練習に付き合うことになると思う」

愛嬌を振りまいておいてよかった、とジェマは思った。リハーサル・ピアニストであり伴奏者でもある声楽コーチは貴重な存在だ。オペラハウスで彼を味方につければ、例えば第三幕の叙唱が不安なときに三十分余計に練習させてもらえる。逆に敵にまわすと大変だ。アリアをわざとちがうキーで弾いてこっちを身悶えさせる。「差し支えなければ――」ジェマは言いかけ、短いつばにブラッシュピンクのバラを飾った帽子の下で小首を傾げた。彼が笑顔で遮る。

「舞台にあがってみたいんでしょ？　ソプラノはみんなそうだよね」

「メゾソプラノもね」ジェマは言い返したが笑顔は崩さない。「大丈夫かしら、勝手に……」

「どうぞご自由に。廊下を戻って階段をあがる」

にこやかに手を振ってピアノに向き直ろうとする彼に、ジェマは思い立って尋ねてみた。

「ここで働いていた女性の画家を憶えてないかしら、ミスター・セラーノ？　玄関ホールのフレスコ画の修復をやっていた――黒髪でズボン姿の」

「憶えてるよ。去年の夏に仕事を途中でほっぽっていなくなった。上の連中はもうかんかんだったな」

ネリーらしくない、と言いかけて思い直した。ネリーならやりかねない。〝男の半分の賃金しか払ってくれないのよ、サル。だから仕事を半分しかやらなくったって文句を言われる筋合いはない〟なんて言って、さっさと割のいい仕事に鞍替えしたものだ。オペラハウスはむろんネリーの新しい住所を知っているわけがない。ジェマがオペラ巡業団のボストン公演に参加することになってブロンクスのアパートメントを出ると、ネリーもハドソン渓谷に移って夏のあいだ風景画を描いていた。それからはもっぱら手紙を通じて友情を育んだ――どちらもニューヨークにいるときはルームシェアをしたが、それが度重なると、ネリーの筆洗器がそこら中に出しっぱなしだとジェマが文句を言い、ネリーはネリーでジェマの喉飴にいちゃもんをつけた。手紙のやり取りは命綱みたいなもので、それが八年ちかくつづいた。八年のあいだ、万事にいいかげんなネリーは、転出先の住所を書いたメモを置き忘れることもしょっちゅうだった。

〝今度ばかりは残しておいてくれてもいいのに。わたしがサンフランシスコに来ることも、わたしが辛い目に遭ったことも知っていたのだから〟ジェマはそう思わずにいられなかった。でも、いまは気持ちを切り替えないと。「ありがとう、ミスター・セラーノ」「ジョージでいいよ」彼は陽気に敬礼し、ピアノに向き直った。「アリアを練習したくなったら、いつでも戻っておいで――」彼に教えてもらったとおり、廊下を引き返し階段をのぼり、ステージドアをくぐった。気がつくと舞台袖に立って見つめていた。

舞台を。

〝すばらしい空間だよ、サル〟と、ネリーが書いてよこした。「ダイヤモンドで埋め尽くされた衣裳を纏い、フットライトを浴びてハイCを響かせるあんたの姿が目に見える!〟

ジェマは気がつくと息を止めていた。新しい舞台にはじめて足を踏み入れるときはいつもそうだった。傾斜した板の広がり、まぶしいライトを浴びて埃も傷もすっかり浮かびあがる。ここを魅惑の空間へと変えるセットも衣裳も音楽もない。剝きだしの舞台があるだけだ。だが、瞼を閉じれば見えるものがある。七歳のサリー・ガンダーソンが教会で『日暮れて四方は暗く』を歌いだしたとたん、その清らかな声に信徒席は静まり返った。目を開けると、みんながこっちを見ていた。そのとき思った。これよ。

これ。

わたしが望むのはこれ。

真っ白なタイツにフリルのついたよそ行きのワンピース姿で、ネブラスカの教会……堅い背もたれの信徒席が初舞台だった。スポットライトがなくてもそこが自分のいるべき場所だとわかった。「子どもは見られてもいいけれど、声を聞かれてはならないのよ」母はそう言ってジェマを躾けたけれど、わたしは見られたいし声を聞いてほしい、と七つのときから思っていた。母にやんわりとたしなめられても、その思いは消えなかったし、孤児院の院長に鞭打たれても消えなかった。

暗い客席を見渡す。（二千五百人収容なんですって、と下宿の女主人がサンフランシスコ訛りで教えてくれた。ボストン訛りとブルックリン訛りの中間の鼻にかかったおかしな訛りだ）いまから二週間後、ここで歌う姿を想像してみる。ぎっしりつめかけた聴衆、ダイヤモンドの煌めき、高級な煙草の匂い、もっと高級な香水が香り立ち、指揮者が指揮棒を振りあげたとたん、客席のざわめきがやむ……垢抜けない賑やかな都市の名士たちが、偉大なるカルーソーを聴こうと集まっている。コーラスに紛(まぎ)れたジェマのことなど、誰も気づかないだろう。でも、カルーソーは気づいてくれるかも。美しいソプラノに目がないという噂だから。

舞台の中央まで行き、声を目覚めさせようとハミングする。音階とヴォカリーズ(母音で歌う発声練習)で喉慣らしだ。ピアノ伴奏は必要なかった。絶対音感がある――オーディションの前にはトイレでも混んだ廊下でもウォームアップを行える。掃除道具をしまうクロゼットでやったこともある。声帯が鳴りだした。モーツァルトの『フィガロの結婚』のケルビーノのアリアを歌ってみる。おなじみの曲。つぎはおなじオペラの伯爵夫人のアリア。大好きな曲のひとつ。第三幕で歌われる悲しみが希望へと変化してゆくアリアで、ハイAからスリリングに流れくだり……自分の声が響きわたるのを感じる。空っぽの客席から天井へと昇って隅々にまで行き渡る。つぎにヘンデルを少し、偏頭痛のあとで頭がズキズキするけれど、高い音域まで無理なく出せる。ああ、ここで「夜の女王のアリア」を歌えるならなにを引き換えにしてもいい。ハイFをこの空隙にクリスタルの弾丸みたいに撃ち込めたら……

彼女が軽快なメロディーを歌い終わると、ゆっくりな拍手が聞こえた。ジェマは客席を覗きこんだ。「ハロー?」

男が拍手しながら舞台にちかづいてきた。ダークスーツ姿――この距離ではそれしかわからない。「ツェルリーナ」男が言った。

ジェマはきょとんとした。「いまなんて？」

「ニューヨーク、九八年か九九年。『ドン・ジョヴァンニ』」頭の中で記憶を手繰っているのだろう。「あなたはツェルリーナを歌った」

「それなら九八年です。わたしがその役を歌ったのはひと晩だけ――代役として」二十四の年、はじめて小さなオペラ団と契約を結び、コーラスから抜けだして小さな役をもらえるようになった。ツェルリーナを歌ったあの夜は、運命が開ける最初のチャンスを摑(つか)んで夢見心地だった。「よく憶えてらっしゃいましたね？　開演間際に代役に決まって――」

「歌声は一度聴いたら忘れない。あなたの声は特別だ」男はオーケストラピットのライトが届く距離までちかづいてくると、帽子を持ちあげた。全貌が明らかになる。瘦せ形で平凡な顔。黒髪は伸びすぎだし、長い顎には無精ひげが生えている。高そうな背広をラフに着崩し、シャツの襟元から日焼けした肌が覗き、上質な手袋は無造作にポケットに突っ込んである。帽子を手に舞台を見あげながら、時計の鎖についたチャームを摘んだ。視線はジェマに当てたままだ。「あなたの歌は銀鈴のように澄んでいる。そういう声質は冷たく感じられるものだが、あなたの場合はあたたかい。銀のようで、しかもクリスマスのお香のよう」

「お世辞がお上手ですね。もちろん褒められたら悪い気持ちはしませんけれど」このところめったに褒められなかったのでなおさらだ。

「お世辞じゃありませんよ」てきぱきした口調。まるで重役会議で数字を読みあげているみたいだ。「お世辞を言う必要のある人間は相手にしない。わたしが求めるのは最高の人、お世辞を必要としない人です。あなたは特別な喉を持っている。八年前よりよくなっていますね。重みが増した。貫禄がついた。いまのあなたはドンナ・アンナを歌うべきだ。ツェルリーナではなく。主役をね、初心な娘役ではなく」

「あらまあ」奇妙な会話をここで終わらせたくなかった。「女性に面と向かって体重が増えたと言っても、礼儀知らずに聞こえない殿方がおられるとは意外です」

「失礼しました。わたしはいたって礼儀知らずなものでね。しょっちゅう文句を言われていますよ」男はほほえんだ。視線は揺るがない。いちばん上等な外出着を着てきてよかった、とジェマはふと思った。ブラッシュピンクのファイユ(うね織り生地)にブロンドのサテンの襟とカフスは髪の色とおなじだ。「お名前を伺ってもよろしいですか、ツェルリーナ? 八年前のプログラムには代役の名前が載っていなかった」

ジェマは名前を名乗り、事情を話した――メトロポリタン・オペラのコーラスで歌っていること、早めにサンフランシスコ入りをしたので、友だちを探しにオペラ・ハウスにやって来たこと――アリス・イーストウッドや声楽コーチのジョージ・セラーノに語ったときより心が弾んでいた。〝銀とクリスマスのお香なんて言われたら……〟

「コーラスで歌っている？」しわの寄った背広姿の男が首を傾げる。「どうして？」

ここはうまくはぐらかさないと。「お名前をまだ伺っていませんけれど」

「ヘンリー・ソーントン。ソーントン・リミテッドの。それにソーントン鉄道とソーントン製鉄所」

お金持ちなのね。でも、話し半分に考えないと。男は女の前では見栄（みえ）を張って自分を偉く見せようとするものだ。「実業家なんですね。しかも音楽のことをよくご存じ。そういう方はめったにいませんわ」

「ビジネスは退屈です。人生で価値のあるものに投資するための手段にすぎない」

「例えば？」

「どう言ったらいいのか」彼は顎を擦りながら考えこんだ。「芸術を挙げれば、田舎者が見栄を張ってと言われる。でも、そう思っているんです。広い目で見れば、ビジネスにたいした価値はありません。芸術――美――音楽――そういうものにこそ価値がある」そこで肩をすくめた。「きっとわたしを見栄っ張りの田舎者と思われるでしょうね。否定はできない」

気持ちが彼のほうに傾きかけた。目を覚ましなさい、と自分に言い聞かす。うまい言葉にほだされると碌（ろく）なことはない。「ご自分でも音楽をやられるんですか？」

「いや、まさか。才能のかけらもない」彼が即答した。「歌えない、演奏もできない、絵も描けないし踊りもできない。でも、偉大な芸術は見ればわかる」小さくお辞儀する。

「それに偉大な芸術家も」

「お好きなオペラは?」ジェマは思いきって尋ねた。

「『ペレアスとメリザンド』パリで観ました」

「現代物ですね。もっと古い作品を挙げられると思ってました。例えば『セビリアの理髪師』」

「大仰すぎる」

「実を言うと、わたしも好きじゃありません」

「主役がソプラノではないから」

ジェマは声をあげて笑った。

「あなたの笑い声は鈴のようだ。わたしのために『鐘の歌』を歌ってくれたら、鉄道を差し上げますよ」

「喜んでお聞かせします。でも、鉄道は遠慮しておきますわ。使い道に困りますもの」

「代わりにディナーにお誘いしたいところですが、でも……」

「でも?」

「あなたはいい人なんですね、ミス・ガーランド」彼がまたほほえんだ。「わたしはそうじゃないから、関わりにならないほうがいい」

「楽屋口で待っているような熱狂的なファンには関わらないようにしてますけれど」いい人だなんて、甘く見られたものだ。人に舐められない手強い女になろうとしているときに、いい人なんて言われたくなかった。ハンドバッグに気を取られているふりで、タフタのペチコートを翻して舞台を横切る。「よろしければこれで失礼します、ミスター・ソーントン――」

「まいったな。どのみちあなたをディナーに誘うつもりなんです。仕事の打ち合わせだと思ってもらっていい」

「それでもお断りします。あなたはいい人じゃないんでしょ」

「たしかに、だが、前もって警告はした」彼はちかづいてきて、階段をおりようとするジェマに手を差し伸べた。「あすのご予定は？」

彼は素手だったので、手を重ねたときひどい火傷跡があることにジェマは気づいた。新しい傷跡ではない。皮膚が引き攣ったまま固まってしまったらしく、指先が少し内に曲がっている。薬指と小指の爪がなく、傷んだ関節は木の幹のように硬い。手袋で隠すこともできただろうに。ジェマは気にする素振りを見せまいとし、彼はそれに応えるようにわずかに目を細めた。見られることに慣れているのだ。

「パレス・グリル」彼が言う。「あすでどうです？」

サンフランシスコでいちばんのレストランだということは知っていた。〝誘いを受けちゃいなよ〟ネリーの声が聞こえる気がした。〝牡蠣とシャンパンを注文するの！　金持ちの崇拝者からは絞り取れるだけ絞り取ればいいのよ、サル〟ネリーはジェマよりはるかに現実的だった。

それでも……。

「ディナーをご一緒するかどうかは、ミスター・ソーントン」ジェマは階段をおりきった。「あなたがなにをお持ちかによります」

「株券をお見せしましょうか？」

「結婚証明書を、もしお持ちなら。約束された方がおありの殿方からのディナーのお約束は受けないことにしています」そこまで無節操にはなれないし、なったことはない。〝金持ちのパトロンに払ってもらってなにが悪いの〟ネリーは一度ならずそう言っていた。〝たいてい結婚してるけどね。ダンサーや歌手や、あたしみたいな変な絵描きを囲っていることを、女房が知らないとでも思ってるの？　その声とその胸があれば、パーク・アベニュー・ホテルのスイートルームに住まわせてもらって、リハーサルに出掛けるためのお抱え馬車だって持たせてもらえる〟

〝わたしは芸術家だもの〟と、ジェマは反論した。お堅いことを言っているのは百も承知だ。〝売春婦といっしょくたにしないで！〟ジェマのこの言葉に、ネリーは少し傷ついたようだった。ルームメイトに批判されたと思ったにちがいない。たしかにそうだった――ジェマは批判した。ネブラスカ州レッド・フックにあらかた置いてきたけれど、すべてではなかった。オペラ歌手になってからいままでに、妻のいる男からの誘いに乗ったことは一度もなかった。

だが、ネブラスカで身につけた道徳観や価値基準がなんの役にたった？　ニューヨークであんなにひどい目に遭って……

「妻はいません」ミスター・ソーントンの言葉が切れぎれの思いを断ち切った。頭ひとつ背が高い彼が、こっちを見おろしていた。「ここにも、ニューヨークにも、どこにも」

むろん嘘だ。

「嘘をついていると思ってるんだろうな」彼は人の心を見透かす。火傷跡のある指でジェマの指を摑んだままだった。それなのに抱き寄せようともしない。「ときどき嘘をつきますよ。だが、仕事で嘘はつかない。わたしがあなたとしたいのは仕事の話なんですよ、ミス・ガーランド」

ジェマは眉を吊りあげた。「あら、そうなんですか？」

「あなたが考えているような類のものではない。ほんものの仕事の話。抜け目のない男が賢い女に持ちかける仕事の話」

「今度は賢い、ですか？」

「いい人よりましでしょう?」

彼は時計の鎖につけたチャームをいじくっている――白い翡翠の円盤で真ん中に穴があいており、よく磨かれてつやつやだ。「その話には裏があるんじゃありません?」

「あす、お話ししますよ」彼は言い、手を離した。「パレス・グリルで。八時でいいですか?」

「八時」ジェマは短くうなずいた。懐が寒いいま、ただのディナーを断る余裕はない。彼の仕事の話がよからぬほうへ向いたとしても(たいていそうなるんじゃない? ため息)、牡蠣用のフォークという武器がある。自分の価値を知っている真面目な芸術家なんだから、男の甘言に騙されない分別ある女なんだからわたしは、という心意気で彼のそばを通りすぎドアへと向かった。彼はつきまとわず、触れもしなかった。男はたいていそうするのに。彼は一歩さがって見送るだけだった。ジェマの手袋をした手の、彼に握られていた部分がわずかにジンジンした。

〝振り向いてはだめ〟と、自分に言い聞かす。真面目は女は、そんなはしたないことしないでしょ。

それに、彼の視線を背中に感じていたから、振り返るまでもなかった。

4

一九〇六年四月六日
地震まで十一日十七時間二十九分

叔父は大好きな麻雀荘に入り浸りで夜中まで戻らない。だからスーリンは、午後の配達の支度をしながらじっくり計略を練ることができた。

チャイナタウンを出るときは少年の恰好をしたほうが安全だ。白人男性の大半が、チャイナタウンの外にいる中国人女は売春婦だと思っている。はじめて少年の服を着たときは、シーツを裂いて胸に巻きつけたが、時間がかかりすぎた。それで、胸をぺったんこに見せるベストを自分で縫った。その上からすとんとした上着を羽織る。髪はいつも固く編んだ一本のおさげにしているので、あとはフェドーラ帽をかぶるだけだ。父の帽子だから大きすぎて目にかぶさる。でも、おかげで剃っていない前頭部を隠せる。少年も剃るのがふつうだった。

こんな恰好を父が見たらびっくり仰天しただろうが、スーリンはもう箱入り娘ではない。

コウ爺と配達にまわることが最初は嫌だったけれど、チャイナタウンの外で刺繍を売って小遣い稼ぎできるので、いまではありがたいと思っていた。汽車の切符代。部屋と食事代。いざというときの鼻薬だって必要だ。

首に巻いた赤い絹紐につい手がいく。紐に通した指輪に触れる。胸がズキンと痛んで顔をしかめた。指輪も紐も捨ててしまいたかった。でも、心が疼かなくなるまで捨てないことにした。レジーとの未来があると信じた愚かな自分への戒めに。

灰汁石鹼の臭いが階段をのぼってくる。職人たちの大声のおしゃべりや洗濯絞り機のガチャガチャいう音が、ドアのきしみを掻き消してくれてスーリンはすんなり出られた。曲がり角でコウ爺が待っている。かたわらには畳んで包んだ洗濯物が山積みの手押し車。スーリンを見ると、隙っ歯を見せて笑った。彼は叔父を嫌っているから、喜んで共犯者になってくれていた。

「丘に行くか海岸通りをまわるかどっちを先にする、お嬢さん？」彼は言い、たこのできた手で手押し車の柄を摑んだ。八カ月前に両親が亡くなるまで、コウ爺にとってスーリンは雇い主の娘だったから、叔父が店主となったいまでも彼女を立ててくれる。

「海岸通り」ワシントン・ストリートのでこぼこの石畳に車が取られないよう手を貸した。お昼をまわったばかりで暑くなってはいなかったが、石の隙間から干からびた馬糞の臭いが立ち昇ってきた。

「なあ、ミス・フェン、いとこたちが税関を通って店で働くようになったら、腹に据えかねることもあるにちがいない」角を曲がってストックトン・ストリートに入ったころ、コウ爺が言った。「結婚して家を出るまでの辛抱だ。十九歳っていやあ若くない。ずけずけ言うが気にせんでもらいたい。うちの女房が十九のときには子どもが三人いたからね」

彼はスーリンにというより自分に向けておしゃべりをつづけた。コウは鉄道線路の敷設工事やゴールドラッシュが終わって仕事にあぶれた多くの年寄りの一人だった。スーリンの母が彼を哀れに思い、配達の少年を手伝う臨時雇いの仕事を与えた。三カ月経って少年が辞めると、コウ爺が配達を一人でやることになった。だが、コウは英語も記憶も怪しいので、わけのわからぬ伝言や奇妙な注文を受けて店に混乱を巻き起こし、お得意さんを苛立たせた。

「あんたが結婚して出ていったら、おれはどうしたもんだか」コウのおしゃべりはつづく。「あんたのいとこたちは英語がしゃべれない。話の通じないお得意さん相手に配達を手伝えるものかね」

「叔父さんがなんとかするんじゃない」スーリンは言った。両親が亡くなる前も後も、叔父がまともな意見を言えたためしはなかった。

両親の死後数週間、スーリンは悲しみに打ちひしがれてただベッドに丸くなっていた。叔父はなんとか一人で洗濯屋を切り盛りしようとした。だが、深い悲しみに沈んでいたスーリンの目にも、彼の無能さは明らかだった。どうりで父が弟である彼に、経営のいろはを教えなかったはずだ。叔父が考える洗濯屋の経営とは、なんの落ち度もない職人たちを蹴り飛ばすことだった。長く働いてくれていた職人たちは勤勉で腕がよかった。だが、叔父にぼろくそに言われたうえ、叔父の賭け事の借金がかさんだせいで賃金を削られ、一人また一人と辞めていった。いま店で働いているのは、よそで使い物にならない怠け者ばかりだ。阿片常用者で博打打ちだから、夢の一服ができる金、麻雀を打てる金が懐に入れば姿を消してしまう。

それでも両親が汗水流して作った店だから、スーリンは嫌でも毎日店におりてゆき、商売をつづけようと頑張った。忙しく体を動かすことで悲しみを忘れられた。父の帳簿をじっくり眺めているうち経理がわかるようになった。本来なら叔父がやるべき仕事だ。そのうえ、中国からいとこたちを呼んで、すぐいなくなる無能な男たちの代わりに働いてもらったらどうだと進言までした。親戚なら辞めないだろうし、言われたことをちゃんとやるだろう。賃金を払う必要もない。ひとつ屋根の下で暮らし、一緒に食べ、商売がうまくいったら儲けの一部を分け与えればいい。

それからほどなくして、叔父はドクター・オーヤンの結婚の申し出を受けた――相当な額の結納金を含む申し出だった。どう言い繕おうと、叔父はスーリンを売ったのだ。両親に甘やかされて育ったスーリンは、結婚を急かされたことがなかったし、どんなにいい条件だろうと決めるのはあなただと言われていた——チャイナタウンでは子どもが産める年頃の女は白い孔雀（くじゃく）以上に希少だ。親に恵まれたと言えるだろう。

いまでは叔父が唯一の年長の男の親族であり、彼女の人生を決める権利がある。それが世間の常識だ。彼女が泣いて懇願しても、叔父は取り合わない。子どものころ、お祭りに連れていってくれたやさしいおじちゃんだったのに、親身になってくれなかった。彼が気にかけているのは、自分の借金返済に姪（めい）をどう利用するかだけだった。午後になると銭箱の金を全部持って麻雀荘に出掛ける。それ以外の金に手をつけないだけの分別は残っていた。スーリンが職人たちの賃金と仕入れの金をべつしていることを、叔父は知っていた。

叔父が知らないのは、スーリンも銭箱の金をちょろまかしていることだ。叔父に義理立てするつもりはなかった。

スーリンとコウ爺は、チャイナタウンのはずれのストックトン・ストリートの白人経営の店から配達をはじめた。英語の看板が目を引く。食料雑貨店、下宿屋、厩舎（きゅうしゃ）、工務店。個人経営の店はどこも上の階が家族の居所で、洗濯をしたくても荒い桶（おけ）や絞り機も置けない狭い部屋で肩寄せ合って暮らしている。だから、汚れ物を洗濯屋に出すのは最貧民層だ。

カリフォルニア・ストリートを横切ってチャイナタウンの外に出ると、コウの足取りが俄然（がぜん）速くなる。それでいて極力目立たないように気を遣っている。「コツはな」スーリンがはじめて配達に同行したとき、コウ爺が言った。「忙しそうに見せること。お得意さんの大事な用事を果たすところだってふうにな。じっと見たり、口をぽかんと開けないこと。まっすぐ前を見て、必要なら道を空ける。あくまでも別世界の住人という風情でね」

別世界。レジーとああいうことになる前に肝に銘じておくべきだった。スーリンは拳で胸を叩いた。レジーのことを考えちゃだめ。いまはだめ、二度とだめよ。配達の最中に余計なことは考えないの。

スーリンは紐で縛った包みを抱え、つぎのお得意さんの家の勝手口へと向かった。

「ちょっとお待ちなさい」女主人が呼び止め、スーリンをしげしげと見た。「いままでの子とはちがうわね」

「はい、マダム。あの子は辞めました。ぼくが代わりです」配達の子が辞めてから、コウ爺に付き添って配達してきた。かれこれ三カ月になるのに、この女はいままで気づかなかったのだ。スーリンのことも、前任者のこともちゃんと見たことはなかったのだろう。

「あんたは英語が話せるからいいわ。ちょっと話がある」彼女は包みを破ると、スーリンに向かって指を振った。「つぎはもっと青みづけ剤を使うよう店の人に言うのよ、いいわね。シーツは真っ白でなくっちゃ」

「伝えときます、マダム」

「この数カ月で仕事がめっぽう雑になったじゃないの。よそに出そうかと考えないでもない。そうしないのは、よその店は英語が通じないし、ピジン英語に我慢ならないからよ。ここに住んでいながらちゃんとした英語が話せないってどういうこと？　わたしが理解できるのは、あんたと前に来てた子だけよ」

「ぼくはここで生まれたから、マダム」スーリンは言った。「ごきげんよう」木の階段をおりながら内心で肩をすくめた。父の助言を思い出したからだ。あるとき、店で白人の客に侮蔑の言葉を投げつけられた父に、なぜ怒らなかったの、とあとからスーリンは尋ねた。父は肩をすくめて言った。おれたちは軽蔑されようがこの世界で生きていかなきゃならない。罵られるたびに腹をたて気に病んでいたら、命がいくらあっても足りない。

　スーリンは手押し車まで戻ると、コウ爺の物問いたげな視線にしかめ面で応えた。「お得意さんをまた一人失うかも。シーツが充分白くなってないって」

　コウ爺はかぶりを振った。「怠け者の職人どもに白物はもっと長く浸けろって言ってるのに、あいつらときたらいいかげんにやっちゃ博打を打ちに行く。仕事に誇りを持っちゃいないからな。時代がちがうのかねえ、お嬢さん。あんたの両親がまともな商売をやっていたころとはね」

　だが、スーリンは彼の話を聞いていなかった。一頭立ての馬車に目を奪われたからだ。風にはためく白いシャツにカールした黒髪、窓の日除けの陰の乗客の横顔。馬車が通りすぎるとき、客の顔に光が当たった。レジーではない。スーリンは息を吐きだす。それでようやく息を止めていたことに気づいた。

なんてざまだろう。

つぎの家では、ギンガムチェックのドレスにお揃いの日除け帽をかぶった小柄な女が狭い庭に屈みこんでいた。スーリンがちかづくと、女は立ちあがり、玄関前の階段に洗濯物の包みを置くようスーリンに指示した。それから、小さな箱をスーリンから受けとった。

「まあ、付け襟を持ってきてくれたのね」女は箱から十二枚の白い麻の付け襟を取りだした。すべてに精巧な刺繍が施してある。「デイジー、バラ、スミレ。いつもながら美しい仕上がり。来週までにあと十二枚必要だって女主人に伝えてちょうだい。なんの花でもいいわ。手間賃はおなじで」女はポケットに手を突っ込む。「さあ、お代よ。それから、これはあなたにお駄賃」

「ありがとう、マム」スーリンはフェドーラ帽のつばを摘んで言った。商売っ気のある若妻は、スーリンに払う手間賃の倍の値段で付け襟を友だちに売っている。それでも、彼女はよその誰よりも高い手間賃を払ってくれるので、大のお得意さんだった。付け襟にカフスに縁飾り。どれもかんたんな仕事だった。手が空いたときや夜遅くにちゃちゃっとすませる。布に針を潜らせながら、サンフランシスコから出る汽車の切符を買っても大丈夫と思えるだけの金額まで、あといくら貯めればいいか頭の中で計算する。

配達の最後はノブ・ヒルだった。ハイド・ストリートにある八面体の建物、オクタゴン・ハウスだ。四階建てで窓がたくさんあり、丸屋根の塔を持つ。一階をぐるっと囲むのは手のこんだ雷文細工のベランダで、その一部はガラス張りになっており、ここでしか見られない植物や花でいっぱいの温室に通じる渡り廊下の役割を果たしている。

スーリンは大きく息を吸いこんで通りを渡り、余計なことは考えるなと自分に言い聞かせた。何度この道を通ってきたことか。洗濯物の配達だけではなく、レジーとの束の間の逢瀬を愉しむために。その一分一秒を頭の中で叩き潰す。思い出がいまさらなんになるのだろう。

彼女の無表情な顔の奥で渦巻く感情などおかまいなしに、コウ爺はオクタゴン・ハウスの門へと急いだ。友人がここで働いているので、コウは配達で来るのを楽しみにしている。雑役夫と料理人見習い、ビッグ・フォンとリトル・フォンがここで働くようになってまだ数週間だ。人手が足りないと家政婦がこぼすのを聞いたスーリンが、二人を紹介したのだ。チャイナタウンでは、情報とコネが絆を作り、困ったときはおたがいさまと助け合う。

通用口を入ると短い階段があり、おりた地下が使用人たちの仕事場だ。料理人が怒鳴り声で短い指示を出す厨房の慌ただしさから、大人数のパーティーの準備に追われているのだとわかる。オーブンで肉が焼かれ、レンジの上で銅の大鍋から湯気があがっている。メイドがキッチンテーブルに山盛りにした豆の莢を剝き、リトル・フォンがまな板に屈みこんでいた。

スーリンが声をかけると、リトル・フォンは陽気に手を振ってからアヒルの骨を抜く作業に戻った。厨房の向かいの洗濯場のドアをスーリンが押し開けると、コウ爺が長いテーブルの端に洗濯物の包みを並べた。テーブルの反対端では、メイドが灰色のウールの上着の染み抜きで苦戦している。帽子から赤褐色の巻き毛がはみだし、そばかすのある額には玉の汗が浮かんでいる。

「あんた、それ、持ってくね」メイドが隅に置かれた帆布の洗濯袋ふたつを指さした。「ナプキン、糊(のり)きかす、もっとね。前のはよくなかった。今度もそんななら、リネン、病院に頼むね」

ノブ・ヒルに立ち並ぶ家の多くが、洗濯物は聖クリスティナ女子修道院附属病院に出している。労働は精神病患者の治療の一環だから人件費はかからない。メイドのピジン英語よりも商売敵のほうが、スーリンは気になった。

「洗濯職人にそう伝えます。ミセス・マクニールはいますか？　彼女に会いたいんだけど」

「用、なに？」

スーリンはため息を呑みこんだ。「月の最初の金曜日だから。洗濯代を払ってもらわないと」

「あたし、忙しいね」メイドが言い返す。「彼女、おりてくる、待つね。さあ、あたしの洗濯室から、出ていきな」

「ビッグ・フォンの手が空いてるかどうか見てくる」洗濯室を出るとコウ爺が言った。

「あんたが来ていることを、あいつから家政婦に言ってもらおう」

コウ爺に洗濯袋ふたつを渡し、一緒に外へ出た。ためらったのも束の間、スーリンは踵を返してオクタゴン・ハウスを取り囲む煉瓦敷きの小径を進んだ。弱気な自分を叱り飛ばす。ベランダから渡り廊下を伝えばガラスと鉄の砂糖菓子みたいな温室の正面入り口に出られるが、スーリンはベランダにつづく階段を通りすぎ、対の夾竹桃に隠れるようにしてある庭師専用の入り口へと向かった。入ったところが作業場になっていて、深紅のブーゲンビリアが花盛りのトレリスで仕切られている。ここから入ることを教えてくれたのはレジーだった。ブーゲンビリアの向かいのジンジャーリリーの陰で、二人ははじめてキスした。白い穂状花を見つめ、レジーを連想させる芳香を吸いこむ。

だが、レジーに完全に屈服してはならないと、あのとき自分に言い聞かせた。体も心も捧げきってはならない。あのとき踏みとどまったのは、おばさんの助言のおかげだ。喪失の悲しみに暮れるのは一度でたくさん。両親を失ったときの心を圧する喪失感。叔父の不人情がわかったときの、それよりは小さな喪失感、というよりも失望。やがて経験するだろう、チャイナタウンを、生まれ育った場所を、サンフランシスコを、わが街を去るときの喪失感。

首にさげた赤い絹紐に触れ、胸の谷間にさがる指輪の冷たい感触を味わう。指輪が心を切り裂くとしたら、温室は心を絞り機にかけて平らに伸ばしてしまう。感情に蓋をするのは得意ではなかった。レジーに捨てられたことを受け入れるべきだ。レジーはスーリンもサンフランシスコも捨てて、興味の赴くままどこかへ行ってしまった。でも、レジーにとって自分がただの舶来品だったとはどうしても思えない。レジーの唇がそうではないと告げていた。スーリンは涙を拭って母屋へと戻った。

通用口のかたわらにコウ爺がいて、二人のフォンと煙草を回しのみしていた。フォン親子はむろんスーリンの正体を知っているし、就職の仲立ちをしてくれたことに恩義を感じているから、彼女の秘密を口外したりしないだろう。レジーがここで暮らしていたころから二人がここで働いていたらよかったのに。そうしたらレジーになにがあったのかわかっただろう。

「……アー・リンの家に警察が踏み込んだ」コウ爺が話している。「狭い部屋に六人で暮らす家族に、行方不明者を匿う余裕があると思ってるのかね。警察はよっぽど切羽詰まってるんだな」

「行方不明者ってのがピンカートンの私立探偵だからな」と、ビッグ・フォン。「チャイナタウンの住人が怪しいって噂が広まってるしな」

コウ爺が鼻を鳴らす。「いつだってチャイナタウンの住人が怪しいってことにされるのさ。ピンカートン探偵社が犯人を突きとめる前に事件を解決しなきゃ、警察の面子が立たない。競争だな」

ビッグ・フォンがスーリンに手を振った。「家政婦があんたに会いたいってさ、お嬢さん。執務室にいるよ」


家政婦の執務室はその地位に見合った広さがあり、寝室も兼ねていた。ベッドは高い屏風に隠れて見えない。小さなデスクの向こうに威厳のある太った女が座り、リストの項目をバツで消しているところだった。

「ミセス・マクニール」スーリンは呼びかけた。「ご用というのは月々の請求書のことでしょうか？　いまここに持ってます」

「その件はあとで」家政婦は立ちあがった。「ご主人さまがあんたに会いたいそうよ。上に行きましょう」

ミセス・マクニールはドアの脇の鏡で髪を整え、ブラウスのカメオのブローチを留めなおした。スーリンを従えて、使用人たちの専用通路に通じる裏手の階段をのぼった。二階の通用口のドアを抜けると大理石のタイル敷きの中二階で、中央に最上階まで通じる金箔を貼った錬鉄製の手摺りの螺旋階段がある。使用人たちはもとより、ミセス・マクニールと執事ですらこの階段は使わない。スーリンは中二階を横切るときに階段を見あげる危険れを冒し、渦を巻いてどこまでの昇ってゆく手摺りに恐怖を覚え、めまいがして足がもつれた。頑丈な木製のパネルに囲まれた使用人専用階段のほうがずっといい。

　家政婦がドアの前で足を止めた。ドアの両側には門番さながら鉢植えのヤシの木が配されている。開いたままのドアの奥はミスター・ヘンリー・ソーントンの執務室で、地下の厨房同様の慌ただしさだった。テーブルについた事務員の指がタイプライターのキーを叩き、べつの事務員が壁一面を占領する大きな地図にしるしを書きこみ、三人目の事務員がその後ろでメモを取っている。

「その書類をいますぐ土地所有権事務所に提出したまえ」命令口調の声がする。「フィリックス・ブリザックの気が変わる前に、その千エーカーを押さえておきたい」

　いっせいに、すぐやります、と返事がして、書類を揃える音、灰色のウールの背広に糊のきいた襟の若者たちが歩きまわる音とともに執務室は空になった。彼らはアタッシェケースを手に螺旋階段へと急ぐ。レジーから聞いたのだが、昼夜を問わぬソーントンからの呼び出しに応えられるよう、彼らはこの屋敷に住んでいるそうだ。

　スーリンはソーントンのことを聞き知っていた。数多(あまた)ある取引先にはチャイナタウンも含まれているという話だ。この屋敷に住んでいたレジーは情報通だった。〝金融街にオフィスを構えているけど、今夜みたいにパーティーを開くときには、屋敷内の執務室で仕事をする。客が到着するぎりぎりまで仕事ができるから〟

レジーが母屋に戻るまでの貴重な数分を、二人は温室ですごした。レジーの髪を指に巻きつける。スーリンの茶色がかった黒髪より色の深い漆黒の黒髪。〝彼に連れられていろんなパーティーに出掛けた。彼は欲しいものは情け容赦なく手に入れる〟レジーの声から心ならずも敬服せざるをえないという気持ちが伝わってきた。土地でも鉄道でも銀鉱山でも、さらには芸術品でも、これだと目をつけたら粘りに粘って必ず手に入れるのがソーントンだ。そしてレジーはそれに手を貸していた。

それなのに、ソーントンはレジーを手放した。どうしてという疑問が、スーリンの頭にこびりついて離れない。ソーントンの計画が変更になり、レジーを必要としなくなったのか。それとも、ソーントンがレジーに失望してくびを切った？

ミセス・マクニールがスーリンの肩を摑み、中へと引っ張っていった。「洗濯屋の配達を連れてきました、ミスター・ソーントン」

「彼をここに入れて、きみは行ってよろしい」声がした。自信に満ちた声だ。

スーリンはペルシャ絨毯を踏みしめ、大きなデスクの前に立ってあたりを見回した。地図が貼ってある向かいの壁には、天井に届きそうな書棚があいだに小さめのドアを挟んで並んでいた。そのドアの向こうは書斎だ。

「マダム・ニンに伝言を伝えてくれたまえ」彼が書斎から姿を現し、挨拶抜きで言った。スーリンを見ようともせず、書類の束をデスクに置いた。

スーリンは事情を知っていた。配達の少年が辞めるとき手紙を寄越したのはスーリンにであって、叔父にではなかった。急に辞めることをくどくどと謝り、ソーントンとマダム・ニンのあいだの取り決めについて書いていた。マダム・ニンは英語を話せるが読めないので、オクタゴン・ハウスと娼館とのやり取りを少年が口頭で伝えていたのだ。スーリンが上の階に呼ばれて伝言を言付けられたのははじめてだった。ソーントンがここしばらくパーティーを開いていなかったからだ。少なくともマダム・ニンが提供するサービスを必要とするようなパーティーは。

「いつもどおり女の子を六人。パーティーは月曜日」彼はそう言うと、デスクの上の書類をめくった。「午後のパーティーだ。午後一時にはここに来ているように。四時には終わる。仕事内容はいつもどおり、報酬もおなじ」

「わかりました、ミスター・ソーントン」

ようやく彼が顔をあげた。「いつもの配達の子じゃないな」

「彼は辞めました。でも、引き継ぎはできてます」

「よろしい」短い間。「スージーを寄越すように。スージーがだめなら英語を話す子を寄越してくれたまえ」

「わかりました、ミスター・ソーントン」

ソーントンからの一風変わった依頼は当初手紙でもたらされた。マダム・ニンはレターヘッドが型押しされた厚いクリーム色の便箋を矯めつ眇めつ眺め、スーリンを呼び寄せて読んでもらった。マダム・ニンは最初、半信半疑でどうしたものかと考えこんだ。娼婦たちに彼が用意する贅沢なチャイナドレスを着て客たちをもてなしてほしいという依頼だった。彼は〝生身の異国情緒〟という言葉を使った。

それから配達の少年を通じて手紙をやり取りし、ソーントンは彼女を対等に渡り合える交渉相手だと納得し、出された条件をすべて呑んだ。

娼婦たちがチャイナタウンの外でいじめや誘拐やその他危険な目に遭わないように、ソーントンが送り迎えの馬車を寄越すことも条件に含まれていた。

客に酒を出すだけの仕事なのに、時間給は娼館で稼ぐのと同額だ。

英語が話せる娼婦には倍額が支払われる。マダム・ニンがこの条件を加えたのはスーリンのためだった。〝彼は娼婦たちと意思の疎通が図れるわけだし、あたしも安心だからね。うちの子は誰も英語が堪能じゃないから〟と、マダム・ニンはスーリンに言った。〝あんたがその場にいてくれたら、誤解を避けられるでしょ。それに、あんたは小遣い稼ぎができる。両親がいなくなったいまは、店とはべつの稼ぎ口が必要なんだからね。あんたの叔父さんはまったくの役立たずだもの〟

〝でも、叔父さんにばれたら？　夜出掛けるのに、どんな言い訳をすればいい？〟そうスーリンが言うと、マダム・ニンはしばらく考えてからにっこりした。〝あたしに任せなさい。彼にばれないようにしてあげる〟

最初の呼び出しがかかった日、叔父は麻雀荘でつきまくった。つきを逃してなるものかと、彼は店に使いを寄越し、スーリンに店じまいを頼んだ。彼は朝まで戻らないから大丈夫、とマダム・ニンが請け合ってくれた。

その一時間後、スーリンは顔を白く塗られ、昔ながらの柳の葉形の眉を描かれ、深紅の口紅を塗られて、マダム・ニンの娼婦のなかでも美形の五人とともに迎えの馬車に乗りこんだ。オクタゴン・ハウスに着くと、無表情な家政婦の先導で裏手の階段を三階までのぼった。ミセス・マクニールに言われて入った部屋には、豪華な刺繡のチュニックと高い襟のジャケット、それに色とりどりのズボンとパネルスカートが用意されていた。壁際には刺繡が施された布製のフラットシューズや厚底シューズが並んでいた。

娼婦たちは冗談を飛ばして笑い、窓際の姿見の前で押し合いへし合いしながら着替えた。ジャケットは幅広で、チュニックは裾が広がって膝まであり、どちらも動きやすい。靴をつぎつぎに履き替えて足に合うのを選んだ。スーリンはそんなことより手のこんだ刺繡をじっくり見たかった。見たこともないステッチが使われているからだ。

「ほんとうにセックスを要求されないと思う？」バタフライが言った。彼女の本名はいたって平凡だ。「下心がなくて大金を払う男がどこにいるのさ」

「そのうちわかるわよ」と、ヒヤシンス。「女たちがセックスするのを眺めるのが好きとかね。こっちとしたらそのほうが楽じゃない？」彼女はバタフライを抱き寄せて情熱的なキスをした。

「子どもの前でよしなよ」バタフライがくすくす笑いながらキスを返した。

「子どもはもっとひどいものを見てるよ」スーリンは言った。「だけど、家政婦が気絶したら困る。ドアをノックしてるじゃない」

だが、入って来たのは家政婦ではなかった。ソーントンだった。「この中で英語が話せるのは？」

「あたしです。名前はスーリン」

「スー、リン？　わかった、スージーと呼ぶことにする。客が到着するまで十五分。チャイニーズ・ルームに移動するようみんなに言ってくれたまえ。召使いたちがシャンパンのグラスをつねに補充してくれるから、きみたちは笑みを絶やさず、通りかかった客にシャンパンを勧めるだけでいい」

チャイニーズ・ルームに入って、娼婦たちは思わず感嘆のため息を洩らした。金の太鼓橋と塔が描かれた黒漆（くろうるし）屏風と、貝細工の蘭と蝶が嵌（は）め込まれた赤漆屏風が向かい合わせに置かれている。そのあいだにはガラス張りのキャビネットが置かれ、鼻煙壺（びえんこ）や翡翠の彫刻や琺瑯の花瓶といったソーントンの蒐集品が並んでいる。だが、彼女たちの目を捉えたのは部屋の奥に置かれたガラスケースだった。おさめられているのは青と金の冠だった。「まあ、不死鳥の冠」バタフライがガラスに鼻をくっつけるようにして覗きこんだ。「女帝のものだったんだろうな。それとも皇妃のもの」

　このような冠を所有できたのは皇族の女性だけだ。冠の下の部分を飾るのはサファイアと真珠とルビーだ。淡い青と白の翡翠を透かし彫りにした不死鳥が正面と脇で踊っている。冠の後部から垂れるどっしりとした白い房は、よく見ると白い小粒真珠で先端には花を象（かたど）ったペンダントがついている。側面から輪になって垂れるのは一連の大きめの真珠だ。しかも青真珠！　冠の上部で揺れるのは無数の青い花と蝶で、支えるのは金線だ。花びらと蝶の羽はカワセミの羽根でできており、その濃く鮮やかな色の美しさは宝石や花をも凌（しの）ぐ。こんな青は見たことがない、とスーリンは思った。

　パーティーは取り決めどおりに進んだ。スーリンと娼婦たちは、にこやかにシャンパンのトレイを差しだすだけでよかった。客たちはゆっくりと歩きまわって歓談し、羨望の眼差しでソーントンの蒐集品を覗きこんでいた。男の客たちは中国人女性たちをあからさまにじろじろ見つめた。

「ずいぶんとユニークな給仕女を揃えたものだね、ソーントン」そんなことを言う客もいた。「男たちは興をそそられる。女たちが眉をひそめないのは、はじめて見る中国人娼婦に興味津々だからだろう。どこの娼館で調達してきたのか教えてもらいたいものだ。とこいるのか。声をひそめもしない。スーリンには聞こえないと、聞こえても理解できないと思っているのか。

「若いレディたちは……このあと、相手をしてくれるのか？」

「若いレディたちは、パーティーに異国情緒を添えるためだけにここにいるんだよ、カラン」と、ソーントン。「彼女たちに触れたら、招待客リストからきみの名前をはずすからそのつもりで」

ソーントンを取り巻く男たちがどっと笑う。スーリンは唇を噛んだ。

「いけすかない奴だと思わない？」その声は低くてあたたかみがあり、愉快そうだった。「マダム・ニンが要求する金額を払えもしないくせに。ところで、名前はレジー」

スーリンは頭の中で記憶を握りつぶした。あの声をはじめて耳にし、あの顔をはじめて見たときの記憶を。あのエメラルドのような深い瞳。ソーントンの話はつづいていた。「スージーと言えば、もうひとつ」ソーントンは書斎に姿を消し、淡いピンクのツバキを手に、紙ばさみを脇に抱えて戻ってきた。テーブルにツバキを置く。

ほんもののツバキではなく絹でできた造花だ。葉や花びらに施されたステッチのすべてを、スーリンは知り尽くしていた。自分で作ったものだからだ。ツバキはレジーの好きな花で、六つ作ってあげた。けっして枯れない花。永遠の命、永遠の愛。それをレジーに望んだけれど、口に出して言ったことはなかった。

ソーントンは紙ばさみから絵を抜き出した。純白の花の植物画だ。一見したところツバキの花に似ている。彼が二枚目の絵を取りだした。おなじ花を三方から見た絵で、いちばん外側の花弁だけ長くて薄いのがわかる。ツバキとは異なる植物だ。

「スージーが絹の花を作っていると聞いた」彼はツバキの造花を指さした。「四月十八日までに、この絵の花を二十五個作れるかどうか、彼女に訊いてみてほしい。ドレスにピンで留めるのにふさわしい形にしてもらいたい。一個につき一ドル支払う」

スーリンは息を呑んだ。店のウィンドウに飾られている帽子で、いちばん高かったのが五ドルだった。二十五個の絹の花に二十五ドル。法外な金額だ。

「彼女に伝えます」そこでつい口を滑らせた。「あの、教えてください。スージーが絹の花を作ることをどうしてご存じなんですか?」

「かつての使用人が言っていた」彼は絵を丸めて輪ゴムで留め、スーリンに差しだした。「この絵の扱いには注意するようスージーに伝えてくれたまえ。あとで返してもらう。できしだい届けてくれ。十八日より前でもかまわない。月曜のパーティーにできた分を持ってきたら、その分をその場で払う」

レジーの心変わりを示すこれ以上の証拠があるだろうか。スーリンの愛の証はいまソーントンの手にある。造花もまた置き去りにされたのだ。

5

「ミス・イーストウッド……」ジェマは部屋のドアから顔だけ出して、目をぱちくりさせた。「その恰好、どうしたんですか？」

「ハイキング用の恰好よ。山に植物採集に行っててね、いま戻ったところ」イーストウッドは階段に向かう途中で足を止め、自分の服に目をやった。色褪せたブルーデニムのスカートの下にレギンスを穿いている。「自分でデザインしたの。デンバーの滝で足を踏みはずしそうになってね――そのとき着ていたのがコーデュロイのスカートで、もし足を踏みはずしていたら滑って滝壺に落ちていた。これは流行とは無縁だけど、山登りには適してるのよ、ミス・ガーランド」

〝ジェマと呼んで〟と言いそうになった。劇場関係の人たちはさも親しげにダーリンと呼び合う。慣れ慣れしく振る舞えないわけではないし、コルセットの紐を結ぶのに手を貸しても欲しい。それからお茶を一緒にして――けれども、そんなふうに下宿の仲間たちと親しくなってどうなるの。ニューヨークで住んでいた下宿屋では、住人全員と友だち付き合いをした――薄情な男やケチな雇い主をぼろくそにいう愚痴に耳を貸し、さも同情しているような相槌を打ってどれだけ時間を無駄にしたことか。挙げ句に金を貸す羽目に陥った。こっちの人に二ドル、あっちの人に五ドル。そんな〝友だち〟の誰か一人でも味方をしてくれた？　あの最悪の数週間に。

誰もしてくれなかった。一人も。だから、隣人とは距離をとるにこしたことはない。アリス・イーストウッドはとても感じがいい。でも、こっちが無理な頼みごとをしないうちは、誰だって感じがいいものだ。頼ろうとしたとたん、彼らは手のひらを返す。

「ほかの下宿人たちと一緒に夕食をいかが、ミス・ガーランド？」アリスが誘ってくれた。

「いいえ、予定があるので」

「だったら、夕食後に居間で一緒にすごすのはどうかしら。毎晩、ピアノを囲んでみんなで歌を歌ってるのよ――ミセス・ブラウニングがあなたに歌ってもらいたいたがってて、でも、引っ込み思案で頼めない――」

「わたしはプロですよ、ミス・イーストウッド。素人の音楽会に出ている暇はありません」ジェマはきっぱり言ってドアを閉め、コルセットの紐と格闘した。紐をベッドの支柱に巻きつけて思いきり引っ張る。いま流行りのウェスト四十センチはとうてい無理だし、七十センチだって無理がある（ソプラノには空気が必要）けれど、気になる男性とのディナーで歌うことを求められなければ？　六十センチまで絞る甲斐はあるでしょ？　そんなことをトスカニーニに語りかける。夕方になると鳥籠から出してやるので、彼はいま鏡の上端にとまっていた。

〝ドレミファソラシド〟と、緑色の羽をバタバタさせながら完璧な音程で歌う。

「いい気なものね」ジェマは顔をしかめ、コルセットの上からボディスを着て、今度はホックと格闘した。ネリーが住んでいた部屋はどこもそうだったが、この部屋にも亜麻仁油の匂いがかすかに残っている。それでもジェマは荷物をほどき、母の古いパッチワークと使い古しの楽譜と、喉を潤す薬用ドロップと紅茶の缶を並べた。演奏者も歌手も、行った先々をくつろぎの場所とする術を身に着けている。

むろんわが家ではない。

〝いずれは自分の家を持つんだから〟ジェマは自分に言い聞かせながら黒玉のブレスレットをつけた。トスカニーニが羽ばたける網戸のあるテラス付きの都会の日当たりのよいアパートメント、居間には練習用のコンサート・グランドピアノ。宝石箱には真珠、銀行には貯金があって、〝ギャーギャーわめくなクソ女〟と誰にも言わせない。

「なんてすてき！」階下のキッチンの入り口で、アリス・イーストウッドがコーンミール・マッシュの皿を手に立ちどまった。ダイニング・ルームからは食器の音やおしゃべりが聞こえる。「とってもスマートよ、ミス・ガーランド」ジェマの装いは、青紫のシルクのドレスに漆黒のモスリンの上着、ウェストに青いシルクのサッシュを巻き、耳には真珠、首には黒いベルベットのリボン。「パーティーにお出掛けね？」アリスが言う。ジェマのきつい拒絶を気にしているふうはなかった。

ドレスの長く引く裾を腕に掛け——いちばん上等なディナードレス、作って二年になるが、ドレスを毎年新調しているように見せるコツを、歌手なら誰もが心得ている。そう見せられない歌手には声がかからない。さっさとお払い箱だ。「仕事の話で出掛けるんですよ、ミス・イーストウッド」

少なくともただの牡蠣にはありつけるだろう。お尻をつねろうとする手をかわしながら。

「ダイヤモンドを差しだされることには慣れているだろうけれど」と、ヘンリー・ソーントンが言った。「わたしが差しだすのはカワセミの羽根です」

「なんておっしゃいました？」ジェマは小首を傾げた。

「カワセミの羽根がガウンに彩を添えるんです。二千年前の中国の皇族は宝石として用いました。羽根を切って銀メッキに貼りつけたものを、櫛（くし）やブローチや冠にした……とても繊細なものだから、とびきり腕のいい職人でないと細工できない。羽根の青紫はけっして色褪せないのです。染料ではなく目の錯覚だから」

「まあ、想像もつかない。あなたのお仕事は鉄道と鋳造業なんでしょう。カワセミの羽根の宝石なんて、どうしてご存じなんですか？」

「わたしは中国の芸術の虜なんです。長い年月をかけて集めてきました――翡翠、磁器、屏風」彼は時計の鎖につけた白いチャームを見せた。「これが最初でした。運を引き寄せてくれましてね」

ジェマはほほえんだ。彼はタキシードを着ていたが、きのうのモーニングスーツ同様着崩している。ネクタイはぞんざいに結んであり、黒髪はくしゃくしゃなままだ。それなのに、パレス・グリルのスタッフは彼の言いなりだった。彼が火傷跡のある右手の指をあげただけで、彼らは四方八方に散ってゆく。いましも、空になったシャンパングラスにヴーヴ・クリコを注いでいる。ジェマは店内に視線を走らせた。大理石の柱、格天井、白いクロスのかかったテーブルの上で輝くライト、宝石で飾りたてた客。「チャームはどんな運を引き寄せてくれたんですか、ミスター・ソーントン？」

「ハイド・ストリートのオクタゴン・ハウス。ノブ・ヒルをあがったところの」

そこはテイラー・ストリートよりさらに高級な住宅街なのだろう、とジェマは思った。

「オクタゴンって――お屋敷は八面体なんですか？」

「中国の言い伝えでは八は縁起のいい数字なんです。そこに引っ越して、美しいものでいっぱいにしてきた」

「例えば？」

「絵画――アールヌーボーがとくに好きです。トゥールーズ＝ロートレックとビアズリーの作品を一枚ずつ持っています。希少な植物——温室で育てていてね。そのひとつが月下美人」——グラスを掲げる——「世界的にも珍しい花を咲かせる。花の命はたったひと晩。ご存じですか？」

「いいえ」アリス・イーストウッドなら知っているだろう。

「あなたは孤児ですね」ソーントンが唐突に言った。「そうなんでしょう？」

ジェマは目をしばたたいた。「ええ？」

「孤児。孤児特有の目つき。目の前に置かれたものをいちいち値踏みする。いつ奪いとられるかわからないから」

スープが運ばれてきた——ソーントンはオクラのスープ、ジェマは冷製ヴィシソワーズ。ひと息ついてどう返事しようか考えた。「その逆です。幸せな子ども時代をすごしました」スープ皿を見ないようにして、落ち着いた口調で言った。奪いとられるのを心配していると思われないように。「ネブラスカの田舎の農場で育ちました。〝国の屋台骨〟と言われるようなところで。乳搾りでできるたこ、アイスクリームの集い、聖歌隊。残念ながらあなたは間違っています、ミスター・ソーントン」

「それは失礼しました。ひと目で人を判断しようとする悪い癖がありましてね——仕事では役立ちますが、無作法だとよく言われます」彼は左手でスープスプーンを取りあげた。シャンパングラスや水のグラスは人目も気にせず右手で持つけれど、カトラリーを扱うような細かな動きは無理なのだろう。「無作法な人間だと前もって言いましたよね」

「孤児特有の目つきって、どうしてわかるんですか？」これ以上過去をほじくり返されたくなかった。

「鏡を見るたび目にするのでね」はぐらかしも自己憐憫（れんびん）もなし。「父はろくでなしだった。ニューヨークの名家の出だったのに、多額の借金を残して死んだ。母はそのことを恥じ、後を追うように亡くなった。息子は生まれ育った家にあったもののすべてが競売にかけられるのを目の当たりにし、自分で築きあげ自分で守るもの以外はすべて奪いとられることを知った」

　似た境遇だが、ジェマの場合は財産も家名もなかった――小さな農場とわずかな家畜を取りあげられただけだった。だが、すべてを失ったことに変わりはない。「それはお気の毒に」

「結果的にはそれがよかった」彼は椅子にもたれてスプーンを玩（もてあそ）ぶ。「おかげで鍛えられました。悪いことじゃないでしょう？　世知辛い世の中ですからね。やさしくしてたら潰される。だから、そうならないよう頑張ってきた」

「わたしもです」思わず言っていた。「生き馬の目を抜く世界だから。舞台で生き残るのは……」駆け出しのころ身に染みてわかった。ネブラスカで人にこき使われて一生を終わりたくなかったから、自分の声と才能を頼りに抜けだした。頼れるのはそれだけだった。

パイ生地を伸ばし乳を搾る以外にできることはそれしかなかった。だからそれに賭けた。

「途中で挫折する歌手を大勢見てきました。みんなおなじ罠にはまるんです。強欲な夫、浪費家の友人、不誠実なマネージャー、うまい投資話。気がついたときにはすべてなくしている」

「そうはならないと心に決めた？」

ジェマは毅然と言った。「そうです」

そのことに乾杯した。サンフランシスコの名士が集う広いダイニング・ルームでくつろぐ彼の姿を、客たちが盗み見ていることにジェマは気づいた。飛びぬけてハンサムなわけではないし、いちばん上等な服を着ているわけでもない……だが、給仕のスタッフだけでなく、ここにいる人たちすべてが彼のことを知っているようだ。「なんとも牧歌的なネブラスカの農場だが。おらが町のジェニー・リンドを、住民たちはどう思ってるのかな？」

有名なスウェーデンのオペラ歌手を引き合いに出すとは。

「母はすばらしい声の持ち主でした。わたしなんてとても敵わない――その母が歌を教えてくれて、それから、隣町のよい先生のもとで、ちゃんとしたレッスンを受けさせてくれました。でも、娘が教会の聖歌隊で歌うだけでは満足できないなんて、母は思いもしなかった。それで母は頑なになっていったんです。オペラ歌手になりたいというわたしの夢を、母は理解できなかった。近所の農場のアーネ・ニルソンが好意を持ってくれているのに、なにが不足なの。いずれは彼と結婚して、スウェーデン語と英語を話すよく肥えた赤ん坊を産んで、毎年のカウンティー・フェアにアップルバターを出品して優勝する。そのどこがいけないのって」

「あなたが夢を追ったことで、カウンティー・フェアと聖歌隊はおおいなる損失を被ったわけだ」ソーントンが大真面目に言う。

「アーネ・ニルソンにとってはたいした損失ではなかったみたい」ジェマはヴィシソワーズをスプーンですくった。サテンのような喉越しだ。「わたしのいとこのエッタと結婚したんです」インフルエンザでジェマの両親が亡くなって農場を手放すことになっても、アーネ・ニルソンは知らん顔だった。彼には孤児院で暮らすジェマを訪ねる気もなかった。ほかの人たちもおなじだ。仲良く行き来していた人たちが目の前からいなくなった。ジェマはおなじ町に住んでいたのに。

「節操のない男だ」

「エッタの尻に敷かれてね。罰が当たったんだわ。彼女は品評会で一等をとるヤギを育て、よその町にまで知れ渡るほどのブルーベリーパイを焼いて、毒舌で鳴らしてました」

ソーントンが笑った。貧相な顔が笑うとハンサムに見えないでもなかった。「ミスター・ニルソンの代わりは見つかったんですか？」

「いまのところ夫はいません。あなたがおっしゃりたいのがそういうことなら」愛人がいるかどうかということなら、答えるつもりはない。三十二歳で劇場で仕事をしている。歌手にはたいてい金持ちのパトロンがいるが、ジェマにその気はなかった。だからといって一生独身ですごすつもりもない。田舎出の希望に目を輝かせた十九歳の娘の成れの果てと言われようと、彼には関係ないことだ。

「結婚願望はない?」彼が食いさがってきた。

「スワンプスコット出身のテノールと結婚寸前までいったことがあります。ウースターで『フィガロの結婚』のスザンナとフィガロを演じて息がぴったりでした。公演中に恋に落ちるのは自然な成り行きだった。音楽は人をその気にさせる魔力があるんです。なにをしても息がぴったり合って、終演後に食事を共にするようになって」彼はジェマの心をかき乱した。それもひどく。何年も身を慎んできたあと、二十四歳ではじめて真剣に恋をした。『フィガロの結婚』の公演が終わると、彼はジェマの手首にキスして『メサイア』を歌いにボストンへ行き、ジェマは『こうもり』に出るためニューヨークへと向かった。結婚しようね、手紙を書くから、と約束してくれたけれど、音沙汰なしだった。

〝あの連中が手紙を寄越すわけない〟泣き崩れるジェマの頭をやさしく撫でながら、ネリーが言った。〝芸術に身を捧げた男は、恋の相手に不向きなの。そのつもりで利用するだけ利用すればいい。そばにいてほしいなんて思っちゃだめ〟

〝あんたがとっかえひっかえ付き合う女たちも、そばにいてくれたことないじゃない〟ジエマは目を擦りながら言い返した。ネリーは画廊のオーナーや美術品収集家といい仲になる一方で、曲線美の踊り子や粘土をくっつけたままの女彫刻家とも懇ろになっていた（ブロンクスのアパートメントでネリーの部屋から、半裸の絵画モデルがあくびしながら出てくるのを見たときの衝撃ときたら！　初心なサリー・ガンダーソンには刺激が強すぎた）

〝週ごとに相手が替わるよね、ネル〟

〝芸術家肌の人間はたいてい不実な恋人。男でも女でも。練習を共にしたり、アトリエを一緒に使ったりして永久の愛を誓ったとしても、さばさばした顔でつぎの公演地に向かう。テノールのことなんて忘れちまえ、ファーム・ガール。そんな男のために泣くなんて涙がもったいない〟

　たしかにそうだった。身に染みてわかった。「歌手同士の結婚はうまくいくはずないんです」ジェマは明るく言った。「スカーフや喉飴（あめ）が部屋のあちこちに散らばり、喉馴（な）らしのためにどっちが先にピアノを使うかで揉めることになる。最悪です」つぎの公演までの暇つぶしに付き合うのはいい。たぶん。恋に落ちなければ傷つくこともない。長く付き合うなら堅気（かたぎ）の男性のほうがいい。舞台に立つ男は平気で人を裏切る。

「それであなたは仕事と結婚した」ソーントンがうなずき、スープの皿を空にした。

「誰も相手にしてくれないもの」

「それは男に見る目がないから。女にとって頂点を目指すのがどれほど大変かわかっていない」

「あなたはわかっていらっしゃる?」ジェマは眉を吊りあげた。

「まるでわかっていませんよ。だが、わたし自身が苦労してきましたからね。無一文の若造が頂点を目指すのがどれほど大変かはわかっている。少なくともわたしは法律を味方につけた。世の中はわたしのような人間に都合よくできている。だが、女性にとってはそうではない」

彼がこともなげに言うので、ジェマは対応に窮した。「今夜は仕事の話があるとおっしゃってましたね、ミスター・ソーントン」そこでスプーンを置いた。「そろそろ教えてくださってもいいんじゃありません」

彼が片笑みを浮かべた。「そのうち」

「わたしのことはいろいろ話しました」ブロンクスでネリーと暮らした若き日々、オーディション、レッスン、コーラスからはじめて少しずつ大きな役を摑んでいったこと。今度はジェマが彼の身の上話を聞く番だ。ところが、ミスター・ソーントンは合図を送ってスープの皿をさげさせた。

「あなたの友人がサンフランシスコを思いきり持ちあげてくれたおかげで、あなたとこうしてご一緒できました」ウェイターが皿を持っていなくなると、彼は言った。「その友人に会うことがあれば、礼を言わないとね」

「すでに会ってるかもしれません。行く先々で騒ぎを起こす人だから。黒髪でズボンを穿いた女性画家――」ネリーの画家としてのペンネームをいくつか挙げた。ネリーと直接面識はなくても、噂話かなにかで彼女の行き先を耳にしているのではないか。積もる話は山ほどあるのに。

「サンフランシスコでそういう人には会ったことがない」彼は自分でシャンパンをグラスに注いだ。ネリーのことはあきらかに関心がなさそうだ。「ひとつ訊いてもいいですか？　不躾（ぶしつけ）な質問だが、失礼を承知で尋ねます。どうしてあなたはスターじゃないんですか、ミス・ガーランド？」

ジェマの笑みが消え、頬が火照った。「その答えがわかっていたら、いまごろなんとかなってるんじゃありません？」

「わたしはいたって真面目ですよ。あなたは類まれな声をお持ちだ。とっくに誰かに見出（みいだ）されていてもおかしくない」

「ニューヨークにはソプラノが掃いて捨てるほどいます」

「あなたみたいなソプラノはいない。カルーソーの相手役に抜擢されてもおかしくない。コーラスでペチコートを翻していないで」

ジェマはシャンパングラスを手の中で回した。お世辞には慣れていた。楽屋口で待つ熱烈なファンに褒め讃（たた）えられたものだ。〝あなたは最高だ、ミス・ガーランド、唯一無二の美声！〃まともに取り合ったら馬鹿を見ることもわかっていた。でも、お世辞ではなく事実として称賛の言葉を述べられたのははじめてだ。〃太陽は東から昇る。中国の皇族はカワセミの羽根を宝石として身に着けた。あなたは類まれな声の持ち主だ〃

「必死で練習しています」気がついたらそう言っていた。自分から言うべきことではない。声は天与のものだ。それとも神そのもの――気まぐれで移り気な創造主がたまたま与えてくれた声は、大切に育てなければならない。「歌手は毎日シャンパンとパーティーと恋に明け暮れていると思われるかもしれないけれど、日に二時間は歌って、四時間は役柄や言葉や言い回しを勉強してます。肺の鍛錬も」

優美なマイセン焼の皿が運ばれてきた。ジェマの皿は黄金色に焼いた子鳩のマデイラソース添え、彼の皿はレアのフィレミニョンのベアルネーズソース添えだ。メニューには値段が書かれていなかったが、ひと晩でテイラー・ストリートの下宿屋の家賃が吹き飛ぶにちがいない。ミスター・ソーントンは右手でナイフを持ち、フィレを切り分けた。けっして優雅な手さばきとは言えないが、長い練習の賜物だろう。「肺の鍛錬とは具体的にどうやるんですか？」

「毎朝、ちかくの公園で走ったり――」

「走る？」

「ええ、走ります。ただし、街灯柱を目安にして息を止めて走るんです。いったい何本の街灯柱を息を止めたまま通過できるか」フォークを取りあげて子鳩をひと切れ口に含む。嚙むまでもなく舌の上でとろけた。「オリーヴ・フレムスタッドがそうやって鍛えていたから、わたしも真似してるんです」

「練習方法を真似するんじゃなく、オリーヴ・フレムスタッドを蹴落とすべきだ」彼はフィレを素早く切り分けると、じっくり味わった。ベアルネーズソースを舌で賞味すると満足げに小さくうなった。その音にジェマはうっとりする。「ニューヨークではあと一歩で主役の座に届きそうだった。わたしが観たツェルリーナがあなたの実力だったとしたら、八年経ったいま、どうしてサンフランシスコでコーラスで歌っているんですか?」

「メトロポリタン・オペラですもの」料理に合わせて注がれたクラレットを味わう。まるでルビーを飲んでいるみたい。ところが急に酸っぱさしか感じなくなった。「上にいくのは大変なんです」

「いまだにコーラス。時間が尽きかけていると言われるでしょう」

「歌手はダンサーや俳優とはちがうんです、ミスター・ソーントン」つい言い方がきつくなった。「声はゆっくり成熟します。キャリアもおなじ。わたしの歳のソプラノはこれから絶頂期を迎えます。スポットライトを浴びるまで時間はたっぷり残ってますわ」

「だが、いまだにコーラスから抜けだしてないということは、十年も歌ってきて……」彼は椅子の背にもたれた。視線は揺るがない。「あなたはそれほど優秀じゃないのか――わたしは優秀だと思っているが――あるいはほかになにかあるのか」

「なんですって？」

「あなたが運に見放されている理由が」

濃いワイン色のウォルトのドレスを着た女性がかたわらを通ってゆくのを、ジェマは目で追った。つぎにべつのテーブルにクレープシュゼットの皿を気取って置くウェイターに目をやる。「ええ」子鳩の最後のひと切れを皿の上で回しながら言った。「運が悪かったんです」

「どんなふうに？」

醜い事実を遠回しに伝える答えはないものだろうか。隣のテーブルで炎があがる。クレープシュゼットのソースに火がつけられたのだ。こんなふうに火がつく瞬間を見るのははじめてだった。ジェマは肩をすくめてミスター・ソーントンに視線を戻す――と、彼の顔が真っ青だ。テーブルの上で火傷した手を握りしめている。

「失礼」彼が慌てて言い、ジェマの機先を制した。「ちょっと待って――時間をください」彼はぎゅっと目を閉じた。首筋に浮いた血管が脈打っている。彼はクレープシュゼットからわずかに顔をそらした。炎は消えかけていた。テーブルの上で握りしめられた手の火傷跡が蠟燭（ろうそく）の火に醜く浮かびあがる。そんな気はなかったのに、気がつくとその手に手を重ねていた。

一瞬のことだった――誰も見ていないだろう。隣のテーブルの客たちはクレープシュゼットに舌鼓を打っている。ソーントンが目を開けた。そこではじめて彼女の手に気づいたようだ。ジェマはそっと手を引いた。彼の親指が束の間ジェマの指を強く押さえ、すぐに放した。「これに気づいていたんでしょ」彼はまた手を握りしめる。

「ええ……」

「わけを訊かずにいてくれてありがとう。たいていの人があっと息を呑んだり、失礼なことを言ったりしても礼儀に反しないと思っているのだから、呆れたものですよ」彼は問題の右手をあげ、皿を片付けるよう合図を送った。「ニューヨークのパーク・アベニュー・ホテルの火災、一九〇二年の、そのときの火傷跡です」

その惨劇はジェマも耳にしていた。市内の高級ホテルが火に包まれ、消火は困難をきわめた。煙が充満する廊下を寝間着姿の宿泊客が右往左往し、咳きこみながら出口を探した。二十人以上が犠牲になった。「話してくださる必要はありませんよ、ミスター・ソーントン」ジェマの言葉にかぶせるように、彼は話しはじめていた。

「自分ではどうにもならない。不本意だが仕方ない。手のことは気にしていません。困るのは、不意に炎の匂いを嗅ぐと子どもみたいに震えてしまうことです」彼はほほえもうとしたが、動揺は隠せない。ようやく顔に血の気が戻った。「寝室の暖炉の火や台所のコンロの火は平気なのに、予期せぬときにぼっと火が燃えあがる音を聞くと……」

彼は言い淀んだ――めったにないことなのだろう。短い付き合いだがジェマにはわかった。視線を膝に落とし、ナプキンを指に絡める。「自分ではどうにもならないからって、弱いわけじゃありません」

彼が首を傾げた。「はて」

「わたし、孤児なんです。あなたが見抜いたとおり。それで、両親を亡くしたころから偏頭痛に悩まされるようになって。頭痛とはちがいます」尋ねられる前に自分から言う。「偏頭痛はべつの病気。何時間もつづくんです。なんとかおさまるまで、暗くした部屋で横になっているしかない。わたしがスターになれない理由はそれです、ミスター・ソーントン。症状がいつぶり返すかわからないし、ぶり返せば舞台に立てません。はじめて『フィガロの結婚』の伯爵夫人を歌うことになっていた日、幕があがる十分前に出演を取りやめざるをえなくなりました。つぎの年には、『ラ・ボエーム』の公演の途中で、泣く泣く代役に座を譲り、指揮者に怠け者呼ばわりされてお払い箱になった。去年はボストンで契約を打ち切られました。悪い噂が舞台監督の耳に入って。酒飲みだとかヒステリーだとかそういう噂――ようするにわたしは当てにならないってことです」顔をあげて彼を見つめる。「頼りにならない。劇場でそれは許されない罪なんです。癇癪を起こそうが、ピアニストを引っぱたこうが、楽屋をバラの花でいっぱいにしろとごねようが許される――主演女性歌手にありがちだから――でも、当てにならないのは許されない。ソプラノの代わりはいくらでもいます。声がそこまでよくなくても、あと二十分で舞台にあがるってときに、頭が火の玉になり丸まって震えてなければいいんです。それで一方は仕事にありつき、もう一方は三十二にもなっていまだにコーラスで歌っている」

彼の顔に浮かんだ表情をジェマは読むことができなかった。集中している？　激怒している？　膝の上のくしゃくしゃのナプキンにまた視線を落とした。「でも、わたしが悪いんじゃない」なんとか言葉を押しだした。「わたしには抑えられないことなんですもの。自分に言い聞かせればすむものでも、必死に練習すれば治るものでもない。偏頭痛が起きて、歌えなくなる、それだけ。あなたは火事を経験し、いまでは不意に煙の匂いを嗅ぐと気持ちを鎮める時間が必要になる。それは自分ではどうしようもないことです。弱さではない」

男の人にする話ではない——誰にも話したことはなかった。偏頭痛の辛さを知っているのはネリーだけだ。ジェマが偏頭痛の痛みに悲鳴をあげると、ネリーは部屋を暗くしてこめかみにラベンダーオイルを塗りやさしく揉んでくれた。〝あんたが悪いんじゃないよ、サル〟そんなことを言って安心させてくれたのは、彼女が最初だった。まわりの人たちはみな、仮病だと疑ってかかった。気の持ちようで痛みは消えると言った。教理問答の最中に、十五歳のジェマが苦しさのあまり吐いたとき、〝お祈りすれば気分はよくなる〟と孤児院の院長は言った。ニューヨークで診てもらった医者たちは、〝女の気病みはそのうちおさまる〟、とか、〝ただの頭痛だな、柳の樹皮を煎じて飲めばいい〟、とか、〝女の悪寒を治す特効薬は結婚して子どもを産むこと！〟と宣った。

「どうするつもりですか、そんな」――ミスター・ソーントンは手振りで示した――「ものを抱えたままで」

「自分にできることをやるだけです」ジェマは肩をすくめた。「効かないとわかっていても、ものは試しと薬を服む。後生だからいま起きないでと祈る。抱えたまま生きるしかありませんもの。それしかないでしょう？」

彼が言いたいことを堪えているのがわかった――解決策はあるはずだと言いたいのだろう。試したことのないなにかが。たいていの人がそう言う。ところが、彼は小さく頭を振って言った。「あなたに意見する気はありません。さんざん聞かされてきただろうから。善意で講釈を垂れたがる人がまわりにいたんじゃないですか？　あなたが永年苦しんできたことについて、あなた以上にわかっているとしたり顔でね」

「ええ」ジェマは背筋を伸ばして座りなおした。「ええ、たしかに。〝痛みなんか気の持ちようでどうにでもなる〟なんて言って。そんなこともわからないのかって顔で――」

「そうそう。わたしはあの火事のせいで火を恐れるようになった。自分の感情を抑えることもできないのか、とまわりは考える」彼がほほえむと、ジェマもつられてほほえんだ。

「馬鹿は嫌いだ。この世は馬鹿ばっかりですがね……だから、富を築こうという気になった。馬鹿に向かって馬鹿と言えるだけの富をね」

「それで、築かれたんですか？」

「築いた。必死に働いて非情にもなった。馬鹿な人間には容赦しない。わたしは親切とは言いがたいが誠実ではある」

「誠実さは必要ですもの、ミスター・ソーントン」

デザートが運ばれてきた。クリスタルの皿に盛られたピーチメルバ。滑らかな口当たりのアイスクリーム、ラズベリーソースに綾どられた黄金色の桃。濃厚なコーヒー。「あなたにひとつ提案がある」ウェイターが去ると、ソーントンが言った。

ようやく本題に入るのね。下品な申し出。ジェマは内心でため息をついた。たしかにディナーを思いきり楽しんだ。いえ、楽しむとはちがう。古い傷や孤独な子ども時代はけっして楽しい話題ではないが、興味深いディナーを久しぶりに堪能した。「あの――」

「愛人にしてやるなんて言うつもりはありません。あなたは魅力的だけれど」彼は言い、黒いモスリンから覗く肩をちらっと見た。「だが、仕事と愉しみを混同する気はない。もっぱら仕事の申し出です。新たに集めた品々をお披露目する小さな集まりを開く予定です――珍しい中国の骨董品と、それにもちろん月下美人も。シュミッツ市長も来られる予定でね。それにフラッド夫妻、コール夫妻、デ・ヤング夫妻――」サンフランシスコ社交界に疎いジェマでさえ知っている名士の名前がつぎつぎに飛びだした。「その席であなたに歌ってほしいんですよ、ミス・ガーランド」

「つまり余興にということですか？」ジェマには想像がついた。通用口から入るよう指示され、むっとする廊下で何時間も待たされ、オペラの定番曲をメドレーで歌う。そのあいだ客たちはほろ酔い気分でアップルタルトを摘みながら談笑する。

「あなたは主賓ですよ」ミスター・ソーントンはコーヒーカップを手の中で回した。「あなたのその宝石のような声にふさわしい場所を提供します。鑑識眼のある人びとを集めて。わたしの家で開くコンサートでは誰もおしゃべりしない。保証しますよ」

心臓がドキドキしてきた。ありきたりのディナーパーティーの余興とはちがうものだ。歌手としての転機となるかもしれない。ここぞというときに耳が肥えた聴衆の前で歌えば、道が開かれるかもしれない。「招待客は何人ぐらいですか？」

「そうですね、五十人前後。あなたのために、グランド・オペラ・ハウスの音楽監督やティボリ劇場、コロンビア劇場の音楽監督も招待しましょう」

「どうしてそこまでやってくださるんですか？」この話には裏がありそうで尋ねずにいられなかった。〝あとから見返りを求められるんじゃないの？　ひと晩泊まっていけとか〟

「わたしはただの実業家です。芸術を創造できないが、金を注ぎこむことはできる。ニューヨークのロックフェラーもグールドもカーネギーも、コンサートホールや美術館にその
仕事と愉しみを混同しないと口では言っているけれど。

名を刻んでいる。サンフランシスコでおなじことをやりたいのです。あなたを応援したい」

ただの実業家ですって。自分をそんなふうに呼ぶ男に、ジェマは会ったことがなかった。実業家なら彼女をただの歌手と言いそうだ。競走馬よりは一段上であっても人間扱いはしない。「そのパーティーはいつなんですか？」

「月曜日」

ジェマは融けかけたアイスクリームにスプーンを落とした。「三日後の？」

「あなたは立派なプロなんでしょ、ミス・ガーランド。いまこの場で歌えと言われて歌えませんとは言わないはずだ」

歌える。まだ三日ある。プログラムを考えて、ピアニストを手配して、練習……「わたしはプロですから、出演料の問題があります」

彼は相当額を提示した。充分な蓄えができる額だった。

「ありがとうございます。喜んで――」

「いいえ」彼がジェマの言葉を遮った。「これしきで喜んではいけない。自分の価値がわかっているんでしょう、ミス・ガーランド。だったら倍は要求していい。冗談じゃないと突っぱねていいんです。それぐらい出せますよ。わたしから絞り取ればいい」

ジェマは噴き出した――笑わずにいられない。「もっと要求しろとおっしゃるんですか？」

「頼みますよ。あなたは人がよすぎる。もっと強気になりなさい。生き馬の目を抜く世界なんでしょ、舞台は。あなたみたいな農場育ちのお嬢さんにとっては、生きづらい世界だろうけど」顎の下で両手を合わせ、ジェマを見つめる。「わたしはいい人間じゃないから、わたしにいいところを見せようとしなくていい。倍の額を要求しなさい」

ジェマはまっすぐ彼の目を見て言った。「三倍」

「商談成立」

6

一九〇六年四月七日
地震まで十日十三時間三十一分

ソーントンが開く二度目のパーティーで、スーリンはアリス・イーストウッドに出会った。最初のパーティーから一カ月後のことだ。カリフォルニア科学アカデミーのための資金集めのパーティーで、会場はオクタゴン・ハウスの立派な温室だった。その日の目玉は花をつけた多肉植物だったが、招待客たちは珍しい植物を愛でることより、たがいを牽制し合うことに忙しそうだった。

スーリンは温室の入り口のアーチ形に茎を這わせた深紅のブーゲンビリアの横で室内を見渡し、植物をしげしげと眺める中年の女性を目に留めた。贅沢なドレスと宝石で飾りたてた女性たちのなかで、ただ一人地味な服装だったから目立ったというのもあるが、ソーントンが彼女に熱心に話しかけていることに興味を引かれたのだった。

「多肉植物は専門じゃありませんが」女性が言う。「こういった特徴を持つものは見たことがありません。とても珍しい。アルゼンチンのものだとおっしゃいました？　出直してきてスケッチしたいわ。キュー王立植物園の園長のデイヴィッド・プレインに送ってあげたいので。彼は多肉植物に特別な情熱を抱いているから」

「出直す必要はありませんよ、ミス・イーストウッド」ソーントンが言った。「ひと鉢進呈します。あす、アカデミーに届けさせましょう」

女性が満面の笑みを浮かべた。笑うと日焼けした肌に刻まれたしわがいっそう深くなる。

「それはご親切に。すばらしい植物に目がいってしまい、つい長居をしました。そろそろお暇（いとま）します」

「あなたに褒めていただいただけでも、この会を開いた甲斐があります」ソーントンの言葉に嘘はなさそうだ。

二人がちかづいてきたので、スーリンは掲げているシャンパンのトレイをわずかにあげた。ソーントンはスーリンに笑いかけてグラスを取りあげ、女性にお辞儀すると接待に戻っていった。

ところが、女性は立ち去らなかった。怪訝な面持ちでスーリンを見つめている。いや、スーリンをではなく髪を見ているのだ。

「それ、アイリスでしょ？　でも、十月に花をつけるなんてことがあるの？」彼女がスーリンの髪に咲く花を覗きこむと、ローズマリーとベイリーフの香りがした。

「造花なんですよ」スーリンは言った。「シルクの」ここぞとばかりつづける。「あたしが作りました」

「なんとまあ。ちかくで見なければほんものだと思うわよ。ほかの植物もシルクで作ったことある？」

「盛り花なんかも作ります。これみたいな髪飾りも。刺繍もやってます」

女性はバッグから名刺を取りだした。「アリス・イーストウッド。いつか会いに来てくださらない？　時間があるときでいいから、シルクの花をいくつかお願いしたいわ。さて、もうお暇しないと」

〝アリス・イーストウッド。植物研究部研究主幹。カリフォルニア科学アカデミー〟

女性で責任ある立場にいるのだ。すごいことだ。

数日後、スーリンはアカデミーを訪ねた。洗濯屋の配達少年の恰好に掃き古したブーツ姿の彼女を、門衛は胡乱(うろん)な目で見て立ちはだかった。

「アカデミーは市民に開かれた場所のはず」スーリンは引きさがらなかった。「しかも無料で」

「市民とおまえたちみたいなのとはべつなんだ」門衛はこともなげに言った。「園芸クラブのご婦人方が来場されている。おまえの姿を見たら、嫌な思いをされるだろう。ご婦人方が帰るまで一時間ほど待つんだな」

チャイナタウンからほどちかいとはいえ、ここまで来るのは大変だった。ご婦人方が出ていくのを待つ気にはとてもなれないから、アリスの名刺を掲げた。「ミス・イーストウッドから訪ねてくるように言われました」

「ミス・イーストウッドね」門衛はため息をついた。「わかった。サム、おまえはここにいてくれ。こいつはおれが案内する」

門衛のあとについて裏手の通路を通り六階まであがると、黒く塗られたドアに〝植物研究部〟の標識が出ていた。門衛がドアを開くと、松葉の樹脂の匂いとバラを思わせる匂いがした。シャツ姿の男性たち——それにかなりの数の女性たち——が大きなテーブルに向かって黙々と仕事をしている。書き物をする者もいれば、押し葉らしきものを分厚い紙にテープで貼りつけている者もいる。

「この中国人のガキがミス・イーストウッドに会いたいそうです」門衛は誰にともなく言った。「ここに置いてっていいですか?」

若い女性が立ちあがった。「わたしが案内します」

アリスの部屋のドアは開けっ放しだった。当人は窓辺で顕微鏡を覗きこんでいる。「ミス・イーストウッド」女性が声をかけた。「お客さんです」

「ありがとう、エミリー」アリスは顔をあげてほほえみ、スーリンをしげしげと見た。眉間にしわを寄せてちかづいてくる。「お入りなさい。どこかでお会いしたかしら？」

スーリンもアリス・イーストウッドを見つめた。また妙な恰好をしているものだ。ウェストをベルトで絞った上着には箱襞（ひだ）のある大きなポケットがついている。穿いているデニムのズボンときたらぶかぶかで、まっすぐ立っていたらスカートと見間違う代物だ。それに靴を履いていない。部屋を見回すと、木枠箱の上に泥だらけのブーツが干してあった。バラの匂いの出所はここのはずなのに、どこにもバラの花はなかった。

スーリンはフェドーラ帽を脱いだ。「ミスター・ソーントンのパーティーでお会いした者です、ミス・イーストウッド。名前はスーリン、スーリン・フェン」

アリスの顔に笑みが戻り、それが大きくなった。「季節はずれのアイリスを髪に飾った美しい娘さんね。お入りなさい。でも、きょうはどうして男の子の恰好をしているの？」

「そのほうが安全だから」スーリンは平然と言った。

男たちに辮髪（べんぱつ）を引っ張られ小突かれ、侮蔑の言葉を投げつけられたことを、アリスに言うつもりはなかった。女だとばれなかったのは運がよかった。それに昼間で、男たちがまだ飲んでいなかったのもよかった。もっとも彼らは飲んでいなくても危険だ。そういうことを白人女性が理解できるわけがない。

だが、アリスは理解できた。彼女の表情が変わったのでそうとわかった。うっかり疑問を口にして相手を傷つけたと悟り、頬を赤らめたのだ。

「それで、ミス・フェン」アリスが何事もなかったように言う。「あたしが考えているのは、シルクで作る植物標本なのよ。あなたが細部をどこまで正確に再現できるかわからないけれど、試してみて損はない。ところで、バラの匂いのするゼラニウムを見たことある？」

アリスは窓台から小さな鉢植えの植物を取りあげた。「葉の匂いを嗅いでみて。うっとりするでしょ」

開いたままのドアにノックがあった。急用を思わせるノック。若い男がドア口に立ち、問いかけるようにアリスを見ている。

「どうしたの、セス？　ああ、コロラドから届いた荷物ね。ここで待ってて、ミス・フェン。すぐにすむから」アリスはさっと部屋を出て、若い男性とともに急ぎ足で廊下に消えた。

アリス・イーストウッドの動きには無駄がなかった。その一挙手一投足からどんな難問にも立ち向かう覚悟とやる気が伝わってくる。こんな立派な施設で研究主幹をやっているのだから、相当なやり手だ。ソーントンのような男から尊敬されているんだもの、たいしたものだ。

アリスはつぎからスーリンをテイラー・ストリートの下宿屋に呼んでくれた。「チャイナタウンからほんの三ブロックしか離れていないものね」と、アリス。「ちかいにこしたことはない」

ちかいし、安全だ。

「見事な出来だわ」スーリンが完成品を届けると、アリスは言った。ダイニングテーブルに並べたシルク製の黄色いケシの雄しべに目を凝らす。「わたしのハンドバッグを取ってもらえる?」手振りで鏡台を指し、手にしたケシの葉をじっくり眺める。

彼女が住むのは下宿屋の最上階の部屋で、小さな台所がついており、ソファーとダイニングテーブルも置ける広さがあった。テーブルはつねに本や植物標本に占領されていた。ペイズリー柄の色褪せたカーテンは開け放たれ、窓から街並みを一望できる。

アリスが最初に依頼したのは白いカタリーナ・マリポーサ・リリーだった。スーリンはアリスが貸してくれた写真と絵を参考にして作りあげた。つぎがピンクのブッシュマローで、絵以外に実物も貸してもらえた。スーリンはアリスのたったひとつのイブニングバッグの修繕を買ってでた。どっしりとした黒いサテンに半円を描くように施されたビーズ刺繍を別布で再現して、刺繍部分だけ付け替えた。感謝祭がちかづくと、アリスが下宿屋の女主人ミセス・ブラウニングに掛け合ってくれて、リネン類の洗濯はフェンホワン・ランドリーが請け負うことになった。

スーリンが緑色の革のバッグを手渡すと、アリスは二十五セント硬貨二枚を取りだした。

「いけませんよ、ミス・イーストウッド。二十五セントで充分です」

アリスは頭を振った。「スーリン、もっと自分自身と自分の仕事に自信をもたなきゃ。さあ、取っといて」

「あの、こんなことをとても言えた義理じゃないんだけど」スーリンは硬貨二枚を受けとり、言った。「ミスター・ソーントンから急ぎの仕事を頼まれたんです。それで、ダグラス・アイリスを作るのを後回しにしていいでしょうか?」

スーリンは恐縮していた。ソーントンから頼まれた花をできるだけ早く仕上げ、報酬を受けとった翌日にはボストンかニューヨーク行きの列車に乗るつもりだったからだ。アリスのためにアイリスを作れない。

「もちろんよ。こっちは急ぎじゃないもの。それで、ミスター・ソーントンにはどんな花を作ってあげるの?」

「白い花で葉の形が変わってるんです。参考になるのは絵だけで。絵に書かれた名前はエピフィルム・オキシペタルム」ラテン語の発音は難しい。

「月下美人じゃないの!」アリスは嬉(うれ)しそうに手を叩いた。「彼はきっと手に入れたのね。咲いた花をわたしも見たことがないのよ。変わった形の葉はじつは葉ではないの。扁平(へんぺい)な葉状茎。ソーントンに頼んで見せてもらわなくちゃ。花はとても複雑な形だから、彼に報酬をはずんでもらいなさいね」

「はずんでもらってます。それに二十五個も注文してくれたんですよ、ミス・イーストウッド。毎月それぐらい稼げたら自立できます。でも、刺繍もシルクの花も趣味でやってるので」

「あなたの技術は趣味の域を超えているわよ」アリスが鼻を鳴らした。彼女に褒められると勇気が湧いてくる。

「ひとつお願いがあるんですけど」心臓が早鐘を打つ。アリスはとても親切にしてくれるが、その親切にどこまで甘えていいものだろう？

アリスはうなずいた。「なんでも言って」

スーリンがためらったのも一瞬だった。「あたし自立するつもりなんです。洗濯屋を出て、チャイナタウンからも出て。中西部か東部あたりで。もしかして、縫物と刺繍ができるメイドを雇ってくれる知り合いはいませんか？」東部の白人家庭では、家事をやらせるのに男だけでなく女も雇っていると耳にしたことがあった。アリスならシカゴかニューヨークに友だちがいるだろう。

アリスは考えこんだ。「そうね、あたしに考えがあるわ。ちょっと待って」

スーリンの胸にかすかな希望が芽生えた。アリスは現実的だ。夢みたいな話はしないだろう。

アリスがスチーマートランクから取りだしたのは、丁寧に薄紙で包んだものだった。ドレスだ。「ドレープがきれいに出るように掲げてみせてあげるわね」

地味で控え目なイブニングドレスだった。V字形のボディスの古風な黒いベルベットのドレス。ボディスの襟元を飾るのは白い紗にクリーム色のレースを重ねたもので、ベルスリーブにもおなじものがあしらわれている。スカートは下半部が飾り襞になっていて、軽く裾を引いている。だが、スーリンの目を引いたのは襟を縁取る刺繍だった。黒いベルベットの帯が交差してV字形を作り、小さな黒玉が刺繍してある。クリーム色のレースを飾るのもおなじ刺繍だ。控え目でありながら華やかさもある。

「このドレスを買ったのは十年ちかく前なのよ」アリスが言う。「オペラや特別なパーティーに着ていくだけだけれどね。フランス製なの。カロ姉妹のアトリエでね。この刺繍やビーズの使い方を見てご覧なさい。あなたがイブニングバッグにやってくれた刺繍はこれと遜色ない出来だったわ、スーリン。フランスのカロ姉妹の仕事場では六百人もの職人が働いているそうよ。たしかニューヨークに店と仕事場を開くらしい。それも近々」

スーリンはドレスからアリスへと視線を移した。「これを刺した女の人たちは、それで生活費を稼げるんですか?」チャイナタウンでも女たちは手仕事をやっている。縫製工場でリネンや紗の生地に刺繍をする仕事だ。低賃金だから生活費の足しにはなっても、一人で生きてはいけない。

「なにを言ってるの。ファッションハウスで働いている女性たちは芸術家とみなされているのよ。あなただって針で勝負する芸術家」アリスはドレスを薄紙に包んでトランクにしまった。「あなたの技術があれば職業人として立派に通用するわよ、スーリン。ニューヨークやシカゴのファッションハウスなら、あなたの才能を認めてくれる」

「そういうファッションハウスに知り合いはいませんか？」スーリンは恐るおそる尋ねた。彼女が住む世界ではグワンシー、つまり縁故がものをいう。アリスが手を回してくれないかぎり、ファッションハウスでは雇ってもらえないだろう。

「考えてみるわね」と、アリス。「ガーデンクラブのご婦人方のなかに社交界に顔がきく人たちがいるから。シーズンごとにパリのクチュールに服を注文するような人たち。それはそうと、これを見てご覧なさいな」彼女が差しだしたのはカロ姉妹のカタログだった。前年のものだ。

スーリンは失望を顔に出さないよう努めた。〝考えてみるわね〟では、すぐになんとかなる気はしない。スーリンが望んでいるのは、サンフランシスコを出て自活することだ。ドクター・オーヤンとの結婚から逃げるためもあるが、レジーとの思い出がこびりついている街から離れるためでもあった。

「あんたの世界を見せてよ」レジーにそう言われ、スーリンはひとつ条件を出した。見るのはふつうの暮らしの営みだけ。阿片窟や麻雀荘には案内しない。

「悪と退廃。チャイナタウンと聞いて白人が真っ先に思い浮かべるもの」スーリンは言った。「たしかにそういう場所は五万とある。でもね、レジー、あたしみたいなふつうの人間だって住んでいるのよ。商店主に工場労働者、学校に通う子どもたち、エビ釣り漁船で海に出る男たち。まっとうな家族がまっとうな生活を送っている。そこをあなたに見てほしい」

二人で並んで歩けばじろじろ見られ噂になるから、通りや建物について事前に説明し、どの店や施設に入ってなにを見るべきかを伝えたうえで、スーリンが先に立って歩き、目当ての場所の前で立ちどまる。あとから来るレジーが中に入り出てくるまで、スーリンはちかくで待つ。そんなふうにしてチャイナタウンを案内したものだった。

チャイニーズ・シアター。白人が〝偶像の家(ジョスハウス)〟と呼ぶ寺院。漢方薬局にレストラン、箒工場に床屋。クリニックを併設している大きな漢方薬局のタン・ワー・ディスペンサリーは病院のようなものだ。子どもたちが手をつないで歩く街、料理の匂いが漂ってきて二人ともお腹(なか)がグーグー鳴り、スーリンが豚肉とカラシナ入りの饅頭を買った地下のレストラン。それから港に行き、饅頭を貪るように食べ、その様子がおかしいと笑い転げた。

「賭博場だらけだね」レジーが言った。「中国人って生粋のギャンブラーなのかな」

スーリンは思わず立ちどまった。「ちがう。それに、みんなが阿片に溺れるわけでもない。チャイナタウンには独身の男が大勢いるの。家族はいないし英語を満足に話せない。

アメリカ人ばかりの映画館やスタジアムに行っても肩身が狭い思いをするだけ。うさ晴らしといったら賭け事をするか娼婦を買うか、中国人経営の映画館に行くことぐらい。阿片を吸う人たちは、そうやって惨めな人生を忘れようとしているの」義憤に駆られ体が震えた。

長い沈黙ののち、レジーが静かに言った。「色眼鏡で見ていた自分が恥ずかしい。許してほしい」

スーリンは不安と愛を湛えたグリーンの瞳を覗きこみ、わっと泣きだした。あたたかくて心安らぐ腕の中で、レジーのコートの肩を涙で濡らした。恋に落ちた、とそのとき思った。異国の悪魔にそんな気持ちを抱くなんて、あってはならないことだった。

思いはおなじだとレジーは打ち明けてくれて、スーリンをからかい半分におかしな愛称で呼ぶようになった。チャイナドール。東洋の蓮。スーリンがその類の愛称を嫌っていることがわかると、レジーは彼女の名前の正しい中国語の発音を練習した。ほかにも、〝グッドモーニング〟や〝グッドイブニング〟に当たる中国語の挨拶を学び、〝グッバイ〟の中国語も覚えた。愛情を示す呼びかけ、マオベイやアイジェンも。大切な宝物、愛しい人。

しばらくして、〝アイラブユー〟も言えるようになった。

スーリンの胸が絞めつけられたのは、嬉しかったから。それに怖かったから。おなじ言葉を返せなかった。返せるわけがない。でも、そんなためらいがレジーを思い留まらせはしなかった。キスがどんどん情熱的になり、手でたがいの体をまさぐり合う最中、スーリンが思わず身を引いても、レジーは気にしなかった。体をぴたりとつけて隙間をすべて埋め尽くすと、完全にひとつになりたいと、なにがなんでもそうしたいとスーリンは願った。それでも欲望に抗うスーリンに、リジーはあっさり言った。「あんたの準備ができたときにね」

そしてスーリンの準備ができた。喜んでこの身を捧げようと思い定めた。それが二月のことだった。バレンタインデーに会うはずだったのに、レジーは約束の場所に現れなかった。スーリンは待った。約束の場所に何度も戻って手紙が残されていないか探した。コウ爺とソーントンの屋敷に洗濯物を届けに行くと、こっそり使用人たちに尋ねてみたが、誰もが肩をすくめるだけだった。ご主人さまのお気に入りはしょっちゅう入れ替わっていたらしい。

とはいえ妙だ。ソーントンの支援が受けられるとレジーは有頂天になっていたのに。未来が約束されたも同然だ。たしかにレジーは気まぐれだし、嫌になるほど当てにならないけれど、仕事には真剣に向き合っていた。ソーントンの逆鱗に触れるようなことをしてお払い箱になったのか。意気消沈したレジーは、スーリンになにも告げずにサンフランシスコをあとにした。

そしていま、チャイナタウンのどこへ行っても思い出が押し寄せてくる。ワーヒン・レストランの看板の金色の文字を見あげるレジー。観光客向けの剣舞を眺めるレジー。魚屋の娘、十歳のかわいいおさげの女の子にひざまずいて話しかけるレジー。

「そろそろ帰らないと」スーリンはアリスに言った。「ミスター・ソーントンに頼まれた花を早く仕上げれば、それだけ早く報酬を受けとれるので」

スーリンが階段に出ると下から音楽が流れてきた。歌声だ。美しい声、紛れもなく訓練を受けた声だ。音階を歌っているだけなのに、感情が伝わってくる声。

「新しい下宿人」アリスがかたわらに立って言った。「オペラ歌手なの。壮麗な声」嬉しそうにため息をつき、階段に腰をおろした。「ここでこうして聴くことにするわ」

歌声がやんだ。つぎに歌いだしたときにはメロディーがついていた。心をざわめかせる歌だ。アリスと並んで階段に座っていたいとスーリンは思った。ひととき美声に溺れたい。でも、そうもいかなかった。二十五ドルを手に入れなければ。二週間以内にサンフランシスコを出なければならない。

それにもうひとつ。いつまでもレジーに恋焦がれてはいられない。そんな思いは湧きあがった先から潰していかなければ。後悔も思慕も断ち切る。将来のことに目を向け、そのためにどうするかを考える。カロ姉妹のカタログを脇に抱え、意を決して階段をおりた。

7

一九〇六年四月八日
地震まで九日十六時間五十分

「ぼくの名前の発音、憶えていてくれたんだね」ジョージ・セラーノが煙草を咥(くわ)えたまま言った。練習の相手を務めてくれる彼に挨拶したときの、ジェマの発音を彼は聞き逃さなかった。「舌の先で歯茎を弾く〝r〟の発音」

「スペイン語の〝r〟の発音はそれほど難しくないわよ」ジェマは言った。「イタリア語とフランス語とドイツ語も学んだから――」

「どの言葉でもいいから話してみて」セラーノがピアノの譜面台から楽譜を片付けながら言った。彼とはじめて会ったグランド・オペラ・ハウスの練習室は、まるで楽譜を溜めこんだネズミの巣だ。雪のようにあちこちに降り積もった楽譜、そこかしこに置かれた飲みかけのコーヒーのカップ、不用になったオペラの小道具（おそらくパパゲーノの鳥籠にスザンナの結婚式の花環(はなわ)）が捨てるに捨てられずに転がっている。

「オペラ歌手はたいていそうだけど、わたしも多国語を話せる。ただし、会話となると必要に迫られて覚えた言葉にかぎられているけれどね。ビストロで料理を注文したり、駅までの道順を尋ねたり。でも、ため息をついたり、死んだり、叫んだりは自由自在よ、ミスター・セラーノ」

「死ぬのは明日にして（ムエリ・マニャーナ）、きょうは練習しよう（プラクティカ・ホイ）」彼はそう言って煙草をふかした。「なにをやりたいの？　それから、ジョージと呼んで」

「ジョルジュと呼ばれたいんじゃないの？」正しい発音で言う。

「十九のときにアメリカに来たんだけど、たいがいのアメリカ人はうまく発音できなかった。だからジョージで通してる」目元にしわが寄る。「なにを練習する、ミス・ガーランド？」

「ジェマと呼んでくださいな。あす、ノブ・ヒルのハイド・ストリートにある屋敷で歌うことになっていて……」ぐずぐずしている暇はない。金曜日の夜からずっと、オクタゴン・ハウスの午後のコンサートの準備にかかりっきりだった。きのうは楽譜と睨めっこで曲目を書きだしては破り捨て、発声練習もやって――ふたつの大劇場の音楽監督はもちろんのこと、サンフランシスコの名士たちにも名前を売る機会を逃すわけにはいかない。

「定番の曲を練習しておきたいの。最近の曲に挑む時間はないから。それにもちろん、腕のいい伴奏者も必要。直前のお願いだからいつもの倍を払うわ」

彼はラインストーンをちりばめた古いゴブレットで煙草を消した。『トリスタンとイゾルデ』の第一幕で使われる媚薬（びやく）のカップだろう。「きまり」

さっそく練習に入った。まずはシュトラウスの『こうもり』から「侯爵さま、あなたのようなお方は」だ。「英語で歌うつもり。幕開けにぴったりでしょう」ジェマは言い、汗で濡れた髪を掻きあげた。オペラハウスまで五キロちかくを走ってきたのだから汗もかく——サンフランシスコといえども人通りは多く、酔っ払った水兵や走り使いの中国人少年があっけにとられていたのは、ブラウスに自分で丈詰めをした短いスカート姿で走る女なんてめったにいないからだろう（それも人に追われているわけではなく）。顔を真っ赤にして街灯柱を数えながら走った。これで六つ……七つ……追っ手から逃げているように見えようと、汗びっしょりになろうと、声を美しく響かせるためだ。

「最後の楽句をひと息で歌うソプラノの伴奏をするのはこれがはじめてだ」通しで練習したあとで、ジョージが言った。「象並みの肺活量だな」

「モーツァルトのアリアに挑戦する象がいたら見てみたい。『あなたに明かしたい』の楽譜をお持ちかしら？　シュトラウスのあとにもってきたらどうかと……」

「時間がかぎられるコンサートで歌うには長すぎるんじゃないかな。『わたしは気にとめない』はレパートリーにないの？」ジョージの提案を聞いて、ジェマは安堵（あんど）のため息をついた。リハーサル・ピアニストもいろいろだ。なかにはすれっからしの皮肉屋がいて、練習のあいだ中あくびを噛み殺し、歌手に合わせることもできない無能ぶりを発揮する。だが、ジョージの演奏は見事だった。微妙な節回しにうまく合わせ、ジェマが息継ぎするあいだ間をもたせてくれる。「正式の教育は受けていないんだ」どこで学んだのとジェマが訊くと、彼は笑いながらそう言った。「あちこちでよい先生についたりもしたけれど、子どものころにブエノスアイレスのバーの音のはずれたピアノで練習したのが最初だった。プログラムの最後になにをもってくるつもり？　『あらゆる種類の拷問』を歌ったら受けると思うな」

「歌えるけれど、でも、この聴衆向きではないわね」ジェマは言った。「着席型のコンサートじゃないから、お客さんが足拍子をとれるようなのがいいと思うの。『椿姫』の乾杯の歌なんてどうかしら――デュエットでなくソロで歌う。シャンパンでほろ酔い気分のお客さんたちにも歌えるでしょ」

ジョージはうなずき、八分の三拍子でスウィングしはじめた。彼は大柄ではない――まくりあげたシャツから覗く腕は逞しい――が、手は大きかった。こんなに幅の広い手をジェマは見たことがない。楽に十一度届く。「夜陰に紛れて人の首を絞めるのにもってこいの手」ジェマが手のことを言うと、彼は右手でピアノを弾きながら左手で首を絞める真似をした。ジェマは笑いすぎて歌いだすタイミングをはずした。練習って楽しい――そのことを忘れていた。

「ランチに誘ってもいいかな」練習が終わるとジョージが尋ねた。「オイスター・グロットのヒラメは絶品なんだ。長い練習のご褒美にどうかな」

「せっかくだけど」好意を持ってくれるのは嬉しいけれど、恋の芽はいまのうちに摘み取っておかないと。劇場関係の男はこりごり。間の悪い恋愛は万国共通、ソプラノの泣きどころだ。絶好の機会が巡ってきたいま、脇道にそれるわけにはいかなかった。「あすのリサイタルに備えてやることが山積みなの」

「クルデーレ」彼は言い、哀愁たっぷりの和音を弾いた。「ソプラノは残酷だ」

「したたかなのよ」ジェマはにんまりした。訓練でしたたかさを身に着けられればいいのに。音階を練習するようなわけにはいかない。

ジェマは彼に報酬を渡そうと、アザラシの革のハンドバッグから小銭入れを取りだしたそのときだった。偏頭痛の前兆症状が現れた。〝そんな、いまはだめよ〟肉体は牙を剝く時機を選んではくれない。

「どうかした?」ジョージは彼女が歌うアリアの前奏を、長いオーケストラの導入部からリサイタルにふさわしい三小節の前奏に書きなおしていた。

「なんでもないわ」言葉を絞りだし、硬貨を差しだした。「明日はテイラー・ストリートの下宿屋に来てくださる?　ミスター・ソーントンが迎えの馬車を寄越してくれるから、一緒に乗っていきましょう」——古い麦わら帽を被り、練習室を出た。いつもどおりだとするとものの数分で偏頭痛が特急列車みたいに障害物をなぎ倒して襲ってくる……。

「荷物が届いてますよ、ミス・ガーランド」急ぐジェマに劇場支配人が声をかけてきた。「私信の宛先をオペラハウスにされては困りますよ」

茶色い包みを抱え、テイラー・ストリートに向かって脇目も振らずに歩いた。首筋がすでにズキズキしていた。苦難はいつだって首筋やうなじからはじまる。それがゆっくり移動する。まわりの景色が勝手に揺れはじめ、耳の中で音が何倍にも反響し、胃がむかむかして吐き気を催す。その状態が一時間以上つづき、痛みが首筋をのぼるにつれて視界が狭まる。窓辺のクッションを前肢で捏ねる猫さながら、苦痛は腰を据えると爪を深々と立てる。痛む場所は徐々に広がって頭の左半分を占領し、それから三時間あまり居座りつづける。〝なんとか下宿屋に戻れますように〟

「ミス・ガーランド」やっとのことで下宿屋に戻ったジェマに、女主人が声をかけてきた――アリス・イーストウッドに小包を手渡すところだったが、居間の前を通りすぎるジェマを見ると、あらたまった声で言った。「今夜、客間でちょっとした音楽会を開くんだけど、ご一緒にどうかしら？　ピアノを囲んでみんなで歌うの！　『ビル・ベイリーよ、家へ帰っておくれ』とか『母親に知らせる』をご存じ？」

「いいえ」ジェマはつっけんどんに言った。「あすのコンサートの準備をしなきゃならないので」

「そのコンサート、〈ザ・コール〉に告知が載るの？」アリスが興味津々で尋ねた。「朝のお茶の時間に読むことにしているの。ここのところはピンカートンの消えた私立探偵の話題で持ちきりだけど。あたしが読みたいのはコンサートの記事なのに――」

「個人主催のコンサートなので、新聞に告知は出ません」痛みが首筋から上へと急速に広がっていた。「失礼します。舞台衣裳にアイロンをかけなきゃならなくて」

階段へと行きかけると、ミセス・ブラウニングに腕を摑まれた。「だったら、コンサートがすんでからでいいわ。一曲歌ってくださらないかしら？　あなたの歌が聴けたら、あたしたち、どんなに嬉しいことか――」

「でも、わたしにどんな得があるんですか、ミセス・ブラウニング？」つい声がきつくなった。痛みはいまや耳たぶで脈打っていた。「家賃を安くしてもらえるとか？」アリス・イーストウッドのぎょっとした顔から逃れて階段をあがる。

〝ヴィーヴァイヴァーヴーヴーー〟自室に転がり込むと、トスカニーニが歌っていた。ジェマの毎日の喉慣らしを真似ているのだ。

「お黙り」トスカニーニに言って籠を開けてやる。緑色の弾丸となって飛びだしてきて部屋を二周し、鏡の上端にとまった。ジェマが手を挙げて喉を鳴らしても、彼は知らん顔で緑色の尾羽を振り、翼の裏側の手入れをはじめた。「セキセイインコがこんなにつれないとはね」ジェマはため息をついてヘアピンを抜いた。偏頭痛が頂点に達したら頭皮にわずかな圧がかかっても耐えられない。そうなるのは時間の問題だった。窓のカーテンを閉め、ベッドに丸くなってはじめて小包に気づいた。オペラハウスからここまで抱えてきた小包だ。宛名の手書き文字に見覚えはない……うなじを揉みながらちょっとためらい、茶色い包装紙を破った。

三十センチ四方の絵だ。額には入っておらず、硬いボール紙に画用紙を貼りつけただけだ。並んで立つ中国人の少年と少女の水彩画で、背景には中国の文様や記号が描かれている。ネリーの作品――彼女特有の筆遣いだし、下隅にサインも入っている。自分の作品に必ず書きこむサインだ。絵を裏返すと封筒が貼ってあった。それを見て心臓が縮まる。ようやく届いたネリーの手紙――いままで考えないようにしてきた心の痛みにようやく向き合える。親友に見捨てられてどんなに傷ついたか。でもいま、その痛みがやわらいでゆく。笑みを浮かべて封を切った。

〝サンフランシスコにようこそ、ジェマ！　いまどこに住んでいるのかわからないけど、あんたのことだから真っ先にオペラハウスに行くよね。出迎えてあげられなくてごめん――でも、あんたなら許してくれるはず。だって、あたし、チャンスを摑んだんだもの。コロラドの山の風景を描かないかって誘われて。むろん飛びついた。わかってくれるよね――ここの景色を見たらわかるに決まってる。この絵を気に入ってくれると思ってます。町を出る列車に飛び乗る前に描いたんだ。チャンスは逃すな！〟

ジェマはクリーム色の高そうな紙にタイプされた手紙を見つめ、笑顔が強張るのを感じた。「わたしはうまくやってるわよ、心配してくれてありがとうね、ネル」そうつぶやき、小さな絵を紙で包みなおした。不案内な都会に置き去りにされた挙げ句に受けとったのがこれ？　一枚の絵と身勝手な言葉。〝あんたなら許してくれるはず〟

こめかみを鉄線で締めあげられるような痛みが、ネリーの手紙の身勝手な文句を覆い隠す。手の付け根をこみかみに押しあてた。頭がばらばらにならないように。あす、オクタゴン・ハウスで着るつもりのファイユのドレスを、まずは濡らしたスポンジで洗わないと――トランクに詰めたままでくしゃくしゃだ。それからプリーツの一本一本にアイロンをかける。なのに偏頭痛はいつおさまるかわからない。視界が不意に揺らいで、胃のむかつきはおさまらず、水に濡らして絞った布で顔を覆い、ベッドに横たわる以外なす術がなかった。「ただの頭痛ですよ」医者の明るい口調を思い出す。元気づけようとしただけで悪気はなかったのだろう。「誰にでも頭痛は起きますからね、気を強く持ちましょう！」

〝そうしようと努力したわよ〟ジェマは思った。濡れた布の下で目をぎゅっと瞑る。〝気を強く持とうとした〟厳しい音楽の世界で、もっと厳しい世の中で、女が一人でキャリアを築くだけでも大変なのに。頭の中に眠れる野獣が棲みついていて、いつ目を覚まして脳みそに牙を立てるかわからない。

〝自分を憐れむのはおやめ〟頭の中で意地悪な声がする。〝偏頭痛のせいばかりじゃないだろう。三十二にもなってまだコーラスで歌っている理由はそれだけじゃない〟

「うるさい」ぼそっと言った。トスカニーニは鏡の上端でさえずっている。視界が狭まりつつあった。閉じた瞼越しにでもそれがわかった。目を開けたらトンネルを覗きこんでいるように見えるだろう。視界はぼやけていながらキラキラ光り、ひとところをじっと見つめたりしたら苦痛の炎が燃えあがる。「お黙り」

〝あんたが人をかんたんに信じる大馬鹿野郎じゃなかったら――〟

「黙れ」

〝あんなひどい目に遭わずにすんだ、ちがうか?〟

「あたしは病気だった――」

〝馬鹿だったんだよ〟

病気だったし、馬鹿だった。彼はエージェントで、集団オーディションを受ける二十歳のジェマを発掘し、二流どころの『ラ・ボエーム』のプロダクションのコーラスの仕事を取ってくれた……〝あたしは好きになれない。口ばかり達者で信用できないね〟とネルは言っていた。だが、ジェマは笑い飛ばした。彼はけっしてジェマに手を出さなかった（ニューヨーク中のエージェントを訪ね歩き、行った先々でいやな思いをしたから、彼みたいな人はまれだとわかっていた）。彼は途切れることなく仕事を取ってくれたし、偏頭痛に効く治療法はないかと病院を探してくれた――だから当然、彼の元に留まった。きみの預金からぼくでも金を引き出せるよう手続きをしてくれ、という彼の申し出を怪しまなかった。きみはたしかにお金の管理をしっかりやっている、と彼は言った。でも、偏頭痛で何日も寝込むことになって、家賃や医者への支払いが滞ったらどうするの？　ぼくが代わりにやってあげる。ジェマは将来を見据えて貯金していた。入った金はミンクのストールやフランスのシャンパンに注ぎこんで、貯金はゼロというようなディーヴァにはなりたくなかった。賢く生きようと心に決めていた。いつか自分の家を持とうと思っていた。ピアノを置けて、テラスと庭のある家。

ジェマの預金から引き出した金を、彼はなにに使ったのだろう。時機を見計らっていたにちがいない。『フィガロの結婚』のニューヨーク公演初日に、かつてないほど激しい偏頭痛に襲われて四日間寝込んだときのことだった。伯爵夫人を演じるのははじめてだった。はまり役と言ってよかった。資金が潤沢なプロダクションで、この舞台が成功すればつぎは主役を張れるかもしれない絶好のチャンスだった。ところが、代役にその座を奪われ、四日後にようやく起きられるようになったときには、オペラ団から解雇されたうえ、銀行口座はすっからかんだった。一ペニーも残っていなかった。

〝あんたのせいじゃない〟と自分に言い聞かせようとした。〝あんたは悪くない〟でも、そうだろうか？　偏頭痛は自分ではどうしようもないことだ。だが、悪い男を信用したことは——毎度おなじみ、愚かな女のお話。人を騙したことのない馬鹿なサリー・ガンダーソンが、まんまと騙された。ルビーの味がするクラレットを呑みながらミスター・ソーントンに語った身の上話では、もっと勇敢な女だった——けなげに病と闘いながらディーヴァを目指した孤児。お人好しでとろい田舎娘がころっと騙される物語よりずっとましだ。

〝自分を卑下するのはやめたら。どん底に落ちたわけじゃない。あれから一カ月もしないうちに、気を取り直してコーラスの仕事を手に入れただろ。メットの舞台に立つんだし。誕生まもない都市で心機一転。それこそアメリカンドリーム〟

吐き気に襲われて起きあがり、ベッドの下のおまるに吐いた。また横たわる。苦痛が居座る。猫みたいに喉を鳴らし丸くなる——数時間はおさまらないだろう。そろそろと仰向けになっただけなのに、脳天に犬釘を打ち込まれたようだ。「なんでそばにいてくれないのよ、ネル」暗闇に向かったささやく。「ここで待っててくれるって約束したじゃない。一緒になんとかしようって言ったじゃない」貯金をすべて失ったことを電報で知らせるわけにはいかなかった——ブランデーでも呑みながら打ち明けるつもりだった。そんなふうに夜遅く心を割って話したものだった。ネリーのことだから自分のことみたいに憤慨し、歩きまわりながら復讐を誓い、ジェマを笑わせ、なんてことないさ、サンフランシスコでしっかり稼げばいいじゃない、と言ってくれただろう。

だが、ネリーはここにいない。よりによってコロラドくんだりに行ってしまった。ジェマは暗い部屋に横たわり、話し相手はセキセイインコだけだ。大陸を横断した先の不案内な都市にひとりぼっち、オペラ団はまだ到着しないからリハーサルと公演で気を紛らわすこともできない。コーヒーでひと息つこうにも馴染みのコーヒーショップはないし、終幕後の食事をとる馴染みのレストランもない。ひとりぼっち――頼りのネリーは姿をくらました。

〝それよりあんたに会いたい〟そう手紙に書いた。オペラ団を解雇され金を持ち逃げされた直後、手紙にそう書いて下線まで引いたのに……親友は後ろを振り返りもせずにコロラドへ行ってしまった。

〝彼女なんて必要としない〟ジェマは自分に言い聞かせ、無理に目を見開き、ぼやけていながらキラキラ光る不快な闇を見つめた。強くなる、現実的になる、〝いい人〟なんてもう誰にも言わせない。友だちは裏切る。親友でさえ裏切る。男は裏切る。仕事仲間も裏切る。でも、声は裏切らない。いまのところは。それにあす、声を輝かせる機会を与えられた。吐かずに起きあがれるようになったら――スプーンで目を抉りだしたいと思わずに動きまわれるようになったら――アイロンを熱して、ビスケット色のファイユのしわというしわを伸ばそう。

8

一九〇六年四月九日
地震まで八日十六時間七分

スーリンはヒン・チョン・テーラーズの裏階段をのぼり、重たい木のドア横の鎖を引いた。ドアを開けたのはお手伝いのチャンではなくヒヤシンスだった。花柄のコットンのチュニックにゆったりしたズボン姿だ。ソーントンのパーティーに駆りだされる女たちは、どうせ高価な衣裳に着替えるのだから、脱ぎ着が楽な恰好で出掛けるようになっていた。だが、髪と化粧は念入りにしてゆく。ヒヤシンスに急き立てられるように広い部屋に入ると、ほかの女たちが支度の最中だった。

「きょうのは様子がちがうよね？」ヒヤシンスが言い、スーリンを鏡の前に座らせる。

「夜じゃなくて午後のパーティーだしね」スーリンの髪を梳かしはじめる。

「ええ、週末じゃなくて月曜だしね。でも、報酬はおなじ。マダム・ニンはどこ？」

「下の階をパールに任せてお愉しみ」バタフライがくすくす笑いながら言った。「ミスター・クラークソンが来たのよ。予定外の、ほら、その、視察にね」

友だちとは言えなくても、スーリンにとってマイケル・クラークソンは好意的な警官の一人だ。両親が亡くなった日、マイル・ロックスから家まで送ってくれたのが彼だった。涙が涸れはて虚脱状態の彼女に毛布を着せかけ、そっとしておいてくれた。職人が叔父を呼びに行ってるあいだ、洗濯屋に残って待っていてくれた。チャイナタウンでは噂はあっという間に広まるから、店の前には人だかりができていた。それがふたつに割れて、まるで悪魔に追われたみたいに泣きわめく女が店に飛こんできた。マダム・ニンだった。髪は乱れ放題で化粧は滲んでいた。

「嘘だって言ってよ。そんなことあるわけないじゃない！」あいかわらず視線が定まらないスーリンのかたわらにひざまずくと、マダム・ニンはクラークソンを見あげた。「マイク、なにがあったの？　この子の母親はあたしの親友なのよ」

「気の毒に、ニーナ。ふた親ともに溺死したと思われる」

スーリンが警官の胸を叩いて泣きわめく必要はなかった。おばさんがスーリンの分も引き受けてくれたからだ。クラークソンはむせび泣く彼女を抱きしめて宥めつづけた。たんなる知り合いの域を越えたやさしさで。

しばらくして、ドクター・オーヤンが薬草と心を鎮めるお茶を持ってやって来た。マダム・ニンに勧められるまま、スーリンはお茶を飲んだ。目が覚めると、マダム・ニンはベッドのかたわらの椅子で眠っていた。ドクター・オーヤンもいて、ドアロに立つ輪郭からスーリンを気遣っているのがわかった。

思い出を喉のつかえと一緒に振り払い、化粧を確かめてから女たちと一緒に馬車に乗りこんだ。娼館の三階の開いたままの窓を見あげる。マダム・ニンがそこにいて、店の子たちが時間に間に合うよう出掛けるのを見届けている。馬車が出発すると、彼女は振り返って厳しい表情をやわらげた。仰向いてクラークソンのキスを受けるのが見え、スーリンは思った。〝白人の悪魔のなかにも愛に誠実な人はいるのかもしれない〟

オクタゴン・ハウスに着くと、いつもどおりミセス・マクニールの案内で着替えをする部屋へと向かった。ソーントンが用意した衣裳はこれまでとちがった。襟と裾と袖にだけ飾りがある簡素なシルクのチュニックに刺繡が施された幅広の帯。金糸銀糸があしらわれたどっしりとした宮中服もあった。それらに共通しているのは色だけだ。青。

スーリンが選んだのはプリーツスカートとお揃いのチュニックだった。雲とこうもりの柄の青いダマスク織り。スカートの前後のボックス部分には花や果物や蝶が刺繡してある。これほど複雑な刺繡は見たことがなかった。左右に並ぶプリーツはきっちりおなじ幅だ。このアンサンブルを縫いあげるのにどれぐらいの時間がかかっただろう?

「鱗形(うろこがた)の百襞スカートって呼ばれているのよ」スカートを後ろで留めるのを手伝ってく

れたバタフライが言った。「歩くと両側のプリーツがさざ波立って魚の鱗(うろこ)みたいに見えるから」

螺旋階段の手摺りはシダやツタや温室育ちの花々の花環で飾られている。招待客たちがこの階段をのぼり、リネンのクロスで覆われたテーブルに料理が並ぶ部屋に入ってきた。生牡蠣(なまがき)やミートパイ、サーモンのゼリー寄せ、ロブスターのサラダ、チーズに果物。壁際には、氷とワインボトル、水やフルーツジュースの広口瓶をおさめた脚付きの大理石の鉢が置かれている。

スーリンたちは、スパークリングジュースやシャンパンを載せたトレイを掲げて動きまわった。客たちのあいだを縫うように、大理石の床でできるだけ足音を立てないように歩きまわる。

やがて振鈴が鳴っておしゃべりがやんだ。執事が咳払いする。「紳士淑女のみなさま、ミスター・ソーントンからのお願いであります。どうぞ上階の音楽室へと足をお運びください」

スーリンたちはひと塊になり、通用階段を使って上の階へと向かった。音楽室の丈高い窓には濃紺のベルベットのカーテンが引かれ、午後の光を遮断していた。組み天井からは六つのシャンデリアがさがり、広い部屋に劇場のような雰囲気を与えている。壇上にはグランドピアノと青と金のダマスク織りで覆われた丸テーブル二脚が置かれ。デザートの皿と銀器が並んでいる。

給仕がトレイを替えてくれて、スーリンがいま掲げているのは上品な糖菓を盛った銀のトレイだ。小さなフルーツタルト、メレンゲ、レースのような渦巻き模様の糖衣がかかったケーキ。

拍手に迎えられ、ミスター・ソーントンがグランドピアノの前に進みでた。グレイのアフタヌーンスーツの前をはだけて真っ白なシャツを覗かせている。かたわらに立つのはブロンドの女性だ。ソーントンは片手をピアノに置いた。

「わたしの友人たち、賓客のみなさま、それにシュミッツ市長。きょうのパーティーのもともとの目的は新たに手に入れた植物、エピフィルム・オキシペタルム、通称月下美人をお目にかけることでした。チャイニーズ・ルームに展示してあります。しかしながら、この植物を手に入れた興奮は、べつの発見に席を譲ったのであります。ご紹介します。ミス・ジェマ・ガーランド」

拍手が起こるとブロンドの女性はお辞儀し、大きくひと息ついてほほえんだ。オリーブ色の肌に広い肩幅、乱れた黒髪のピアニストが演奏をはじめた。

スーリンは女性に見覚えがあった。ジェマ・ガーランド。荷物を下宿屋まで運んであげた、桃色の肌に夏の小麦みたいな髪の女性。均整のとれた肢体、控え目なほほえみ。

そのほほえみが輝きを増して自信たっぷりになると、女性は歌いはじめた。

スーリンはその声に聞き覚えがあった。テイラー・ストリートの新しい下宿人の声、アリスがうっとりと聴き惚れていた声だ。

ソプラノの心浮きたつ澄んだ声が流れると、どんなにおしゃべりな客も黙りこんだ。客たちは心を奪われ歌手をうっとり見つめる。歌詞がわからなくてもメロディーと澄みきった華麗な高音が、思慕の情を掻きたてる。悲しいことばかりのこの世界にも美しいものはあると気づかせてくれる。すばらしいこの声のなかに美はたしかにあって、スーリンの琴線に触れた。

スタンディングオベーションのあと、聴衆の一部はステージに押し寄せ、残りの人たちは階段をおりてビュッフェのテーブルを囲んだ。料理は入れ替わっていた。美味なサンドイッチにフルーツソルベ、それにシャンパン。スーリンは女たちを引き連れて階下に移動し、執事の指示でケーキとペーストリーが並ぶトレイを持って客たちのあいだをまわった。

ソーントンは部屋の隅に立ち、崇拝者たちに囲まれて階段をおりてくるジェマを眺めている。勝ち誇ったように目を輝かせて。その強い眼差しにはほかにもなにかある。うまく言葉にできないなにかが。

「お見事よ、ミスター・ソーントン、ただただお見事！」ソーントンに金持ちの婦人が話しかける。何連もの真珠のネックレスが富を誇示している。「いったいどこで見つけてらしたの？」答えを待たずにしゃべりつづけながら、婦人は彼を部屋の外へと引っ張っていった。

スーリンはこっそりチャイニーズ・ルームに入った。オクタゴン・ハウスを訪れるたび不死鳥の冠を眺めているが、その精巧な美は見飽きることはなかった。ところがきょうにかぎって陳列ケースの扉は閉まっていた。だが、隣のガラスケースに新しく飾られた品を見て、息を呑んだ。すばらしく手のこんだ刺繡のローブ。どっしりとした青いシルクの錦織のドラゴンローブ。複雑な細部から目を離せない。紫禁城から盗まれたものだろうか？皇帝かその妃が身に着けていたもの？皇帝自らお気に入りの妃に手渡したかもしれない。

ソーントンの招待客たちが着ている上等なガウンを見るのとおなじ批判の目で、スーリンは刺繡をじっくり眺めた。あの女性たちのガウンは足元にもおよばない高度な技術が使われている。午後のパーティーだから最高級のイブニングドレスと比較できないのが残念だ。重厚な青いシルクに金糸銀糸をとめつける小さなコーチングステッチに目がいった。縁を整えるステムステッチ、狭い部分に彩を添えるのに使われるペキンノット。

そういったステッチを丁寧に教えてくれたときの母の声が聞こえるようだ。「ペキンノットはシードステッチとも言うんだけど、禁断のステッチとも呼ばれるの。あまりにも細かすぎるから、やりすぎると目が見えなくなるのよ」

客たちがどやどやと入ってきたので、スーリンはガラスケースから離れた。ソーントンの案内で、彼らはケースからケースへと移動してゆく。嬉しいことに客のなかにアリス・

イーストウッドの姿があった。手に持った皿にはペーストリーがいくつか載っている。ひとつ取りあげてはじっくり眺め、口に持ってゆく。ボディスにお菓子の屑(くず)がこぼれても意に介さない。プチフールのトレイを差しだすスーリンに、彼女はウィンクした。

「勝手に押しかけてきちゃった」アリスはささやき、プチフールを二個いっぺんに口に入れた。「電話して月下美人を見たいと言ったら、ソーントンがこのパーティーに来れば月下美人も見られるから一石二鳥ですって」

　アリスは目当ての植物へと移動していった。壁のくぼみに置かれた大きな鉢から緑色の葉が溢れだしている。「見てご覧なさいよ、スーリン」蕾(つぼみ)をつけた茎をうっとり眺める。

「月下美人。ここに集う人たちよりはるかに興味深い。開いた花を見られるなら、なんだって差しだす。えもいわれぬ香りなのよ」

　ソーントンが客たちを率いてやって来ると、青いローブの前で止まった。

「さあ、ご覧ください。ドラゴンローブです」ソーントンが言った。

「でも、なぜそう呼ばれるのかしら。ドラゴンはどこにもいないじゃないの」真珠のネックレスの金持ち婦人が文句をつける。

「中国ではドラゴンは王権の象徴なんです。独特のデザインのものだけがドラゴンローブと呼ばれており、着られるのは皇帝一族と宮廷の一員だけだった。刺繍された文様もガウンの色も、着る者の位によって決まっていました。このターコイズブルーは皇帝の妃を表しますが、正式の文様はひとつも使われていません。蝶や花だけ。つまり家族の祝い事といった内輪の集まりで着用されました」

「なんて美しい」ジェマがため息を洩らした。「実際に着ている姿を見てみたかった。まさに芸術作品」

「それじゃ正直に言いましょう、ミス・ガーランド。蒐集品のなかからこれを持ち出したのは、あなたのためなんですよ」と、ソーントン。「いつかこれを着て『蝶々夫人』を歌ってくださいい。去年、ロンドンのコベントガーデンで観たばかりでね。あのオペラ団がサンフランシスコで公演してくれるなら、喜んで金を出す」

驚きの声があがり、ひとしきりおしゃべりがつづくと、客たちはゆっくりと移動してゆき、あとにはジェマとソーントンだけが残った。ジェマはアリスを見つけ、笑顔で手招きした。スーリンは立ち聞きしていると思われないよう、プチフールのトレイを掲げて通りすぎる客に愛想笑いを振りまいた。

「その『蝶々夫人』の噂はあちこちで耳にしています」ジェマが言う。「ロンドンで観たなんて、ヘンリーが羨ましいわ」

〝ヘンリー〟もうすでにファーストネームで呼び合う仲だ。

「ジェマが蝶々さんを歌うプロダクションなら、ロンドンのプロダクションよりはるかに優れたものになるにちがいない」彼が言った。

スーリンはまた目にした。彼の目の勝ち誇った輝き。いまなら言い表すことができる。その目に浮かぶもうひとつのもの。野心だ。わが物にしようとする貪欲さ。ほかの誰もそのよさがわかっていない貴重な花瓶や絵を手に入れるのとおなじ。ジェマはあの表情に気づいているのだろうか。芸術の後援者として名をあげることに、ソーントンが並々ならぬ野心を持っていることをレジーから聞いていなければ、スーリンも気づかなかっただろう。ダンスでも音楽でも、絵画でも彫刻でも、億万長者は才能ある者に目がない。ソーントンはあきらかにジェマ・ガーランドをつぎのプロジェクトにしたのだ。

フクロウを思わせる顔だちのがっちりした男がそばに来て女性たちにお辞儀した。「ミス・ガーランド、ミス・イーストウッド」ソーントンが言う。「ご紹介します。オルフェウム・シアターのオーナーで支配人のミスター・マーティン・ベックです」

眼鏡をかけたその男はアリスの手を取りキスする仕草をした。ジェマにもおなじことをして、そのまま脇に引っ張ってゆき二人きりで話しはじめた。

「『蝶々夫人』の舞台は日本ですよ、中国じゃなく」アリスはそう言うとボディスについてお菓子の屑を払い落した。「このドラゴンローブは合わないんじゃないかしら」

ソーントンは肩をすくめた。「わたしにとって大事なのは音楽です。コベントガーデンでオペラを観たとき、正直言って衣裳はどうでもよかった。音楽には息を呑みましたけれどね」

そこでドラゴンローブを見てため息をつく。「だが、このローブが『蝶々夫人』の舞台で使われるのはだいぶ先の話です。後ろの部分がほつれてましてね。刺繍を修復できる腕を持つお針子を探すよう家政婦に言ってあるんですが、まだ見つからない。太平洋のこっち側ではそこまでの技術は身に着けられない。香港に送って修復させることになるでしょう」

「馬鹿らしい」と、アリス。「スーリンならお茶の子さいさいよ。彼女の刺繍はわたしが目にしたなかでは最高です。彼女に敵うお針子はパリでも見つからないでしょうね。太平洋のこっち側でローブを修復できる人間がいるとしたら、スーリンですよ」アリスは手招きしてスーリンを呼び寄せた。

ソーントンが驚きに目を瞠った。「あなたが言ってるのはこの子のことですか？　チャイナタウンのあの……店の？　シルクの花を作っている？」

「彼女は娼婦じゃありませんよ。それはわたしが請け合うわ」アリスが言う。「彼女の実家は洗濯屋です。あなたはどうなの、スーリン？　このローブを修復できる？」

スーリンは象嵌模様のテーブルにトレイを置き、ガラスケースにちかづいていった。

「布地のほつれ具合を見せてもらえますか、ミスター・ソーントン？」

彼はためらうことなく鍵を取りだし、ガラスケースを開けた。ローブを纏うドレスフォームをぐるっと回し、背面のほつれを指さした。刺繍を施した裾の部分がほころびている。

貪欲な手によって引き裂かれたみたいだ。スーリンはひざまずき、裾を裏返してほころび具合を調べた。

ほころびそのものは大きくない。スーリンの心を捉えたのは刺繡の複雑さだった。顔をあげてソーントンを見る。「裾の雲と波と山のモチーフは、裾にかぶせられた細いシルクに別個に刺繡してあります。このデザインを再現するのに銀糸とおなじ色のシルクフロス（刺繡用のゆるく捻じったやわらかい糸）が必要です。刺繡が仕上がったら裾に取りつけます。付け替えたことがわからないよう、おなじステッチを使ってほかと均(なら)します」

「こりゃあ驚いた」ソーントンが声をあげる。「きみの声。洗濯屋の小僧じゃないか！」

彼は驚いたというよりおもしろがっている。「それで、いつから取り掛かれる？」

「一週間先になります。あなたに頼まれた月下美人を作っているところなので、ミスター・ソーントン」

「そっちはいいから、これに取り掛かってくれたまえ」ソーントンの声から興奮が伝わってきた。オルフェウム・シアターの支配人と話をするジェマに視線を向ける。「すごい計画を思いついた。それにはこのローブが必要だ。それも『カルメン』の初日までに。あと八日だ、スー。八日で修復できるか？」

スーリンはためらった。「できないことはありません。でも、昼も夜もそれにかかりきりにならないと」

「いくらでも払う」

スーリンは頭の中で修復にかかる時間を計算して報酬を割りだした。ソーントンはいくらまで出してくれるだろう。むろんいくらでも払えるだろうが、いくらぐらいが妥当だと思っているのだろう。大金持ち相手にどう交渉すればいいのだろう。

「あたしに決めさせてちょうだい」アリスが割って入り、スーリンに代わって言った。

「百六十ドル」

百六十ドルって。スーリンはあっけにとられた。ガラスケースの横でひざまずいたままだった。慌てて立ちあがったらよろけそうだ。気を引き締めてゆっくり立ちあがる。そんな金額をソーントンが呑むはずない。

「いいだろう。八日以内に、仕上がりしだい即金で払う。だが、ローブを屋敷の外に持ち出してはならない。あまりにも高価なものだからね。きみが作業するための部屋を用意させよう。いつでも仕事ができるように」

アリスのおかげで、要望はすべて受け入れてもらえることがわかった。「一日に二十ドルずつ払ってください。一日の仕事が終わったところで」ローブを仕上げる前に逃げださざるをえなくなった場合に備えて。

「いいだろう」ソーントンがまた言った。「日に二十ドルずつ八日間だね」そこでくすくす笑った。「きみたち中国人はユダヤ人並みに抜け目がないな」

時計が四時を告げ、ソーントンはアリスに会釈すると階段へと向かった。招待客を見送って主人の役割を全うするために。

「まさか彼があんなこと言うとはね」アリスが額にしわを寄せてつぶやいた。

だが、その言葉はスーリンの耳に入らなかった。万歳を叫びたい気持ちをぐっと堪えていたからだ。洗濯屋の銭箱から小銭をくすねたり、付け襟や袖にちまちま刺繍して稼いだりして貯めた金よりはるかに多い金額を八日で稼げる。これで叔父の鼻を明かしてやれる。なにがなんでも逃げだしてみせる。

9

　パーティーが終わり、アリス・イーストウッドと並んで歩きながら、ジェマはヴェルディをハミングしていた。玄関に向かって螺旋階段をおりると、ドレスの裾がサヴォヌリー絨毯を擦って妙なる調べを奏でる——その朝、痛みに耐えながらビスケット色のファイユのドレスに丁寧にアイロンをかけた甲斐があった。偏頭痛で難儀をしたけれど、リサイタルは大成功だった。

「オペラ歌手に崇拝者はつきものだけど」広い玄関ホールに着くまで、アリス・イーストウッドのおしゃべりはつづいた。「あなたの崇拝者がまさかオクタゴン・ハウスの主で植物蒐集が趣味のあの人だとは！」

　アリスが温室の入り口のガラスドアをじっと見つめるので、ジェマは笑いだした。「あなたがいらっしゃるとは思ってなかったわ、アリス、でもいてくださってよかった」前日に下宿屋の女主人につっけんどんな態度をとるのを見られていたから、きょうは努めて感じよく振る舞っていた。それにしても、上流階級の招待客たちのなかにアリスの姿を認めるとは思ってもいなかった。古臭い黒のドレス姿の彼女は、温室育ちの花のブーケにかび臭い造花が紛れこんだぐらい悪目立ちしていた。だが、ミスター・ソーントンは彼女に両手を差し伸べて挨拶した。〝アカデミーのための資金集めのパーティーでお目にかかりましたね、ミス・イーストウッド？　最近手に入れた多肉植物の変種をお送りしましたが、どんなものでしょうか？……〟それにつづけて、彼はアリスの最近の採集旅行やアカデミーの入手品について熱心に尋ね、前庭の黄色いバラの返り咲きについてのアリスの質問に答えていた。

「たいていの男性はアリス・イーストウッドを変わった趣味の頑固なオールドミスとみなすのに」アリスが月下美人をもう一度眺めに戻ると、ジェマは言った。「あなたは彼女を女王さま扱いするんですね、ミスター・ソーントン」

「きょうの招待客より彼女のほうがはるかにいい」彼が応える。「付き合うなら人生にしっかりした目的を持つ人たちだ。人生に退屈しきっている連中ほど退屈なものはない」

「わたしの馬車で一緒に帰らない？」アリスが古いマントに手を通しながらジェマに尋ねた。玄関先には馬車が列をなしていた。招待客たちはこれから劇場やお呼ばれのディナーやパーティーへ繰りだすのだ。

「どうぞお先に。わたしは伴奏者に報酬を渡してから帰ります」ジェマは手を振って遅い午後の光のなかへとアリスを送りだし、屋敷から出てくる招待客のなかにジョージの姿を探した。屋敷の豪華さにはつい息を呑みそうになる。縞大理石の床、磨き抜かれたマホガニーの壁に宝石のようなタペストリー、ダイヤモンドのように煌めくクリスタルのシャンデリア……。

「いたいた」楽譜入れを抱えたジョージに階段の途中で出会った。「ぼくを探してこの人工の山を上まで登るつもりだったの？」

「これぐらいの階段ならいくらでも登れるわよ」ジェマは踊り場でくるっと回った。「男って女の気持ちがわかってないのね——荘厳な階段を優雅なドレスで駆けのぼってみたいと願わない女なんていないんだから」ベルベットの縁取りの裳裾を闘牛士のケープのように翻す。

「おっとっと」ジェマが階段から転げ落ちる前に、ジョージが腕を摑んだ。「いったいシャンパンを何杯呑んだの？」

「言っとくけど、たいして呑んでないわよ」最後のアンコールのあと、客の半数から手にキスを受けるのに忙しかったから、呑む暇はなかった。ティボリの音楽監督ときたら、あなた以上のヴィオレッタは聴いたことがないと目に涙を浮かべていた。名刺を彼女に握らせ、サンフランシスコの事務所を訪ねてください、将来の計画について話し合おうじゃありませんか、と言った。待ってましたとばかりに飛びついたのでは足元を見られるから、すました笑みを浮かべて礼を言い、名刺を袖口に押しこんだものの、内心では快哉を叫んでいた。その朝は偏頭痛でずたずたの頭を抱えて起きたが、リサイタルは最高の出来だった。

「まだ帰らないんだね」報酬を手渡して階段をのぼってゆくジェマに、ジョージが声をかけた。「マントを持ってないものな」

「ミスター・ソーントンが馬車を呼んでくれるわ。その前に出演料を受けとってこないと」以前のジェマなら、主催者が払う気になるまで何日でも何週間でも待っただろう。でも、新生ジェマは稼いだ金を受けとらずに引きあげたりしない。当然だ。ミスター・ソーントンならわかってくれると思うと、笑みが浮かんだ。〝自分の価値に気づいたようだね。わたしから吸いあげるつもりだな〟彼なら目を輝かせながら言うだろう。

むろんそのつもりだ。

ジョージはマホガニーの手摺りにもたれて彼女を見つめていた。「きょうのきみはすばらしかった」

「ええ、声がとてもお利口にしててくれたわ」

「歌手ってどうしてそういう言い方をするのかな」彼はピアノ演奏にもってこいの大きな手を広げた。「ぼくはいくら上手に弾けても、〝手がいい子にしててくれた〟なんて言わない」

「手は外についてるでしょ。声はちがうの。喉に小さな気難し屋の神を宿しているようなもの。気分を損ねたら、ふて寝する」

「きょうはうまくご機嫌を取れたってことか」

「おべっかを使ったのよ！」ジェマは手を振ってジョージと別れ、タフタのペチコートを揺らして階段をのぼった。

最後の客がひきあげ、使用人たちが後片付けをしている。大理石のビュッフェテーブルの銀器や暖炉の上のシャンパングラスがなくなり、常駐の事務員が二階の主人の執務室のドアに施錠し、鍵をドア脇のヤシの植木鉢に隠した――ジェマに見られたと気づき、しまったという顔をする。「ミスター・ソーントンに言わないでくださいよ。置きっぱなしにするなと言われてるんだけど、べつの事務員があとから来て仕事をすることになっていて、でも、それまで何時間も待っていられない――」

「安心して、誰にも言わないから」ジェマがほほえんで唇に指を当てると、事務員は鍵を植木鉢の奥深くに突っ込んだ。ジェマはそのまま階段をあがった。中国人の女たちが一列になって通用階段へと向かうのが見えた。化粧は落としていないが、青い豪華な衣裳は普段着に着替えていた。そのうちの一人があとに残って床に這いつくばり、手探りしている。早口の中国語でほかの女たちになにか言い、それからトレイを掲げて通りかかったメイドに英語で言葉をかけた。「指輪、指輪を見ませんでした？」

「いいえ」メイドは肩をすくめただけで通りすぎた。中国人の女たちも床の上を探しはじめる。ジェマは思わず顔をしかめた。せっかくの気分が台無しだ。人びとが意に返さず通りすぎてゆくそばで這いつくばり、物を探す惨めさ、屈辱は痛いほどわかる。〝家賃をあと一週間待ってもらえませんか、なんとかしますから〟ニューヨークで預金を持ち逃げされたあと、無理を承知で下宿屋の女主人に頼んだ。その日まで、家賃を滞納したことは一度もなかった。部屋だっていつもきれいにしていた。紅茶を飲みながら、女主人が恩知らずな子どもたちや、だらしない下宿人たちの愚痴をこぼすのを、何時間でも聞いてやった。〝ほんの一週間でいいから、お願いします〟

オペラハウスをくびになったばかりで、エージェントに金を盗まれたショックから立ち直れないでいた。手元には十セントしか残っていなかったが、五日後にはメトロポリタン・オペラのコーラスのオーディションがある。一週間待ってもらえればなんとかなる。ほんの一週間。

女主人は冷ややかな顔でジェマの部屋に入ってきて、彼女の服を汚れた廊下に放りだした。〝出てってちょうだい、ギャーギャーうるさいったらありゃしない、慈善事業をやってるんじゃないだからね〟油で粘つく絨毯に這いつくばったあのときが、人生最悪の瞬間だった――偏頭痛のあとの病みあがりの体で劇場に行き、支配人からくびを言い渡されたときよりも、口座が空っぽだと知ったときよりも。ジェマが目を真っ赤にし、散らばった服を掻き集めるそばで、女主人は横を向いていた。誰も手を貸してくれなかった――誰一人。惨めだった。自分はそこにいてはいけない人間のように感じた。〝ギャーギャーうるさいったらありゃしない〟

「ほら」ジェマは中国人娘のかたわらにしゃがんで、サヴォヌリー絨毯に手を這わせた。「あなたが探しているものってこれじゃない？」

紐に通した指輪、ちっぽけな指輪だ――ジェマがよく見る間もなく、娘がそれをひったくり、安堵の表情を浮かべた。「ありがとうございます」完璧な英語で言うと、紐を首にかけて指輪を襟元に押しこんだ。その顔に見覚えがある。白粉（おしろい）を塗って象牙の仮面みたいな顔だから、ぜったいにそうとは言えないけれど。娘は小さくお辞儀するとほかの女たちと一緒に足早に消えた。ジェマは嫌な思い出を振り払い、階段をさらにのぼった。〝ギャーギャーうるさいったらありゃしない〟二度とそんなこと言わせない。二度と、けっして。

「探してたんだ」ソーントンは誰もいないチャイニーズ・ルームで、蒐集品を眺めていた。ジェマに背を向けたままだが、ヒールの音でわかったのだろう。「パーティーは好きだが、客たちを送りだすとほっとする」

ジェマは思わず声をあげて笑った。彼の声を聞いて浮かれ気分が戻ってきたから。「出演料を受けとるまでは、わたしがどこにも行かないとわかっていらしたんでしょ、ミスター・ソーントン」

「しっかりしてるな」彼は振り返り、にやりとしてポケットから白い封筒を取りだした。

「中身を確かめたまえ」

「なぜ？　わたしを騙すつもりだった？」

「いや、だが、人は騙すもんだと思っていたほうがいい」

ジェマは封筒を開いて札を数えた。最後の一枚まで正確に。「あなたの骨董品を壊した人がいたの？」高価な翡翠や磁器や漆器が並ぶ棚へとちかづく。「こういった貴重な品々のそばを通ると、スカートが触れやしないかびくびくする――それにしてもすごい屋敷ですね」

「わたしが建てたと自慢したいところだが」彼はかたわらにやって来て、時計についた翡翠のチャームを火傷跡のある手でいじくった。「破産して無一文になった銀の鉱山王から買い取った。ちょうどソーントン・リミテッドを興したころだ。それから、手に入るかぎりの美しいものでいっぱいにした。この屋敷をなんとしても手に入れたかったのは、八角形だからだ」

「どうして？」

「中国では八は幸運を意味するんだ。商売には運が必要だからね。アスターもロックフェラーも汗水垂らして一代で帝国を築いたと豪語してるが、なにもわかっちゃいない。むろん必死に働かねばならない。だが、運がなければ帝国は築けない」彼は陳列ケースを顎でしゃくった。「このなかで気に入った品はある？」

ジェマが指さしたのは、壁の水墨画の掛け軸だった。「あれ」凝った髪型で宮廷衣裳姿の中国人女性三人が音楽を奏でる図柄だ――一人は笛を、もう一人は弦楽器を抱えている。「三人目の女性は、歌手なのかしら、それとも聞き手？　彼女がなにを考えているのか知りたいわ。わたしの場合、歌を歌っている最中に不思議な気分になることがあって、何世紀も昔の彼女たちもそうなのか知りたい」女たちは牡丹色の口紅をつけ、眉はきれいな弓形だ。階段をあがってくる途中で話をした娘に似ている。「あなたのお気に入りはどれですか？　ドラゴンローブ？」

「いや、ちがう」彼は部屋の真ん中の陳列ケースの扉を開いた。パーティーのあいだは閉じられていたケースだ。ジェマは息を呑んだ。現れたのは宝石で飾られた虹色に変化するエレクトリックブルーの冠。「北京の円明園から持ち出されたもの――不死鳥の冠。貴重な逸品だ。七羽の不死鳥、青と白の翡翠、五十七個のサファイア、三十六個のルビー、四千個以上の真珠。冠からさがる真珠のループ、彫刻が施されたペンダント」彼がそのひとつを摘んでジェマに見せた。「象牙を彫りだした月下美人だ。温室に月下美人を置きたいと思った理由がこれ」

ジェマはそっと冠に触れた。「誰のために作られたものなのかしら」

「女帝のため」彼は煌めく冠からジェマへと視線を向けた。「かぶってみたまえ」

「なんですって？」吐息を洩らし、魅惑的なカワセミの青色から目をそらした。「わたしは皇妃じゃありません」

「舞台の上で女帝になりたいと思わないか？　なれるんだ。きょうのこれは」——パーティーの余韻を手振りで示す——「わたしがきみにもたらす成功の序章にすぎない」

「なにを提供してくださるんですか？」ジェマは努めて感情を交えずに言った。「そこのところをはっきりさせませんか、ミスター・ソーントン？」

「かまわんよ」彼は身構えた。さながら二人は交渉の席で対峙（たいじ）する弁護士同士で、署名する前の条件のすり合わせを行っているようだ。しかも彼は楽しんでいる。ジェマも身構えた。こうなることを予想していた？　パーティーのあとで居残ったのは、出演料を受けとるためだけではなかった？　彼女は誘うように手を開いた。〝そっちの条件は？〟

「きみがこっちに来たばかりのとき、誰もいないオペラハウスで歌っているのを耳にして、特別な声だと思った。きょう、パーティーの招待客すべてを魅了するのを目の当たりにした。それで確信したんだ。きみはスターになれると。わたしの望みは芸術の後援者としてこの街で名をなすことだ。わたしの手できみをスターにしたい」

ジェマはむっとせずにいられなかった。「わたしは自分の力ではスターになれないとお思いなのね？」

「それなりに努力してきたのだろう。だが、自分でも認めていたじゃないか。運に見放されてきたと。むろんきみのせいではない」ソーントンはそう言って機先を制した。「わたしなら帳尻を合わせてやれる。わたしのような人間が後ろ盾になれば、偏頭痛のせいで土壇場で出演を取りやめても解雇されない。どのオペラハウスだろうが、きみの部屋に見舞いのバラを届けてくれて、きみが復帰したとたん代役をお払い箱にしてくれる」

そういう後ろ盾がいたうえで練習するのはどんな感じだろう？　肉体にいつ裏切られるかわからず、挙げ句にそのせいでくびを言い渡されるような不安定な状況から抜けだせるのだ。

「八日後にはカルーソーとオペラ団がサンフランシスコに到着し、『カルメン』の幕があがる」ソーントンがつづけた。「選択肢はふたつだ。コーラスで歌い、つぎの公演地のカンザスシティあたりへと移動する。音楽監督がきみの才能に気づき、もっとましな役をふってくれるのを期待しながら。あるいは、ぼくの援助を受けてスターへの階段をのぼってゆくか。どっちを選ぶかはきみしだいだ。きみはどうしたい？」

〝自分の力で道を切り拓きたい〟ジェマは思った。でも、ひとりで頑張った結果がどうだった？　階段を踏みはずしてばかりだった。信じていた人たちに騙され、三十二にもなってまだコーラスで歌っている。実力がずっと劣る歌手たちがよい役にありつき、テラス付きのアパートメントと真珠でいっぱいの宝石箱を手に入れた。才能で劣っていても、彼女たちは立ち回り方を心得ている。それに比べてネブラスカの田舎娘のサリー・ガンダーソンは、厳しく躾けられたせいで男を手玉にとるなんてできない。

　品行方正なんてくそくらえ。たまにはうまく立ち回って、すべてを手に入れてもいいんじゃないの。薄汚れた油っぽい絨毯に這いつくばり、屈辱に震えながら下着を拾い集めずにすむんだから。

「あなたの申し出を受けることにするわ」ジェマは一歩前に出て彼の首に腕を回してキスへと誘う。パレス・グリルで食事を共にしたときから、彼とキスしたかった。下心があるくせに素振りにも見せない彼がもどかしかった――逞しい腕に抱きしめられると、ヒールが床から浮いた。

「仕事に快楽は持ち込まない」彼は唇を離して言った。

　唇がひりひりする。「わたしは持ち込みたいわ、ヘンリー」

「ジェマ」名残惜しげに彼女の名を呼びながらも腕をほどいた。「きみが声以外のものでわたしの援助を獲得したと思ってほしくない。わたしは海千山千の商売人だが、取引にはその手の紐をつけたくない」

　ジェマは肩をすくめた。心は浮きたっていた。崖から跳びおりたら落ちる代わりに空を飛んでいる気分。「あなたはわたしが欲しい。わたしはあなたが欲しい。あなたはわたしをスターにしたい。わたしはスターになりたい。そういう取引なら喜んで応じるわ」

「だったらせいぜい有利に話を進めるんだな」彼は低く笑いながらうつむいて、ジェマの首筋を噛んだ。火傷跡のある右手で彼女の手首を掴むと、手袋の貝ボタンをはずしはじめた。「なにが欲しいんだ、ジェマ？　わたしをとっちめてみろ。いい人ぶるのはやめて」

「メットとの契約を反故にするつもりはありません。それに、テイラー・ストリートの下宿屋を引き払うつもりもない。家賃を前払いしたんだもの」男の言葉を無暗に信じるソプラノは、落ちぶれて場末のミュージックホールで歌う羽目になる。いざとなったら戻れる場所は残しておかないと。

「たいしたもんだ」彼は手袋のボタンを順番にはずした。彼女の首筋に唇をあてたまま。「オクタゴン・ハウスにきみが自由に使える部屋を用意する。ピアノもドレスもメイドも……だが、女には誰にも触らせない自分だけのものが必要だ。ほかに欲しいものは？」

「優秀な声楽コーチ。サンフランシスコでいちばんの。毎日レッスンを受けたい。あなたやあなたのお友だちのために歌ってばかりはいられないの。練習をして技術を高める時間が必要だわ」最高の状態にもってゆくための時間と休息が必要だ。

「声楽コーチ、発音コーチ、毎日の練習に付き合うピアニスト。わかった」ソーントンは手袋を引き抜いて床に放った。「ほかには？」

「役」大きく息をつく。「役を買ってちょうだい。メットがサンフランシスコにいるあいだに。代役に何度も蹴落とされてきたんだから――一度ぐらい誰かを蹴落としてやりたい。カルーソーがこっちにいるあいだに、相手役を務めたい」

「薄情者」と、ソーントン。「気に入った」

「わたしもそんな自分を気に入ってるわ」ジェマは爪先立ちになってまた彼にキスした。たがいの唇を噛んで、抱き合って揺れた。

「メットの巡業団と一緒にこの街を離れるきみを、笑って見送るなんてできない」彼が耳元でささやく。「それまで何週間もないじゃないか。契約を反故にしないって本気なのか?」

ジェマは体を引いて彼の目を見つめた。「サンフランシスコの最高の劇場でわたしのソロコンサートを開いてちょうだい。ポスターを作って宣伝して。チケットが完売になるようあらゆる手を尽くして。劇場と正式の契約を結んでくれて、わたしがそこの音楽監督にじかに会って、本気でわたしを売りだすつもりかどうか確かめる。それで納得してはじめて、メットを去ることができるのよ。つぎの仕事が決まってないうちに、契約を反故にはできない」

彼の瞳が光ったのは、恐れ入ったと思っているからだろう。「強気に出たものだ」

「よいお手本が目の前にいますから」

「宝石を欲しいとは言わないんだな。ダイヤモンドを欲しくないのか?」

「いま欲しいのは安心。それもたっぷりと」これがずっとつづくと思うほどジェマは馬鹿ではないが、安心できる材料がまるでないいまは、安心を得られるだけで充分だった。たとえ数カ月しかつづかなくても――それを両手でしっかり摑んで目を開けた。たとえうまくいかなくても、失うものはなにもないでしょう？

「きみに安全を与えてあげる」火傷跡のある指で髪からヘアピンを抜いてゆく。「ほかにも与えてあげよう。八日後に『カルメン』の幕がおりたら、サンフランシスコで最大級のパーティーを開く。きょうの午後の集まりなんて目じゃない大舞踏会だ。きみの瞳の色にぴったりの皇妃のドラゴンローブをきみに着せて、不死鳥の冠をかぶらせ、きみをわたしの月下美人としてお披露目する。今夜のきみの歌は上流階級の心を摑んだ――八日後、この冠をつけたきみを世に出したら、彼らは熱狂するだろう。きみが望むコンサートのチケットは完売間違いなしだ。秋になるころには、大衆は先を争ってきみの歌を聴こうとする。いま、カルーソーに群がるようにね」

〝あなたが大金を投じたおかげだともっぱらの噂になるでしょうね〟ジェマはそう思わずにいられなかった。いくら打ち消そうとしてもそんな考えが頭にこびりついて離れない。

「ジェマ」彼の親指がジェマの眉間のしわをなぞる。「芸術家が後援者に頼ったところで恥じることはないんだ。何世紀もそうやってきたんだから。ミケランジェロの創作活動に金を出していた者がいたからって、誰が気にする？　人びとが称賛するのは芸術作品だ。きみが頂点に立つに値する才能の持ち主だと証明できれば――きみならそれができる――どうやって頂点に立ったかは誰も問題にしない」

涙で視界がぼやけた。万華鏡のようにいろんな場面が頭に浮かんでは消えた。カーテンコール、アンコール、バラ、主役専用の楽屋に掲げられる自分の名前……だが、涙は彼が描き出した夢の城のせいではなかった。彼の瞳に浮かぶ確信のせいだった。舞台で成功することは信じることだ。あなたにならできる、あなたの番は必ずやって来る、輝ける未来に手が届く。輝けないなら、音楽をやる意味がない。

だが、それには一緒に信じてくれる人が必要だ。ジェマの成功を信じてくれた人がいただろうか？　ネリー以外に。そのネリーはあっさり姿を消した。振り返りもせずに。どんなに強い信念も挫けることがある。くる日もくる日も、くる年もくる年も、自分を信じようと頑張ってきて、もう若くない歳になり、自分は〝ギャーギャーうるさいただの馬鹿女〟だと思い知らされ精魂尽き果てた。

そこにヘンリー・ソーントンが現れた。ジェマにはスターの素質があると信じてくれた。そして、彼女をスターにしようと思っている。

彼の手に指を絡め、ジェマは彼をチャイニーズ・ルームから誘いだした。

ペルシャ絨毯が敷かれたベッドルームで、ヘンリーは裸のままベッドを出ると暖炉の上から漆塗りの箱を取りあげた。中身は琥珀の阿片パイプと小さなランプ、それに磁器の壺だった。「目覚めたらそこは悪の巣窟だった？」ジェマは笑い、広いベッドで顔にかかる乱れ髪を振り払った。体がきちんと調律されたハープみたいに歌っている。もっともこのハープはいつもきちんと調律されているわけではない――ハープ奏者がチューニングペグを使って調律に手間取ると、指揮者は怒りを募らせるものだ。〝でも、このハープの調律は完璧よ〟ジェマは気怠く腕を伸ばしながら思った。

「眠くならないみたいだな。あれだけ激しく動いても」彼が屈みこんで首筋をやさしく噛む。それからおもむろに磁器の壺を開いて阿片の小さな塊を見せた。「麻薬を試したことある？　皇帝はこれの助けを借りて全土征服を夢見たんだろうな」

ジェマは阿片を見て震えた。期待もあるが、ためらいもあった。「わたし、そういうのは……」

「量さえ間違えなければ危険じゃない」彼が準備をしてゆく。火皿、アルコールランプ、阿片。「きみの偏頭痛にも効くかもしれない」彼は準備を終えるとゆっくりと煙をくゆらした。それからベッドに横になり、ジェマの脚を自分の肩に回す。ジェマは驚いてのけぞり、声をあげて笑った。阿片の煙は妙に甘い香りがする。「試してみるといい」彼が膝の内側にキスする。「世界中の大劇場で好きな役を歌う姿を夢見てごらん……」

「ウィーン国立劇場でモーツァルトの伯爵夫人を歌いたい」琥珀のパイプの冷たさを手に感じる。「グノーのジュリエットをパリのオペラ座で。ヴェルディのジルダをコベントガーデンで」

「つづけて」彼のキスが膝から上へとのぼってくる。

「ベニスのフェニーチェ劇場でプッチーニのトスカ……この劇場が不死鳥と呼ばれるのは何度も焼け落ち、灰の中から甦ったから」ジェマはパイプを咥えて深々と煙を吸いこんだ。体が激しく揺れた。ソーントンの唇が内腿を辿り、彼の煙が肺を満たす。なんでためらったの？　こんなに香(かぐわ)しいのに。夢、夢、果てしなく香しい夢。

10

一九〇六年四月十日
地震まで七日四時間六分

運命だ、とスーリンは思った。神さまが認めてくれたのだ。ほかに説明のしようがない。レジーを忘れると決めたとたん、ヘンリー・ソーントンが気前よく札束を放ってくれた。大好きな仕事、やりたかった仕事の報酬として。この先一週間は、道具が揃っていて明るいヒン・チョン・テーラーズに通いつめて婚礼衣裳を縫うという話を、叔父があっさり信じたことも運命だ。

このところ叔父はスーリンがいてもいなくても気づかない。麻雀荘で楽しく打てればそれでいいのだ。おかげでめったに戻ってこない。ドクター・オーヤンが婚礼の日取りを決めて以来、叔父は羽振りがよくなった。オーヤンが払う多額の結納金のおかげで、行きつけの麻雀荘でつけがきくせいだともっぱらの噂だ。もっともオーヤンが払い終わればそれまでだ。叔父は負けつづけて一文無しになる。そのことに気づいていないのは叔父だけだ。

ドラゴンローブを期日までに修復し終える。きっとできると思っていた。裾のほつれはそれほど広い範囲ではないので、刺繡をする手間もたいしたことはない。刺繡した布をおなじステッチでかがって目立たなくするやり方もわかっていた。銀と金と青の斜めの線に銀糸と青糸で渦巻き模様を重ねてゆく。出来栄えを思い描くと嬉しさがこみあげる。

二年前、マダム・ニンのためにドラゴンローブを縫う母の手伝いをしたことがあった。娼館のお得意さんに新たな夢を提供するのが目的だ。男たちに皇妃のもてなしを受けている気分を味わってもらう。ドラゴンローブ全体に刺繡をあしらうのは時間も金もかかりすぎるから、部分的に刺繡しただけだった。ただの衣裳だから厳格に再現する必要はない。母はどっしりとしたチェリーピンクの錦織でローブを縫いあげ、前面に鳥と花の刺繡のある布を縫いつけた。裾には伝統的な波と雲と山のモチーフをあしらい、これは二人で刺繡した。母はスーリンに特別なステッチを教えたかったから、ファン・タイ・ドライ・グッズに連れていき、特別な金糸と銀糸を買った。そういう糸を扱っているのはこの店だけだ。「金糸や銀糸は縫うのには使わないのよ」母は金属の糸を見せて言った。「針に通して使うには太すぎるし、切れやすいから。淡い黄色や白いシルクフロスでコーチングステッチを施し、布に留めつけるの。仮縫いをする要領でね、この場合は布と布とをくっつけるのではなく、糸と布をくっつける」

いま、スーリンはファン・タイの店主とおしゃべりしながら、ドラゴンローブに使う糸を選んでいた。婚礼衣裳を縫うのに使うと店主は思っている。彼女の結婚式が間近なことはこの界隈の誰もが知っていた。

ソーントンの屋敷に出向くと、ミセス・マクニールが通用口で待っていた。配達の小僧の恰好のスーリンを見て、彼女は驚きに頭を振った。「なんとまあ、あんたが女の子だとは思ってもみなかった。ご主人さまが三階の小部屋のひとつを使うようにって。ついてきなさい」

小部屋といってもスーリンにとっては充分な広さがあった。ふたつの細長の窓から陽光が降りそそぎ、明るさは申し分なかった。ドラゴンローブはドレスフォームに着せて直射日光の当たらない場所に置かれていた。作業台と椅子は窓辺に寄せてある。ミセス・マクニールが開けたドアの向こうは水洗トイレを備えたバスルームだった。

「室内にあるのは見たことがないだろうけど、バスとトイレだからね。あんたが特別だからってわけじゃない。すべてのベッドルームについてるのよ。使ったらきれいにしておいてよ」

ミセス・マクニールはティーワゴンを指さした。「水差しにビスケット。食事時には下の使用人用食堂におりてくるといい。使用人用の階段と通路を使うようにね。中央階段は通っちゃだめよ」

「ありがとう、ミセス・マクニール。必要なものはすべて揃っています」

「ミセス・マクニール、ミセス・マクニール！」赤毛のメイドが頬を真っ赤にして駆けこんできた。簡素な黒いドレスに糊のきいた白いエプロン姿には不釣り合いな髪の乱れようだ。

「キャスリーン、走るなって何度言ったらわかるの？　使用人だけが使う場所以外は走らないこと。いったい何事？」

「すみません、ミセス・マクニール。でも、ミス・ガーランドの荷物を積んだ馬車が到着したもので。彼女がここに住むことになるってご存じでしたか？」

「ええ、知ってますよ。なんのために馬車をやったと思っているの？　朝いちばんで青の間の支度をさせたじゃないの。従者に言って荷物を三階に運ばせなさい」

「それが、荷物はたいしてないんです。でも、鳥籠があるんですよ！」

「ミス・ガーランドがこれまでの人たちみたいにだらしなくないといいけど」ミセス・マクニールは頭を振りふり出ていった。

メイドが慌てて後を追う。「付添いのメイドは誰にするつもりですか？」期待のこもった声だ。

スーリンはドアを閉めた。ジェマ・ガーランドがソーントンの新しい愛人ってわけね。こういった屋敷の美しいスイートルームに女が越してきたら、ご主人さまとベッドを共にしないほうがおかしい。スーリンにもそれぐらい見当がつく。それにジェマ・ガーランドはもう若くないし、奥手でもなさそうだ。

　タイル張りのバスルームで服を着替えた。胸を絞めつけるベストから解放されてほっとする。作業台のかたわらの椅子の座面を回して高さを調整した。ばらばらに分解して持ってきた木枠を袋から出して組みたて、青いシルクの布をはめて、太鼓の皮みたいに表面がピンとなるよう調整する。

　つぎに取りだしたのは大きな薄紙で、裾のほつれた部分よりやや大きめに切った。裾の模様を木炭でこれに写しとるのだ。


　数時間後、小鳥のさえずりのような笑い声が聞こえてきて、スーリンは刺繍用の木枠から顔をあげた。両腕を天井へと伸ばし、首を回す。休憩したのは一度きりで、持参した饅頭を食べ冷たいお茶を飲んだ。日はすっかり傾き、午後も遅い時間だろう。そろそろ帰らないと。仕事ははかどった。薄紙に写しとった模様をシルクの布に転写し、繊細なモチーフの輪郭をあらかたステムステッチで刺し終えた。ローブを持ち帰るわけにはいかないが、青いシルクの布に刺繍するのは家でもできる。あすの水曜日には大仕事が待っている。どっしりとした青いシルクに銀糸を留めつける作業だ。これがいちばん時間がかかる。

　時間が飛ぶようにすぎていった。仕事に没頭しているので誰かが入って来ても気づかなかった。ときどき立ちあがって首筋を揉んだり、窓の外を眺めて目を休めたりした。そのときようやくトレイの料理と果物や、ティーポットのお湯と茶葉が新しくなっていることに気づく。彼女の邪魔にならないようやってくれた人がいたのだ。たぶんリトル・フォンとビッグ・フォンだ。どちらかが厨房で皿に料理や果物を盛り、どちらかがそっと部屋に運んでくれたのだろう。

階段のほうから大きな話し声が聞こえた。ドアを開けて覗いてみると、アリスが階段をのぼってくるのが見えた。心配顔のミセス・マクニールを引き連れている。

「ミスター・ソーントンがお留守なのはわかってます。スーリンとちょっとおしゃべりしたいだけ。このあと用事があるので長居はしませんよ」

スーリンが満面の笑みでドアを開け放つと、アリスが入ってきた。ミセス・マクニールは諦め顔で階段をおりていく。アリスがこうと決めたら、何人(なんぴと)も逆えない。

「もう土曜日よ。ここに通って五日になるのよね。どうなの、はかどっているの？」アリスは刺繍枠をしげしげと眺め、ドラゴンローブのまわりをまわり、勝手に果物を口に運んだ。ぱりっとした白いブラウスにネイビーのスカートが涼しそうだ。ブラウスの胸に小さなプリーツが入っていなければ、男物のシャツと見まがう飾り気のなさだ。アリスのブラウスに刺繍してあげたい、とスーリンは思った。白いリネンのブラウスに淡い緑色の絹糸でシダの模様を刺す。いつものデイジーではなく。

「ええ。邪魔が入らないから、自分でも驚くほど仕事がはかどってます」スーリンは言った。「夜、家に帰ってからも刺してるし」

アリスにはほかのことは話さなかった。邪魔とはいえないが、気が散ること。騒音、音楽。毎日、黒髪のピアニストが指慣らしで弾く和音やアルペジオ。それから歌がはじまる。ジェマの練習と声楽レッスンは最低でも二時間はつづく。それが終わると、婦人服の仕立屋や帽子屋が布地やリボンを山ほど抱えてお出ましだ。彼女たちの笑い声や賑やかなおしゃべりから、ミスター・ソーントンの新しい愛人のために大量注文が出されたのだとわかる。スーリンがここで働きはじめた日、紛れもない阿片の甘ったるい匂いを嗅いだ。阿片、政治家や新聞によれば、人を堕落させ、サンフランシスコの評判を失墜させる罪。もっとも、白人男性とその愛人が使ってもお咎めなしだ。

「それで、ミスター・ソーントンは約束を守ってくれているの？」アリスが尋ねる。「毎日、払ってもらってる？」

「はい、毎朝、作業台の上にお金が置いてあります。安心してください。ミス・イーストウッド、あたしに代わって交渉してくださって感謝してます。あんな大金を払ってもらえるなんて、いまだに信じられない」

「わたしはたまたまその場にいただけよ。あなたに頼まなければ、彼はローブを香港に送ることになる。それだとお金も時間もはるかにかかる。ミスター・ソーントンみたいな男性は、物事がすぐに決着をみるなら出し惜しみはしないのよ」

スーリンは袋からカロ姉妹のカタログを取りだし、アリスに返した。

「ああ、そうだった。あなたにファッションハウスの仕事を見つけてあげるって話。いろいろ考えてみたのよ。あなたが広い世界に羽ばたけるなら、あたしも嬉しいもの。あなたの技術を正当に評価してくれる雇い主を探さないとね」

スーリンは身構えた。きっとこのあとに、〝でも〟とか〝とはいえ〟とか〝残念だけど〟といった言葉がつづくのだ。

「ご承知のように」アリスが言う。「あたし自身はファッションに興味がない。でも、ガーデンクラブの理事で、ニューヨークに住む流行に敏感な友だちがいてね。ガーデンクラブの女性たちは情報通なんだけど、植物に通じてくれないのが玉に瑕。おっと話が脱線したわね」

アリスの話によれば、ニューヨーク在住のミセス・ジュリアン・ファンダーハーフンが、カリフォルニアを旅行中にアリスを訪ねてきた。ランチの席上で、アリスは彼女に、スーリンのことやファッションハウスで働きたがっていることを話した。するとファンダーハーフンは興味を示した。

「彼女はニューヨークに戻ったけれど、あなたの刺繍を見て納得すれば働き口を紹介してくれるそうよ」と、アリス。「彼女に送れる見本はある？　あなたの腕前を知ってもらうのに、わざわざニューヨークに行く必要はないもの」

「ドラゴンローブの修復を終えたらニューヨークに行って、直々に見本を見てもらいます」スーリンはワクワクしていた。「ああ、ミス・イーストウッド、ありがとうございます！」

「でも、決まった話じゃないのよ。可能性があるというだけで」アリスが眉間にしわを寄せる。「それにご家族はどうなの？　あなたが家を出ることを承知してくださる？」

結婚式が五日先に迫っていることは、アリスに言うつもりはなかった。「いつでもサンフランシスコを出られます。家族といっても叔父だけで、あたしを厄介払いしたがってる」それはほんとうだ。

「でも、女の子の一人旅はいただけないわ、スーリン。一カ月待てない？　ニューヨークで講演会があるのよ。一緒に行けば、向こうでミセス・ファンダーハーフンに紹介してあげられる」

スーリンはにっこりした。「ええ、もちろん待てます」もちろん待てない。待つつもりもない。ニューヨークにも電話帳はあるから、ファンダーハーフンの住所を見つけて、アリスの名刺を見せれば家の中に入れてもらえるだろう。ミセス・ファンダーハーフンの名前を知ったからには、計画を実行に移せる。あとは列車の切符を買うだけだ。

月曜の朝、スーリンは駅に行ってニューヨーク行きの切符を買った。四月十八日の始発の切符だ。そのころには、ソーントンから約束の金をすべて受けとっているはずだ。スーリンはぎゅっと目を閉じて、切符を握りしめてからポケットにしまった。これからオクタゴン・ハウスで仕事だ。修復作業は終わりにちかづいていた。たぶん予定より一日早く終わるだろう。駅舎を出ようとして群衆に呑みこまれた。男二人にすれ違いざま倒されそうになる。ホームに列車が着いて蒸気を吐きだした。そのホームは人で溢れかえっていた。

「この列車なの？」心配そうな女の声が聞こえた。息を切らしている。「彼を見逃したなんてことないわよね」

女の一団がバッグを胸に抱えて急ぎ足でやって来る。走りださんばかりの勢いで中国人男性をよけて通る。ダークブルーのチュニックにズボン、召使いだろう。怪訝な顔で見つめる中国人男性から逃れるように、スーリンは駅舎の出口に通じる階段へと急いだ。群衆から歓声があがり、立ちどまって振り返った。

「ミスター・カルーソー、ミスター・カルーソー！」

「サンフランシスコへようこそ、ミスター・カルーソー！」

口ひげを生やした黒髪の男が客車から降りてきて、手を振りお辞儀した。これが偉大なテノールなのね。あすの夜、グランド・オペラ・ハウスで歌うことになっている。もっともその翌朝には、スーリンはニューヨーク行きの列車の中だ。

11

一九〇六年四月十六日
地震まで一日十六時間七分

〝籠の鳥〟という喩えを、ジェマはけっして好きではないけれど、毎朝、ガラス張りの緑溢れ花の香りでむせ返るジャングル、オクタゴン・ハウスの温室にトスカニーニを放してやるたび、涙がこみあげた。セキセイインコは、新世界の限界を確かめるようにガラス張りの壁際を飛びまわり、これまでの世界よりはるかに広いことを知ると、鉢植えのオレンジの木のいちばん高い枝にとまり、元気いっぱいさえずりはじめる……「あなたの気持ちがよくわかるわよ」ジェマはトスカニーニに話しかける。オクタゴン・ハウスに移ってきてからのジェマは、有頂天で歌っていた。歌って、歌って、小鳥のように自由に。

「ミスター・セラーノが来られましたよ、ミス・ガーランド」家政婦のミセス・マクニールが温室の入り口に立っていた。「まあ、小鳥……ここに放していいって許可はとったんですか？」

「小さな鳥だもの、たいした悪さはしないわ。夜のあいだは籠に戻して部屋に連れて帰りますから」トスカニーニはジェマが下宿屋から運びこんだ数少ない荷物のひとつだった。当初は、夜になったら下宿に戻るつもりだったのに……思わず笑みがこぼれる。それが、一度も戻っていない。「ミスター・セラーノが来たって言ったわね?」

「音楽室でお待ちです。その後の予定ですけど」家政婦が畳みかける。「四時から仮縫い、八時からミスター・ソーントンとディナー」

「わかりました」ジェマは腕を伸ばし、トスカニーニのフワフワの胸をそっと撫で、弾む足取りで温室を出た。「冷たい水と熱いお茶を音楽室に届けてくださいな、ミセス・マクニール?　お手数でなければ」屋敷はちゃんと油を差された巨大機械のようにブンブンいっていた。明日の舞踏会の準備で慌ただしい。通用口には配達の荷車が出たり入ったりし、花を盛った大きな花瓶が上の階へと運ばれ、舞踏室の床を補修する作業員がやって来て……「テイラー・ストリートからわたしの荷物が届いているはずだけれど」螺旋階段へと向かいながら、肩越しに声をかけた。「部屋に運んでくださる?」

「かしこまりました、ミス・ガーランド」家政婦はジェマの命令に従うことを不本意に思っているとしても、顔には出さない。むろんヘンリーは命令して当然だと思っている。人を従わせることに慣れきっているから。ジェマはいまだに慣れることができない。でも、じきに慣れるだろう。

〝自由奔放な生き方(ラ・ヴィ・ボエーム)〟を愛しているし、そんなふうに――屋根裏部屋で芸術家気取りの友人たちに囲まれ、自由気ままに――生きてきたけれど、芸術だけではそんなふうに生きられないのも事実だった。日々の生活の苦しさに呑みこまれると、芸術だけでは生きてゆけない。『ラ・ボエーム』のロドルフォみたいな屋根裏部屋に住む詩人が、煙草と哲学を糧に生きられると歌いあげようとも。生活費を稼ぐため日に十時間働いたあとで、二時間も練習できる？　夕食代をどう工面しようかとぐずぐず悩みながら、ドイツ語の語法の正確さやトリルの明瞭さに気を配ることができる？

ここでなら、そんな心配はいっさいいらない。一張羅のガウンがほつれたら、呼び鈴ひとつで修繕させるか、新しいのを持ってこさせればいい。練習の途中でお腹がすけば料理を運ばせ、おもむろに練習に戻ることができる。真夜中に目が覚めるのは、コーラスから抜けだせるどうか不安でたまらないからではなく、パリッと糊のきいたリネンのシーツの上で、ヘンリーが乳房のまわりをキスで辿って眠りを邪魔するからだ。

「こんにちは、ジョージ」ジェマは笑顔で挨拶した。彼女のために改装された音楽室は、バタークリーム色の壁にオペラの楽譜をおさめる棚、帆船の帆のように蓋を立てたコンサートト・グランドピアノが揃っていて……準備万端で指慣らしをする伴奏者もいる。彼がなにを弾いているかでその日の気分がわかった。きょう弾いているのは蕩(とろ)けるようなショパン、つまり内省的な気分ということだ。ところが、彼はにやりとして顔をあげ、気分一新、ミュージックホールの陽気な音楽を弾きはじめた。

「怠け者めが」彼が咎めるようにジェマを見る。たしかに髪は垂らしたままで着替えてもいない。ペールグリーンのリボンが縫いこまれたアイボリーのレースのティーガウンのまだ。「寝起きのまま?」

「ティータイムの前にソプラノが自分から起きてきたとしたら、悪霊に取り憑かれていると思わなきゃ」ジェマは笑顔で切り返し、ドア口に立つメイドからトレイを受けとった。

オクタゴン・ハウスになし崩し的に住むようになったこの一週間、ジョージは毎日練習に付き合ってくれていた――雇われの身のジョージに、ジェマは気まずさを感じている。彼女のここでの立場を、彼はよく理解しているようだが口に出してなにも言わない。「けさは弦楽四重奏団と練習しているもんだとばっかり――」

「それは今夜。なかなか大変でさ。チェリストが頑固者で――」

「いまだにテレマンをやりたがっているの? あなたはテレマンが大嫌い――」

「――グラナドスの曲をやるよう勧めてみたんだけど、これが目も当てられない。西欧の音楽家に赤道より南の曲を演奏させるのはなおのこと無理だな……」ジョージはアルゼンチンタンゴを弾きはじめた。「偏頭痛はどうなの?」

「ミスター・ソーントンはわたしをチャイナタウンの医者に診せたがってる。鍼を使った治療法が効くみたいだって言うのよ。鍼を刺されるのは嫌だけど、ものは試し」ジェマはグラスに冷水を注ぎ、ジョージは紅茶を注いだ。角砂糖三個が彼の好みだ。「お誕生日のあと、お母さまから連絡はあったの？　あなたにブエノスアイレスに戻ってほしいんでしょ？」

「ずっとそうさ。いずれは戻るつもりだけどね」

「わたしのコンサート・シリーズが終わってからにしてね」ジェマは窓台から琺瑯（ほうろう）の煙草入れを取り、彼に勧めた。「さあ、あなたの好きなシガリーロを手に入れてあげたわよ。死んだ闘牛士みたいな臭いがするけど――」

「グラシアス、プリンセサ」彼は腕まくりすると、ジェマの喉慣らしに付き合った。それがすむと、真夜中の舞踏会のプログラムの練習だ。

　真夜中の舞踏会はヘンリーがつけた呼び名だった。カルーソーの『カルメン』には数千人がつめかけるだろうが、グランド・オペラ・ハウスの幕がおりると、選び抜かれた三百人がダイヤモンドとベルベットで飾りたて、オクタゴン・ハウスで開かれる真夜中の舞踏会につめかける。そこでジェマは『魔笛』第二幕の夜の女王のアリアを歌い、サンフランシスコの新しい夜啼鳥（ナイチンゲール）として正式にデビューする。準備期間が一週間しかないのに、そんなことができるわけがない。だが、ヘンリー曰（いわ）く、金と意志の力があればなんでも可能だ。

〝舞踏会の準備はわたしに任せて〟彼は指示すべき事柄を思いつくまま書きだしながら言った。シャンパン四百本、フルオーケストラ、舞踏室を飾る大量のツバキとユリ、翌日に発送する招待状三百通。〝きみは声に集中したまえ〟

だからそうした――贅沢三昧の一週間のあいだ、公演の準備のため練習に邁進（まいしん）した。これほど音楽に打ち込んだのははじめてだった。今回は名曲ばかりを集めたプログラムで、けっしてやさしいものではない。それでも名唱と謳（うた）われるものにするつもりだった。

あすの夜に。

「不安？」ジョージが言った。夜の女王のアリアの最終小節のごくわずかな乱れを聞き逃さなかったのだ。

「不安じゃないと言えば嘘になる」ジェマはため息をついた。召使いたちの噂話によれば、メトロポリタン・オペラの巡業団はその朝サンフランシスコに到着したそうだ――全長三百メートルにもおよぶ貨車、寝台車、食堂車、個人専用車両。偉大なカルーソーとコーラス、オーケストラに楽器、舞台セットに衣裳を乗せるのに必要とされた車両は、ふつうのオペラ巡業団が使う車両の十倍以上。どのオペラ団も巡業先では、はじめての舞台に慣れるためのリハーサルに費やせるのはせいぜい一日だ。今夜、歌手たちはパレス・ホテルで旅の垢を落とし、翌朝には――「あす一日、『カルメン』のリハーサルと本番に取られるのは正直きついのよね」いつもなら心待ちにするリハーサルだが、いまはメトロポリタン・デビューは気を散らされるだけだ。

「現実がきみの白日夢を浸食するってわけだ」ジョージが言い、わざとぞんざいに鍵盤を叩いた。「贅沢なこと言って」

　ジェマは顔をしかめたが、彼の言うとおりだ。「ありがたいと思っているわよ。カルーソーとおなじ舞台に立てるんだもの。でも、舞踏会がすぐあとに控えているから気持ちの余裕がなくて」

「メトロポリタンの巡業団はサンフランシスコに十二日間滞在する」ジョージが今度はメランコリーな音色を響かせた。ドビュッシーだ。彼は鍵盤を見ているが、空で弾けるはずだ。「それから移動する……どこかよその都市へ。きみは一緒に行くの？」

　ジェマは袖のペールグリーンのリボンをいじくる。ジェマの求めに応じて、ヘンリーはコンサートを開くお膳立てをすませた。契約書も見せてもらった。「舞踏会のあとのことはまだわからない」

　ジョージは甘い紅茶をぐいっと飲むとまた弾きはじめた。指がやさしいアルペジオを奏でる。やっぱりドビュッシー。「ミスター・ソーントンは練習を聴きに来ないんだね」

「わたしの邪魔はしたくないんでしょ。この時間はわたしが練習に精出していることを知っているのもの」そのことがジェマには新鮮だった。歌手にとっての練習は、プロとして必要不可欠なものというより、お遊びにちかいと思っている人が多い――だが、ヘンリーは練習するのが当然だと思っている。彼は仕事と遊びをきっちり分ける。彼が執務室で土地評価報告書や株価に目を通しているとき、ジェマがかまってほしくてずかずか入っていったら、きっと怒るだろう。それとおなじで、彼はジェマの練習の邪魔をしようとは夢にも思わない。二人ですごすのは仕事を終えてからだ。「それに、わたしの声は家中に鳴り響いてるんですって。下の階にもね。ドリーブのオペラを遠くに聞きながら仕事の電話をするのは楽しいらしいわ」

「ジェマ……」ジョージの大きな手が鍵盤の上で止まった。「きみの私生活に立ち入るつもりはなかったんだ」

「でも、そうしてるわよ」ジェマは冗談めかして言った。

彼は笑わなかった。「こういうの」――広い音楽室やピアノ、彼女が好きに使えるスイートルームを手振りで示す――「たしかに魅力的だ。なんでも揃っている。でも、見たくないんだ、きみが……」

ジェマは眉を吊りあげた。

「傷つくのを」

余計なお世話と思いながら、心を動かされてもいた。ジョージ・セラーノは知り合ってまだ二週間の相手に、お説教する資格があると思っているの？　でも、ある意味、彼にはその資格がある。一緒に音を奏でること以上に人と人を結びつけるものはない。ジェマがサンフランシスコに着いてから二週間、二人はほとんど毎日一緒に練習してきた。ジョージの母親はグアテマラ出身だが、父親はアルゼンチン生まれなのをジェマは知っている。

彼がピアノを弾きながら声に出さずにハミングしていることも、ベートーヴェンのピアノ協奏曲をすべて暗譜しているけれど、室内楽のほうが好きなことも。彼もジェマのことをいろいろ知っている。レッド・フックで声楽のレッスンを受けはじめたころの苦労話。トスカニーニとネリーのこと。偏頭痛のことや、その苦しみも。長時間の練習は友だちを作るいちばんの早道だ——そしてひとたび友だちになれば、相手の私生活に口出しする資格があると思いこむ。たとえ相手に嫌な顔をされても。

だから、ジェマはピアノベンチに彼と並んで座った。「わたしがのぼせあがっていると心配しているの？」『カルメン』の死のテーマをことさら陰鬱な調子で弾いてみせる。彼女の和音はジョージのそれよりずっと乱暴だ。「心配しないで。わたしは現実主義者なの。分をわきまえているわ」

「どういうこと？　薬指が弱い」彼は雑な和音に顔をしかめて指摘する。

ジェマは指を広げて弾きなおした。「わたしの経験からいって、男はオペラ歌手と結婚しない。でも楽しませてくれる。そうされてわたし自身も楽しいんだから、おあいこでしょ。幻想は抱かない」オクタゴン・ハウスに贅沢に囲われた女が、これまでにもいたことはわかっていた——部屋の掃除に来た二人のメイドがそんな話をしているのを耳にした。〝今度の人は前のとちがって、真夜中まで起きてないから助かるよね〟——それに、自分が最後の女だとも思っていなかった。ヘンリー・ソーントンみたいな帝国建設者は、王朝を立てるときがきたと判断すれば、良家の出の十九歳の娘と結婚し、オクタゴン・ハウスを息子たちでいっぱいにするだろう。

そのころにはジェマはとっくに彼のもとを去り、願わくばヨーロッパの主要なオペラハウスを渡り歩いていたいものだ。そのころまで腐れ縁がつづいていたら、ジェマのほうからきっぱり別れを告げる（そのあとヨーロッパの主要なオペラハウスを渡り歩く）。ヘンリーのことだから、彼女の手にお別れのキスをして、彼女の公演を観にくることがあれば楽屋にバラを送り、たまには二人きりのディナーに招待してくれるだろう。（家で彼を待つ十九歳の若妻に気を遣って）ジェマが招待を断れば、悩ましげな顔をするだろう。

それならそれでいっこうにかまわない。「恋に落ちるほど馬鹿じゃなければ、傷つくこともないわ」ジェマは言った。

ジェマが弾く和音に、ジョージがトレモロをつけて死のテーマを華やがせた。「男はオペラ歌手と結婚しないと本気で思っているの？」

「ダーリン、もちろんよ。だとしても、わたしは平気よ。だって、男の人は妻をひとり占めしたいものでしょ。でも、わたしにとっていちばん大事なのはこれ」喉を軽く叩く。

「夫ではなくね。それに、わたし、料理できないし」

ジョージが笑う。「まるっきり？」

「まるっきり。蜂蜜入りの紅茶と牡蠣で生きてるんだもの」

「ぼくはスチームビールとチョリパン」

「チョリパンって？」

「チョリソー――世界一うまい燻製にしたソーセージ――を縦に切って、チミチュリソースを塗って揚げたパンに挟んだもの。カシ・タン・デリシオソ・コモ・チュ・ボカ」

「なんて言ったの？」

ジョージは鍵盤を独占し、広い肩で彼女をベンチから押しだした。「練習に戻ろうって言ったの」

「そうじゃないでしょ」ジェマは笑いながら立ちあがった。「わかった。それじゃ『復讐の炎は地獄のようにわが心に燃え』をもう一度通してやりましょう」

「三連音符がつづくところはもっと正確に。肺活量があるのはわかってる。でも、なぜだかそこのところで息切れするよね」

「だったらEからやってみたほうが……」

一時間後、ジェマはほっぺたにキスし、あすの朝、グランド・オペラ・ハウスで会う約束をしてジョージを送りだし（オペラハウスでの彼の仕事は、巡業団のブロッキング・リハーサスつまり、舞台上で演者の動きやポジショニングを確認するためのリハーサルでコーラスの練習に付き合うことだ）、ペールピンクの壁の八角形の化粧室へ向かった。サンフランシスコでいちばんの仕立屋が待ち構えていて、打ち合わせがはじまる。パリから輸入したワースのドレスを、ジェマの体形に合わせて仕立て直すのだ。「まずはイブニングガウン六着、ディナーガウン六着、外出着六着、旅行用スーツ六着、ティーガウン六着です、ミス・ガーランド。それがすんではじめて本格的なガウンに移れます。ペールグリーンのリバティサテンのエンパイアガウンはどうでしょう。白いチュールのパフスリーブで銀色の刺繍入り」

「なんてすてき」日に六度も着替え、おなじガウンで人前に出ようなんて夢にも思わない上流婦人になるつもりはないが、古いビスケット色のファイユのドレスの縫い目が擦り切れているのを見つけ、アイロンをかけて大丈夫なものか思案する必要がないのはありがたかった。

仕立屋がテープと針刺しを持つ助手の群れもろとも引きあげると、ジェマはベッドルーム――アイスブルーが基調の部屋で、高い天井は白と金の渦巻き模様でアカンサスの葉飾りが浮きだして見える――へと移動した。隣接するバスルームはペールグリーンの壁がまるで人魚の洞窟みたいだ。巨大なバスタブはカラーラ大理石。ディナーガウンがベッドに広げてあった。シルバーグレイのベルベットでチンチラの縁取り――ヘンリーがまたパレス・グリルに連れていってくれる予定だ。きっとカルーソーに会える、と彼は言っていた。

〝きみとマエストロの両方をびっくりさせることがあるんだ、『カルメン』がらみで……〟ジェマとしてはシャンパンとフォアグラのほうが愉しみだった。でも、ほんの一瞬、チョリソーとチミチュリソースを揚げたパンで挟んだ料理が頭をかすめた。それも部屋着のまま、スチームビールで流しこみたい。

「ミス・ガーランド」メイドがドア口でお辞儀した。「中国人の女の子があすの舞踏会用のローブを持ってきました。修復が終わったそうです」

「彼女をここに呼んで。見てみたいの」八角形のサイドテーブルの上の荷物が目に留まる――下宿屋から持ってこさせたものだ。服や安物の装身具と一緒にネリーが送ってよこした絵が入っていた。添えられた身勝手で薄情な手紙を思い出し、絵をゴミ箱に投げ込もうとしたが思いとどまった。絵そのものはすばらしい出来だ。中国人の少年と少女の絵で、背景に中国の文様が描かれている。ため息をつき、化粧台の三面鏡に絵を立てかけた。

「あなたのローブです、どうぞ」スージーと呼ばれていた中国人の娘が、刺繍を施したシルクを掲げ持って入ってきた。午後のパーティーのあとで、落とした指輪を探していたあの娘だ。化粧を落とすとまるで別人――そういえばここで何度か姿を見かけた。使用人専用の階段をのぼってくるところとか、青いドラゴンローブの修復作業をするためにあてがわれた部屋に入ってゆくところとか。いま、彼女はドラゴンローブをベッドの上に広げると、うつむいて一歩さがった。

「どこを繕ったのかまるでわからないわ」金糸や銀糸で刺繍された渦巻く波と山と雲にそっと触れてみる。こんなに重たいものを着てはたして歌えるのか不安だが、ヘンリーにどうしてもと言われれば着るしかない。「たいしたものね」

「ありがとうございます」娘が上目遣いにジェマを見る。かしこまった表情は変えない。

「フランスの最新流行のガウンをとっかえひっかえ試着したばかりなんだけど、これに敵う刺繍はなかった。あなた、パリでも通用するんじゃない──スージーでしたっけ？」

もともと無表情な娘の顔から血の気が失せて、まるで蠟人形のようだ。彼女が見ているのはジェマでもローブでもなかった──ジェマの肩越しに見ている先は、化粧台。

「あの絵？」ジェマは目をぱちくりさせてネリーの絵を見た。「いったい……」声が尻つぼみになる。

背中合わせに立つ中国人の少年と少女、顔はこちらを向いている。兄と妹ではない──鏡に映った姿。おなじ顔。卵形の顔に弓形の眉、くっきりとした顎の線、切れ長な目、きまじめそうな口元。左の顔を囲むのはフェドーラ帽と結びボタンのあるチュニックで、右の顔を囲むのは垂らした髪と刺繍のある襟だ。でも顔はおなじ。

スージーの顔。彼女がそこにいて、弓形の眉を寄せ、きまじめそうな口を堅く結んで絵を見つめていなければ、ジェマにはわからなかっただろう。「あなたなのね」われながら間の抜けた問いかけだ。スージーはお針子だが、フェドーラ帽を被って少年の恰好をすれば……フェドーラ帽に見覚えがあった。「あ、あなた、わたしの荷物を、テイラー・ストリートまで運ぶの手伝ってくれた。ほら、あの、サンフランシスコに着いたばかりで」ジエマはしどろもどろだ。「あれもあなただったのね」サンフランシスコについて知りたがるジェマに、笑顔で案内してくれた少年。

スージーはこくりとうなずいた。絵から目をそらしたくてもそらせないようだ。彼女が首から赤い紐をさげているのを、ジェマは見たことがある……絵の中の二人もそうだ。

「失礼ですが、その絵をどこで手に入れたのか伺ってもいいですか？」

「友人のネリーが描いた絵なのよ。彼女がサンフランシスコにいたころ、あなたを絵のモデルに雇ったのかしら、それとも――」

スージーがきっとなって睨むので、ジェマは後ずさりしそうになった。もはや白塗りの召使いでも、無表情なお針子でもなかった――その目は怒りに燃えている。

「なに言ってるんですか、ミス・ガーランド。レジーが描いたんです」

12

「レジー？　レジーって誰？」ジェマが言う。

スーリンは水彩画を指さした。「レジーナ・レイノルズ。レジー。あたしの……友だちです」

ジェマはもう一度絵を見て、それからスーリンに視線を戻した。「その画家だけど」名前を口にしない。「どんな外見？」

くしゃくしゃの漆黒の髪は耳の下で切り揃えている。ふっくらとした唇、上唇のほうが心持ち大きいので、笑うとやさしい弧を描く。溢れんばかりの歓びで包みこんでくれる笑顔。人を心地よくさせる笑顔。集中してカンバスに向かうとき、屈んでキスしようとするとき、眉間のしわが深くなる。無頓着だから帽子を被らず外出し、すぐ日焼けする白い肌。明るいグリーンから魅惑的なエメラルドへと変化する瞳。

「背はあたしより十五センチぐらい高いです」スーリンは絵を見つめたまま言った。「カールした黒い髪。白い肌。グリーンの瞳。おかしな発音、ブロンクス訛りだって言ってま

した」こんなありきたりの表現では、レジーの潑剌さや威勢のよさ、自由奔放で情熱的な魂は伝えられない

「たしかにネリーだわ。あ、レジーね」ジェマの顔に妙な表情が浮かんだ。困惑と苦痛がない交ぜになったような表情だ。「彼女がいつごろサンフランシスコに戻るか、あなた知ってる?」

スーリンは顔をあげた。「知りません。なにも言わずにいなくなったから」惨めさが声に出るのを抑えられない。ジェマが探るようにこっちを見ている。

「彼女がコロラドから戻ったら連絡をくれると、わたしは思っているけれどね」と、ジェマ。

「コロラドでなにをしてるんですか?」スーリンは驚いて尋ねた。

「山の景色を描いてるんじゃないの」ジェマの口調には棘があった。

「どうしてコロラドで山なんて描いてるんですか?」スーリンは水彩画の端に触れた。

「彼女が描いていたのはこれだった。サンフランシスコ・シリーズ。これはチャイナタウンの光景を描いたうちの一枚です。個展の準備をしてたんだから」

そこだ。スーリンにはそこが解せなかった。レジーがスーリンを捨てたのはわからないでもない。でも、画家として一大転機を迎えようとしていたのに、すべてをほっぽっていなくなるだろうか。ソーントンがレジーを支援しないことにしたのならべつだ――でも、

レジーはそんなことひと言も言ってなかった。「ミスター・ソーントンは個展を中止にしました。画家がいなくちゃ個展は開けない」

「ヘンリーはなにをしてあげるつもりだったの、ネリーに……その、レジーに」今度はジェマが驚く番だった。

「ミスター・ソーントンは個展を開くために画廊を借りました。アメリカ絵画の新しい才能、レジーナ・レイノルズを世に送りだし、サンフランシスコ社交界を驚かせるつもりでした。彼女の個展はその年の一大文化イベントになるはずだった」

「彼女を世に送りだす？」ジェマはベッドに腰をおろし、呆然と室内を見回した。気分が悪そうだ。「彼女は……ここに住んでいたの？」

「この部屋を使うのは自分が最初だと思ってたんですか？」スーリンは皮肉を言わずにいられなかった。「彼が発掘した芸術家の卵はあなたが最初じゃないし、彼女が最初でもなかった。ちがいがあるとすれば、彼女はそのことを知っていたこと」ジェマを笑うべきか、憐れむべきかわからない。

「ほかにもいたことは、むろん知ってるわよ。わたしだって馬鹿じゃない」なにを言っても言い訳に聞こえる。「でも、ネリーを知っているなんて、ヘンリーはひと言も言わなかった。はじめてディナーに招待されたとき、友だちを探しているって言ったのよ。彼女は画家だってことも言ったわ。彼女が使っていたペンネームも並べてね。レジーナ・レイノルズと名乗っていることは知らなかったけれど、どんな感じの人か説明もした。ちゃんと特徴を伝えたのよ！」

「あたしの言うことが信じられないなら、最上階に行ってみてください。天窓のある部屋があります。彼女のアトリエだった。そんなこと、彼女に聞かなきゃ知りようがないでしょう？　彼女がここに住んでいたからこそわかることだもの」

長い沈黙。それから、「あなたを信じるわ」ジェマは居住まいを正した。「ネリーとはどうやって知り合ったの？」

「ここで。パーティーの席で」スーリンは言った。「去年の秋。九月でした」言葉を探す。「彼女はあなたのことをジェマ・ガーランドとは呼んでなかった。あたしが知っている名前はサリーで、いつか有名なオペラ歌手になるだろうってこと」二人のあいだだけで使っていた名前、レジーはそれをスーリンの前で使った。

「あなたたちが……友だちだったのなら」と、ジェマ。「彼女は言わなかったの？　本名はネリー・ドイルだって」

スーリンは頭を振った。「こっちから尋ねました。彼女は顔をしかめて、昔のことは名前も含めて忘れることにしたと言ってました」〝あんたと出会ったときのあたしはレジーだったんだから、これからもずっとレジー。昔のことはどうだっていい〟

「彼女がどうやってヘンリー・ソーントンと出会ったのか、あなた知ってる？」ジェマはふっと視線をはずした。

「展覧会で。レジーはなんとか一枚だけその展覧会に出品できたんです。ミスター・ソーントンがその絵を買って、サンフランシスコで見た絵の中でいちばんいい、カンバスにたくさんの物語が息づいている、と言ったそうです。それから彼女をランチに誘って、有名にしてやると約束した」

「後援者がついたことを、わたしには知らせてくれなかった」ジェマが言う。「なんでなの。どうして手紙で知らせてくれなかったの……このこと」肩を落として部屋を見回す。心安らぐアイスブルーの壁、豪華な家具、開けたままのドアの向こうの広いバスルーム。

「絵が何枚か売れて、個展は成功だったと言えるまで待つつもりだったんです。あなたは認めてくれないだろうって言ってました……後援者の世話になることを」スーリンが鋭い視線を向けると、ジェマは赤くなった。

「あなたとネリーは、つまり、レジーは親しかったの？」ジェマは慎重に言葉を選んだ。

「もうどうでもいいことです。彼女のほうから終わりにしたんだから」スーリンはチュニックの襟元から赤い紐を引っ張りだしてはずすと、化粧台の横のゴミ箱に捨てた。数カ月前にそうすべきだったのだ。

「待って！」ジェマがゴミ箱から紐を取りだした。紐の先にさがる指輪を見つめる。

「これを拾ったとき、見覚えがあると思ったのよ」ジェマが言う。「でも、まさかネリーのものだとは思いもしなかった。彼女からもらったんでしょ？」

「いちばん大切なものだって言ってました」スーリンは肩をすくめた。「安物だとわかったけど。大量生産の安物。ほんものの銀ですらない」

「でも、ネリーにとってはいちばん大切なものだったのよ」ジェマがゆっくりと言った。

「とても貧しかったから、安物しか買えなかった。これは彼女のお母さんのものだった。誰よりも愛していたお母さんのね。ネリーがこれをあなたにあげたのなら、彼女にとってあなたはかけがえのない存在だった」ジェマが指輪を差しだす。一瞬ためらったものの、スーリンは震える手で受けとった。

「愛してるって彼女は言いました」スーリンは指輪を見つめながら言った。「あなたはこれがその証だって言う。だったら、どうして彼女はなんの断りもなくコロラドに行ったんですか？」指輪に口づけてから紐を頭にくぐらせた。わけがわからない。

「わたしにもわからないわ」ジェマが頭を振る。「ネリーは気まぐれだし、面倒を避けるために嘘もつくけれど、大切に思っている人を傷つけたりはしない」思案げな顔。「彼女がコロラドにいると思ったのは、彼女がこの絵と一緒に送ってくれた手紙にそう書いてあったから」

「彼女はあなたに手紙を送ったのに、あたしには連絡してこなかった」スーリンは指輪を握る手に力を入れた。「手紙を見せてもらえませんか？」

ジェマは荷物のなかから手紙を取りだしてスーリンに渡した。便箋は厚ぼったい高価なもの、クリーム色の格式のあるものだった。レジーが好んで使っていたカラフルな文房具、例えばファン・タイ・ドライ・グッズで買ったペールピンクに金の斑点があるメモ用紙とはまるで異なる。嫌な予感がして不安が募った。

ジェマが歩きまわる。「ネリーを知っているのに、ヘンリーはなぜ隠したのかしら。彼女の特徴に一致するような画家は、サンフランシスコに二人といないでしょうに。ネリーがレジーナ・レイノルズと同一人物だってことは、ちょっと考えればわかりそうなものなのに。使用人たちもなにも言ってくれなかった。誰に尋ねればいいのかわからなかったし、尋ねても教えてくれなかったでしょうね。わたしの前に……彼の世話を受けていた人のことだから」

「すべてタイプで打ってありますね」スーリンはそう言って顔をあげた。「手書きの文字はひとつもない」

「ちょっと待って、もう一度見せて」ジェマの瞳が翳(かげ)る。「宛名がジェマになっている。わたしたちが手紙をやり取りをするときは、〝ネル〟と〝サル〟だった。ネリー以外にわたしの本名を使う人はいない」

「同封の絵がなければ、レジー／ネリー――が書いたと証明できるものは、なにもないですよね？」スーリンは目を閉じた。

「でも、それなら誰が書いたの？」ジェマがささやくように言う。

嫌な予感が的中しそうな気がする。さながら種明かしをするマジシャンの助手のように、スーリンは手振りで部屋を指し、ジェマに向かって眉を吊りあげた。「誰だと思いますか？」

ジェマは顔面蒼白だ。当惑から怒りへ、それから恐怖へと表情が変わってゆく。

スーリンは恐ろしさにいてもたってもいられない。ヘンリー・ソーントン以外にレジーの絵を手に入れられる人がいる？　彼はなぜレジーを知っていると認めなかったの？　背筋が凍りつく。

ジェマはベッドの頭板の横に垂れる呼び鈴の紐に手を伸ばし、引っ張った。

「ミセス・マクニールを呼んでネリーのことを訊いてみるわ」ジェマが言う。「単刀直入にね」

「だめ、だめ。やめてください。ミセス・マクニールはだめです。上のほうの人はだめ。前にこの部屋を使っていた人のことをレジーが彼女に尋ねたら、使用人はそういうことを話す立場にはありませんと突っぱねられたって」

前の愛人のことを無闇にしゃべったら罰せられるのだろう。レジーはそのときはじめて、ソーントンを怖いと思ったそうだ。ミセス・マクニールはこうも言った。今度そんなことを尋ねたら、ミスター・ソーントンに報告しなければなりません。

「レモネードかなにか持ってくるよう言ってください。キャスリーンという名のメイドに運ばせるよう頼んで」大理石の床に足音が響き、スーリンがバスルームに隠れたとたん、ドアに控え目なノックがあった。

ジェマが入ってきたメイドに笑いかける。「レモネードを持ってきてちょうだい。それから、調理人が焼いてくれるおいしいビスケットもね。キャスリーンに持ってこさせて」

メイドが去り、バスルームから出たスーリンにジェマが尋ねた。「どうしてキャスリーンなの？」

「レジーと親しかったから」スーリンはベッドに腰をおろした。「レジーは身のまわりの世話をするメイドはいらないと断ったけど、着替えに手が必要になるとキャスリーンを呼んでました」

十五分もしないうちにドアにまたノックがあり、赤毛のメイドがにこやかにトレイを掲げて入ってきた。小さなクリスタルの水差しとクリスタルのタンブラー、それに脚付き皿に盛られたラベンダー・ビスケット。スーリンがバスルームのドアの隙間から覗くと、ほほえむジェマとお辞儀するメイドの姿が目に入った。

「あたしを指名してくださったんですね、ミス・ガーランド？」キャスリーンが言う。

「そうよ、キャスリーン」ジェマがざっくばらんな口調で言う。「前にこの部屋を使っていた女性のことで訊きたいことがあるの。ミス・レジーナ・レイノルズのことでね」

そばかすのある顔が引き攣る。好奇心と不安が闘っているのだ。「話せません、ミス・ガーランド。話せないんです」

「じつはね」ジェマは彼女の不安など意に返さずつづけた。「この絵がとても気に入ったものだから、ミス・レイノルズが描いたほかの絵も見てみたくて。彼女がいまどこにいるか知らない？」

メイドは困った顔でためらっている。「いいえ。ミセス・マクニールに言われてこの部屋の荷物を片付けたのが二カ月前でした。ミス・レイノルズは出ていったあとで、あたしたちで荷物をトランクに詰めたんです。送ってあげられるように」

「それで、荷物は新しい住所に送ったの？」

「従者の一人が持っていきましたけど、どこに送ったのかまでは知りません」

「どの従者？」ジェマが尋ねる。「心配しないで、キャスリーン、誰にも言わないから」

親しげにウィンクする。「わたしが尋ねたことを誰にも言わないでくれたら」

「トランクを持っていったのは若いほうのジョナサンです」二人だけの秘密よというジェマの態度に、キャスリーンは気を許したようだ。

「この絵がほんとうに大好きなのよ。だからべつの絵も手に入れたくって。ミス・レイノルズはいい絵を描くわよね、そう思わない？」

「ええ、そうなんですよ」キャスリーンの声に熱がこもる。「あたしの肖像画を描いてくれました。鉛筆でスケッチしただけだけど、すごくよく描けてて。でも、ミス・レイノルズのほかの絵はここには一枚もありません。ご主人さまがまとめて箱に詰めて、ジョナサンに持っていかせたから」

「まあ、ジョナサンも大変だったわね。きょうはいるの？」

「彼はくびになったんですよ、ミス・ガーランド。絵を運び出したつぎの日に」そこでメイドはわざとらしく声をひそめた。「仕事中にお酒を呑んだから。彼は呑んでいないって言ったけど、ミスター・ソーントンが執事に命じてくびにしたんです」

「それはそれは、キャスリーン。よくわかったわ。話してくれてありがとう」

「どういたしまして」そこで心配になったようだ。「あなたがなぜあたしを指名したのか、ミセス・マクニールが知りたがると思うんです。なんて言えばいいでしょう」

「なくなったシュミーズのことであなたに尋ねたかったって言ったらいいわ。でも、あなたが来てくれたときには見つかっていた、わたしの勘違いだったってね」

ドアが閉まる音がしたので、スーリンはバスルームを出た。

「あなたの言うとおりだった」と、ジェマ。「べつの説明を聞けるんじゃないかと期待したけど、それはなかった。ネリーは逃げだしたんじゃない。ヘンリーはわかっていてわたしを騙した。ネリーの居所を彼は知っているはずよ、スージー……」

「ミス・ガーランド、あたしの名前はスーリンです。スージーじゃなく。苗字(みょうじ)はフェン。

どうか憶えておいて。スーリン・フェンです」

ジェマは顔を赤らめた。スーリンはさらにつづけた。「ソーントンがレジーになにをしたにしても、それは人に知られたくないことで、きっと不正があったと思う。あたしは彼女が生きていることを願うだけです」サンフランシスコでは、金さえあれば人を消すことができる。

「だめよ、そんなこと言っちゃだめ。ほかのことはどうであれ、彼に人は殺せないわよ！」ジェマはいまにも泣きそうだった。

スーリンはため息をついた。ジェマはレジーが言っていたとおりの人だった。〝たまにね、彼女って信じられないぐらい純粋だって思うことがあるんだよね。トウモロコシで育った善良さが、人間はいくらでも悪くなれるって考えを頑なに撥ねつけるんだね。とりわけ力を持つ人間のおぞましさに目を塞ぐ〟

「たぶん、彼は嫌がるレジーを無理やりどこかへ送りこんだんですよ。この部屋を探してみましょう。なにか鍵になるものが残されていないか」まずは化粧台の抽斗からだ。

それから半時間かけて、クロゼットや抽斗の奥や、回転式の靴入れの隅までくまなく探した。ジェマがはっとした顔をした。

「お金」ジェマが言う。「叔父のハーヴァーが簿記係をやっててね。人の性格や行動は小切手帳を見ればわかるって言っていたの。ヘンリーは誰かにお金を払ってやらせたにちがいない。彼女を……消すのに。誰もいないときに彼の書斎を調べたらどうかしら」

だが、ソーントンは四六時中仕事をしている。パーティーがある日も、彼が書斎を出て着替えにベッドルームに入るのは、はじまる数分前だ。客を迎える時間になると、ちゃんと盛装して現れる。

「あすの夜の『カルメン』の公演中は？」スーリンは言った。そのときしかない。

「ええ、そうね。あすの夜」ジェマが声をあげる。「ヘンリーは七時に屋敷を出る。使用人たちは三階と四階で舞踏会の支度におおわらわだから、二階には誰もいない。忍びこむならそのときよね」

「あなたは歌ってるんだから、あたしがやります」スージーのなかで、見つかったらどうしようという思いと、レジーの身を案じる思いが闘っていた。「ソーントンは書斎に鍵をかけますよね？」

ジェマは考えこんだ。「ヤシの木の鉢。事務員たちはひとつの鍵をみんなで使っているのよ。いちいち手渡しするのは面倒だから、植木鉢に隠している。ヘンリー――いえ、ソーントンは」もう親しげに名前を呼べない。「知らない」

「鍵がそこにあることに賭けましょう。あたしは七時少し前に来て、彼の車が出ていくまで待ってます」

「ミセス・マクニールに言付けておくわね。あなたをわたしの部屋で待たせておくようにって。ドラゴンローブを着るのに、あなたの手が必要だから」

考えられうる最善の計画に思えた。スーリンはまっすぐジェマの目を見た。

「ソーントンの書斎に忍びこむのは危険が伴います。共犯になる覚悟があなたにありますか。レジーはあなたにとって、そこまでするほどの存在なの？」

「彼女はこの世でただ一人、わたしが全幅の信頼を寄せる人よ」ジェマは言い切った。

「わたしが会いに来ることを知っていながら、彼女がコロラドに旅立ってしまったってわかったとき――ああ、自分はほんとうにひとりぼっちなんだって思った」そこでジェマは頭を振る。「ネリーしかいないのよ。頼れる人は」

「これからはあたしも頼ってくれていいです」二人してほほえみ合う。ためらいがちな笑み、恥ずかしさを含んだ笑みだった。

ジェマにいちばん尋ねたいことを、スーリンは口に出さなかった。ほんとうのところ、レジーとはどういう関係なのか尋ねたかった。レジーが嬉しそうに〝あたしのサリー〟の話をするとき、心の隅で感じた嫉妬をやわらげてくれる答えを聞きたかった。でも、それはレジーを見つけだしてからのことだ。レジーを見つけられなかったら――恐ろしい結末が心を切り裂く――訊いてもはじまらない。そうなったら、なにもかもがどうでもよくなる。

「あなたが戻ってきたときあたしが部屋にいなくても」スーリンは立ちあがった。「なにを見つけたか、それがなんであろうとメモに書いて残しておきます」

スーリンはチャイナタウンに戻った。あれこれ考えながら歩いていたから、車を避けつつ道を渡ったことも憶えていなかった。〝レジーに捨てられたわけじゃない〟その思いに足取りも軽くなっただろう。これほど不安でなければ。レジーが前に言っていた。〝あんたを見てると面倒を見てやりたくなるんだよね。あんたはパイナップルみたい。棘のある葉っぱに硬い皮。でも中身はとっても甘い〟

今度はスーリンが面倒を見てやる番だ。レジーがどこにいようとも。たとえジェマが謎を解く手助けをしてくれなくても、スーリンは愛する人を見つけだすまでサンフランシスコを離れない決意だった。

13

一九〇六年四月十七日
地震まで二十時間三分

「顔色が悪いですよ、マドモアゼル」ジェマの身のまわりの世話をするメイドが口を滑らした。ジェマの疑念をわれ知らず裏付けたおしゃべりなキャスリーンではない。こちらのメイドは本人曰くフランス人――ときどき発音が乱れるが、手の動きが乱れることはなく、ジェマの髪をポンパドゥールに結いあげていた。そのあいだジェマは震えを抑えようと紅茶を飲んだ。「きょうのリハーサルは大丈夫そうですか？」

「大丈夫よ、ありがとう」前夜のパレス・グリルのディナーには行かなかった。ヘン――じゃなくてミスター・ソーントン、頭の中でも親密さを示すファーストネームは使いたくなかった――がドアをノックしたとき、偏頭痛を理由に行けないと告げた。彼はおもしろくないようだった。「きみを喜ばせるつもりだったんだが」ドア越しにジェマを誘いだしにかかった。まるで犬の前に骨をぶらさげるみたいに。ジェマは吐き気を催した。彼に消えてほしい一念で、大げさに嘔吐いた……。だが、急場凌ぎにすぎない。今夜の舞踏会は避けて通れない――その前に『カルメン』もあるし。ヘンリー・ソーントンを家から連れだすとスーリンに約束した。それを可能にする唯一の方法は、無造作に着崩したタキシード姿で彼を劇場のボックス席に座らせることだ。ビゼーの見事な似非スペイン風のメロディーを、扇を翻しながらコーラスのジェマが歌う姿を見届けさせることだ。スーリンに約束した。ネリーのためだ。

ネリー、ああ、ネリー。レジー。彼女がいまはなんと名乗っていようと、ジェマにとってはネリーだ。〝あんたがなにも言わずに姿を消すなんてありえない。そんな人じゃないってわかっていたはずなのに〟ネリーのカールした黒髪、ブロンクス訛り、体からパチパチと火花みたいに放出されるエネルギー、爪にこびりついた赤や黄色の絵の具、男たちをぎょっとさせようと好んで身に着けたズボンとだぶっとしたシャツ。〝ミスター・ソーントンはあんたにもガウンを買ってくれたの？　それとも、そんなちゃらちゃらしたもん、あたしが着ると思ってるの、とふざけて彼の鼻を摘んだ？〟

メイドが髪を結い終えるところだと気づき、ジェマは目をきつく瞑った。ネリーのことを考えている暇はない。やるべきことがある――それも三つ。今夜の『カルメン』とソーントン主催の真夜中の『夜の女王』……そのあいだ何事もなかったように振る舞うこと。ベッドで布団をかぶって丸まっていられたらどんなにいいだろう。泣きながら裏切り者の心と恐怖に震える体を抱えたまま。でも、スーリンの声が聞こえる。〝レジーはあなたにとって、そこまでするほどの存在なの？〟名前を口にしたときの、スーリンのやわらいだ表情が甦る。

ネリーの移ろいやすい心を捉えたのが女性だったとは。もっともネリーは前から女性が好きだった――そうとわかったときはショックだった。ショックに決まっている。〝心配いらない〟とネリーは笑って気に入りのモデルにキスし、それからジェマを見た。〝あんたはタイプじゃないもん、ファーム・ガール。でも、あんたも試してみたらいいよ。男は利用価値があるかもしれないけど、女はただただ愉快〟

無表情で礼儀正しくて冷静な中国人のお針子を表現するのに、ジェマだったら〝愉快〟とは言わない。それまで空疎だった黒い瞳が、不死鳥のようににわかに輝きだすのを見たあとでは、〝強い〟がぴったりの言葉だと思う。たぶん、ネリーはそこに魅かれたのだ。彼女自身もそうだから。いろんな意味で。

弱いのはジェマのほうだ。

ジェマが身を竦めると、メイドが探るような目でこちらを見た。安心させるようにほほえみながら、ジェマは内心で叫んでいた。〝ネリー、どこにいるの？　彼はあんたになにをしたの？〟

今夜、その答えを得られるだろう。昼間はグランド・オペラ・ハウスで開演前のリハーサルにかかりっきりだから、ソーントンから離れていられる。きのうまでは、コーラスの一員として参加するいつもながらのリハーサル、その他大勢として、カスタネットを慣らしスカートを翻すリハーサルにすぎなかった――でもいまは、それが救いだ。

そう思えたのは、オペラハウスで冷たい視線を浴びるまでだった。

「おはよう」ジェマはノブ・ヒルから劇場まで乗ってきた運転手付きのソーントンの最新型ロールスロイスから降りると、外で煙草をふかす舞台係たちに挨拶した。彼らはただ見つめるだけで挨拶を返さなかった。「おはよう」楽屋まわりで笑いさざめく女性たちに声をかけた。コーラスの仲間だろうと思ったからだ。「ジェマ・ガーランドです。きょうのリハーサルの順番はもうわかって――」不意に冷たい視線を浴びて、声が喉に引っかかる。きょうの装いはプラム色のチェビオット毛織のスーツにアイリッシュレースのブラウスで、埃っぽい舞台裏で着るのにスマートすぎるほどではないはずだ。それなのになんで睨むの。胸に緋文字(ひもじ)のAをつけているわけじゃあるまいし。たしかにここでは新顔だ。たしかに金持ちの後援者がいるし、噂は広まっているだろう。でも、後援者がいるのはジェマだけではない。ここにいる女たちの四人に三人は、楽屋口で待つ崇拝者の一人や二人はいて、家賃を援助してもらったり、終演後に高価な食事をご馳走(ちそう)になっているはずだ――そんな人たちに批判されるいわれはない。

「ジョージ、おはよう」楽譜を抱えて忙しく歩きまわっている彼を見つけ、声をかけた。

だが、彼はこっちをじっと見るだけで、練習室にそそくさと消えた。

いったいどういうこと。ジェマがオクタゴン・ハウスに移って成功への階段をのぼることに、一度も非難めいた言葉を口にしたことのないジョージが、そっけない態度をとるとは。嫌な気分を振り払い、コーラスの責任者を探すことにする。公演初日の例に洩れず、劇場は大混乱だった。スポットライトが野良猫みたいに舞台上を走り回るのは、照明係が合図を確認しているのだ。舞台係はへばりついた垂れ幕を広げるのに悪戦苦闘し、小道具の剣やワインボトルを持って右往左往している。舞台上には主役二人がいた。スペイン風のショールを纏った豊満なブルネットは、黒髪で赤ら顔のずんぐりした男を怒鳴りつけているし、偉大なエンリコ・カルーソーは叫んでいた。「――ホーホーとフクロウみたいにわめくソプラノと一緒の舞台に立たなきゃいけないとはね」

「舞台係があんたの上に垂れ幕を落としたら、あんただってホーホー叫ぶくせに、ぼったくりのナポリ野郎」がなっている歌手はオリーヴ・フレムスタッドだろう。ジェマの憧れの人だ。世界的に有名な肺をふいごのように膨らませて、カルーソーの突きでた胸を尖った爪で突いた。

「ぼったくりだと？」偉大なテノールは吠え、すごい勢いで舞台上を歩きまわる。「劇場に客がつめかけるのは誰のおかげだ？　言ってみろ、房飾りをつけた北欧の雌牛――」

「あんたの出演料が馬鹿高いせいで、仕事のできるまともな舞台係を雇えないんじゃないの」ディーヴァも負けていない。「公演一回につき千三百五十ドルって厚かましいにもほどがある――ちょっと、スポットライトが目に入るじゃないの」照明操作室に向かって怒鳴った。さまよっていたスポットライトがぴたりと止まり、何食わぬ顔でそろそろと舞台の外へと逃げてゆく。カルメンとドン・ホセの怒鳴り合いはつづいた。ジェマは忍び足でオーケストラピットをまわりこんだ。ヴァイオリニストたちはわれ関せずであくびしたり、コーヒーを飲んだりしていた。

「コーラスの責任者はどこにいるかご存じありませんか？」声をかけたとたん指揮者と鉢合わせしそうになった。巡業経験が豊富なジェマだから、指揮者は見ればすぐわかる。太鼓腹で睡眠不足、あと三回オーボエに合図を出し間違えたら脳卒中間違いなしという感じを受ける。「マエストロ？」指揮者には敬意を払って払いすぎることはない。「ジェマ・ガーランドです。コーラスに初参加する――」

「ああ、きみが騒ぎの元凶か」彼はがなり、顔色がジェマのスカートとおなじプラム色になった。「カルーソーとフレムスタッドは、リングにあがった闘犬みたいにいがみあってるから、きみの世話はわたしがすることになった」

ジェマはオクタゴン・ハウスでの出来事を一瞬忘れ、指揮者をまじまじと見た。「どういうことでしょうか？」

「ミスター・ソーントンが上層部にいくら払おうが知ったこっちゃないが、こういうことはオペラ団の士気をさげる。だが、わたしが口出しすることじゃないから、きみはさっさと支度して二十分で舞台にあがりたまえ。ミカエラのアリアを通しで練習するから」

「わたしはミカエラを歌いませんよ、だってコーラスの――」

「プログラムにきみに名前を入れて印刷しなおす時間があったかどうか、一瞬でも考えたことがあるのかね」指揮者は言い、まるで髪に火がついたように大慌てで舞台へと戻っていった。「オリーヴ、愛しのきみ(キャラ・ミア)、どうか剣をさげて、エンリコに悪気はないんだから、どうか彼を刺さないで――」

狐(きつね)につままれた気持ちのまま、ジェマは喉慣らしをしようと練習室を探して舞台裏を歩きまわり――立ちどまった。通路の片側に楽屋が並んでいる。いちばん広い楽屋の入り口にはドン・ホセ／エンリコ・カルーソーの名前が出ている。つぎがカルメン／オリーヴ・フレムスタッド……二番目に広い楽屋にはミカエラ／ベシー・アボット。だが、〝ベシー・アボット〟は線で消され、〝ジェマ・ガーランド〟と書きなおされている。ミカエラ。主役に次ぐ二番手。カルメンの引き立て役だ。前に歌ったことがある。退屈な村娘――悪女のカルメンに対する善良な娘。テノールがどちらを選ぶか考えなくてもわかる――でも、ミカエラの見せ場は美しいアリアだし、もっと美しいデュエットもある。ジェマを笑い者にしようとする指揮者に邪魔されなければ、村娘に情熱を吹きこむことができる。今夜、ミカエラを歌えるの？

〝役を買ってちょうだい。メットがサンフランシスコにいるあいだに。代役に何度も蹴落とされてきたんだから――一度ぐらい誰かを蹴落としてやりたい〟たしかにソーントンにそう言ったけれど、ベッドに入る前の戯言だから深く考えなかった。役柄のことは舞踏会が終わったあとに話し合うものだと思っていた――周到な根回しもせずに、主役級の座から無理やり引きずりおろして後釜に据わるなんて思ってもいなかった。

〝こんなふうにごり押ししたら憎まれて当然〟めまいを覚えながら楽屋のドアを開くと、中は真っ赤なバラで埋まっていた。添えられたカードにはソーントンの肉太な手書き文字で〝驚いただろ！〟とだけ。

「スポットライトを浴びるひとつの手ではあるわね」背後からくすくす笑いが聞こえてきた。声をひそめようともしない。「彼はいくら払ったのかしら？

「彼女に？　それとも経営陣に？」

さらにくすくす笑い。

「ミカエラの衣裳を直すので寸法を測らせてもらっていいですか、ミス・ガーランド？」疲れきった様子の衣裳係が尋ねる。「裾をおろすのに数時間かかるので。あなたのほうが五センチほど背が高いから……ほかも出さないといけないし。ミス・アボットはほっそりしてるから」恨みがましい言い方をすると、ジェマのウエストと胸まわりを測った。

〝わたしだってこんなことしたくなかった〟ジェマはそう言いたかった。でも、自分で望んだことだ。先が思いやられるけれど、頼れるのは自分だけだ。

「知ってたの？」ジョージが楽譜を抱え、ドア枠にもたれて言った。

「いいえ」ジェマは頬を赤くして頭を振った。「たしかに役は欲しかった、でも――」廊下の奥にベシー・アボットの姿が見えた気がした――オペラの写真やポスターで顔を見知っている、長くパリのオペラ界に君臨していた人だ。そんなふうになれるなら、なにを犠牲にしてもいいと思っていた――その彼女が憤慨する友人たちに囲まれ、泣いている。ごめんなさい、と彼女に言いたい。でも、そんな言葉、誰が真に受ける？　ジェマはコーラスから二番手の役に抜擢されたソプラノ。自分の名前がついている楽屋はバラでいっぱいだ――彼女のために開かれる今夜の舞踏会のことは、オペラ団の耳にも入っているだろう。「わたしは望んでなかった」ジェマは楽屋の入り口の名前やバラを指して言った。「こんなことは望んでなかった」

ジョージがため息をつく。「今夜の幕があがるまでに、いろんな妨害を受けることになるだろう。みせしめさ」

嫌よ。ジェマは言いそうになった。〝ここから出たくない〟でも、自分が蒔いた種は刈り取らなければならない。だから、冷たい紅茶を飲んで喉慣らしをはじめた。

「後援者がついたってあなたなのね」オリーヴ・フレムスタッドが舞台袖でジェマに挨拶すると、房飾りのショールを翻して舞台に出ていった。ジェマは田舎娘の衣裳で籠を持ち、出番を待った。オリーヴの長いつけまつげをした目で睨めまわされ、ジェマは身が竦んだ。〝後援者がいる歌手。人をわくわくさせるハイFが出せる歌手でも、しびれるような演技をする歌手でもなく、後援者がいる歌手〟それがどれほど屈辱的なものか、考えたことがあっただろうか。ほかの誰でもない自分がその立場になったときのことを。

だが、オリーヴは受け入れてくれたようだ。「あなたはきょう、退路を断ったのよ。ほんもののディーヴァにはそうする覚悟が必要なの」

「それだけの価値はありますか？」ジェマは思わず尋ねた。オリーヴ・フレムスタッドは、もっと強くなれと自分に鞭を入れた経験があるのだろうか。

「男が約束を守ってくれるかぎり、価値はあるわね」フレムスタッドは肩をすくめた。「あたしの新しい夫はティエラ・デル・フエゴの金鉱山をすべて所有しているの。この業界では、どんなに多くの友人よりもそっちのほうが利用価値があるのよ」胸に留めた時計を見る。「三幕であたしを中央のスポットライトから押しださないでちょうだい。いいわね？　舞台監督から舞台前方に行けと指示されても、中央は避けるように」

「わかりました」ジェマは従順に言うと、顔にかかる髪を払って舞台に進みでた。ドン・ホセの惨めな田舎の婚約者として。きょう一日でこの役をなんとかものにし、そのうえ真夜中に歌うなんてできるだろうか。でも、やるしかない――たとえそのあとでソーントンと顔を合わせると考えただけで鳥肌がたつとしても。

スーリン。華奢（きゃしゃ）な中国人のお針子に思いを飛ばす。〝どうか目当てのものを見つけだしてね〟

14

一九〇六年四月十七日
地震まで十一時間四十二分

ドラゴンローブの修復を予定より早く終えたので、スーリンはコウ爺と一緒に最後の配達にまわった。彼に賃金を払うのもこれが最後だ。日がな彼と並んで歩いて思い出話に耳を傾けていると、前日に明らかになった驚愕（きょうがく）の事実が嘘のように思えた。オクタゴン・ハウスに戻ってソーントンの書斎を探しまわることを考えると気が急いて、客への対応も、コウ爺のおしゃべりに相槌を打つのもおろそかになった。

ようやく店に戻って手押し車を階段の下にしまっているときに、なにかおかしいと感じた。店が静まり返っている。騒々しい機械の音も、負けじと声を張りあげる職人たちのおしゃべりも聞こえない。二階からドアが開く音がして、手摺り越しに叔父が顔を覗かせた。

「あがってこい」叔父が大声で言う。ついに命運尽きた。

「叔父さん」スーリンは階段をあがった。どうしてこんなことに？「あたしに用事？」

「おれの顔に泥を塗りやがって！」叔父が怒鳴る。スーリンの肩を摑んで壁に押しつけた。「嘘も休みやすみ言え！」

肘を摑むとスーリンを部屋まで引き摺ってゆき、ベッドに投げ飛ばした。息を荒げ、怒りで噴き出した唾が顎を伝う。

「ドクター・オーヤンと昼食を食った。彼は心配していた。召使いがおまえを駅で見たそうだ。それも男の恰好をしたおまえを。なんとか取り繕ったさ。きっと見間違いだ、おまえはこの一週間、ヒン・チョン・テーラーズに通いつめて婚礼衣裳を縫っていたって言ってな」

会食がすむと叔父はヒン・チョンに直行し、スーリンがほんとうにいるかどうか確認した。店で働いていたのは店主の女房と娘たちだけだった。スーリンは何週間も姿を見せていないと言われた。

「おまえとちがって、おれは家族の顔に泥を塗ったりしない。心配や怒りを微塵も見せずに、通りがかりに寄ってみただけだと言った。この一週間、どこにいたんだ？　パレス・オブ・エンドレス・ジョイに聞きに行こうか？　だいいち、どうして男の恰好をするんだ？」

コウ爺を面倒に巻き込むわけにはいかない。弁解するつもりはなかった。無駄な言い争いをしてる暇があったら、叔父を追いだす算段をしないと。七時までにオクタゴン・ハウスに戻らなければならない。

「心配かけてごめんなさい」スーリンはできるだけ穏やかに言った。

「心配だと？」叔父が怒鳴る。唾が顔に飛び散る。「おれがなんでドクター・オーヤンを昼食に誘ったと思ってるんだ？　礼を言うためだ。感謝の気持ちを表すためだ。おまえのいとこたちは、きょう入管事務所から出てくる。何カ月も抑留されずにすんだのは彼のおかげだ。だが、おまえは恩を仇で返すような真似をしている」

「あたし、彼と結婚したくないのよ、叔父さん」怒りがこみあげる。「両親が生きていたら、望まない結婚を無理強いしたりしない。あたし、嫌なの。彼の奥さんたちはあたしの母さんを憎んでいるから、あたしにも邪険にするに決まってる。そんなところに嫁ぎたくない。でも、叔父さんは知っていながら気にも留めない」

「おまえが決めることじゃない。逃げられるとでも思っているのか？」彼は小さな長方形の紙を掲げた。勝ち誇った薄ら笑いを浮かべる。枕カバーに忍ばせておいたニューヨーク行きの切符だ。恐怖が募る最中にも、貯めておいたお金は無事でありますようにと願った。

「約束を破って家族の体面を潰すつもりか？」

「つまり、賭けの借金を清算するチャンスを潰すってことよね？」もう黙っていられない。拳を固める。「家族の体面を潰す人間がいるとしたら、叔父さんじゃないの。家族の店を食い潰したくせに。優秀で忠実な職人たちを失ったのは叔父さんのせい。近所の人たちが叔父さんのことなんて言ってるか知ってる？　〝腐った木片に彫刻できない〟やる気のない者には教えたって無駄ってことよね。実の姪を売った金を賭けで使い果たしたあとは、どうする気なの？」

叔父がスーリンの顔を叩いた。「まわりの尊敬を集めている男と結婚するんじゃないか。おまえも生まれてくる子どもたちも養ってもらえる。叔父が姪にそれ以上のことをしてやれるか？　おれはこれから入管事務所に行って、おまえのいとこたちを連れて帰ってくるから、おまえはここにいて迎える支度をしてろ」

いいえ、するもんですか。ソーントンの屋敷に行かなければならない。

「いとこを迎えるんだからちゃんとした恰好をしろよ。ここに戻ったら、シャンハイ・ロー・レストランでドクター・オーヤンと会食だ。行儀よくしろ。さもないとぶん殴るからな」

叔父は汽車の切符を破り捨て、スーリンの部屋のドアをバタンと閉めた。外から鍵をかける音がした。床板がきしむ音、階段をおりる重い足音、またドアを閉める音。玄関のドアだ。

スーリンは膝をがくがくさせながら椅子に立ち、箪笥（たんす）の奥に手を伸ばした。叔父に見つかったとは思っていなかったが、茶色い封筒に手が触れると安堵のため息を洩らした。

自分の金。自分の貯金。無事だった。鼓動がゆっくりになり、楽に息が吸えるようになった。汽車の切符はもうどうでもいい。封筒を枕カバーの中に隠していたら、逃亡計画はご破算だった。朝食がすんだら、叔父はいつものように麻雀荘に入り浸ると思ったのが間違いだった。戻ってくるとしても夕方だろうと高を括っていたのだ。

　スーリンは手早く荷物をまとめた。布底の靴と着替えを洗濯物袋に入れ、金が入っている封筒をシャツの奥に隠す。宝石をセーム革に包んだ。サンゴのブローチ、琺瑯の蝶の対のヘアピン、父が行商人から買った真珠のイヤリング。思い出が頭をよぎる。真珠を売り歩く行商人の荒れた茶色の手、母の熱い眼差し、銭箱を開けたときの誇らしげな父の顔。

　洗濯物袋の口を結び、余った紐を斜め掛けにした。念のためドアノブをガチャガチャやってみたが、やはり鍵がかかっていた。深呼吸してから窓を開けた。見おろしただけで頭がくらくらし、体が竦んだ。だが、叔父がいとこたちを連れて戻る前に抜けださなければ。レジーのために、高所恐怖を克服するのだ。マダム・ニンの言葉が頭をよぎった。〝ほんとうにそれだけの価値はあるの？〟

　レジーをマダム・ニンに紹介するためパレス・オブ・エンドレス・ジョイを訪れたことがあった。チャイナタウンの悪名高き娼館の女将が、スーリンの頼り甲斐のあるおばさんだとわかったときのレジーの驚いた顔を、二人はおもしろがって眺めたものだ。翌日、スーリンはさっそくおばさんを訪ねた。レジーの話をしたくてたまらなかったからだ。マダム・ニンはスーリンのくしゃくしゃの髪を見て顔をしかめ、化粧台の前に座らせて髪を梳すき、きちんと三つ編みにしてくれた。

「彼女、すてきだと思わない？」スーリンは尋ねずにいられなかった。「気に入ってくれた？」

マダム・ニンはスーリンの髪のもつれを丁寧に解いた。「そりゃあ気に入ったわよ。白人女にしては珍しいよね。いろんな意味で。ほんとうにそれだけの価値はあるの？」

「彼女は愛してくれてる」スーリンはブラウスの前に触れて、シルクの紐にさげた指輪を確かめた。「両親が亡くなってから楽しいと感じたことがなかった。でも、レジーといると生まれ変わった気分になるの」

「せいぜい楽しむことね」マダム・ニンが言った。「初恋は一度きりのもの。いいこと、あんたをかわいいと思うから言うのよ。あたししか言える人間はいないんだから。彼女との将来はないものと覚悟して、思いは胸にしまっておくこと。あんたたちは生きる世界がちがうんだからね」

「あなたとミスター・クラークソンはどうなの？　一緒に暮らすことは考えていないの？」

「彼と結婚するつもりも、一緒に暮らすつもりもないわよ」抽斗を開けて髪飾りをひとつ取りだした。「でも、外の世界では、あんたたちみたいなのは認められないってことを、肝に銘じておきなさい。宣教師が布教活動にやって来るまで、男同士、女同士が愛し合うことは、あたしたちにとって罪ではなかった。いまだってそう思っている人たちはいる」

子どもを作って家系を絶やしさえしなければ、男が男の愛人を持つことは黙認されていた。女が女友達と親密になっても問題にならなかった。妊娠する心配がないから。大きな屋敷に妻と妾たちが同居している場合、夫がべつの女とベッドを共にしているあいだ、女同士で慰め合うのは珍しくなかった。なにがいけないの？

「アメリカ人はそこまで寛容じゃないからね」マダム・ニンが言う。「あんたたちは不道徳のそしりを受けることになるのよ、スーリン」

「レジーは気にもしないわよ。個展が終わったら一緒に暮らそうって言ってくれてる」レジーがオクタゴン・ハウスを出て、二人でサンフランシスコを去り、ソーントンから自由になったら。

「レジーと好きなことをやればいい、でも、心を奪われてはならない。万が一ってことがあるんだから、すべてを与えないって約束してちょうだい」

「約束する」スーリンはそのつもりだった。

マダム・ニンは長い三つ編みをうなじで団子にした。「あたしはレジーが好きよ。でもね、世界は広いの。二人の世界に閉じ籠もってはいられない」

「それぐらいわかっているわよ」スーリンはそっとため息をついた。

中国人がどんな暮らしをしているのか、レジーに理解してほしかった。アメリカ人は中国人に対する憎悪をくすぶらせ、犯罪と病気を中国人のせいにし、中国人に怠惰と堕落の烙印(らくいん)を捺(お)す。ミッション・ホームの人たちやアリス・イーストウッドを見ていれば、すべてのアメリカ人がそうだとは思わないが、なかにはそういう人たちがいるから、たいていの中国人はチャイナタウンの中でしか安心を得られない。狭い地域に大勢が肩寄せ合い、助け合って生きているのだ。その数が多くなりすぎたもので、政治家たちは票集めのために中国人を罰する法律を作った。移民法で入国を制限し、税や教育で差別する。

「カップルとして生きている女たちだっているんだからね」レジーがうなじにキスしながら言った。人をその気にさせるキス、そそのかすキス。もっと奥まで入ってきてと乞わずにいられないキス。「まわりの友だちは気にしてないし、事情を知らない人たちは、話し相手として一緒に暮らしていると思っている。あるいは生活費を節約するために」

「あたしが白人だったら、あなたの友だちだって気にしないでしょうね」スーリンはキスを返しながら言った。「でも、あたしは中国人だもの。メイドのふりをしているほうが安全だと思う」

レジーの瞳が燃えてエメラルドになる。「あんたを対等に扱ってくれないような連中は友だちだと思わない」

〝ほんとうにそれだけの価値があるの？〟

スーリンはもう一度窓から身を乗り出した。路地まで四・五メートル。裁縫箱からハサミを出して、ベッドカバーを切って紐状にした。それをしっかり結びあわせて即席のロープを作り、地面に届くことを願った。ふと思いついて一メートル置きに足を掛けるこぶを作った。ロープの端をベッドの脚に結わえ、もう一方の端を窓から垂らす。先端は地面より一メートルぐらい上だが、これでいくしかない。

肝心なのは下を見ないことだ。どうせなら目を瞑ろう。

斜め掛けにした洗濯物袋を背中に回し、ロープを握り、両脚で挟んで後ろ向きに窓台に座った。上体を後ろに倒す。膝は窓台に掛けたままだ。目をぎゅっと瞑って片脚ずつ窓台からはずし、足でロープを探って足首に絡める。もう一方の足でもおなじことをやる。ロープにぶらさがると悲鳴が洩れた。体が揺れる。膝でロープを挟むとその厚みに安心した。そこでやっと目を開けたが、視線はまっすぐ前に向けたままだ。下にも上にも向けない。まっすぐ壁を見つめる。剝がれた茶色のペンキ、白い斑点はカモメの乾いた糞だ。

命がけで両手と膝と足でしがみつく。こぶに足を掛けながらゆっくりとおりてゆく。恐ろしいほど速くおりているのに、永遠に終わらないような気もする。足で探ってもなにもあたらず恐怖の悲鳴が洩れ、最後のこぶを握る手が滑って地面に落ちた。

それから走った。誰に見られようがかまわない。ハイド・ストリートまで、オクタゴン・ハウスまで走った。

「青いドラゴンローブはミス・ガーランドの部屋に用意してありますからね」ミセス・マクニールがスーリンを従えて使用人専用階段をのぼってゆく。「青い羽根の帽子はあとからミスター・ソーントンが直々に持ってきてくださいます」

不死鳥の冠ですよ、と言ってやりたかった。帽子ではありません。

「自分の居場所はわかっているわね。裁縫室よ」ミセス・マクニールの話はつづいた。「そこから出てはいけないこともわかっているでしょ。ミス・ガーランドが戻るまで、裁縫室で待つように。余計な面倒はかけないで。今夜はそれでなくても忙しいんだから」

スーリンは裁縫室のドアを閉めると布底の靴に履き替えた。細目に開けたドアから忍び足で出る。大理石の床を滑るように進んだ。三階の踊り場にはリネンを掛けたテーブルが並んでいるが、いまは人っ子ひとりいない。螺旋階段を手摺り越しに覗きこむとめまいがしたが、手摺りを握って様子を窺った。二階にも誰もいない。螺旋階段をのぼりおりする使用人がいないことを確認して胸を撫でおろした。

書斎のドアの右側にヤシの鉢植えがある、とジェマが言っていた。優雅な紫檀の衝立に隠れるように置かれた鉢植えの縁に添って手で探ると、震える指に冷たい金属が触れた。ほっとため息を洩らした。

ソーントンの書斎に忍びこんでドアに鍵をかけた。

ファイルキャビネットに帳簿をおさめた棚。それぞれの棚には会社の名前を記したラベルが貼ってある。ソーントンの富のすべてが詳細に記されているのだ。どこからはじめればいい？　隣室に通じるドアを開ける。大きなデスクが置かれた私室のようだ。こっちからはじめよう。デスクの上のランプをつけようとして手を止めた。灯りが洩れたら不審に思われる。窓のカーテンを閉め、私室のドアを閉めてからランプをつけた。

どの抽斗にも小切手帳は入っていなかった。顔をしかめて室内を見渡す。手始めに〝セロ・ゴード銀山〟と書かれた棚から書類箱を取りだしてみた。小切手帳と預金通帳、領収書と請求書、それに帳簿がおさまっていた。帳簿の日付の欄を確かめ、小切手帳をめくってみる。そこからわかるのは金額と受取人だけだ。帳簿の内訳には小切手の金額と預金額が詳細に記されていた。とても几帳面だ。

ソーントンはいったいいくつ口座を持っているの？　書類箱のラベルから判断すると、一社につき最低でもひとつは口座を持っているようだ。だが、帳簿を見れば金の出し入れは一目瞭然だ。それに見るべきなのは、レジーが姿を消した二月以降の分だ。

だが、ソーントンは会社の口座から支払いをするだろうか？　書類箱のラベルから個人的なやり取りを記した帳簿がないか調べてみる。秘密を隠すために使われた金の出し入れが記された帳簿。

〝私用：カリフォルニア銀行〟のラベルの書類箱を見つけ、中身を念入りに調べる。仕立屋と靴屋、それに帽子屋への支払い。画廊に骨董屋、会員になっているアスレチック・クラブやビジネスメンズ・クラブ。時計が九時を告げ、スーリンは顔をあげて目を擦った。グランド・オペラ・ハウスではオペラが佳境を迎えるころだ。ジェマは舞台の上で跳ねまわっているだろう。この世でオペラより大事なものはないと言いたげに。

〝慈善団体〟と記された書類箱を開く。ソーントンは寄付専用の口座まで設けているのだ。市長基金に寄付するのは隠れ蓑（みの）で、政治家への賄賂をこの口座から支出しているのだろう。帳簿を調べると多くの文化芸術協会や、社交界の資金集めの催し、教会のグループや病院に寄付していることがわかった。そのものずばり〝不正行為〟の書類箱があったらいいのに。

〝慈善団体〟の帳簿を箱に戻し、棚に戻そうとしてなにか引っかかった。帳簿をもう一度取りだす。四月のページを開き、いちばん新しい項目を指で辿った。わずか数日前の四月十五日に聖クリスティナ女子修道院附属病院に二十五ドル寄付している。フィルバート・ストリートの聖ペテロ聖パウロ教会の向かいにある細長い煉瓦と石の建物で、スーリンもよく知っていた。このカトリック修道院がチャイナタウンの洗濯屋に不人気なのは、附属病院が洗濯業を行っていて商売敵だからだ。

ミッション・ホームの学校に通っていたので、帳簿に記載された教会や社会事業団体には馴染みがあった。長老派、メソジスト、バプテスト――これらはプロテスタントだ。聖クリスティナだけがカトリック。三月のページを繰ると、中旬に二十五ドルを寄付している。二月にも一度、レジーが消えた週だ。それ以前に聖クリスティナにもほかのカトリック教会にも寄付した記載はなかった。詳しい書きこみはなく、ただ〝寄付〟とだけ。

恐ろしい疑念が頭をよぎり、パニックが募っていった。小切手帳を開いて二月の照合部分を見る。聖クリスティナに二十五ドル。帳簿に記された以上の情報は得られなかった。念のため裏返すと鉛筆でこう記されていた。〝毎月。RR〟ほかの月の分にもおなじ記載があった。帳簿にはないけれど、照合部分の裏面にだけ記された情報だ。

もっと大きな額が支払われた形跡がないか探そうとして、気がついた。聖クリスティナの附属病院は精神科病院だ。これが寄付ではなかったとしたら？　ソーントンはレジーを独房に監禁するために金を払っているとしたら？

スーリンは拳を口に突っ込んで嗚咽を堪えた。椅子の上で体を前後に揺する。壁に向かって書類箱を投げつけたい気分だった。レジー、監禁されているレジー、陽射しを顔に受けることもできず、浜辺を走りまわり滑りおりることもできない。人生を謳歌するレジーが、狭い部屋に閉じこめられている。ソーントンは彼女の後見人を装ったのだろう。夫あるいは兄と名乗った。彼女を閉じこめるためには、精神状態について嘘の供述をしなければならなかったはず。でも、なぜそんなことを？　彼をそこまで追い込むようなことを、レジーがしたってこと？　彼女を屋敷から追いだすだけですまなかったのはなぜ？

いますぐここを出て、修道院に駆けこみたい衝動を抑える。その前に、なにを見つけたかジェマに知らせなければ。デスクの右側のいちばん上の抽斗に文房具が入っていた。分厚いクリーム色の高価な便箋、レジーの絵に添えられた手紙とおなじものだ。それに走り書きする。

時計が三十分の時報を打った。九時半だ。書斎を出てドアに施錠し、鍵をもとの場所に戻し、螺旋階段を使ってジェマの部屋へ行った。

メモをどこに隠せば確実にジェマの目に留まるだろう。隠し場所を決めておかなかったことが悔やまれる。美しい部屋をぐるっと見回した。ウォルナットのデスク、クリスタルと金の机上文房具。ペールブルーの吸取紙。ベッド脇に置かれた天板が大理石の小テーブル。整理簞笥。姿見の横で出番を待つドラゴンローブ。その前に揃えて置かれたイブニングシューズ。

スーリンはイブニングシューズの片方にメモを忍ばせた。思いつきでその靴をわざとずらした。いやでも目に留まるだろう。

ほどなくして、中国人の少年が洗濯物袋を担いでオクタゴン・ハウスから出ていった。角まで来ると少年は走りだした。

15

一九〇六年四月十七日
地震まで五時間二十二分

「ブラボー！　ブラボー！」

ジェマはつっかえつっかえ息を吐きだした。カーテンがおりる。これが最後でありますように。聴衆は何度カルーソーを舞台に呼び戻したら気がすむの？　ベルベットの膝丈ズボンに飾り帯のカルーソーは、何度お辞儀したら気がすむの？　感情が昂(たかぶ)っているのはわかるけれど。

答えは明らかだ。〝彼の気がすむまで〟フィナーレで、彼がオリーヴ・フレムスタッドの亡骸(なきがら)にすがって鳥肌ものの慟哭(どうこく)が終わった瞬間、聴衆は拍手喝采して彼の前にひれ伏した。ダイヤモンドのティアラと真珠のチョーカーで盛装したご婦人方も、後席にひしめく庶民たちも、バルコニー席の観客たちも、いっせいに立ちあがり、その歓声は天井をも鳴り響かせるほどだった。ほかの出演者たちにも惜しみない拍手が送られた――ミカエラの扮装をしたジェマが、前に進みでてお辞儀したときにも歓声があがった。出来栄えはいまひとつだったと本人も自覚していたが。

「くそったれ」幕がおりたままなのを確認するや、オリーヴ・フレムスタッドが悪態を吐き散らし、扇を投げ捨てると足音も荒く舞台の袖へと向かった。コーラスのメンバーは先を争って楽屋へ向かい、舞台係は小道具を守ろうと走りまわる。混乱を来す舞台上で、カルーソーは足をとめ、ジェマの顎をつねった。

「よかったよ、かわいい人」彼がやさしく言った。「つぎはもっと力を抜いて、いいね？」

「あなたのおかげです」正直な気持ちだった。リハーサル中はすぐカッとなる駄々っ子みたいだった彼が、幕があがったとたん別人になっていた。たった一度通して練習しただけだったのに、二人のデュエットではジェマのミスを朗々たるテノールで包みこんで隠してくれた。ジェマを無視せず、妨害しようともしなかったの彼だけだった。ミカエラが騎兵たちにからかわれる場面で、コーラスのバリトンは必要以上に強くジェマの髪を引っ張ったし、舞台係が小道具の籠を隠したせいで、ジェマは出の合図を見落としそうになった。

「意地悪されたって気にしないことだ」と、カルーソー。「べつの醜聞がたてば、彼らはきみのことを忘れるさ」

「偉大なカルーソーとおなじ舞台に立てたことを、わたしはけっして忘れません」ソプラノなら誰だって一度は言ってみたい台詞だろう。正々堂々と言えたらどんなによかったろうとジェマは思った。

「このあとスノッブ・ヒルとやらで開かれる舞踏会できみに会えるんだろ？　立ち寄る約束をしているんだ」カルーソーはまた彼女をつねり（今度は顎ではなかった）、楽屋に戻っていった。崇拝者たちが大挙して押し寄せているにちがいない。ジェマは少し遅れて楽屋へ向かった。誰が待っているか考えると恐ろしくなる——ライトがまぶしくて彼の姿は見えなかったが、ボックス席から食い入るように見ている彼の視線は感じた。実験台の上の創造物を見つめる創造主、ドクター・フランケンシュタインのように誇らしげに。〝創ったのはこのわたしだ〟

〝わたしを創ったのはあんたじゃない〟怒りに駆られ、楽屋へと向かった。軟弱なミカエラのスカーフを力任せにはずした。〝わたしはあんたの所有物でもない〟

「ミス・ガーランド」楽屋の前でソーントンの運転手が待っていた。「ミスター・ソーントンは舞踏会の準備の総点検のため先にお帰りになりました。お支度が出来次第、わたしがお送りします」

「ピアニストも一緒にね」ソーントンと顔を合わせずにすんだ安堵と、書斎を捜索中のスーリンと彼が鉢合わせするのではという恐怖の板挟みになって、ジェマは震えた。「すぐに支度するわ」

化粧を落とし衣裳を脱ぐのにたいして手間取らなかった。カルーソーやフレムスタッドとちがって、崇拝者が列を作っているわけではないし、入れ替わり立ち代わり入ってきてヘアピンを貸してだの、背中のボタンを留めてだの言うコーラスの友人もいない。手早く着替えていると、廊下からおしゃべりが聞こえた。コーラスのメンバーたちは、マカロニが安いと評判のジンカンドという店に繰りだすようだ。ダンサーの一人が、オファーレル・ストリートのオイスター・グロットがどうのと言っている。誰もジェマを誘ってくれない。誘う必要がある？　ジェマは人の役を盗んだのだから、嫌われて当然だ。やっかみもあるだろう――〝あたしだってできるものなら自分のために舞踏会を開いてほしいわよ〟恨めしげに言うコーラスのソプラノの姿が目に浮かぶ。いまなら、ソーントンの舞踏会と、終演後に仲間と囲む遅い夕食を交換してもいい。ひと皿のマカロニをみんなで分け合い、大声で笑ってこの先の巡業公演に思いを馳（は）せる。

そんな展開にはなりえないし、これから長い夜を乗り越えなければならない。

「スーリン？」オクタゴン・ハウスのアイスブルーの部屋に戻って声をかけた。玄関を入ったとき、温室のほうからソーントンの声が聞こえた。だが、屋敷全体が騒々しく（招待客がいつ到着してもおかしくないので、厨房から湯気のたつ料理がつぎつぎに運び出されていた）、螺旋階段をのぼるジェマに彼は気づかなかったようだ。トスカニーニがトリルをさえずって迎えてくれた。温室を飛びまわる彼を誰かが鳥籠に戻し、部屋に運んでくれたのだ。「スーリン？　なにか見つかった？」通りすがりにソーントンの書斎のドアをチェックした。ドアには鍵がかかり、鍵は植木鉢に戻してあった。きっと――

でも、スーリンは待っていてくれなかった。ドラゴンローブが置かれたこの部屋にも、八角形のピンク色の化粧室にもペールグリーンのバスルームにもいない。化粧台の抽斗を掻き回していると、ドラゴンローブの下に置かれた刺繍を施したイブニングシューズが目についた――靴の片方が斜めになっている。メイドはきちんと揃えて置いたはずだ。

靴の爪先にメモが突っ込んであった。スーリンの手書き文字は印刷したみたいに正確だ。内容を読んで総毛立ち、ベッドの下に潜りこみたくなった。

〝彼は聖クリスティナの精神科病院に彼女を監禁しました。あたしはいまからそこへ行きます。うまく彼女を連れだせたら、テイラー・ストリートのアリス・イーストウッドのところへ連れていきます〟

精神科病院。潑剌として堪え性のないネリーが精神科病院に閉じこめられている。「そんな」ジェマはつぶやいた。「そんなひどいこと」ネリーは移り気で衝動的で向こう見ずだけれど、精神不安定？　けっしてそんなことない。彼がネリーをそんなところに閉じこめたとしたら、彼女の身を案じてのことではない。厄介払いするためだ。

〝彼を怒らせるようなことをしたの、ネリー？　ここでなにを見たの、なにを見つけたの？　いったい――〟

ああ、そんなこと言ってる場合？　理由がなんであれ、ソーントンはネリーに脅威を感じたが、殺しはしなかった。その才能を認め、ベッドを共にし、好ましく思っていた女性を殺せない……あるいは、美を熱愛する彼だから、カンバスを通じてこの世に色彩と命を吹きこむ、ネリーのような芸術家を壊せなかった。

でも、精神科病院に閉じこめられたら――荒涼とした色のない壁に囲まれ、絵を描ける見通しもなく、パレットナイフも絵筆も手元になければ……死んだも同然だろう。ネリーにとって、それは死よりもむごい運命だ。

「マドモアゼル？」ドアをノックする音。フランス人のメイドが言う。「着替えをお手伝いしましょうか？」

「ちょっと待って」ジェマはメモを裏返したがなにも書かれていなかった。スーリンは今夜の舞踏会で接待役を務めることになっているが、じきにやって来て衣裳に着替え、シャンパンのトレイを掲げる中国人娘のなかに、彼女はいないはずだ。ずっと前に聖クリスティナに向かった。それがどこにあるのかジェマは知らないが。

〝一緒に行くべきだった〟ジェマはメモを握りつぶした。頭の片隅で意地悪な声がする。〝本気なの？　そんなことしてなんの得がある？〟情にもろい昔のジェマなら、役にたとうとしただろう。彼女がなろうとしている新生ジェマも情にもろいが、もっと身勝手だ。ネリーが親友を見殺しにするはずがないと気づくべきだった。欠点はたくさんあっても、ネリーはいつだっていちばん信頼できる友だちだった——スーリンに言ったように。〝わかっていたくせに、あんたときたら真相を確かめようともせず、自分を憐れんでメソメソしてただけじゃない〟

下のほうから賑やかなおしゃべりが聞こえ、舞踏室でオーケストラが演奏をはじめた。招待客が到着したのだ。ジェマはうつむいて三つ、四つ、嗚咽を洩らした——檻の中のネリーを思い、自分を戒めて。親友を裏切るとは、なんてひどい、なんて恥知らずなの。

それでも、できることはある。ヘンリー・ソーントンの気持ちを書斎から、前の愛人からそらすこと。必要とあらば夜が明けるまで。スーリンにはどれぐらいの時間が必要なのだろう？　彼女はどうやってネリーを連れだすつもり——

「マドモアゼル？」またメイドの声。

ジェマは気を取り直した。べつの衣裳を身に着け、べつの役柄を演じる。「お入りなさい」

メイドがミカエラのおさげを解いてうなじでお団子にするあいだ、ジェマは気がつくとドラゴンローブを見つめていた。というより、ドラゴンローブに見つめられている気がする。ソーントンのベッドルームですごした夜を思い出す。阿片が醸す気怠さのなか、ソーントンが寝物語に語る宝物の由来に耳を傾けた。

「最近手に入れたのはほとんどが紫禁城のものだった。動乱のあと、宮廷から運び出されたんだ。イギリス公使館で毎日のようにオークションが開かれたそうだ。教養ある貴族や外交官やその奥方連中が血眼になって競り落としたくせに、けろっとしてフランス人やアメリカ人やドイツ人の蛮行を非難した」

「略奪品？」ジェマは鼻にしわを寄せ、うとうとしながら言った。

「戦利品と言ってほしいな。文明国だって、降伏せずに戦って負ければ略奪される」彼は肩をすくめた。「六年前は紫禁城だった。一八六〇年には北京の円明園がおなじ目に遭った。祖父はその場にいた。イギリス軍にコネがあり、それをうまく利用した。焼け落ちる前の円明園を見てみたかったよ。三千年前の青銅や磁器、宮廷の美女たちがドラゴンローブを着てそぞろ歩いた遊園」――彼がジェマの肩を咬む――「祖父はトランクいっぱいの宝石を持ち帰った……」

ジェマはそこで眠りに落ちた。阿片のせいで瞼が重く、彼の言葉は雲散霧消した。ドラゴンローブを見ていてその言葉が復讐心を伴って甦り、気分が悪くなった。これを纏ったのは皇妃だったのだろうか。スーリンのような激しい眼差しの女？　それともジェマのような愛人――〝あんたはそれよ、忌まわしい愛人〟頭の中で意地悪な声がささやく――食事をご馳走してもらったお礼に、掛け軸に描かれていたリュートみたいな楽器を弾きながら歌う愛人。イギリスとフランスの軍隊が攻め込んできて、その女はどうなったのだろう？　なんとか逃げだしたのか、それとも運命に呑みこまれた？　都市が陥落すると多くの女が犠牲になるものだ。

「さあ、これを着てください、マドモアゼル」フランス人メイドがドラゴンローブをドレスフォームからはずした。「中国人の女の子が着替えを手伝うことになっていたはずなのに。下でミセス・マクニールがお冠でした。中国人の女の子たちが来たのはいいけど、誰も英語を話せないって、だから彼女がいないとなると……」

「どこに行ったのかしらね」ジェマは言った。「それは着ないことにするわ。重すぎるもの」金糸や銀糸の重さ以上に歴史の重みに押しつぶされそうだ。自分のものではないし、ソーントンのものでもない。スーリンが苦労して修復してくれたけれど、着ることはできない。死に装束を纏うようなものだから。

「どういうことだ？」背後から不満そうな声がした。メイドが最後のフックを留めているときで、ジェマは表情を作る間もなく振り返った。燕尾服に雑に結んだタイ姿のソーントンが、ジェマが着るスパンコールをちりばめたミッドナイトブルーのベルベットのイブニングガウンに顔をしかめた。

「歌うのにこれのほうが楽だから」ジェマは明るく言って子山羊の手袋を取りあげた。

「舞踏会はどんな様子？」十二時をまわり舞踏会は佳境を迎えているのだろう。そこにドラゴンローブ姿の彼女が登場すれば、いやでも座が盛りあがるはずだった。

「招待した名士たちはみな揃った」ソーントンがしかめ面のまま言う。「着替えている時間はないな」

「着替えるつもりはないもの」ジェマが言うと、彼の眉間のしわが深くなった。ジェマの気を惹こうと必死だったときには、けっして見せなかった表情だ——取り繕う必要はないと思っているから？　ノーと言われることがなにより嫌いなのだ。ネリーは何度この表情を目にしたのだろう？　彼が厄介払いをしようと決心するまでに。ジェマは吐き気と恐怖とショックとで、怒りを覚えるどころではなかったけれど、いま、胸の中で怒りが火を噴いた。それにしがみつく。怒りは涙よりも人を強くする。「なんでも思いどおりにいくと思ったら大間違いよ」冷ややかに言い放つと手袋をはめた。

「ミカエラ役を勝手にきみに振ったことで恨んでいるのか？」眉間のしわが消えて、おもしろがる口調になった。「きみが挑戦を受けてたつかどうか見てみたかった。言わせてもらうと、今夜のあれは最高の出来とは言いがたい」

使用人に説教する主人。ジェマは手袋のボタンを留めると彼の目をまっすぐに見つめた。知り合ったばかりのころ、彼はけしかけ上手だった——ひとり歩きしろとけしかけ、二人の関係ではジェマに主導権を持たせ、責任をとらせた。それで望みのものを手中におさめるとがらっと口調を変え、主然(あるじ)として家来について来るよう命じる。

「口を尖がらすなよ、ジェマ。きみに似合わない」彼がちかづいてきて剝きだしの肩にキスした。「きみに持ってきてやったものがある」

「いらない――」だが、彼は聞く耳を持たない。彼の合図で、従者がベルベットを敷いたトレイを掲げて入ってきた。載っているのは……。

「そんなものかぶれない」ジェマは即座に言い、不死鳥の冠を見つめた。ドラゴンローブ同様、身に着けたくなかった。地球を半周まわった先で勝利の雄たけびをあげる男たちが、女の宝石箱から、あるいは頭から奪いとった美しいもの。彼らの目当ては真珠でありサファイアであり、カワセミの羽根だ。「重すぎるし、それに――」

「これをつけたきみをお披露目する」ソーントンの眉間にまたしわが寄る。ジェマはちくりと痛みを感じた。警告だ。これ以上彼に逆らってはならない。ノーと言ってはならない。ここから逃げだすまでは。

そう、逃げだすのだ。パーティーが終わった明け方、ソーントンはベッドに入り、使用人たちが寝静まるころ、ジェマは荷物をまとめてテイラー・ストリートを目指す。ヘンリー・ソーントンからこれ以上施しは受けない。彼から奪いとるのはネリーだけだ。どんな手を使おうとも、スーリンが不可能を可能にする手助けをする。

ネリー。いま頭の中でささやくのは、意地悪な声ではなくネリーの声だった――ネリーの懐かしい声がささやく。〝彼を怒らせちゃだめだよ。いまはまだだめ〟

だから、彼が不死鳥の冠を頭に載せても、ジェマは唇を噛んで耐えた。冠の重さを感じてちょっと震えた。重たく垂れる真珠の連なり、肩のあたりで揺れる象牙に彫られた月下美人。

「美しい」彼が一歩さがって惚れぼれと眺めた。スパンコールが煌めく青いガウン、宝石をちりばめた青い冠。「さあ、聴衆を魅了してやれ」

〝あんたの言うなりにはならない〟ジェマは彼の腕に手を添えた。〝あたしたちの関係を終わらせる。燃やして灰にしてみせる〟

16

スーリンは息を切らし足を止めた。フェンスにもたれ脇腹を抑えて体を二つ折りにした。腿もふくらはぎも痛い。チャイナタウンの坂道を毎日登りおりしているから足には自信があったはずなのに、歩くのと走るのとはべつものだ。欠けてゆく月の光は弱く、横切る雲にぼんやりと滲むばかりだ。ノブ・ヒルは静まり返っており、自動車も馬車も出払っていた。金持ち連中はオペラ見物に出掛けたのだろう。教養があると見られたくて、それとも偉大なカルーソーをこの目で見たと吹聴(ふいちょう)するために。ワシントン・スクエア・パークまではずっとくだりだから助かる。そこから修道院はちかい。スーリンは大きく深呼吸するとまた走りだした。

修道院にほどちかいカトリックの聖ペテロ聖パウロ教会の鐘楼が見えたので立ちどまる。なんの計画もたてていなかったことに気づいた。ドアを叩き面会を申し出ればいいと漠然と思っていただけだ。レジーナ・レイノルズに、それともネリー・ドイルに会いたいと言う。それから——それからどうする？　聖クリスティナに着いたころには、月が顔を覗かせていた。冷たい銀色の光に照らされた修道院附属病院がスーリンを威圧する。横に長い建物、二階と三階にはアーチ形の窓がずらりと並び、一階の窓には鉄格子が嵌まっている。二階の廊下伝いに人が歩き、窓がつぎつぎに照らしだされる。光のゴシックアーチ。入り口の深い柱廊は小さな電球の光でほの明るい。玄関脇の鎖を引くと中でグワンと大きな音がした。数分後、分厚いドアの格子の覗き窓が小さく開いた。

「面会時間はとっくにすぎています。明朝、出直してください」若い女の声がした。覗き窓の隙間からでは顔まで見えない。

「お願いです。友だちに会いたくて来ました。入院患者の」スーリンは言った。

「明朝、出直してください。女の子がこんな夜中に外にいてはなりませんよ。家にお帰りなさい」

「お願いです、シスター。どうかこれだけでも教えてください。レジー・レイノルズはこちらに入院していますか?」スーリンは電灯の下に移動した。覗き窓の隙間が大きくなり、修道女の顔が見えた。

「あら、男の子なのね。名前をもう一度言ってくださいな」

「レジー・レイノルズです。お願い、彼女はここにいるんですか?」

修道女の背後から声がする。「こんな夜中に誰がベルを鳴らしたのですか、シスター・アン?」

「中国人の少年です、シスター・マーガレット。レジーナ・レイノルズを訪ねて」

格子の向こうに年配の女の顔が見えた。

「ネリー・ドイルと名乗っているかもしれません」スーリンは必死に呼びかけた。「ネリー・ドイルは入院してますか？　カールした黒髪、緑色の瞳。二月にここに来たはずです。二月の半ばに」

「それならたぶん……」シスター・アンが言いかけると、年配の修道女が遮った。

「家に帰りなさい。さもないと警察を呼びますよ。警察ですよ、わかったわね？」覗き窓が閉まった。

スーリンは柱廊の石畳に座りこんだ。若い修道女がレジーのことでなにか言いかけたのに、年配の修道女が遮った。レジーがここにいるなによりの証拠だ。朝になったらまた尋ねてみよう。なんなら洗濯物を取りに来たと偽って通用口から入ってもいい。修道院が洗濯業を営んでいることを、そこで思い出した。

戸口にうずくまって泣きたい気分だけれど、年配の修道女が警察を呼ぶかもしれないからそれはできない。スーリンは涙と鼻水を袖口で拭い、洗濯物袋を肩に担いでフィルバート・ストリートを横切って教会へと向かった。出鱈目な増築を繰り返したせいで元の面影を失った建物だ。柱廊はずんぐりとして醜いが、病院のそれよりもあたたかみがある。向かい合って置かれたふたつのベンチが休憩場所を提供してくれていた。

スーリンはベンチの端に腰かけ、通りの向かいに目をやった。上の階の窓は真っ暗だった。独房に監禁されているレジーのことは考えまいとした。彼女のいる病室の窓は庭に面しているのだろうか。それとも窓のない部屋？　あすの朝、精神科病院に入ることができなかったら、助けを呼ぶしかない。ジェマは無理だ。権限と声望がある人でないと。ミッション・ホームのドナルディーナ・キャメロンはどうだろう。レジーは中国人ではないけれど、保護を求める女性だ。ミス・キャメロンはきっと嫌とは言わない。

そうなるとチャイナタウンに戻らねばならない。叔父やドクター・オーヤンと鉢合わせするかもしれない。スーリンを見た人が彼らに告げ口するかもしれない。でも、レジーのためなら、どんな危険も冒す覚悟だった。

胸の中でいろんな思いがせめぎ合ったものの疲労には勝てず、スーリンはベンチに横になって上着で体を覆った。母さんが生きていたら、大丈夫よ、うまくいくわ、と元気づけてくれただろう。レジーを愛しても大丈夫。スーリンは目を閉じた。思い出が甦る。ヒヤシンスのドレスの仮縫いに母と一緒にマダム・ニンを訪ねた日のこと。

そのドレスをよく憶えている。ペールブルーのサテンのドレスで、膝丈のバルーンスカートに小さなピンクのバラを刺繍した。仮縫いを終えてヒヤシンスがドレスを脱いだそのとき、バタフライが駆けこんできて叫んだ。二人は口論になり、それから抱き合って情熱的なキスをし、二人して部屋を出ていった。スーリンはきょとんとして母を見たが、疑問に答えてくれたのはマダム・ニンだった。

「バタフライとヒヤシンスのこと、娘に話してなかったの、ミン・リー？」マダム・ニンはスーリンの母の答えを待たずにつづけた。「女同士が、あるいは男同士が、恋に落ちるなんておかしいと思う？」

「あたし……よくわからない」スーリンは言った。「バタフライもヒヤシンスも男の人たちをもてなしてるわけだし……」

中国とアメリカの男たち。それを言うならあらゆる国の男たち。サンフランシスコは世界の玄関口だ。男たちはパレス・オブ・エンドレス・ジョイの煌びやかなドアを入るためにまず金を払い、八人の美女から一人を選んでさらに金を払う。スーリンは十六歳だったがそれぐらいは理解していた。理屈のうえでは。

「それは仕事としてやってることよ」マダム・ニンが言った。「そのことと、人を愛することは別物。うちでいちばん若いリトル・コーラルは、同郷の男を愛している。おなじ方言を話すからね。バタフライは男に飽きあきしてるの。それだけのこと」そこでくすくす笑った。

「この世界で愛を見つけるのは難しいことよ」母が言った。「神さまが二人を赤い絹糸で結ばれたのなら、バタフライとヒヤシンスを誰も責められはしないでしょ」

「絹糸って？」

「目に見えない赤い絹糸」と、母。「神さまが二人の指と指を糸で結ぶと運命が交わるの。どんなに遠く離れていても、いつかは糸が二人を結びつける。二人がどんな困難に直面しようと、糸にどんな力が加えられようと、切っても切れない間柄なのよ」

〝母さんならわかってくれる〟スーリンはそう思いながら眠りに落ちた。〝レジーとあたしは赤い絹糸で結ばれているんだ。いま糸は強く引っ張られ、強さを試されているけれど、けっして切れたりしない〟

17

一九〇六年四月十八日
地震まで三時間五十一分

ソプラノのための歌は数多あるけれど、怒りを歌った歌はほんの少しだ。オペラで女たちを駆り立てるのは愛であり、悲嘆であり、死だ。怒りに駆り立てられることはめったにない。女はため息をつき、泣き濡れ、死ぬことはあっても、怒りに常軌を逸することはまずない。

だが、モーツァルトの夜の女王は、Ｄマイナーで三分間怒りを吐きまくり、四回最高難度のハイＦに（うまく）達すると、聴衆は耳に極上の銀のナイフを突きたてられた気分になる。その怒りがジェマを救った。聴衆の前に立つまで激しく震えていたが、それは怒りによる震えだった。

三分のあいだ、ジェマはヘンリー・ソーントンの目を見つめ、思いをぶつけた。

「復讐の炎は地獄のようにわが心に燃え」の歌いだしは、彼の首を取る勢いだった。『カルメン』の馬鹿な村娘は聴衆を魅了できなかったけれど、復讐に燃える女王は歌いはじめたとたん会場を静まり返らせた。〝死と絶望がわたしを燃えあがらせる〟さながら肉を切り裂くように歌詞を切り裂き、不死鳥の冠の真珠の連なりが喉元で揺れ、山から飛び立つように高音のスタッカートへと飛翔する。粒ぞろいのハイFは、クリスタルの弾丸となって連射された。最後の叩きつけるような誓い――〝聴け、復讐の神々よ、聴け、母の誓いを〟――が聴衆を打ちのめした。その瞬間、ジェマは魂が肉体から離れて浮遊するのを感じた。酔いしれた観衆の拍手喝采を浴びるとわれに返り、怒りの波に身を委ねた。

〝聴け、女の誓いを、母の誓いではなく〟ジェマは息を喘がせ、ソーントンの無頓着で独りよがりの顔を見つめながら思った。〝聴け、わたしの誓いを。わたしの友におまえがなにをしたのかわかっているからな〟

プログラムの最後までどう歌いきったのか自分でもわからなかったが、最後のアリアが終わるとさすがにアンコールには応えられなかった。聴衆の歓声に送られて舞台をおり、手を摑まれキス攻めにあった。シュミッツ市長と市役所の幹部連中、警察署長、鉱山王のジェイムズ・フラッドとダイヤモンドで飾りたてた夫人。ティアラもチョーカーも胸飾りもすべてダイヤモンドだ。物憂げでハンサムな俳優は、ウィスキーの匂いのする唇をジェマの手首に押しあてた。「ジョン・バリモアです、お見知りおきを。これほど美しいブルーの瞳は見たことがない……」カルーソーはにこやかに降臨してジェマの両頰にキスした。

「カリッシマ、きみはすてきだ！　ミカエラはきみに合わなかったが、いつかきみとぼくとで美しい椿姫を歌おう」

市長はジェマの手にグラスを押しつけた。中身はペルー産ブランデーにパイナップルとライムをブレンドした強い酒だった。「ピスコ・パンチ、ここサンフランシスコで考案されたものでね――」クリスタルのグラスをピラミッド形に積みあげたシャンパンタワーが現れると歓声が湧きおこり、いちばん上のグラスにパンチが注がれ、流れ落ちるあいだにすべてのグラスを満たしていった。オーケストラが『メリー・ウィドウ』を演奏し、ダンスが再開された。

「見事だったよ」ソーントンが耳元でささやく。「きみに捧げものがあったんだがね。温室の月下美人（クイーン・オブ・ザ・ナイト）が今夜あたり開花するはずだった――咲いたら花を摘んで、きみの美しい胸の谷間に挿してやるつもりだった。わたしの夜の女王に月下美人を捧げる、勝利の夜にね」〝あんたを魅力的だなんて、どうして思ったりしたんだろう〟とジェマは思った。

「だが、花開くのが一日遅れた」彼は言い、顔をしかめた。

「億万長者でも、思いどおりに花を咲かせることはできないのね」彼の眉間のしわがさらに深くなるのを見てやりたくて、皮肉を言った。サファイアで飾りたてた婦人がソーントンの腕を扇で叩き――「うちの娘とツーステップを踊っていただけませんこと、ミスター・ソーントン」――ジェマはこの隙にと冠をはずし、そばにいた従者にわたしてチャイニーズ・ルームに戻してくれるよう頼んだ。

音楽に乗せて噂話が会場を飛び交った。「コティヨンクラブの舞踏会でルイーザ・ワードがスカートの裾を踏んで転んだでしょう、ご覧になった?」「――ピンカートンの探偵が行方不明になったニュースも下火になったし、めぼしい話題に事欠く――」そんな噂話をジェマは聞き流した。弱肉強食のこの街では……ピンカートンの探偵ですら跡形もなく消え失せるのだから、ネリーを探しだせる可能性などなきに等しいのでは?

「きみは踊らないのかい?」ソーントンにちやほやされても、ジェマは一瞥をくれただけだった。この前のパーティーでは、午後の陽射しと贅沢とソーントンに酔いしれ、客のあいだをシャンパンの泡みたいに軽やかに飛びまわった。今夜、ジェマは飛びまわらない。煌めく夜空のようなガウン姿で舞踏室の隅に立ち、白昼夢より悪夢にちかい光景を疲れた目で眺めていた。踊る人びとが下手な操り人形みたいに傾き、よろける。耳に入る音楽は、壊れかけた蒸気オルガンみたいにつっかえる――さながら『椿姫』のパーティーの場面、女主人のことを気にもとめない客たちがつめかけたサロン、抜け殻となったヒロインの人生が駒みたいに回転する。

「ボナセーラ、カリッシマ」カルーソーが女たちの甲高い笑い声に負けじと声を張りあげ、ジェマの頬をつねった。グランド・オペラ・ハウスで幕がおりたときと同様に。「牡蠣とシャンパンをしこたま流しこんだあとは、タリアテッレ(平打ちパスタ)で締めないとね。さもないと眠れない！」帰り支度をしてマントを翻す彼が、ジェマは羨ましかった。だが、途中で抜けだすわけにはいかない。二時、三時……。

「どうかした？」ジョージがジェマの腕に手を置き眉根を寄せ、小声で言った。「マダム・タッソーの蠟人形みたいだよ」

「わたしなら大丈夫」しらじらしい嘘だ。

長い子山羊の手袋から出た腕を指で撫でながら、彼がじっと見つめる。「思っていたとおりになったんじゃないの」満員の舞踏室と彼女が歌った舞台、王のように振る舞うソーントンを目顔で指した。「でも、そうじゃないなら——きみが望んだものとはちがうなら——すべてを置いて出て行けばいい、ジェマ。いますぐここを出よう、ぼくと一緒に。マーケット・ストリートの南に部屋を借りている。好きなだけいればいい。ぼくは大家の部屋で寝るから。いびきをかくわ、屁をこくわでうるさい奴だけどね。気持ちの整理がつくまでいていいんだ」そこでにっこりする。「誰もきみを自分のものにはできない。きみには友だちがいるじゃないか。ここを出ろ。きみがそうしたいなら。ぼくはきみの味方だ」

〝心で思っただけなのに、あなたはそうと察してわたしを連れだそうとしてくれるのね〟うなずく必要すらなかった。腕のいいピアニストになら、歌手は歌いだしの合図を送る必要もない——息を吸って体が持ちあがるだけで察してくれるのだ。

だから、ジェマは笑顔を湛えたままじっとしていた。「ありがとう、ジョージ。それがどんなにありがたい申し出か、あなたにはわからないでしょうね。でも、わたしなら大丈夫よ。さあ、うちに帰ってぐっすり眠って。このパーティーも朝の四時にはお開きになるだろうから」

彼は心配そうにしながらも舞踏室をあとにした。宴もそろそろお開きだ。オーケストラの演奏はだれてきた。舞踏室を彩るツバキとユリは萎(しお)れ、宝石に埋もれた金持ち婦人の髪を飾るアメリカン・ビューティ・ローズは耳まで垂れさがっている。

「客を見送ることにする」ソーントンがジェマの耳元でささやいた。「きみをひとり占めしたいからね」彼に嫌悪を感じながらも、裏切り者の体はべつの反応をする――膝はガクッとなりそうで、唇は応えるように笑みを浮かべた。〝蛇口の栓を閉めるみたいに、感情が洩れるのを止められればいいのに〟ジェマは頬の内側を強く噛みながら思った。〝火傷するとわかっているのに、感情を堰(せ)き止められないのはなぜ？〟

なぜなら、彼が与えてくれたものは大半がほんものだったから。最初のディナーで彼が投げてよこしたのは餌だったとしても――いまにして思えば、ジェマがサンフランシスコにやって来ることを、彼はネリーから聞いて知っていたはずだ。ジェマの動向に目を光らせ、行方不明の友だちのことで騒ぎたてたら、どう対処するかまで決めていたにちがいない。パレス・グリルのディナーで彼が口にした称賛は、心からのものだったのだろう。ベッドで褒め言葉はさんざん聞かされてきたので、ジェマにはそれが本意かどうかわかる。

の彼は剝きだしの欲望でジェマを貪った。ジェマの歌を聴いて浮かべた涙はほんものだった。ジェマに極上の思いをさせ、自分だけの星として輝かせたいと彼は本気で思っていた。すべてほんものだった。彼の胸を叩いて叫びたい。〝なのになぜ、あなたは怪物になったの？〟

出会ったとき、彼はむろん警告を発していた。〝あなたはいい人なんですね、ミス・ガーランド。わたしはそうじゃないから、関わりにならないほうがいい〟

〝あなたはいい人にならなくていい〟ジェマはそう言いたかった。〝でも、怪物にはならないでほしかった。それは無理な注文なの？〟

〝恋に落ちるほど馬鹿じゃなければ、傷つくこともないわ〟前にジョージに言ったことがある。なんて愚かだったのだろう。力を握る者には、愚かな人間を叩き潰す方法はいくらでもある。

おざなりな弦の不協和音で最後のワルツが終わった。誰も聴いていないのをいいことに、演奏家たちは取り繕おうとさえしない。客たちはあくびをし、扇を手におしゃべりしながら螺旋階段へと流れていった。完璧なホストであるソーントンに見送られ、馬車に乗りこんで膝掛けに包まれ家路につく。シルクのシーツが待つわが家へ。ジェマは彼らの目につかないよう使用人専用の階段を使って自室に戻った――鵜の目鷹の目の金持ち婦人たちに、ここで暮らしていることを知られるのが怖いわけではない。ソーントンの視線から逃れたい一心だった。鳥籠の中のトスカニーニがなぜか興奮してけたたましく啼き、バタバタ飛びまわるので餌をやり、おなじ階段を使って吹き抜けの八角形の玄関ホールへとおりた。執事がちょうど玄関のドアを閉めるところで、最後の馬車が去ってゆく音がした。

見あげると、ガラスの丸天井から曙光が射しこんでいる。大きな置時計が五時を告げた。疲労困憊のメイドたちが寝床へと引きあげてゆく。夜が――舞踏会が――終わった。

「ジェマ?」最上階からソーントンの声が降ってきて、顔をあげると、螺旋階段の手摺りから身を乗り出す彼の姿が目に入った。ガラスの丸天井を背景に黒っぽい輪郭が浮かんでいる。「一緒に寝よう」

「すぐ行くわ」時間稼ぎをしないと。彼はジェマのドレスを脱がす気でいる。でも、まだ四階まであがってゆく気になれなかった。その気になれない。「朝刊が届くころだから」言い訳を捻りだす。「『カルメン』の批評が気になるのよ」

「ソプラノってやつは!」彼が笑った。「五分だけ待ってやる。きみがあがってこなかったら、わたしがおりていって、きみの髪を摑んでベッドへと引き摺ってゆく……」彼が自室に戻ったので、ジェマはほっとした。ドアが閉まる音を確かめてからフーッと息を吐いた。屋敷にこもる臭いに息がつまる。煙草と気の抜けたシャンパンの臭い、踊り手たちの汗の臭い、それを隠そうと振りかけた香水の匂い。ジェマはミッドナイトブルーの煌めく裳裾を腕に掛け、こっそり屋敷を抜けだした。

ジェマは夜通し起きていたが、サンフランシスコはいま目覚める。手入れの行き届いた庭を抜け門を出ると、牛乳配達の荷車がハイド・ストリートをくだってゆくのが見えた。キッチンメイドやコックが眠い目を擦りながら牛乳瓶を取りに出てくる。青物市場へ向かって坂をくだる荷馬車が見える。遠くで教会の鐘が鳴る――チャイナタウンのオールド・セント・メアリーズ大聖堂の鐘だろう。門の外で首の凝りをほぐしていると――不死鳥の冠の真珠とカワセミと歴史の重みを支えた筋肉が痛む――夜の巡回を終えた警官が通りがかりに挨拶した。ジェマも挨拶を返す。空はすでに夜明けの灰色からおぼろな青へと変わっていた。

「〈コール〉の朝刊です」新聞配達の少年が朝刊をジェマに手渡した。刷りあがったばかりの新聞だ。音楽評論家が『カルメン』をどう評しようが興味はなかった。ここでぐずぐずしているうちに、ソーントンがしびれを切らして眠ってくれさえすればそれでいい。とりあえず新聞をめくった。〝『カルメン』は昨晩、サンフランシスコで生まれ変わった。『ドン・ホセ』とタイトルを変えるべきだろう。カルーソーはマジシャンだ……〟

「フレムスタッドが癇癪を起こしそう」ジェマは愉快になってつぶやいた。犬が吠えるので顔をあげたが、通りは平和そのものだ。批評の真ん中を飛ばして最後を読む。〝ベシー・アボットのミカエラは恐れおののいていたが、美しい声質とそれを裏打ちする知性はなかなかのものだ〟これじゃ褒められた気がしないが、名前を間違えるような人に褒められたって嬉しくない。

「ホーホ――」通りの向こうで、牛乳配達が荷馬車を停め、不安げに頭を上下させ尻尾を振る馬を宥めている。「大丈夫だからな、よしよし」

「どうかしたの？」つぎの家に新聞を配っていた少年が声をかけた。

「さあな、いつもはおとなしいんだが――」

ジェマは顔をあげた。遠くの波音のような重々しい音がする。「いったい――」そこで気づいた。通りの敷石が飛び跳ねていることに。まるで熱したフライパンに油を垂らしたみたい、と馬鹿なことを思った。牛乳配達の馬がいなないて棹立ちになった。遠くのうなりがどんどん高まり轟音となる。石畳が裂ける。さながら深海をサメが切り裂くように。ジェマはただ見つめるばかりだ。

地球が足元で膝を折ってお辞儀し、ディーヴァは舞台上で死の苦しみにのたうつ。ジェマはがくんと膝を突いた――大地がぱっくりと口を開く。

18

スーリンははっとして目が覚めた。教会の鐘が鳴っている。いつもとちがう不揃いでせわしない鳴り方だ。木材が砕ける音、金属が反響する音。立ちあがったものの地面が揺れて立っていられない。サンフランシスコ生まれなら地震だとすぐに気づく。それも大地震だ。余震がつづいて、戸棚が揺れるぐらいではすまない被害を被るだろう。

スーリンはうずくまったまま、早朝の薄暗がりの向こうに聖クリスティナの建物を探した。だが、砂埃が舞って先を見通せない。歩道の街灯がやっと見えるだけだ。その街灯が激しく揺れている。フィルバート・ストリートは波打ち、ガラスの割れる音以外なにも聞こえない。揺れはひどくなるばかりだった。大理石のベンチの下に潜りこむ。目を閉じ、洗濯物袋で頭を覆った。石造りの建物が崩れ落ちて轟音が響いた。悲鳴が聞こえる。恐怖の悲鳴、助けを呼ぶ悲鳴。胃がよじれる。自分のことよりレジーが心配で。監禁されていては逃げるに逃げられないだろう。

揺れがようやくおさまった。ベンチの下から転がりでると、柱廊の入り口が材木や煉瓦で腰の高さまで塞がれているのが見えた。手当たり次第に木っ端を投げ飛ばす。埃がもうもうと立ちこめ、慌てて鼻と口をハンカチで覆った。火事場の馬鹿力で木の梁を持ちあげると、それで瓦礫を押し分けた。ようやく足の踏み場ができたので、割れた煉瓦を蹴飛ばして通りへと走った。

立ちどまって振り返る。教会の鐘楼も壁も崩れ落ちていた。廃墟から埃が舞いあがる。だが、頑丈な造りの柱廊は持ち堪えていた。瓦礫の山から逃げだすのにどれぐらいの時間がかかったのかわからないが、見あげる青空に太陽が輝き、想像を絶する破壊力のすさまじさを照らしだしている。道路の一部はそりかえり、壊れたローラーコースターみたいに波打っている。はずれた敷石が裏返しになり、まるで巨大な手によって剝がされたようだ。木造の家は危険なほど傾き、煉瓦の煙突は崩れ落ちていた。なかには土台が一メートルも持ちあがった家があり、住民たちが手を貸し合って部屋から飛びおりていた。

地震が起きたとき通りにいた牛乳配達や新聞配達の少年たちが、いまは一丸となり瓦礫の撤去を行っていた。シャベルや斧があればそれを使い、なければ素手で作業している。通りすがりの人にも声をかけ、みんなで瓦礫の下敷きになった人たちの救出を行う。助けを求める悲鳴以外、人の声はしなかった。ショックのあまり声が出ないのか、信じられない事態に言葉を失っているのだろう。いななく馬を宥める人、地面の割れ目に落ちた荷馬車を引きあげようとする人、馬具をはずしてやろうとする人。

スーリンは最悪の事態を覚悟して通りを渡った。埃の靄の向こうに聖クリスティナ修道院の輪郭が見えた。崩れ落ちた煉瓦や石造物が道路にまで溢れでていた。通りに面した側は壁がなくなっていたが、内部は無傷で部屋や家具が丸見えだ。さながら巨大な人形の家。だが、出てくる人たちは人形ではない。寝起きのままの人もいれば、着替えている人もいて、気味が悪いほど落ち着いて瓦礫をまたいで出てくる。一階の部屋も廊下も剝きだしなのに、女たちは律儀に玄関を使う。呆然としているせいか、習い性になっているのか。

「ゆっくりいきましょう、シスター」女たちの一人が言った。「鉄の支柱が煉瓦から突きだしているから気をつけて」

「わたしなら大丈夫」べつの修道女が言う。「通りまでひとりで出られるわ。ブリジットに手を貸してあげて」

修道女と修練女、下働きの人たちが瓦礫をよけながら出てくる。でも、患者たちは？

スーリンは建物の二階に目を凝らした。壁もアーチ形の窓もなくなり、廊下に沿ってずらっと並ぶドアが見えた。病室のドアだ。スーリンが立っているところまで悲鳴が聞こえるが、ドアを開けている人の姿は見えない。いつ崩れ落ちてもおかしくない建物から、患者を救いだそうとする者はいないのだ。

スーリンは建物へと急いだ。つぎの余震までにレジーを連れださないと。余震はかならず発生する。

「近寄るな！」通りから男の声がした。「建物から離れろ！」

警告の叫びを無視する。煉瓦や石造物の山を乗り越えて中に入った。狭いベッドと箪笥と木の椅子があるだけの部屋だ。壁のカレンダーの上に十字架が掛かっている。部屋のドアを開けると長い玄関ホールだった。薄暗がりでも傾いているのがわかる。右に目をやると埃の靄の向こうにドアが見えた。その先は二階に通じる階段だろう。

階段にちかい部屋のドアが開き、出てきたのは長い鎖を握る修道女だった。鎖の先に鍵がさがっている。

「こんにちは？」スーリンは声をかけた。修道女が振り返る。ふっくらした頬の若い修道女だ。

「怪我したの？　助けが必要？」修道女はそう言うとちかづいてきた。「ここでなにをしてるんですか？」

「友だちを探してるんです。お願いです、シスター。入院したときになんと名乗ったのかわかりません。たぶんレジーナ・レイノルズ、あるいはネリー・ドイル。背が高くてカールした黒髪でグリーンの瞳。画家です」

修道女はスーリンをじっと見つめた。「ゆうべ訪ねてきた男の子ね。でも、男の子じゃないのね」そこで黙りこむ。「いいわ、もうどうでもいい。お友だちはここにいます。三階に。患者さん全員を外に出すつもりなの。一緒に来て」

修道女が言う。「階段をあがるときは壁から離れないこと」二階まで来ると、ドアの向こうから助けを求める声やドアを叩く音が聞こえた。

「大丈夫ですよ」修道女が声をかける。「地震が起きたの。ドアを開けますからね」

最初の部屋では、白髪交じりの髪を短く刈った女がむこう向きで椅子に座っていた。壁があった場所を見つめているのだ。いまはそこから庭を望める。

「彼女はいつも庭を眺めているわ」修道女が言う。施設を案内するような穏やかな話し方だ。「中庭を囲んで建てられているので、どの部屋からも庭が望めるの。病室は北側と南側にあり、どちらにも階段がついているのよ」まるで世間話をしているようだ。

修道女が女の肩を揺すった。「ジュヌヴィエーヴ、どうか階段をおりて通りに出ていってちょうだい。シスター・マーガレットがそこで待っています」

女は顔をあげた。無表情だ。「はい、シスター・アン」そう言いながら動こうとしない。

修道女はため息をついた。「できるだけ多くの患者さんを部屋から出さないと。ここから出ていくか、ここに留まるかはその先の話」

修道女が外に目をやった。壁も窓枠もないからサンフランシスコがすっかり見渡せる。スーリンにも大地震であることはわかっていた。経験したことのない大地震だ。それも未曽有の災害であることに、ようやく気づいた。見えるのは都市の残骸だ。遠くで警鐘が鳴っている。

修道女は素早く動いてつぎからつぎへとドアの鍵を開けてゆく。宥めすかす必要のある患者や、病室から出たがらない患者もいたが、多くは飛びだしてきて階段を駆けおりていった。

修道女が振り向いてスーリンに言う。「最初は啓示だと思ったの。でも、ただの地震よね。地震なら患者を救うことができる」彼女がショック状態にあることに、スーリンは気づいた。冷静すぎる態度は不自然だし不気味だ。

「二人でやればそれだけ早く救いだせます」スーリンは言った。「シスター、三階の病室の鍵をあたしにください。階段を駆けあがって鍵を開けます。友だちがいるのはどの部屋ですか？」

修道女は腕からさげていた鎖からキーホルダーをはずし、スーリンに差しだした。厳しい表情でスーリンを見る。「すべてのドアを開けること。いいわね？　お友だちの部屋のドアだけでなく。ドアの番号は鍵に書いてあります。出てくるよう患者さんに言って。ここは安全じゃないから」その言葉を裏付けるように、残っていた窓のアーチが崩れ落ちた。

スーリンは階段を駆けあがった。修道女がレジーの部屋の番号を教えてくれなくてよかった。知っていたらまっすぐレジーの部屋に向かい、ほかの患者たち、ドアを叩いて出してくれと叫ぶ患者たちを、黙ったままの患者たちを、見殺しにしただろう。手早くドアの鍵を開けてまわった。このドアの向こうにレジーの懐かしい顔がありますようにと願いながら。ドアを開けるたび叫んだ。「出るのよ、出て！　地震よ！　下の通りに出なさい！」そうやってつぎのドアに向かった。廊下伝いに鍵を開けていった。

残りあと二部屋のところで、レジーを見つけた。

狭いベッドに座る女が愛する人だなんて、スーリンには信じられなかった。カールした黒髪は消え失せ、丸坊主だ。痩せ細り青ざめ、唇は乾いてひび割れている。なによりも悲惨なのは目だ。まるでどんよりと濁った水だ。輝きもなく生気もない。女は顔をそむけ目を瞑った。

駆け寄って哀れな坊主頭を撫でてあげたい、抱き寄せてあげたい。でも、そんなことをすれば、残った二部屋にいる女たちを救いだせない。心を鬼にしてその場を離れ、残りふたつのドアの鍵を開け、早く出て、と声をかけた。女たちがどうするか見届けている余裕はなかった。

レジーの病室に引き返し、両手にキスする。割れた爪や手首の傷跡を見ても泣き崩れなかった。レジーが握り返してきた。

「スーリン？　ほんとうにここにいるの？　ほんとうなの？」ためらうレジーを見て、ますます泣きたくなった。快活で自信満々なレジーはもういない。

「ええ、レジー、あたしよ」スーリンは嗚咽をこらえた。レジーのために、二人のために強くならないと。「あたしはここにいるからね。どんなに心配したことか。もう大丈夫。

でも、まずはここから出ないと。地震が起きたの。さあ、服を着て」

「スーリン」レジーが手を握りしめる。「あんたの姿を何度も見たけど、ほんものじゃなかった」

「ほんものよ、あたしはほんもの」スーリンは言った。「でも、ここにはいられないの。この建物から出ないと」だが、レジーは小さくほほえみ、ベッドに崩れ落ちた。

スーリンはドアの横の箪笥からフランネルのドレスを取りだし、寝間着の上から着せた。靴下と靴と、サイズの合わないコートも見つけだした。緊急事態だとレジーが認識してくれることを祈った。おどおどした態度、ゆっくりな動き、おぼつかない声。いったい彼女になにをしたの？

やさしく声をかけ、レジーの手を引いて病室を出た。建物の前面の壁が崩落していることに、レジーは最初、気づいていないようだった。それからつぶやいた。「スーリン、なにがあったの？」

「地震よ」スーリンは彼女を階段へと誘導した。シスター・アンが階段をあがってくる。

「ああ、よかった、見つかったのね。患者さんはすべて一階までおりられた。これから通りに連れだすところよ」踊り場からそう言うと、シスターは踵を返した。

レジーに、ついてきてね、と言ったとたん、余震で建物が揺れ、スーリンはよろめいた。前のめりになり階段の縁に摑まった。シスター・アンが立つ踊り場が壁から剝がれるのが見えた。彼女は声をあげずに仰向けに倒れ、上を見あげたまま落ちていった。煉瓦と材木が彼女のまわりに降りそそぐ。彼女の口が驚きと落胆の〝O〟の字を形作る。

スーリンは悲鳴をあげて階段から離れ、レジーの腕を掴んだ。

「どうしよう、どうしよう、どうしよう」レジーはつぶやきながら、両手で顔を隠して床にうずくまった。スーリンにはどっちが余計に恐ろしいかわからなかった。壁の下敷きになって死ぬことなのか、レジーがそうなるのを見ることなのか。しゃがんでレジーを抱きしめた。

ようやく揺れがおさまった。「あたしの大事な人」スーリンはささやいた。「なんとか一階までおりてここから出ないと」

「眠りたい」レジーが言い、目を閉じた。

レジーはどんな薬を与えられたの？　ドアにもたれて丸くなるレジーをそのままにして、スーリンは廊下のべつの端の階段の様子を見に走った。シスター・アンがあんなことになったのだから、そっちの階段も持ち堪えられるとは思えない。通りに目をやる。煉瓦と石が山積みになっている。三階に届きそうなぐらい高く積もっているところもあった。二階からならなんとか飛びおりられるかもしれない。まずは二階までおりないと。

一度にひとつの階。

レジーはよろめいたが文句は言わなかった。彼女の体重をなんとか支えながら廊下の向こう端へと向かった。どうか二階までおりるあいだ階段が持ち堪えますように、と祈るだけだ。レジーに壁際の手摺りを握らせた。ゆっくりと一歩ずつ、気が遠くなるような道のりだった。足元の踏板がメリメリいう。できるだけそっと足をつく。レジーを励まして二階の廊下に辿りつくまで、スーリンは息を止めたままだった。レジーは眠たげな笑みを浮かべて目を閉じ、冷たいタイルに尻をついた。

このまま階段をおりるべき？　一段おりるたび踏板がうなっていた。シスター・アンのうろたえた顔が目に焼きついていた。とても階段をおりられない。痛む腕でレジーを引っ張りあげる。

「一緒に来てちょうだい。べつの方法がある。厄介だけどたぶん安全な方法」

レジーをまた引き摺るようにして廊下を引き返した。フィルバート・ストリートにちらっと目をやると、パトカーや救急車が瓦礫を縫うように走っているのが見えた。廊下のはずれで向きを変えてべつの廊下を進んだ。ストックトン・ストリートに面した壁はやはり崩れ落ち、フィルバート・ストリートと交わる交差点まで歩道は瓦礫の山だ。ストックトン・ストリートは傾斜が急な上り坂だから、二階から歩道までの高低差は短い。せいぜい三メートル、瓦礫の山に飛びおりれば二メートルほど。骨折はしないはずだ。

でも、どうやったら怪我をせずに飛びおりられる？

スーリンはいちばんちかい病室に駆けこんでベッドからマットレスを剝がした。安物の木綿生地にパンヤ藁を詰めたマットレスは数センチの厚みしかないが、枚数はいくらでもある。皮肉なものだ。マットレスを廊下に引き摺りだす。病室に引き返してマットレスをあと二枚持って出ると、最初に持って出たマットレスの上でレジーが眠っていた。そのマットレス以外に九枚のマットレスを集めた。

合計十枚。それを瓦礫めがけてつぎからつぎに投げ落とす。飛びおりたときの衝撃を吸収してくれるだろう。レジーを起こそうかどうしようか迷った。もし彼女が飛びおりるのを拒否したら？

「許してね」黒い眉にキスする。レジーをマットレスもろとも廊下の縁から押しだした。横になったままのレジーが見えなくなり、石が崩れ落ちる音がした。

それから、スーリンは目を瞑り、転がり落ちた。

19

「もしもし、痛いところありますか？」

ぼんやりした視界のなかに、口ひげのある丸顔が浮かぶ。さっき通りがかりに挨拶してきた夜の巡回を終えた警官だ。ジェマの肘に手を添えて起こしてくれた。「すごいやつだった！　港まで転がり落ちるかと思った！」

「すごいやつ？」ジェマは鸚鵡返しに言った。地震は永遠につづくかと思った。うずくまって地面にしがみつくと、体の下でラバみたいに跳ねた。ひどい轟音、屋根瓦が落ちる音、木材のきしむ音――犬の吠え声、馬のいななき――それがつづいたかと思ったらぱたりとやんだ。恐ろしい静寂ののち、またはじまった。ずり落ちた煉瓦が地面に当たって砕ける音、驚いた鳥の啼き声、さらには自分のつぶやき、〝やめて、やめて、お願いだから〟。闇が怖くてクロゼットで縮こまる子どもだ。なんとか立ちあがろうとしたとき、また揺れて地面に叩きつけられた。地面が冷たく笑いながら身をよじって踊りまくる。門柱の片方が倒れ、鉄柵もろとも降ってきた。黒い牙を剝きだす獣だ。ジェマの顔の先数センチの舗道に鋭い牙が突き刺さった――魅入られたように牙を見つめていると、最後の揺れが徐々におさまっていった。

そうしてようやく終わった。世界が不気味に静止した。それをこの警官は〝すごいや〟で片付ける。

「東部から来たんだろ？」警官が当たりをつける。「そりゃ災難だった。このあたりじゃ地震は日常茶飯事さ。今度のはたしかに大きかったが、ノブ・ヒルの建物はどれも頑丈な造りだからね。安心していい」

ジェマはうなずいた。オクタゴン・ハウスの倒れた門の捻じ曲がった鉄杭から目が離せない。ほんの数センチずれていたら、顔に突き刺さっていた。

「中に入ったほうがいい。たいした被害はないと思うがね。せいぜい皿が数枚と窓ガラスが割れた程度だ」言葉とは裏腹に、警官の顔は青ざめていた。ジェマを助け起こすと、そのまま通りをくだっていった。ハイド・ストリートは妙に白い人影でいっぱいだった――一瞬、幽霊かと思った。よく見れば、白い寝間着姿で家から飛びだしてきた隣人たちだ。

「大丈夫だから、中に入って。割れたガラスに気をつけて――」

人びとの押し殺したささやき声が静寂を破る。オクタゴン・ハウスの使用人たちが庭に出てくるのが見えた。外から見るかぎり、屋敷はたいした損害を被っていないようだ。丸屋根の上の小塔が傾き、煙突は大半が屋根から落ちているが、建物自体はしっかり聳え立っている。
たどたどしい足取りで中に入ると、大時計が倒れ、折れた文字盤や真鍮の歯車が飛び散っているのが見えた。シャンデリアがふたつ、床に落ちて粉々に砕けているが、残りふたつは屋根からぶらさがり、余震を受けてかすかな音をたてている。天窓の半分は割れ落ちて玄関ホールに降りそそいでいた。ガラスで切って血を流したメイド三人がすすり泣き、ミセス・マクニールが手を叩いて発破をかけている。「――ここを片付けてちょうだい。そのあいだに朝食を用意させるから」ジェマの耳は鳴りっぱなしだった。おさまらない心臓の鼓動に合わせて、いろんな考えが頭を駆け巡る。三階のチャイニーズ・ルームはどうなっただろう。磁器の壺や繊細なブロンズの立像、翡翠や千年前の小像――すべて粉々になった？　遥かかなたの国で、芸術的技巧を誇る名匠たちが生みだした美しいものの数々。燃える宮殿から略奪され、盗人たちの手で箱詰めされ、サンフランシスコに流れ着き、粉々になって捨てられる……。

それから思いは馬のいななきや犬の吠え声へと、建物が倒壊する轟音へと向かった。南のほうの地区の建物はここの建物ほど頑丈にできていない。そう思ったら体が震えた。警官は暢気なことを言っていたけれど、そんなはずはないのだ。けさ、多くの人が亡くなった。多くの人が閉じこめられ、多くの人が――

走ってくる足音で現実に引き戻された。ヘンリー・ソーントンが燕尾服姿のまま階段を駆けおりてくる。拳銃に弾をこめながら。地震が起きたとき、まだ着替えていなかったのだ。「ジェマ」ほかに気をとられている様子だ。「ここでみなに指示を出してくれたまえ、いいね？ わたしはフィナンシャル・ディストリクトのオフィスに向かう」

「仕事するつもり？」言わずもがなの質問だった。「事務員が遅刻したら、一日分の給金からその分を差し引くの？ どうかしてるわよ」

「ヒステリーを起こすな」火傷跡のある手は強張ってはいても、手早く弾をこめることはできるらしい。猟銃なら見慣れている。ネブラスカの農場では誰でも持っている武器だ。でも、彼がポケットに入れた艶やかな銃ははじめて見る形だ。「被害の程度を調べる必要がある。地震でいちばん危険なのは、地震そのものより、あとに起きる暴動だ――これ幸いと略奪する連中がいる。おもてに出るな。事態が鎮静化したら戻る」

そうして彼は、振り返ることなく出ていった。割れたガラスを踏みしだく音がして、玄関を出て、車をまわせと命じる声がした。

〝事態が鎮静化したら〟スーリンは大混乱の真っ只中でどうしているの？ ネリーを見つけだすつもりで飛びだしていったのはいいけれど、立ち往生しているのだろう。生粋のブロンクスっ子のネルは、ジェマ以上に地震とは無縁だったネルは、聖クリスティナの独房で恐怖に竦みあがっているのでは？ 慌てふためいた入院患者たちが暴徒と化して――

「やあ、きみ」背後から震える声がして振り返ると、ゆうべの舞踏会で会ったハンサムな俳優が立っていた。彼の名前は、ジョン・バリモア？「舞踏室を出たところのソファーで眠りこんでしまってね。目が覚めたら塩入れの中だった。揺られに揺られてソファーから転がり落ちて……ねえ、きみは歌手だよね」そこでほほえもうとしたが、体の震えはおさまらない。「ごめん、きみにキスできないんだ。気が動転しててね」

　ジェマはよろめく彼の肘を摑んで、壁際のつづれ織りのソファーへと導いた。「地震を生き延びたんだもの、ミスター・バリモア、気が動転するのも無理ないわ。東部に戻ったら話のタネになりますよね。サンフランシスコの人たちは慣れているみたいだから、わたしたち東部人は、邪魔にならないようおとなしくしていましょう」

　彼をソファーに座らせ、震えがおさまるまで軽い口調で話しかけた。それからミセス・マクニールを指さし――「彼女が水とサンドイッチを持ってきてくれますからね、なにかお腹に入れれば気分が落ち着くわ」――階段を駆けあがった。アイスブルーの部屋は、シャンデリアがベッドの上に落ちて割れていたが、香水や白粉（おしろい）のガラス瓶は無事だった。トスカニーニの鳥籠はひっくり返っていなかったが、当人は大げさに啼きながらバタバタと飛びまわっている。鳥籠から出して胸に押しあて、頭を撫でてやるうち騒がなくなり掌（てのひら）の上で丸くなった。小さな心臓が激しく脈打っている。ジェマの心臓もおなじだ。また揺れた。小さな揺れだったが、ジェマはひざまずきトスカニーニを体で守った。窓枠がガタガタ揺れたがなにも壊れず、そのうち揺れはおさまった。

〝そうだ、逃げだすつもりだったんだ〟服を鞄に詰め、鳥籠を手にオクタゴン・ハウスに別れを告げ、下宿屋へと向かう。ネリーを精神科病院から助けだしたスーリンとそこで落ち合う手筈だった。まさに決死の覚悟だ。だが、都市全体が混乱の坩堝となったいまは、すべてが虚しく感じられる。そもそもテイラー・ストリートの下宿屋は残っているのだろうか？

震える手でトスカニーニを鳥籠に戻し、安心させるためにグリーンの覆いをかけてやってから、ドレスとペチコートを脱いだ。地味なスカートとブラウスに着替え、頑丈なブーツを履き、自分の宝石と小物をバッグにしまった。しばらくためらってから、荷物と鳥籠を置いたまま階段へと走った。ノブ・ヒルはいいとして、下のほうの通りは安全だろうか。荷物を抱え、瓦礫のあいだをよろよろ歩く女は恰好の餌食になるのでは――ソーントンが略奪者の話をしていた。オクタゴン・ハウスは頑丈な造りだし、使用人たちに守られている。逃げこめる場所を見つけるまでのあいだ、トスカニーニはここにいれば安全だ。

ジェマは玄関ホールに戻り、同情するメイド二人に挟まれてサンドイッチを食べるミスター・バリモアの前を通り、使用人たちに指示を出すミセス・マクニールのそばを通り、ハイド・ストリートへと出ていった。下宿屋まではほんの八百メートルだ――寝間着姿の隣人たちが、おとなしく自宅に戻ってゆくところだった。使用人たちが箒を手に、ぶつぶつ言いながら割れたガラスを片付けている。「ストーブを焚かないとね、朝食にハムと卵を出さないと奥さまにどやされるから、地震があったって容赦してもらえない……」落ちて転がる煙突は浜に打ちあげられたクジラだ。ホンブルグ帽に洒落た背広姿の男が、懐中時計を見ながら煙突をまたぎ越してゆく。仕事に出掛けるのだ。〝わたしの頭がおかしくなったの?〟ジェマはそんなことを思いながらユニオン・ストリートに折れた。これほどの揺れを経験しても日常生活をつづけるって、それがふつうなの?

「ジェマ」アリスが迎えてくれた。ありがたいことに下宿屋は無事だった。「まあ落ち着いて、なんの話をしているの――スーリンがどうしたって? いいえ、彼女の姿は見てないわ。それにあなたの友だちのネリーだかレジーだかも。スーリンがどうして彼女のことを知ってるの? さあ、このバケツを持ってちょうだい」

ジェマはがっかりしたが、予想はしていた。ジェマはバケツを持ち、アリスがべつのバケツにタンクの水を移した。「窓ガラス一枚割れてないんですね」ジェマは自分ひとりが大騒ぎしていたようで拍子抜けした。だが、頭は混乱したままでまともに考えられない。

「みんな柳に風と受け流しているみたいで。サンフランシスコ人種って感覚が鈍いのかしら」冗談めかして言った。

「鈍すぎて身を亡(ほろ)ぼすのよ」アリスはいつでも出勤できる恰好だった。髪はきれいなお団子にして、ブラウスはパリッと糊がきいている。でも、表情は厳しかった。もうひとつのバケツもいっぱいにすると、キッチンへ向かった。「さあ、そのバケツの水をあそこのタブに空けてちょうだい。ポットも用具もすべてに水を張っておくの。ミセス・ブラウニングに手伝ってもらつもりが、あの馬鹿女、塞ぎこんでて使い物にならない。一刻を争うってときなのに――」

ポーチに出て遠くに目を凝らすと、立ち昇る煙が見えた。屋根からもくもくとあがる黒煙に、ジェマの胃が捻じれる。地震のことはよくわからないが、ネブラスカのだだっ広い草原でも、建物がひしめき合うニューヨークでも、火事の恐ろしさはおなじだ。「ああ、どうしよう……」

「おたおたするのはあとにして」アリスはタンクが空になるまで水を汲(く)みつづけた。ジェマはバケツを運ぶのを手伝った。水汲(みずく)みが終わると、アリスはバッグを摑み、ジェマについて来いと目顔で示し、マーケット・ストリート目指しテイラー・ストリートをくだっていった。有無を言わさぬその様子に、ジェマはなにも考えずついていった。「あなたに信仰心があるなら、いまこそ祈りなさい。サンフランシスコは火の海になる」

20

落ちる瞬間、スーリンは咄嗟に手を伸ばした。藁をも掴むとはこのことだ。四肢をいっぱいに広げマットレスに顔から落ちた。衝撃は受けたけれど、煉瓦や木っ端がマットレスを突き破ることはなかった。体の重みで瓦礫がずれるのがわかった。目を開けた。マットレスがゆっくりと滑り落ちる。動きが止まると起きあがり、足で瓦礫をよけながらレジーのもとへ。彼女も起きあがったところで、マットレスの端を掴んだまま恐怖に竦んでいる。

〝薬を呑まされていたんだもの、しょうがない〟スーリンはレジーを抱きしめながら思った。通りにいる人たちは一様に混乱し、怯えている。警戒心をあらわにしている人もいた。これだけの目に遭ったのだから無理もない。つづく余震、土台から揺れる建物。最初の揺れで弱くなった建物はいつ倒壊してもおかしくない。

レジーは余震に耐えられる状態ではなかった。立つこともおぼつかない。スーリン自身も全力で走った疲れが残っていて、ふらふらしていた。前日に昼食を口にしてから飲まず食わずだった。食べ物と水を手に入れなければ。レジーの体内に残る薬の効果を薄めるには、大量の食べ物と水が必要だ。

聖ペテロ聖パウロ教会の柱廊のまわりは瓦礫の山だった。窓の高さ以上に積みあがっている。木製の鐘楼が通りに転がっていた。また余震が起こっても倒壊するものは残っていない。

「どうか立ちあがって」スーリンはレジーの腕を引っ張った。「安全な場所に行かないとね。眠るのはそれからにしましょう。通りを渡るだけでいい、そうしてくれたら眠りたいだけ眠っていいわよ」

スーリンはまたしてもレジーの体重を肩で受けてよろよろと通りを渡り、教会の回廊に逃げこんだ。大理石のベンチにレジーを座らせると来た道を戻った。マットレスを二枚抱えても見咎める者はいない。人びとは家の前で被害を目の当たりにし、この先のことに思いを馳せるのでせいいっぱいだ。回廊の石畳にマットレスを敷き、レジーを横にならせた。つぎは食糧の調達だ。

修道院を通り越してストックトン・ストリートを進む。こっちのほうが被害が少ないように思えるからだ。食料雑貨店の前で、割れ物でいっぱいの樽(たる)を男が店から引き摺りだしていた。ピクルスの瓶にソーダの瓶、彩色を施した皿。中国人の客お断りの店でないことを祈る。

「パンはありませんか?」スーリンは声をかけた。

「金はあるのかい？」男がひどいイタリア訛りで応じた。スーリンはポケットから数枚の硬貨を取りだした。

「果物と瓶入りの飲み物があればそれもください。病人に食べさせたいので」

店主はツイードの帽子を脱いでごま塩頭を掻いた。硬貨を受けとると店内を顎でしゃくる。「必要なだけ持っていきな。値段なんてどうだっていい」それから舗道に散らばる窓ガラスの残骸を掃いた。「壁際の木枠にソーダの瓶が入ってる。割れちゃいない」

店内の床はべたべたで、酢と塩水と思しき臭いがした。スーリンはレジスターの横に置かれたパンを手に取り、壁の棚から缶詰を取った。桃の缶詰にコンビーフ、煮豆の缶詰。どれも出鱈目に並んでいた。店主が床に転がるのを拾って、よく見もせずに棚に戻したのだろう。床には飲料水の瓶が並ぶ木枠がふたつ。そこからソーダ水二本とジンジャエール二本を取りだした。ワイヤーで留めたコルク栓なので開けやすいと思ったからだ。店のウィンドウにはオレンジとイチゴが並んでいた。スーリンはオレンジを四個手に取った。

台所用品の棚から缶切りとフォーク二本を取ってポケットに入れた。洗濯物袋はずしりと重くなったが、レジーにたらふく食べてもらうためだ。店を出ると、さらに二十五セント硬貨一枚を店主に渡した。店主はありがとうとうなずき、掃除をつづけた。

教会まで戻る途中でまた余震があった。よろめいて手近な街灯柱に摑まり、空いた手で袋を胸に抱えて揺れがおさまるのを待った。通りにいる人たちは倒れまいと足を踏ん張り、家が傾いて将棋倒しになり、修道院の残っていた壁が崩れ落ちた。スーリンは教会の回廊に目をやり、不格好な輪郭が揺れるのを見つめた。六本の太く頑丈な木の柱に支えられた無骨な建物は持ち堪えている。揺れがおさまるまでレジーが眠っていてくれますように、と祈る。目を覚まして、スーリンに置き去りにされたと恐慌を来しませんように。

揺れがおさまるやいなや、スーリンは教会まで残りの道を走った。眠るレジーのかたわらにひざまずき、パンを千切ってむさぼり食った。ジンジャエールの栓を慎重に抜き、ぐいっと飲んでから栓をした。それから疲労困憊の体を横たえ、レジーに腕を回した。ほかになにもいらない。必要とされる場所にいるのだから。いいえ、望む場所にいられるのだから。

その日、スーリンが目を覚ますのは二度目だった。だが、このとき目が覚めたのは、激しく打ち鳴らされる教会の鐘の音のせいではなく、シトラスの香りのせいだった。レジーが目の前に座ってオレンジの皮を剝いていた。スーリンのフェドーラ帽をかぶってにっこり笑っている。正気に戻ったのだ。スーリンはその腕に身を投げた。

この二日間、スーリンの気持ちは張りつめたままだった。レジーが姿を消してからずっと張りつめっぱなしだったが、この二日でさらにひどくなっていた。いま、ふつうに戻ったレジーを見て、張りつめた気持ちがほぐれてゆく。涙が、嗚咽がこみあげる。

そこで気づいた。レジーはふつうに戻ってはいないことに。

懐かしい笑顔と帽子を斜にかぶった姿でそう思ったが、エメラルドの瞳に輝きは戻っていない。虚ろではないが、瞳の奥の輝きは失われたままだった。レジーをもう一度抱きしめる。こんなに痩せてしまって。体の震えが伝わってくる。

「話したいことが山ほどあるのよ」スーリンは言った。「それに、テイラー・ストリートに戻らないといけないし。でも、その前に食べて力をつけないと」

「いいね、そうしよう」レジーが笑顔のままでいう。スーリンは洗濯物袋から食べ物と飲み物を取りだしてベンチに並べた。「ピクニックみたいだね。あんたが最後にピクニックに行ったのいつだった?」

〝両親が溺れ死んだとき〟スーリンは言葉を呑みこむ。「さあ、憶えてない。ずっと昔よ」

教会のドアにもたれて並んで座る。スーリンはサンドイッチを作るつもりだったが、コンビーフは考えるだけで吐きそうになる、とレジーが言うので、桃の缶詰を開けた。レジーは桃をフォークで刺して食べ、缶に残ったシロップを飲みほした。頬に赤みが戻ってきた。繰り返しスーリンにキスして、頬にシロップの甘さを残す。

「こうしていれば幸せ」レジーが言う。「たとえサンフランシスコがすっかり崩れ落ちても」スーリンの膝に頭をもたせ、笑顔で見あげる。

「地震のあいだずっと眠っていたけど、病院でなにを与えられていたの?」

「修道女がいろんなチンキ剤や強壮剤を調合してあたしに呑ませていたんだと思う」レジーは顔をしかめた。「なにを呑ませられていたのかわからない。あの場所のことは話すのやめない？　あんたはどうやってあたしが……あそこにいることを突きとめたの？　誰も会いに来てくれないと思ってた」最後のほうはしゃくりあげていた。

レジーの坊主頭を撫でながら、スーリンはどう話そうか言葉を選んだ。下手するとレジーが身を守るため必死に纏った脆い殻を砕いてしまいかねない。「あなたがどうして姿を消したのか、あたしにはわからなかった。なにも言わずにサンフランシスコをあとにしたんだと思った」

「そんなことするわけない」

その言葉でスーリンの固く閉ざした心がほどけた。疑いつづけた数週間が消えてなくなり、心に巣食ったわだかまりが解けていった。レジーと並んで横になると、衰弱した体に腕を回した。「あたしも愛してるわ」至福の沈黙ののち、スーリンはつづけた。「それから、あなたの友だちのジェマ・ガーランドがサンフランシスコにやって来たのよ」

レジーは起きあがった。「ジェマ？　サリーはいまこっちにいるのね？」

「ジェマもあたしも、あなたの失踪の陰にヘンリー・ソーントンがいると睨んだの。彼があなたを聖クリスティナに送りこんだことを突きとめた。ソーントンはなぜあなたを監禁したの？　あなた、なにをやったの？」

「あたしはなにもやってないよ、スーリン。彼が男を殺すのを見ただけ」レジーは目を閉じた。

二月十三日の夜だった。レジーはソーントンとディナーの約束をしていた。場所は彼のオフィスからほどちかいカフェ。つぎの日がバレンタインデーだから、スーリンとすごすのを楽しみにしていた。約束より早く店に着いたので、数ブロック先のソーントンのオフィスを訪ねてみることにした。

「最初のうちは彼のことが好きだった」レジーがスーリンに話す。「彼はおもしろいし物知りだし、話してて楽しかった。でも、あんたと出会って気持ちが移ったことに、彼は感づいたみたいだった」

彼のオフィスは二階建ての煉瓦造りの地味な建物だ。その日の当番のドアマンは巨漢のアイルランド人で、鼻はプロボクサーみたいに潰れていて、肩幅の広いこと、上着を突き破らんばかりだ。

「こんばんは、デズモンド」レジーが挨拶すると、彼はドアを開けてくれた。「ミスター・ソーントンはまだ仕事中だよね？」

「そうです、ミス・レイノルズ、こっちにいるときはいつだって遅くまで仕事してますよ。オフィスで人と会ってます。終業時間ぎりぎりにやって来てね」

「帰る時間なんじゃないの？　ミスター・ソーントンとあたしでドアに鍵かけて出るよ」

「いや、いや。訪問客が帰るまで残っているようミスター・ソーントンに言われましたから」

ソーントンのオフィスは一階の廊下の突き当たりだ。はじめてオフィスを訪れたとき、窓が路地に面しているのを見て、レジーは彼に言ったものだ。二階に移ったらいいのに、港の景色を楽しめるじゃない。すると彼はにやりとした。「トルコ絨毯をめくってみろ」レジーが言われたとおりにすると、床に埋め込まれた金庫が現れた。「事務員たちに百万ドルの景色を拝ませておいて、わたしはここで全財産を守っている」

オフィスのドアは閉まっていたが、話し声が聞こえた。一人は興奮して声をうわずらせている。もう一人は落ち着いたしゃべり方だ。ソーントン。そこで口にされた言葉に、レジーは足を止めた。〝パーク・アベニュー・ホテル火災〟

四年前、レジーはニューヨークにいたからよく憶えていた。二月の明け方の三時に、有名なホテルが松明（たいまつ）みたいに燃えあがった。灯りがつかず廊下は真っ暗だった。宿泊客は右往左往するばかりで、二十一人が亡くなった。

「いいか、ミスター・ソーントン」――男は金切り声をあげた――「ホテルの電気が故意に切られていたんだ。ホテルの金庫から現金と宿泊客が預けた貴重品が消えていた。盗んだ奴らが火をつけて混乱を生じさせた。金庫からひと財産盗んだばかりか、二十一人の命を奪ったんだ」

「ホテルの従業員が手引きしたんだろうな」ソーントンは退屈そうだ。「ミスター・ラングフォード、話し合いはここまでとさせてもらう。つぎの約束があるんでね」

「証人がいる。ホテルの支配人のオフィスから大きなスーツケースを抱えて男が出てくるのを見たという人がね。それに、宿泊客の一人が行方不明なままで……」

「その火災について詳しい話を聞かせてもらったし、保険会社がピンカートン探偵社に調査を依頼したこともわかった。だが、あんたがわたしに面会を求めた理由がわからない」

「だったら話してもらおうじゃないか。一九〇二年二月二十二日の明け方にどこにいたのか……」ピンカートン探偵社の探偵はピリピリしていた。それに若い。声から若いとわかる。

くぐもった悲鳴が聞こえた。レジーがドアを開けたそのとき、ヘンリー・ソーントンが探偵の胸からナイフを引き抜いた。レジーは声を呑み、踵を返して玄関へと逃げた。だが、ソーントンのひどく落ち着いた声が追いかけてきた。「彼女を逃がすな、デズ。わたしのオフィスに連れてこい」

抵抗したが無駄だった。逃がしてと懇願したが無駄だった。「いや、いや、それは無理な相談だ」ドアマンは鋼の手でレジーを捕まえて持ちあげ、廊下の奥へと運んでいった。

「ここで人に命令できるのは、ミスター・ソーントンだけだからな」

ソーントンに鼻と口を布で塞がれ、レジーは甘ったるくかすかに消毒薬っぽい臭いを吸いこむまいとした。クロロホルムだ。叫んだ。ドアマンに羽交い絞めにされながらも、必死に蹴ったが悪あがきだった。「彼女を押さえておけ、デズモンド」ソーントンの声が聞こえた。「五分もすれば静かになる。赤ん坊みたいに眠る」息を止めているのもそこまでだった。世界が闇に沈んだ。

気がつくとトルコ絨毯の上に横たわっていた。足を縛られ、両手は後ろ手に縛られていた。頭がズキズキ痛む。ひどい吐き気がした。こんなにひどい吐き気ははじめてだった。

「ええ、シスター・マーガレット」ソーントンが話している。「今夜、妹をそちらに連れていけるとありがたいんですがね。我慢の限界なんですよ。わたしに言い寄ってくるんだから始末におえない——ええ、ええ、一時間以内に」そこで電話を切る音がした。

レジーは薄目を開けた。デズモンドがおなじぐらいの背格好の中国人を連れて部屋に入ってきた。中国人は辮髪ではなく短髪で、白人が着る服を着ていた。フランネルのズボンに革のベスト。二人して探偵の死体を大きな帆布の袋に詰めた。ソーントンはデスクに向かって座り、見守っている。二人が袋の口を縛ると、ソーントンは立ちあがった。

「あすの明け方」彼は言い、中国人の開いた手に数枚の硬貨を載せた。「なにも訊くな」

「漁船で沖合まで行きますから」中国人が言う。「あとは海が片付けてくれますよ」

「きいたふうな口きくな、ダニー」ソーントンが声をあげて笑った。殺した男を足元に転がしておいて、よくも笑えるものだ。

　ダニーもくすくす笑った。「すいません、ボス。口がすぎました。従弟の漁船はあすの朝いちばんに出ます。従弟とおれとでうまく片付けますよ。金貨の一枚も握らせりゃ、サンフランシスコ市長だって海に沈める奴ですから」デズモンドが帆布の袋を担ぎ、二人して部屋を出ていった。

　レジーは堪えきれずに嘔吐した。ソーントンがゴミ箱を手にかたわらにしゃがみ、顔の下にゴミ箱をあてがい、吐ききるまで親切に支えてくれた。それから自分のハンカチでレジーの口元を拭った。

「あたしも殺すつもりなんでしょ？」レジーはしゃがれ声で言った。

「カフェで待っててくれればよかったのに、レジー。水を飲むか？　ソファーに横になってろ。デズモンドが戻るまでゆっくりしててくれ」

　ソーントンはめったに身の上話をしなかったし、したとしても断片的なものだった。ところがそのときの彼は饒舌（じょうぜつ）だった。中国から財宝を持ち帰って家を再興した祖父を崇拝していたこと。できそこないの父が一家の財産を食い潰して死んだこと。だが、贅沢の楽しさを教えてくれたのは父だった。

「ソーントンは彼の本名じゃないんだ」いま、スーリンの頭越しに遠くを見ながらレジーが言い、ジンジャエールをぐいっと呑んだ。「ソーントン名義で会社を興したのは、元手となったのが違法に手に入れた金だったから。家名を汚したくなかったんだ。パーク・アベニュー・ホテルの金庫から盗んだ金で銀鉱山を買ったと言っていた」

いつか美術品や骨董品を所有する富豪としてニューヨークに戻ったら本名を名乗り、貴族の娘を妻にする、と彼は得意そうに話した。彼の自慢話を聞けば聞くほど、レジーの恐怖は募っていった。彼が打ち明け話をするのは、レジーがけっして他言しないとわかっているから。

デズモンドが戻ると、レジーはふたたびクロロホルムで眠らされた。つぎに目が覚めたとき、目の前には不快げに口を引き結んだシスター・マーガレットの顔があった。

「彼は兄という触れ込みであたしを聖クリスティナに連れていった。あたしはひどい妄想を抱き、男なら誰とでも寝る女だって病院側に信じこませた」レジーは黙りこみ、顔をそらした。手が震えている。「あいつを殺してやりたい。人殺しの犯罪者で詐欺師のあいつを」

スーリンは頭を振った。「彼を殺すのはあとにしましょう。テイラー・ストリートの下宿屋に戻るのが先。倒壊してないといいけど。あなたを見つけたら下宿屋に連れていくって、ジェマに言ったの。彼女はあなたの部屋に住んでいたのよ」

「ミセス・ブラウニングは大喜びしただろうな」レジーは起きあがった。フェドーラ帽をかぶりなおして立ちあがり、伸びをした。「彼女はきれい好きだもの。根がファーム・ガールだからね。それで、あんたはどこでサリーと出会ったの？　ソーントンがあたしにしたことを、どうやって突きとめたの？」

「はじめて会ったときは、ジェマの名前も知らなかった。コウ爺とあたしとで彼女の荷物をテイラー・ストリートまで運んであげたの。それから、ソーントンが開くパーティーで再会した。二人ともあなたの知り合いだってことがわかったのは、ほんの二日前」スーリンは大きく息を吸いこんだ。これ以上隠しておくことはできない。「あなたの友だちはソーントンのいちばん新しい愛人なのよ。ソーントンは彼女を、サンフランシスコのオペラ界の花形に仕立ててあげるつもりだったの」

「彼女がソーントンと？」レジーの引き攣った顔から血の気が引いた。脚がガクッとなり両手が震える。「あの屋敷から彼女を連れださないと！」

「まあ、落ち着いて」スーリンが宥めすかす。「彼がどんな人間か、彼女は知っているわよ。あなたの失踪は彼が仕組んだものだってことも。彼女は屋敷を出るつもりよ。だからミセス・ブラウニングの下宿屋で落ち合うことにしたの」

「でも、彼が人殺しだってことまでは知らない！」レジーが声をうわずらせる。ヒステリーを起こす一歩手前だ。「スーリン、ソーントンの屋敷に行こう。彼女の無事を確かめないと！」

「レジー、お願いよ」スーリンは彼女の両手を摑んでキスした。「ソーントンにあなたの姿を見られたら、二人とも無事ではすまない。あなたは監禁されたままだと彼は思っている。殺人の証拠はなにもないと思っているのよ」

「見つかったってかまわない。かまうもんか」レジーは泣きだした。「サンフランシスコに着いた彼女を、あたしは迎えてやれなかった。あんたが来たくないなら、あたしひとりでも助けに行く」

スーリンはレジーを抱き寄せた。道理を説いても聞く耳持たないだろう。ジェマはいま、どこでどうしているのかわからない。レジーがソーントンの屋敷に行くのを阻止する強さがスーリンにはなかった。それに、レジーから離れるわけにはいかない。途中で動けなくなるかもしれない。大事なのはソーントンにレジーの姿を見せないことだ。

「しょうがないわね」スーリンはため息をついた。「一緒に屋敷に行きましょう。でも、ちかくまで行ったら、あたしが先に行ってソーントンとジェマがいるかどうか様子を見てくる。あたしが戻るまで待っていると約束して。ひとりで乗りこんだりしないって約束して。でも、その前に腹ごしらえをしましょう」

21

「もうすぐそこだから――」建物の壁から剝がれ落ち行く手を阻むコーニスの残骸を、アリスはまたぎ越した。ジェマもよろけながらついていく。耳鳴りがひどく、さんざん瓦礫を踏んだので足が痛い。カリフォルニア・ストリートをくだって何時間も歩いた気がする。〝わたし、なにしてるの？〟自分でもわからない。かたわらを埃まみれの二人がトランクを引き摺って歩いてゆく。〝スーリンとネリーはどうしているだろう。テイラー・ストリートで待っている約束をしたのに、わたしはなんでこんなところにいるの？〟地震の衝撃でなにも考えられず、アリスに命じられるまま行く先もわからずついて来た。

街を覆う不気味な静寂はつづいていたが、ひとりで大騒ぎする自分を恥じる気持ちは、歩いているうちに薄らいでいった。地震には慣れているはずのサンフランシスコ市民が、呆然自失の体でうろつきまわるか、恐慌を来しててんやわんやだ。慌てて着替えさせた子どもと、間に合わせの紐につないだ犬を引っ張ってがむしゃらに歩く母親。シーツにくるんだ荷物を脇に抱えて急ぎ足で通りすぎる男たち。通りはあちこちでひび割れ、家々は傾いてもたれあい、あるいは酔っ払いみたいにかろうじて立っている。

あたりには煙の臭いが立ちこめていた。青空は望むべくもない——下のほうのマーケット・ストリートから立ち昇る煙が陽射しを遮っているのだ。

「アリス、わたし、戻らないと。これ以上は——」だが、ジェマの抗議の声は「ミス・アトウッド！」の叫び声に掻き消された。アリスが走りだしたのでジェマもあとを追う。目の前に現れたのはカリフォルニア科学アカデミーのずんぐりした建物だった。アリスの埃まみれの助手二人が息を喘がせる。

「——博物館は鍵がしまってて——」アリスがエミリーと呼びかけた疲れきった様子のブルネットが声を絞りだす。「セスが探したけど、鍵を持ってる人が見つからなくて——」

「——玄関のドアは瓦礫に塞がれてます——」セスが言う。シャツにチョッキ姿の若い男で、目を血走らせている。

「——で、隙間から覗いてみたんです、ミス・イーストウッド、そしたら空が見えた。屋根がなくなってて、すっかり——」

「コマーシャル・ビルディングの六階の渡り廊下を使う手があるわよ」アリスが宥めるように言った。「科学部門とつながってるから——」怖がる子ガモを率いる親ガモだ。ジェマは建物の裏手、ジェシー・ストリート側にまわってみることにした。地響きがしてまた地震かと思った——が、煉瓦や漆喰が崩れ落ちる音ではなかった。燃え盛る炎の音だ。

煙の下から炎が見えた。深紅の炎がミッション・ストリートをツタのように這いのぼってくる。造幣局の屋根にホースを持つ男たちが煤で顔を真っ黒にして立ち、放水しているが、火勢はいっこうに衰えない。

ジェマは頭皮が縮むのを感じた。全身の神経が〝逃げろ！〟と叫んだ。

この場に不釣り合いなばりっとした背広姿のはげ男が走ってきたので、ジェマはその腕を摑んだ。アカデミーの周囲の混沌に男が呑みこまれる前に。「消防車はどこですか？」ジェマは尋ねた。頭にかかっていた靄が完全に晴れた。「消防士はどこ？　この街には最強の消防隊がいるはずじゃ――」

「地震で水道本管がやられた」男がきびきびと言った。「消防士がホースをつないでも水が出てこない」

「でも、造幣局の屋根に男たちがいて――」

「造幣局の建物の地下にアルトワ式井戸がある。それだけの設備を備えた建物はわずかだ」

「海で囲まれているのに、火を消す手段がないって言うんですか？」ジェマは声がうわずるのを抑えられなかった。「ほんの小さな設計上のミスとでも？」

「そういうことは市長に言いたまえ」男は腕を振りほどいた。「彼を掘りだせたらね。市庁舎は崩れ落ちた」

男はマーケット・ストリートへと足早に角を曲がった。ジェマは背中に呼びかけた。「待って――」そこにアリスが現れた。煤で汚れた顔で、真っ青なエミリーとセスを従えている。

「六階の渡り廊下は崩れ落ちていた」口調はあくまでも穏やかだ。「でもアカデミーの館長に出くわしたので、慌てふためく彼を落ち着かせて鍵をもらうことができた」

「ミス・イーストウッド、そうじゃないでしょ。彼から鍵を奪いとったくせに」と、エミリー。

アリスは手を振り、キーホルダーをジャラジャラいわせながら玄関へと急いだ。「逃げたほうがいいですよ」その背中にジェマは声をかけた。パニックが血管を駆け巡り、〝行け、行け、ここから逃げろ〟と叫んでいる。「ひとり残らず――」だが、アリスは瓦礫を蹴散らし、玄関の鍵穴に鍵を突っ込み、ドアに体当たりを食らわした。「アリス――」ジェマは怒鳴った。アリスは肩でドアを押し開けると、振り返ることなく博物館の中に消えた。

巨大な階段はひび割れ、大理石のかけらが床に飛び散っていた。さながら地上に堕ちた神々だ。材木と厚板と屋根板が転がっている――頭上に屋根はなく、ぎざぎざの穴から煙る空が覗いていた。角のある古生物マストドンの頭部が、酔っ払いみたいに壁にもたれている。「標本はどうなったの」エミリーが崩れ落ちた博物館を悲痛な目で見回し、つぶやいた。「少しでも救いだせるでしょうか？」

「見てみないことには」アリスは両手を腰に当てて崩れ落ちた階段を見あげた。

「アリス、死にに行くようなものです」ジェマは言った。玄関ホールを囲んで六階まで伸びている階段の踏板はほとんど割れ落ち、骨組みだけが残っていた。階段をのぼるのは無理だ。這ってものぼれない。

「ええ、でも、手摺りは頑丈よ」アリスはあくまでも冷静だ。「頑丈な青銅でできている。支柱と支柱の隙間を見てご覧なさい。女の足が入るぐらいの幅がある。手摺りの外側に添ってのぼっていけば――」

ジェマは金切り声をあげていた。「気はたしかなんですか？」

「人生をかけて集めた貴重な植物標本を燃やすなんてできない。この都市が不安定な地盤の上に建てられ、水道システムが不十分だったという理由で、科学界が損失を被るなんて断じて許されない」アリスはランチバッグをマストドンの角に掛けた。「セス、あなたの足はボート並みのでかさだから、支柱の隙間に足を突っ込むのは無理。おもてに出てあたしの研究室の窓を探して。エミリー、彼と一緒に行きなさい。二人は窓の下に待機してて。ジェマ――」

「ミス・イーストウッドに楯突いたって無駄」セスは言い、エミリーと一緒に出ていった。

「勝てっこないからね」

「ジェマ、あなたの助けが必要なの」アリスは階段の手摺りの外側に張りついた。ブーツを履いた足を支柱の隙間に押しこみ、一歩ずつのぼってゆく。「セスとエミリーを手伝って下で待機しててくれれば——」

「わたしは下宿屋に戻ります。頭のいかれた科学者の言うことなんて聞くもんですか。たかが植物標本のために命がけになる必要がどこにあるの」

「あたしたちが命がけで守ろうとしているのは、友だちとも言えるものなの」アリスは言葉を切った。手摺りを握る手の関節が白く浮きでている。「あなたと友だちになろうと務めた。あたしの人生そのものの標本を救う手助けをしてくれるんじゃないかと期待した。知識の世界にほんの少しだけど貢献できるものなんだから、命のひとつやふたつかける甲斐はある。スポットライトに照らされた舞台ほど煌びやかじゃないにしてもね。でも、考えてみたら、あなたが自分以外の誰かを助けるのを見たことがなかった。期待しすぎたあたしが馬鹿だったわ」

ジェマの顔から血が引いてゆく。

アリスはのぼってゆく先に視線を向けた。ジェマのことなど忘れたのだろう。「研究室を六階にしないでくれって、もっと強く働きかければよかった」誰にともなく話しかけ、階段の手摺りをのぼってゆく。

〝友だちは裏切る〟そう自分に言い聞かせたことをジェマは思い出した。テイラー・ストリートの下宿屋に着いて、隣人たちと距離を置こうと決めたときだ。〝女が頼りにできるのは自分だけ〟

だが、気がつくと青銅の手摺りを握って体を持ちあげ、支柱の隙間に足を押しこんでいた。

「あなたまで来ることないのよ」アリスが言う。「エミリーとセスを手伝ってやって——」

「あなたに転がり落ちられたら困るもの」ジェマは言った。口の中が乾いている。「あなたが無事に下までおりるのを見届ける人間が必要でしょ」スカートを翻して最初の一歩を踏みだした。


ジェマは歌いながらのぼり、四階まで辿りついた。下は見ない。見たら最後動けなくなるだろう。上も見ない。先はまだ長いとわかったら、やっぱり動けなくなるだろう。青銅の手摺りを握る手が汗で滑りやすくなっていることも、支柱の隙間に足を突っ込むたび攣りそうになることも考えないようにした——考えたら息が止まる。呼吸を維持するには歌うのがいちばんだから小声で歌った。

「ベートーヴェン？」数段高いところからアリスが尋ねた。「オペラ『フィデリオ』の囚人の合唱？」

「ヴェルディ」ジェマは足をあげながら言った。「『レクイエム』。ソプラノのソロパートを練習したけど、舞台で歌ったことはありません。リベラ・メ・ドーミナ・デ・モルテ・アテルナ――」

「モーツァルトの『レクイエム』ならコンサートで聴いた。でもヴェルディのを聴くのははじめてよ」

足元で瓦礫のかけらがずれ、階段から転がり落ちた。ジェマはかけらが床にぶつかるまで何秒かかるか数えずにいられなかった。だいぶかかった。唾を呑みこみ、歌いつづける。ソプラノの最終楽章を中音域で歌う。「イン・ディ・エ・イッラ・トレメンタ・クワント・チェリ・モヴェンティ・スント・エテラ――」

「それは『レクイエム』のどの部分？」

「終盤のソプラノの祈り、爆発のあと、Bフラットでクライマックスを迎えるところです。その声は高く羽ばたく」ジェマは思いきって片手を手摺りから離してスカートで拭った。汗が袖の中で腕を伝い、ブラウスの下で背中を流れ、ペチコートの中で脚を伝い落ちる。「ソプラノは最終楽章のあいだずっと、死ぬな、と叫び、救いを求め、そしていま慈悲を乞うんです。主よ、永遠の死からわたしをお救いください、あの震慄の日に、そのとき天が動く、そして地も――」

「まさにいまにぴったりの歌詞」アリスは足を滑らせてのけぞり、間一髪、手摺りにしがみついた。ジェマは手を伸ばし、アリスが手摺りをちゃんと握るまで手を押さえた。アリスが落ちたらジェマも巻き添えを食う。もろともに回転しながら落ちて大理石の床に激突する——。

だが、アリスは手首の血管が浮きでるぐらい強く手摺りを握り、足がかりを摑んだ。「歌いつづけて、ジェマ」植物採集の旅に出てケシの花を摘んでいるような落ち着きぶりだ。「歌いつづけてちょうだい」

最後の歌詞しか思い出せないので、何度も繰り返した。「リベラ・メ・ドーミナ・デ・モルテ・アテルナ・イン・ディ・エ・イッラ・トレメンタ・クワント・チェリ・モヴェンティ・スント・エテラ。リベル・メ。リベル・メ」

〝お救いください〟小声で歌いながら、ひたすらのぼりつづけた。〝お救いください。お救いください〟

ついに階段がなくなり、息がつづかなくなった。アリスが手摺りを乗り越え、六階の踊り場にくずおれた。ジェマも手摺りを乗り越え、アリスの脚の上に倒れこんだ。嗚咽がこみあげる。アリスの手がジェマの肩までおりてきた。その手をジェマはぎゅっと握った。息を喘がせ、たがいの手を命そのもののように握りしめた。アリスが最後に強く握って手を離した。

「さあ、行くわよ。あとひと仕事残ってるんだから」

「ゆっくりね……慌てないで……ロープを少しずつ繰りだして、コーニスの残骸に引っかかったら大変だから――」

「イカレた植物学者からわたしをお救いください」ジェマはつぶやき、歯を食いしばって腕に巻きつけたロープを繰りだした。ちゃんとしたロープではない。紙を束ねる紐と糸の束と洗濯ロープをつないだものだ。アリスは壊れたケースから植物標本をバスケットに詰めながら、ジェマに即席のロープを作るよう命じたのだった。そしていま、ロープを結びつけたバスケットを、下で待つセスとエミリーのもとへおろしている。

「あと少し！」遠くから声が聞こえる。六階下からだ。アリスの研究室を覗くのははじめてだったが、そこはまるで『さまよえるオランダ人』に出てくる幽霊船みたいな様相を呈していた。標本ケースのガラス扉は粉々になり、真鍮のおもりと植物栽培用ガラス容器とにかわの壺が棚から落ちてあちこちに転がっている。だが、アリスは見るからに上機嫌で、丈夫な紙に貼った平らな標本の山のあいだを飛びまわっていた。

「あたしがなぜ希少な植物を分類しているのか、うまく言葉で言い表せないんだけど、でも、ここにこうしてきちんと選り分けられている」アリスがべつの箱を取りだすあいだ、下ではセスとエミリーが地面に着いたバスケットの中身を必死に取りだしていた。「ハークネスの菌類のケースから、アルファベットで表記されてる封筒を取りだしてちょうだい」

「これぐらいにして、出ましょうよ」ジェマは心臓をバクバクさせながら言った。即席のリフトで標本を何度おろしたことだろう。博物館の屋根に空いた穴から入ってくる煙の臭いはきつさを増し、喉がひりひりしていた。それに、燃え盛る炎の音は、研究室でたてる音を凌駕していた。「これから下までおりなきゃならないんですよ。階段はいまはまだ持ち堪えているけど、いつ何時――」

「あともう一回だけ」アリスは猛然と手を動かしていた。細心の注意を払って紙に貼った希少なランの標本。金色の花をつける新たな変種で、いちばん好きな花だとジェマに話した……「あと一回」

「アリス――」

「もう一回だけ」ブラジルのふたつの川の合流地点で採ってきた蔓植物の標本。マダガスカルの希少なサラセニア類。「あと一回――」

アリスの首からさがるツァイスのレンズを、ジェマが摑んでぐいっと引っ張り、顔と顔をちかづけた。「アリス、いいかげんにして。ここで死んでもいいんですか」

アリスはジェマの肩越しにデスクを見ている。書類やメモや科学雑誌が山積みだ。「あたしの仕事」やみくもな一徹さがその声から消え失せた。にわかに気弱になる。「あたしの仕事」

「百まで生きましょうよ」と、ジェマ。「この先何十年も仕事をして名をあげればいい」

ジェマはアリス・イーストウッドを引っ張って階段へと向かった。火の手はすぐそこまで迫っている。

くだりは速かった――ジェマが抱いていた恐怖が燃えつきていたせいだろう。先をおりるアリスはぶつぶつ言いつづけた。「カリフォルニア沿岸の島々で採取したトラスク・コレクションをひとつも持ち出せなかった、もっと手早くやっていれば――」

「引き返したりしませんよ」ジェマも言いつづけた。

「貴重な標本――サン・ニコラス島の原住民たちの生き残りが編んだ採水器、あれを失うなんてこと――」

「なにを言っても無駄です。足を止めないで」階段から転がり落ちないのが不思議だった。ジェマの腕は悲鳴をあげているし、手はまた汗でヌルヌルだ。アリスは十五も年上だからもっと堪えているはず。でも、なんとか階段を伝っておりきり、大理石の床に足をついた。アリスを急かしておもてに出る。二度と階段のある家には住まない、とジェマは誓った。住むなら平屋にかぎる。階段ののぼりおりなんてまっぴら。

オクタゴン・ハウスにはむろん階段があるし、つぎに行くべきなのはそこだ。

「たったこれだけ？」玄関の外で博物館とアカデミーの職員たちに囲まれ、アリスが叫んだ。「あたしたちが必死に救いだしたのが、たったこれだけなの？」

顔が煤で真っ黒なエミリーが、せっせと目録を作成していた。「アカデミーの記録によれば、ババ・カリフォルニアの昆虫、ヘビの液浸標本二本――」

「ヘビの液浸標本?」ジェマはつい口に出した。「どうしてそんなものを救いだしたの?」

「――鳥の図解ひと組と爬虫類の図解ひと組」エミリーが読みあげる。

「グアダループプウミツバメ二体」セスは鳥の剝製を両脇に抱えている。「それに、千を超える植物標本もね、ミス・イーストウッド」アリスが六階からおろした標本を詰めた箱に目をやる。「千五百に届くかな、たぶん」

「充分じゃない!」そう言って引き返そうとするアリスを、ジェマは腕を摑んで止めた。

博物館の裏手のフーラー・ペイントの工場は火に包まれ、火の粉が意地悪なホタルみたいに飛びまわっている。マーケット・ストリートの向かいの銀行の前には長い行列ができていた。すべてが灰になる前に預金を引き出そうと、みんな必死な形相だ。軍隊が非常線を張っている。〝ジョージ〟、ジェマは不意にパニックに襲われた。マーケット・ストリートの南に部屋を借りている、とジョージは言っていた。〝彼は無事なの?　いまどこにいるの?〟

「安全な場所に持っていけなきゃ、救った意味がない」エミリーが声を張りあげた。兵士の叫び声、煉瓦が崩れ落ちる轟音、燃え盛る炎の音。うろたえる人びと。誰かが手を振って通りかかった配達用馬車を止め、みんなで標本や書類をそれに積み込んだ。行きがかり上ジェマも手伝わないわけにいかず、ただでさえ疲れた腕が痛みに悲鳴をあげた。悲鳴をあげたいのはわたしのほうよ、とジェマは思った。さっさとノブ・ヒルに戻りたいのに、アリスを置いていくわけにはいかない。アリスの瞳に舞い踊る火の粉が映りこんでいる。標本をもうひとつ、植物をもう一本、命がけで集めてきたものを救いだしたいという思いに駆られ、アリスが引き返さないという保証はなかった。爬虫類の図解を取ってくるのに封鎖した建物内に戻ることはできません、と説得する兵士は、アリスのひと睨みで後じさる。まるで鎌首をもたげるニシキヘビに睨まれたカエルだ。

「これ全部テイラー・ストリートの下宿屋に運んで」博物館の標本の安全な保管場所についての議論に、ジェマはそう言って終止符を打った。学者ってのは、危機的状況でも議論を打ち切れないの？　そうらしい。「文句があるならあとでべつの場所に移せばいい。とりあえずここより高い場所に移さないと。テイラー・ストリートとワシントン・ストリートの角だから、よろしく」ジェマは御者に言い、隣に座った。ノブ・ヒルまで火の手が届くのはずっと先だろう。

「三ドル」つづいて乗ったアリスに御者が言う。

「それじゃぼったくりじゃないの」アリスが叫ぶ。

御者は薄ら笑いを浮かべる。「三ドル」

アリスが一ドル銀貨数枚を投げつけると、馬車は動きだした。セスとエミリーは荷台に乗った。残りの人たちは安全な場所を求めて散っていった。〝安全な場所なんてあるの？〟

ジェマは思った。渦巻く黒煙が空全体を覆っていた。

「テイラー・ストリートに着いても、あなたのクソ忌々しい標本をおろす手伝いはできないから」ジェマはアリスに言った。配達馬車は石畳の坂で苦戦を強いられていた。「オクタゴン・ハウスに戻らないと――」

「言葉に気をつけてちょうだい」アリスが言った。大理石の粉で髪は白くなり、膝にはウミツバメの剝製を抱いている。「クソ忌々しいだなんて失礼な、科学の発展に寄与する貴重な標本に向かって――」

「アリス、わたしはけさ、あなたとあなたの植物標本のためにこの身を危険に曝(さら)したのよ、だから、いちいち揚げ足とらないで」ジェマは言い、顔に落ちてくる髪をピンで留めなおした。「荷物を取りにオクタゴン・ハウスに戻らないといけないの」そのあとはテイラー・ストリートの下宿屋でスーリンとネリーからの連絡を待つ――それにジョージの消息を摑む。

「ミスター・ソーントンと縁を切るってこと？」

アリスはふだんこんな不躾な物言いをする人ではなかったはずだが、大変な思いをしたばかりだから気がまわらないのだろう。「彼はわたしの親友を精神科病院に放りこんだんです」ジェマは応えた。冷静な自分に驚く。

アリスはあっけにとられる。セスとエミリーは目をそらし、ウミツバメの剝製に気を取られているふりをした。「なんてこと」アリスがつぶやく。配達馬車はワシントン・ストリートへと折れた。「そんな男の家に戻るなんて危険じゃないの。彼の目につかないよう身を隠しているのが得策なんじゃない。着替えが必要なら――」

「戻るのは鳥のためです」思わず涙ぐんでいた。堪えてきたものが噴き出した感じだ。神経を張りつめてきたし、疲れているし、神経がピリピリしているし、地震と火災で目も当てられない惨状だ。「あなたはライフワークの標本を救おうと危険に飛びこんでいったでしょ、アリス？　わたしは自分の鳥のためにそうするんです。けさ、彼をオクタゴン・ハウスから連れて出る気になれなかった。どこへ行けば安全なのかわからなかったから。でも、彼をテイラー・ストリートに連れ帰るためなら、ヘンリー・ソーントンの死体を踏み越えることだって厭わない」

自分のものだと胸を張れるものがほかにある？　クロゼットにいっぱいのドレスは自分のものではない。後援者で愛人だった人はもう信じられない。親友は精神科病院に入れられ、安否もわからない。自分のものだと主張できるのは、メトロポリタン・オペラと交わした契約だけだ。巡業団に合流しなければ契約は自然消滅するだろうが、哀れな鳥はジェマなしでは生きられない。これまでいろんな人を失望させてきたけれど、トスカニーニをヘンリー・ソーントンの家に置き去りにできない。そんなことをすれば火事で焼け死ぬか、新しい愛人に部屋を使わせるからジェマの物は始末しろ、とソーントンに命じられた従者に首をへし折られるかだ。「鳥を置き去りになんてできない」ジェマは語気を強めた。「できるもんですか。だから、オクタゴン・ハウスに戻る」

「あたしも行くわ」アリスが言った。配達馬車はテイラー・ストリートに入ったところだった。「月下美人を救いださなきゃ」

22

スーリンの全身の骨が、ソーントンの屋敷に戻るなと警告を発していた。だが、レジーは、最後の力を振り絞ってハイド・ストリート目指しノブ・ヒルを登ってゆく。ジェマ・ガーランドのために。ジェマのためなら、ヘンリー・ソーントンに立ち向かう覚悟だ。スーリンはおもしろくなかったが、嫉妬する理由がないと自分に言い聞かせた。レジーの烈火のごとき忠誠心と勇気を愛したんじゃないの?

時間の感覚をとっくに失っていた。どれぐらいの時間歩いたのかわからない。いつもなら三十分ほどの距離だ。だが、通行止めの通りがあったり、瓦礫で行く手を塞がれたりで思いのほか手間取った。回り道をしたうえ、割れた敷石や割れたガラス、裂けた材木をよけて歩くので時間がかかった。レジーのおかしな恰好が目立つことはなかった。たいていの人が、揺れを感じるとそこいらにある服を羽織って家から飛びだしてきていた。

通りには、家から持ち出したコンロで料理する女たちがいた。小さな女の子の手を握っている。男たちは残りの家族を家の外に連れだすのに懸命だ。通りの角々に人が立ち、破壊された都市の惨状を眺めている。火の手は広がりつつあった。東の方角に立ち昇る煙からそれがわかった。遠くで響く轟音は、防火帯を作るためのダイナマイトの爆発音だ。

赤ん坊を抱く女に乞われて、スーリンは残っていた食べ物を与えた。パンの残り、ソーダ水ひと瓶、オレンジ二個。「神のご加護あらんことを。あんたは異教徒の中国人だけどさ」女が言った。「さすがによその家に盗みに入るわけにはいかないもの。兵士に見つかったら撃ち殺される。自分の家に入ろうとした人が撃たれたって話よ」

レジーは灌木(かんぼく)に引っかかっているスカーフを手に取った。フェドーラ帽をスーリンに返し、スカーフを頭に被った。「あたしの髪型、斬新すぎるよね。精神科病院から出てきたってすぐにばれる」

スーリンの気持ちをほぐそうとレジーは冗談を口にした。どちらも相手のためを思って平静を装っている。いまここで気持ちが挫けたら先に進めなくなるからだ。

そしていま、スーリンはありとあらゆる神に祈りを捧げた。どうかオクタゴン・ハウスに誰もいませんように。せめて家の主が不在でありますように。ジェマは居残っていて、三人で安全な下宿屋に戻れますように。ときおり立ちどまり、南や東の方角に目をやる。煙が立ち昇るあたりにチャイナタウンはある。スーリンの家が、洗濯屋が、パレス・オブ・エンドレス・ジョイがある。

「スーリン！　スーリン！」聞き慣れた声がして振り返った。

「待って、レジー、待って」スーリンは大声を出した。「おばさんがここに」そこで中国語に切り替えた。「ああ、おばさん、無事でよかった」西洋風のアンサンブル姿のマダム・ニンは優雅そのものだった。モスグリーンのジャガード織のジャケットとスカート、灰色がかったピンクのバラ飾りのベール付き帽子。片手にグリーンの革のバッグを持ち、小さな革の旅行鞄を斜め掛けしている。

「スーリン」マダム・ニンはスーリンを抱きしめた。「あんたの叔父さんが探しに来てね。あんたが逃げだしたって。あたしは心配しなかった。でも、うちの子たちがパーティーから戻って、あんたは現れなかったって言うもんだから。人を探しにやったんだけどね」

「おばさん、チャイナタウンはどうなってるの？　洗濯屋は？　パレス・オブ・エンドレス・ジョイは？」

「まだ持ち堪えてる。でも、時間の問題」マダム・ニンは頭を振る。「警察と軍隊が立ち退きを迫ってね。建物のいくつかをダイナマイトで吹っ飛ばして、火事が広がるのを食い止めようって魂胆さ。たかがチャイナタウンだもんね」

〝たかがチャイナタウン〟マダム・ニンの口調から苦々しさが伝わった。

思いがけず嗚咽がこみあげた。両親が亡くなってから、チャイナタウンはスーリンにとって、詮索好きの隣人たちと未来を阻む障害物だらけの狭い世界だった。でも、安全に歩きまわれる場所がほかにあるだろうか？　そこで出くわすのはスーリンを赤ん坊のころから知っている人たちだ。通りで営まれる日々の暮らしの匂いが風に乗って漂い、寺の境内から線香の匂いが流れてきて、レストランは食用油を火にかけて仕込みに忙しく、つんとくる芳香で漢方薬局だとわかる。チャイナタウンの通りのことは、自分の体とおなじぐらい知り尽くしている。

「女の子たちはどうしたの、おばさん？　どこへ向かったの？」

「オークランド。そっちに逃げろと言っておいた。男二人を付き添わせてフェリーに乗せたのよ。友だちがやってるハウス・オブ・ピアレス・ビューティって店があるからね。あたしはソーントンの屋敷に行くところ。それからロシアン・ヒルのマイケル・クラークソンの家を覗いてみる」

「スーリン、いま、ソーントンの名前が出たよね？」口を挟んだのはレジーだった。

「こりゃ驚いた」と、マダム・ニン。帽子のベールをあげて、だらしない恰好の女をしげしげと眺めた。不格好なインディゴブルーのドレス、頭に巻いているのはそれとは不釣り合いな鮮やかなブルーのスカーフ。「あんたのあのレジー・レイノルズなの？　いったいなにがあったの？」

スーリンが手短に事情を話すと、マダム・ニンの口がへの字になった。「あの男の噂は耳に入ってた。レジーを彼の屋敷に連れてっちゃならない。なにをされるかわかったもんじゃないからね」

「この人、友だちのオペラ歌手の無事を確かめるって聞かないの。ソーントンと鉢合わせしたら大変なことになるっていくら言っても聞く耳持たない。それにしても、おばさんはどうしてソーントンの屋敷に行くの？」

「彼に貸しがあるんでね。ゆうべ、あいつったら女の子たちに報酬を払うのを拒んだのさ。あんたかあたし以外の人間に現金を渡すわけにはいかないって。店を立て直すのに金はいくらあっても足りないからね。あんた、金が必要なんじゃないの？」そう言って旅行鞄を叩いた。

スーリンは頭を振った。「貯めたお金はすべて持ってきたから大丈夫よ」

「そろそろ行かないと、スーリン」レジーが急かす。

「一緒に行きましょう」マダム・ニンが言った。「彼がいるかもしれないから、そのときは一緒に立ち向かおう」

屋敷の玄関にロールスロイスは駐まっておらず、スーリンはほっとした。門柱の片方が崩れ落ち、忍び返しのある鉄柵も一緒に倒れていた。外から見るかぎりでは、たいした被害は受けていないようだ。マダム・ニンは玄関に向かった。ドアには鍵がかかり、内部は静まり返り、ベルを鳴らしても応対に出てくる者はいない。

「誰もいない」スーリンはレジーが待つ通りの角へ引き返した。「もぬけの殻。ここにいてもしょうがないわよ」

　レジーは肩をすくめ、それから頭を振った。「通用口から入れるかも」レジーは先頭に立って通用口に向かった。厨房に通じるドアは開けっ放しだ。厨房に人気(ひとけ)はなく、隅で動きがあり三人は肝を潰した。男がうめきながら転がる。

「リトル・フォン」スーリンは声をかけた。「大丈夫なの？」

　コック見習いのリトル・フォンは立ちあがってあたりを見回した。かたわらに転がる鋳鉄のフライパンを指さす。「こいつが頭に当たった」

　ミセス・マクニールと執事は使用人たちに後片付けを命じたが、ほとんどが逃げだした。屋内に留まるのを拒否する者、べつの場所に住む家族の無事を確かめようと飛びだす者。最後の余震で、家政婦と執事を含め残っていた者たちも逃げだした。リトル・フォンは失敬した食べ物を抱えてドアに向かう途中、建物が揺れフライパンが頭に落ちてきて気を失った。

「うちに戻っちゃだめよ、リトル・フォン」スーリンは言った。「チャイナタウンはじきに全焼する。どこかよそに友だちや親戚はいないの？」

「オークランドにいる。オークランドにもチャイナタウンがあるからね」ためらうことなく言う。「だけど、あんたはなぜここにいるの、ヤング・ミス？」そこで厨房の椅子に腰かける貫禄たっぷりのマダム・ニンに気づき、目を真ん丸にした。ちぐはぐな服に汚れたスカーフをかぶるレジーを見て、目がさらに丸くなった。

レジーは低温貯蔵室に入り、ミート・パイを持って出てきた。彼女がそれを食べているあいだ、スーリンとマダム・ニンはリトル・フォンに現状を告げた。チャイナタウンが燃えていると知り、彼は涙を流した。スーリンが語るソーントンの悪行には頭を振る。「良くない連中と関わりがあるって噂は聞いてたから、べつに驚かないけどね。不正な取引をやらなきゃ、サンフランシスコで大金持ちにはなれないもの。だけど人殺しとなると。それに、完全に正気な人間を厄介払いするなんて」

「ミスター・ソーントンがどこへ行ったかわかる？」スーリンは尋ねた。「いつごろ戻ってくるかな」

「コックの話じゃ、自分の金を救いだすためダウンタウンに行ったって」と、リトル・フォン。「彼の新しい愛人、ブロンドの歌手も、彼が出ていったすぐあとに姿を消した」

マダム・ニンが立ちあがった。「スーリン、ソーントンが戻る頃合いを見計らってここから出なさい。あたしはクラークソンの自宅を訪ねる。ソーントンがレジーに因果を含めてここに戻るつもり。あんたたちはそれまでここにいたらだめよ。港を渡ってオークランドに逃げなさい」

「でも、クラークソンは家にいないかもしれないじゃない、おばさん。警官も消防士もいまはてんてこ舞いのはず」

「彼が家にいなかったら、置き手紙を残しておく。あんたが代わりに書いて」マダム・ニンはバッグからノートとペンを取りだしてスーリンに渡し、短い伝言を伝えた。「なにがあろうと、ここに戻って金を受けとらないと」そう言ってノートとペンをバッグにしまった。「オークランドに行きなさい、いいわね」スーリンをぎゅっと抱きしめると帽子とベールを直して去っていった。

スーリンは通用口に立ち、マダム・ニンの後ろ姿を見送った。まるでこれからガーデン・パーティーに出掛けるみたいだ。

レジーが腕に触れた。「あんたのおばさんなら大丈夫。どんな自然災害も生き延びるよ」

リトル・フォンも袋を肩に掛け、通用口から出ていった。「ヤング・ミス、ボスが戻る前にここを出たほうがいい」

「あたしなら大丈夫。無事でいてね、リトル・フォン。コウ爺と出会ったら面倒をみてやって。心細い思いをしてるだろうから」コウ爺には申し訳ないことをした。最後に配達にまわったとき、つっけんどんな態度をとってしまった。

「彼とは同郷だからね。兄弟みたいなもん。心配いらないよ」

レジーがスカートで手を拭った。「お腹が膨れたら気分がよくなった。上にいって、ジエマが荷物を持って出たかどうか確認しよう。もし持って出ていたら戻ってこないだろうから、あたしたちは下宿屋に戻れる」

使用人専用の階段と廊下を使って一階に出た。ざっと見てまわったところ誰もいなかった。スーリンが階段をのぼろうとすると、レジーが止めた。

「上の階を見てまわることないよ。ジェマは戻ってくる」

「どうしてわかるの？」

「鳥がまだここにいるもの」レジーは螺旋階段の上を指さした。いきり立ったさえずりが聞こえ、いったんやんだかと思ったらまたはじまった。「置き去りにしたんじゃない。迎えに戻るつもりなのよ」

「だったらここで待ちましょう。でも、長くはいられない。ソーントンがいつ戻るかわからない」スーリンはガラスの破片を蹴った。ガラスや磁器の破片を片付けようとした形跡が残っていた。大理石の床にはシャンデリアの真鍮の枠が転がり、かたわらに塵取り（ちりとり）が転がっていた。温室を覗いてみた。割れたガラスが散乱してひどいことになっていると思ったら、割れ落ちたガラスはほんの数枚だった。

玄関のほうから声がして、鍵を差しこむ音がした。スーリンとレジーは使用人専用廊下に隠れた。スーリンは固唾を呑む。ソーントンが帰ってきたのだとしたら？　〝ジェマでありますように、みんなでここから出られますように〟

ドアが開いた。ジェマだった。アリス・イーストウッドも一緒だ。

「サリー！」レジーは飛びだしてゆき、二人はしっかと抱き合った。

「ああ、よかった」ジェマは涙声だ。「無事だったのね、よかった。まあ、あなたったら、こんなに痩せて」

「自分はどうなのよ。スカートが裂けてる。お洒落な女も形無しだ、サル」

「すっかり話して聞かせて！　スーリンは精神科病院であんたを見つけたの？」

「あたしを見つけて引き摺りだした。雌ライオンみたいに勇敢だった。それより、あんたとソーントンはどうなってるの？　あたしたち、おなじ男と寝たなんて言わないでよ、ファーム・ガール……」

　笑ったりハグしたり、早口でまくしたてたり。どちらも歓びと安堵で涙ぐんでいる。たがいにかけがえのない存在なのは見ればわかる。嫉妬に身悶えする自分を、スーリンは戒めた。むろんレジーがジェマに抱く感情は、スーリンに抱く感情とは別物だ。二人はかつてのルームメイトで十年以上の付き合いだ。相手の欠点まで知り尽くしているし、身の上話をし合った仲だ。たがいをよく理解し合っている。ジェマは鳥を置き去りにしないとレジーは断言したし、レジーが母親の指輪を与えたのだから、相手を心から愛しているにちがいないとジェマはためらうことなく言った。

　ジェマとアリスに事の次第を説明するレジーを見ながら、スーリンは思った。〝案ずることはない。これからレジーと十年の歳月をすごすうちに、欠点も癖も含めてなんでも分かり合えるだろう。そうやってあたしたちの歴史を作っていくのだ〟

「まあ、なんてこと」レジーの話を聞いているうちに、アリスが叫んだ。「ピンカートンの探偵が行方不明だって記事が新聞に載ってた！　ソーントンが殺したのね？」

「ここを出ないと」スーリンはきっぱりと言った。「ソーントンが戻る前に」

「上に行ってくる」と、ジェマ。「トスカニーニとバッグを取りに戻っただけだから。かわいそうな子」

「あたしも行く」レジーが言った。階段をのぼる二人は、またもや弾丸トークをはじめた。

アリスは温室をじっと見つめていた。「あの男が殺人者だとわかったら、彼の植物を盗むことに疚しさを感じなくなったわ。すぐに戻る」そう言うと温室のドアの向こうに消えた。

スーリンはため息をついた。「ここにいたら危険だって、どうして誰もわかってくれないのよ」

レジーが覆いをした鳥籠を手に階段を駆けおりてきた。「スーリン、トスカニーニをおもてに出しておいて。それから、あんたの帆布の袋を貸して。必要なんだ。あと少しだから。心配いらない。ソーントンの上に壁が崩れ落ちていることを願おう」

スーリンはまたため息をつき、鳥籠を持って出てベランダのそばの芝生に置いた。そこで凍りつく。見覚えのある自動車がハイド・ストリートをのぼってくる。玄関に走りこんでドアの鍵をかけた。上階に声をかける。「レジー！　ジェマ！　急いで！　彼が戻ってきた！」

　返事が響きわたる。

　レジーとジェマははたして間に合うの？　彼が戻る前に、使用人用の廊下を使って外に出られる？　それに、アリス。アリスはどこ？　温室に行くって言ったけどやけに遅いじゃないの。鍵を差しこむ音がして、玄関のドアが開きソーントンが入ってきた。顔も背広も煤で汚れ、シャツの片方の袖口が千切れて垂れさがっていた。シャツの前が開き胸が覗いている。大理石の床に泥の足跡がついた。上着を脱いで椅子に放る。

　スーリンに気づいてほほえんだ。たしかに笑っている。「リトル・スージー。マダム・ニンの代わりに金を取りに来たのか？　ゆうべ、きみがいなかったので現金を渡せなかった。ちょっと待っててくれたまえ。書斎から金を取ってくる」

「いいえ、その必要はありません」スーリンは言った。必死に考える。彼をいま上に行かせることはできない。「あたしはお伝えにきただけです……マダム・ニンがあとからお金を取りに来ることを」

「だが、それまで待っていられない。この屋敷がそれまで持ち堪える保証はない。いま払う。ここで待っていなさい」彼は階段を一段飛ばしにのぼっていった。鼻歌を歌っている。まるで大地震などなかったように。二階の大理石の床を踏む音がして、そこで足音が途絶えた。分厚い絨毯が敷かれた書斎に入ったのだ。

スーリンが螺旋階段を見あげると、手摺りから身を乗り出すレジーの姿が見えた。スーリンが使用人専用階段を指さすと、レジーは頭を振った。片手の指をもう一方の掌に押しあてて回す。

使用人専用階段に通じるドアに鍵がかかっていると、手振りで示したのだ。

〝だったらいますぐおりてきて〟スーリンは手振りで伝えようと必死になった。心臓が口から飛びだしそうだ。すぐさまジェマとレジーが足音を忍ばせて螺旋階段をおりてきた。

ソーントンの書斎のある二階を通過する。

「使用人が姿を消した」ソーントンの声が響きわたった。「ミス・ガーランドを見なかったかね？」彼の足音が大理石の床に響く。ジェマとレジーはそれより下にいたが、遅かった。

「やあ、ジェマ」彼が二人を見おろして言った。まるでアフタヌーン・ティーにやって来た彼女を迎えるような楽しげな声だ。女二人は竦みあがった。「レジーもいるのか。予期せぬ歓び、だな」

23

束の間、全員が突っ立って見つめ合っていた。ジェマは鼓動が徐々にゆっくりになるのを感じた。ソーントンが悠然と残り数段をおりてくる。細めた目でジェマとネリーを交互に見つめる。ジェマのかたわらでネリーは体を強張らせ、震えだした。帆布の洗濯袋をしっかり抱えたまま。玄関ホールの真ん中に立つスーリンは、まるで蠟人形だ。

五階上の丸屋根が不意に崩落し、ジェマの背後の大理石の床に当たって砕け散った。スーリンが二人のほうに動いて、ネリーの横に立つ。ジェマは咄嗟にネリーを背後に隠そうとした――むろん後の祭りだ。彼はネリーに気づいた。いま彼は、時計の鎖に付けた白い翡翠のチャームを玩びながら、ネリーだけを見つめている。「さて」彼が言う。「これからどうする?」

ジェマは叫びたかった。ここにいたのはほんの十五分だ。あと五分あればみんなで逃げだせ……口を開きかけたものの、裏切られたという思いや激しい怒りや恐怖が一気に押し寄せてきて、喉に絡む言葉をずたずたにした。博物館で六階まで階段をのぼるあいだ歌いつづけられたのに、いまはただのひと言も口から押しだせない。真夜中の舞踏会で着ていた夜会服のまま煉瓦の粉や煤を纏う彼の姿が、ジェマを石に変えた。〝きのうまであなたを信用していた——好きだった——愛してさえいたのに……〟

スーリンが先に声をあげた。「どうかあたしたちにかまわないで。お金はいらないから——逃がしてちょうだい」

「きみだけならそうしただろう、スージー」彼の視線はネリーに向けられたままだ。頭の中でいい案をひねくりだそうとするような、よそよそしい表情だ。

「彼女の名前はスーリンだよ」ネリーがうなるように言った。「スーリン」

「おまえはここでなにしてるんだ？　どうやってここに——まあいい」ソーントンは言葉を切り、ようやく視線をジェマに向けた。「きみのために戻ってきた」

「お金のためでしょ」ジェマはなんとか言葉を押しだした。アリス。一瞬、頭をよぎった——〝アリスはどこ？〟「火の手がノブ・ヒルまで達するとあなたは見越した。戻ってきたのはお金とチャイニーズ・ルームの略奪品のため」

「まあな——」彼が悲しげな笑みを浮かべる。肉のない平凡な顔がハンサムに見える笑みだ。「それもある」

ジェマはネリーの腕から手をほどき、一歩前に出た。「二人を行かせてあげて。彼女たちを。あたしは、あたしはあなたと一緒に行くわ」耳鳴りがひどくてなにも聞こえない。

横でネリーがなにかささやいたが無視する。「彼女たちは行かせてあげて」

「その段階はすぎた」彼は少しためらい、あいかわらずの乱れ髪を手で梳いた。パレス・グリルでジェマを魅了した男がそこにいる。とことん現実的でシニカルなのに、芸術と音楽の世界が差しだすすべてに一途に身を捧げる男。

「ヘンリー」ジェマはやさしく言った。

彼はため息をつき、背中に手を回して拳銃を抜いた。けさがた、弾をこめていた拳銃だ。

「こいつを振りまわすのは馬鹿げていると思わないでもない。だが、きみたち三人には温室にいてもらう」

恐ろしい沈黙。彼の手の中の拳銃が玩具みたいに見える。〝なんでこうなるのよ〟ジェマは思った。「あなたにネリーは殺せない。あなたにはできない。あたしも殺せない。一度は心惹かれた女を殺せるはずない」

「それはどうかな」彼の目、潤んでるんじゃない？

ジェマはもう一歩前に出た。鼓動が激しくなった。「ミスター・ソーントン？」女の声がした。「ミスター・ソーントン、あなたの自動車が見えたので」ソーントンは声のほうに顔を向けた。この隙に三人で彼に飛びかかり、拳銃を手から叩き落としたらどうだろう、とジェマは思った。スーリンもおなじことを思ったようで、突進した。そのとき玄関のドアが開いて女が飛びこんできた――中国人の女、スーリンより年配で、西洋風のグリーンのスーツにバラの飾りの粋な帽子。「ああ、ミスター・ソーントン」訛りのきつい英語だが押しが強い。

「それどころじゃないんだ」彼にそう言われても、女はまったく動じない。

「うちの女の子たちの報酬、ゆうべのパーティーの——」

彼は発砲した。

玄関ホールに銃声が響く。中国人の女はバタッと倒れた。その体が床を打つより早く、彼は向きを変えた。

スーリンが喉をつまらせ、動かない女の体にすがりついた。ソーントンがその背中を摑んで立たせると、拳銃の台尻で耳を殴った。「温室に行け。全員だ。さもないとつぎはスージーを——」そこにいる全員が螺旋階段をまわりこみ、八角形の玄関ホールの奥の温室に通じるガラスドアへ向かわざるをえなかった。彼に飛びかかってその顔を爪で抉ってやりたい、とジェマは思った。だが、彼は拳銃を握る手を水平に伸ばして距離をとっていた。目に涙を浮かべ血が流れる耳に手を当てるスーリンからも、彼女の肩に腕を回すネリーからも。温室の入り口でつまずき、両手を突いたジェマからも。ソーントンに髪を摑まれ無理やり立たされ、ジェマはよろめきながら前の二人についていった。なんの脈絡もなくけさの彼の言葉が甦った。きみの髪を摑んでベッドへと引き摺ってゆく——それに、出会いのときの会話。いちばん好きなオペラは『ペレアスとメリザンド』だと彼は言った。このオペラではソプラノが長いブロンドの髪を掴まれ、「わたしに触らないで（ヌ・メ・トゥッシェ・パ）」と歌いながら舞台上を引きずりまわされる。〝あのとき、この男は信用できないと気づくべきだった〟温室のダブルドアの鍵がかかるカチッという音を聞きながら、ジェマはぼんやり思った。

彼は去っていった。軽快に階段をのぼってゆく足音が聞こえた。

スーリンがドアがガタガタいわせ、中国語で叫ぶ。撃たれた女の姿はここから見えない。女は玄関の入り口に倒れた。螺旋階段の向こう側だ。まったく音をたてない。ネリーはガラス張りの壁の枠を掴んで前後に揺すっている。ジェマはネリーを引っ張って、温室の奥へと向かおうとした。「さがりなさい」ジェマはスーリンに叫んだ。「入り口から離れるのよ、もし彼が——」もし彼が、なに？　戻ってきて一人残らず撃ち殺す？　頭がガンガン鳴ってなにも考えられない。

「なにがあったの？」ささやき声がして、鉢植えのヤシの奥からアリスが出てきた。赤ん坊を抱くように抱えているのは、尖った緑の葉が溢れだす青と白の鉢だった——蕾をつけた月下美人。「奥のほうにいたもんだからなにも聞こえなくて。銃声がしてびっくりしたわよ。略奪者の仕業？」

「さがって、おもてから見えないように。ソーントンの仕業ですよ。彼に姿を見られたら——」

「あたしたち、ここに閉じこめられたの？」

丈で、格子は目が細かすぎて通り抜けられない。

「ガラスを割って出られる」ジェマの言葉は尻つぼみになった。ガラスの壁の鉄の枠は頑丈で、格子は目が細かすぎて通り抜けられない。

「待って、奥にドアがある。夾竹桃の茂みのそば」スーリンが入り口のドアから離れると、煉瓦敷きの床を飛ぶように走って奥へと向かった。「そのドアからこっそり入ったことがある」雄たけびがあがったかと思ったら、苛立ちの声がつづいた。ジェマとアリスも奥へと走り、緑のラシャで覆われたドアを叩くスーリンを見つけた。ドアには内側から鍵がかかっており、その鍵を回したもののドアは開かない。地震で庭を囲う塀が崩れ、煉瓦や石がドアの外にうず高く積みあがっているのだ。漆喰で固められたように、ドアはびくとも動かない。

「ソーントンがいなくなったら、助けを呼びましょう」アリスが元気な声で言う。スーリンはドアに体当たりしている。「きっと誰かが聞きつけて、あたしたちをここから出してくれるわ」

「彼がそこまで考えていないとでも？」ジェマは吐き捨てるように言った。〝彼はなぜわたしたちをここに押しこめたの？〟

入り口のほうからネリーのうちひしがれた声がした。「彼が戻ってきた」

アリスがなにか言おうとしたが、ジェマは、さがってて、とささやき、鍵のかかった入り口へと向かっていった。ガラスの歪み（ゆが）を通して見るソーントンの黒い輪郭は、わずかに波打っている。かさばる鞄を肩からさげ、木枠を抱え……木枠の隙間からカワセミの羽根の鮮やかな青がちらりと見えた。真珠の連なりの先で象牙の花が揺れる。不死鳥の冠。ほかにもチャイニーズ・ルームから救いだした貴重な品々が入っているのだろう。空いた手になにかぶらさげ階段をおりてくる。瓶か缶のようなもの。

恐怖で時間が引き伸ばされる。臭いでわかった。ランプオイル。

「そんな、まさか――」ジェマは悲鳴をあげ、ドアの取っ手をガチャガチャやり、拳でガラスを叩いた。ガラスが割れて煉瓦の上に破片が散った。そのひとつが手に突き刺さったが、痛みは感じない。「ヘンリー、やめて――」

彼がやめるとは思っていなかったが、やめた。ジェマをゾクッとさせた黒い瞳でじっと見つめる。肩からさげた鞄の中身は、金庫から持ち出した現金と証券の類だろう。木枠の中身は強奪した中国の宝。彼が人の命以上に価値を置くもの。「こんなことになって残念だ」彼は言った。驚いたことに、彼はほんとうに申し訳なく思っているようだ。顔は蒼白で汗ばんでいる。ジェマから、すぐ後ろにいるネリーへ、スーリンへと視線を移す。「保険金のためだ、わかるだろ……」火傷跡のある手を震わせてランプオイルの瓶を掲げた。

火災。彼は自分の屋敷を焼き尽くすつもりだ。臭いでわかる。音でわかる。南から火の手が押し寄せる前に、オクタゴン・ハウスは燃えつきる。〝でも、彼は火が怖いはずじゃないの〟ジェマは愚かにも思った。拳でドアを叩きつづけると、ガラスがさらに割れて指関節が切れた。その痛みがパレス・グリルの一夜の思い出と重なり、ジェマの心を切り裂いた。クレープパンから立ち昇る炎に、ヘンリー・ソーントンは身を竦ませた。その彼が自分の屋敷に火を放つとは——。

だが、彼は木箱と鞄を下に置き、ランプオイルの残りを螺旋階段の入り口の絨毯にせっせと撒き、ちょっと尻込みしながらもマッチを擦り——絨毯に放った。

「すまない」彼の言葉は、ぼっと燃えあがる炎の音に掻き消された。彼は後ずさり、火傷跡のある手を握ったり開いたりした。顔は青ざめ汗が滴る。「すまない、ジェマ」

宝物の入った鞄を肩に掛け、木枠を持って足早に去ってゆく。ジェマがドアを揺らして叫ぼうと、ネリーとスーリンがガラスに体当たりを食わそうとおかまいなしに。彼女たちに背を向け、オクタゴン・ハウスをあとにした。ジェマが最後に耳にしたのは、なにかにつまずいて毒づく彼の声だった。勝手に入ってきたので彼が撃ち殺した女の死体につまずいたのだ。「邪魔なんだよ、クソ馬鹿女が……」

そうして、彼はすべてを燃えるに任せた。

怒り心頭。ジェマにはそれ以外の言葉は思いつかなかった。ガラスに体当たりしながら、頭の奥で冷静に考える自分がいる。なにひとつ共通点のない四人の女——三十路を迎えたオペラ歌手、ブロンクス生まれのやつれた絵描き、有能な中年科学者、二十歳にもならない中国人のお針子——が、焼き殺されそうになっている。それぞれの個性を形作っているものすべてをかなぐり捨て、野性の本能を剝きだしにしている。ジェマが温室のガラス張りの壁に体を打ちつけるさまは、地震で恐慌を来し羽をばたつかせて飛びまわる愛鳥にそっくりだ。ネリーはオオカミのようにうなりながら、ドアの取っ手を煉瓦で叩いている。アリスは月下美人の鉢を抱えて哀哭する。入り口のドアの周囲のガラスを叩き割り、割れ目に手を突っ込んで外から鍵を開けようとしているスーリンは、罠にかかった肢を嚙み切って逃げようとする狐だ。

火は螺旋階段のてっぺんに達し、丸屋根を燃やす。広い玄関ホールには黒煙が充満していた。

「どこかに鍵があるはずよ」アリスはか細い声で言い、植木鉢の下を手探りした。「鍵をどこかに隠しているはず。入り口のドアに外から鍵をかけられたときのために――」

「ここで死ぬわけにはいかない」震える両手を突いて這いまわるネリーが、息をつまらせながら繰り返しつぶやく。「死んでたまるか――」

「わたしたちは死なない」ジェマは語気荒く言ったものの、自分でも信じていなかった。瓦礫に塞がれた奥のドアを力任せに叩くと、鍵が床に落ちた。ドアに体当たりするうち息があがった。通りがかりの人の注意を惹くことができたら――

だが、温室は庭の奥まったところにあるので、ハイド・ストリートから見えない。打ち鳴らされる鐘の音や燃え盛る火の音や怪我人の悲鳴に搔き消され、いくら声をあげても誰の耳にも届かないだろう。

「裏口の鍵」鍵穴からはずれた鍵がジェマの足元の煉瓦に当たった音が、アリスには聞こえなかったのだろう。だが、彼女の口調がいつもの〝これはもしかしてメスキートの変種じゃないかしら〟のそれになった。「もしかして、その鍵が裏口と入り口の両方に使えるってことはないかしら」

一瞬の沈黙ののち、ジェマは震える手で鍵を拾い、夾竹桃とジンジャーリリーのあいだを走り抜け、割れた煉瓦につまずきながら入り口に辿りついた。スーリンが鍵をジェマの手からひったくり、割れたガラスの隙間から切り傷だらけの手を突っ込むと、外から慎重に鍵穴に差しこもうとした。その鍵が指から滑り落ち、四人の喉から一様にうめき声が洩れた。アリスがツタの絡まる支柱用の細い竹棒を植木鉢から抜きとった。スーリンがそれをドアの下に押しこみ、前後に動かしてなんとか鍵を回収した。「急いで」つぶやくネリーを、ジェマは思わず抱きしめた。みんなの視線がスーリンの血まみれの手に集中する。スーリンはそろそろと手を隙間に突っ込み、鍵を鍵穴に差しこんだ。ガラスの割れ目から流れ込む煙で、みんなが咳きこみはじめた。

「うまくいくわけない」ジェマはつぶやいた。「うまくいくわけ――」

ところが、カチリと音がして、ドアの取っ手が回った。

半泣きのスーリンがドアを押しあげる。「まず口を覆って――」ジェマは言いかけたが、渦巻く煙の壁が押し寄せてきて、みんなが喉をつまらせた。ネリーがスーリンを抱き寄せ、足元に落ちていた帆布の洗濯袋を摑むとよろよろと玄関ホールへ出ていった。ジェマはブラウスの襟を持ちあげて口を覆い、二人のあとを追った。入り口で足をもつれさせるアリスの腰に腕を回す。「ねえアリス、邪魔な植木鉢は捨てて――」だが、アリスは強情にも鉢を赤ん坊を抱えるように腰高に抱え、手放そうとしない。二人でもつれるように玄関ホールに出た。頭上で炎が舞っている。

四十歩。玄関ホールを抜けるのに四十歩、方向を見失わないよう壁に手を這わせて進んだ。煙で前が見えない。アリスがもたれかかってきた。四十歩、螺旋階段をまわりこんで、壁伝いに玄関のドアまで、入り口でなにかにつまずき――もつれる足で外へ、喉をつまらせ咳きこみながらおもてへ。

ジェマが最初に目にしたのは、入り口でソーントンに撃たれた中国人女性だった。敷居の上に倒れたときのままの姿で、虚ろな目を虚空に向けている――〝彼女につまずいたんだ、彼女の死体に〟ジェマは気を取りなおして女性のだらんとした腕を摑んだ。背中の筋肉が悲鳴をあげる。「アリス、手伝って――」だが、アリスは植木鉢の横で両手を突き、全身を震わせ激しく咳きこんでいた。ジェマは歯を食いしばり、中国人女性を全力で持ちあげ、なんとか玄関からベランダへ、さらにその先の芝生へと引き摺っていった。たまたまその場に居合わせたというだけでソーントンに撃ち殺された女性の死体を、そのまま放置して燃えるに任せるのは、人として正しくないことのように思えた。握っていた女の手首を放し、痛む腰に手を当てて背筋を伸ばすとあたりを見回した。「ネリー？」かける声がどんどん大きくなる。「スーリン？　ネリー――」

二人ともまだ中だ。

燃えるオクタゴン・ハウスに、ジェマは怖気づいた。ドアから流れだす黒煙、窓の奥でちらつく炎、炎をあげる丸屋根がまるで松明だ。〝わたしには無理〟頭皮が縮み、全身に鳥肌が立つ。〝中に入るなんてぜったいに無理〟

だが、アリスは煙を吸って意識が朦朧(もうろう)とし、立ちあがることもできない。そして、スーリンとネリーはまだ中にいる。

〝わたしにはできない〟ジェマは非常時に落ち着いて行動できないし、勇敢でもない。崩れかけた精神科病院に突入して愛する人を救いだしたスーリンとはちがう。命がけで採取した植物標本を救いだそうと猛然と六階までのぼったアリスともちがう。二カ月も精神科病院に監禁されながら正気を失わず、ソーントンを怒鳴りつけたネリーともちがう。ジェマ・ガーランドは勇敢じゃない。身勝手だ――〝頼れるのは自分だけ〟をモットーに生きようとする女だ。

尻尾を巻いてわれ先に逃げだす女だ。玄関ホールを四十歩で横切る？　一キロの間違いなんじゃない？　できるわけない。

〝わたしには無理〟

不思議なことに、聞こえたのはジョージの声だった。長い楽句をひと息で歌いきったジェマを褒めたときの言葉。〝象並みの肺活量だな〟

「象並みの肺活量」小さく声に出して言った。玄関で煙が渦巻いている。〝息を止めていればいい〟

ハイド・パークをジョギングするとき、そうしたじゃないの。つぎに息を吸うまで街灯柱をいくつ通りすぎたか数えながら走った。記録は十二だった。玄関ホールを横切るのに四十歩。距離にすると街灯柱ふたつ分？

深い呼吸を何度か繰り返す。空気をさらに長く、肺の奥まで吸いこむ。肺を膨らませて空気を丹田（たんでん）にまで注ぎこむと、体が浮きあがるのを感じる――そうやって玄関を入った。中は霊廟（れいびょう）みたいに真っ暗で、煙が渦巻いていた。涙が溢れて目がチカチカするので閉じた。右手で壁を探った。壁伝いに奥へと進めば方向を見失うことはない。八角の壁の半分まで行けば温室の入り口だ。煙が目と口と鼻にまとわりつくけれど、けっして開かない。肺には空気がいっぱい入っている。熱い空気で膨らんだ風船が青い空に舞うように、ジェマは恐怖の世界を舞うのだ。上のほうから火が燃える音、廊下がメリメリいう音。見あげてはならない。前進するのみ。四十歩。

足になにか触れた。やわらかいもの。人の体。膝を突き、思いきって目を開けた。なにも見えない。激しく咳きこむ音が聞こえるだけだ。ネリーなのかスーリンなのかわからない。「立って」息を吐かずに言った。誰かが咳きこむ。「立ちなさい――」

ジェマの首に腕を回して、ネリーだ、頬に当たるのはネリーの短く刈られた髪。スーリンの姿は見えない。ネリーの全体重を支えて体の向きを変える。今度は左手を壁に当て、右手でネリーをしっかり抱える。ネリーは足元がおぼつかなくて自分の体重を支えられない。肺が痛くなってきた。街灯柱あとひとつ。壁が熱い。熱を持った壁紙が指先を焼いて火ぶくれになりそうだ。前進あるのみ。三十六、三十七。あと少し。

玄関の敷居をまたいだとたん、ジェマは思いきり息を吐いた。吸いこんだ空気はワインの味がした。ネリーがジェマの腕から滑り落ち、洗濯袋を握ったままベランダに崩れ落ちた。激しく咳きこみすぎて喉が口から出てきそうだ。それでも玄関に戻ろうとする。「スーリ――」咳きこむ。「スーリ――」

「わたしが連れだす」ジェマはきっぱり言った。できるかどうか自分でもわからない。生き地獄に引き返すことが、はたして可能なのかどうか。なにも考えないほうがいい。行動あるのみ。震える両手を膝に突いて、息を吸いこむ。浅く速い呼吸がだんだんゆっくりに、深くなる。最後に深く、深く、思いきり深くまで吸った。

象並みの肺活量。

象のようにドシドシと玄関を入った。壁で手を火傷してもかまわず進んだ。空気はさっきよりもさらに熱くなっていた。頭上で木がパチパチ燃え、窓のガラスが砕けて降りそそぐ。まつ毛が焦げる。白熱したなにかが肩に当たり、ブラウスが裂けた。かまわず前進する。足で探りながら階段をまわりこんだが、なにも触れない。床にうずくまる人はいない。思いきって壁から手を離し、絨毯の上を手探りした。一歩、二歩——咳きこむ音が聞こえたんじゃない？

スーリンがいた。咳きこみながら、階段のまわりをやみくもに這いずっている。ジェマはなんとか彼女を抱えあげた。無駄口は叩かない。肺が燃えている。スーリンは足をもつれさせながら必死にしがみついてきた。壁、壁はどこ？　どこかわからない。危険を承知で目を開けた。玄関ホールは人と煙の海で、階段は燃え、窓のカーテンは炎のシートだ。壁紙がパリパリになって燃えていた。息を止める。息を止め、よろめくスーリンの腰を抱えて玄関ホールの真ん中へ進んだ。四階からなにかが回転しながら落ちてきた。螺旋階段の親柱——火を噴きながらジェマの肩をかすめる。パチパチと音がした。〝髪が燃えてる〟そう思ったけれど、進みつづけるしかない。三十四、三十五。一歩、また一歩。

息が勝手に出てゆく。これ以上止めていられない。鉛のように重い脚を動かす。スーリンがなんとか自分の足で進もうとしている。もう一歩、肺が燃える。轟音、なにかが落ちてきた——階段が背後で崩れた？——そして外に出た。光の中へと飛びだした。燃えて千切れた髪が光輪のようにまわりで光っている。咳きこみながら崩れ落ちる。うなじが火ぶくれになっている。スーリンの重さを感じなくなったと思ったら、ぐったり横たわるネリーに向かってよろよろ歩く姿が見えた。アリスの力強い手を肩に感じた。肩と頭を叩いて火を消してくれているのだ。ジェマはベランダの階段で足を滑らせ、草の上に転がり落ちた。

何度も咳をするうち、肺が喉までせりあがってきて口から飛びだしそうになった。目も燃えている。溢れる涙を煤で汚れた手で擦っているうち視界が晴れた。見えているものの正体がわからない——視界を横切る棒が弓なりになっている。それからさえずりが聞こえ、ぼんやりと緑のものが見え、トスカニーニの鳥籠だとわかった。鞄を持ち出すことはできなかったが、セキセイインコはここにいて、真ん丸な目でこっちをじっと見ている。その向こうに聳え立つのはオクタゴン・ハウスだ。ワーグナーの『神々の黄昏（たそがれ）』終幕の神々の終焉（しゅうえん）さながらに燃えている。ジェマは横になり、鳥籠の桟のあいだに指を突っ込んだ。世界はほんとうに終焉を迎えるのだろうか、と思いながら。

24

レジー、スーリン、アリスは地べたに両手を突いて咳きこんでいる。ジェマは芝生の上でゼーゼーいっていた。だが、燃える屋敷から出られた。みんな無事だ。

ジェマのかたわらに横たわるマダム・ニン以外は。

玄関からベランダの階段にかけて筋を引く血が、マダム・ニンを燃える屋敷から引き摺りだしたジェマの苦難の道のりを示している。スーリンは息を吸おうと喘ぎながらも歩き、おばさんの動かぬ遺体に寄り添った。「おばさん、おばさん」すすり泣く。夕焼け空の無情な赤さが背後で舞い踊る炎を映している。

アリスもかたわらにやって来た。レジーはスーリンに付き添っている。マダム・ニンの青ざめた顔の中で黒い瞳は見開いたままだ。お団子がほどけた髪が扇状に開いている。優雅なグリーンの上着は血に染まり、片方の手には革の旅行鞄のストラップを握ったままだ。

スーリンはマダム・ニンの手に手を重ねた。「病院に連れていってあげるからね、おばさん！」マダム・ニンの手首を揉む。「ミス・イーストウッド！　脈が触れない！」

「彼女は亡くなったのよ」アリスがやさしく言った。「胸を撃たれたの。心臓をね」亡くなった女性の目を閉じてやる。

スーリンはマダム・ニンの手を自分の頬に当てた。「ほかに誰もいない」泣きながら体を前後に揺する。「憶えている人はほかにいない」マダム・ニンは両親とスーリンを結びつける最後の輪だった。母がサンフランシスコに着いたその日から亡くなるまでの思い出を語ってくれる人はほかにいない。やさしい心から飛びだす歯に衣着せぬ助言を与えてくれる人は、もうこの世にいない。あんなに生気に満ちた人が生気を奪われ、命を奪われるなんてありえない。

「ここでなにがあったんですか?」男の声がした。「怪我人は?」長身で逞しいクラークソン巡査部長が、芝生を踏みしめちかづいてきた。マダム・ニンの遺体を見て低く叫ぶ。

「ニーナ? どうした?」かたわらに膝を突き、マダム・ニンの脈を取り瞼を開いた。最後に胸に耳を当てた。膝立ちになり、命の宿らぬ顔を見つめながら十字を切った。まったくの無表情だが、上下する肩が気持ちを物語っていた。しばらくして女たちに顔を向けた。

「なにがあったんですか? 誰が彼女を撃った? 略奪者か?」

スーリンはレジーの首に顔を埋め、しめやかに泣きつづけていた。口を開いたのはジェマだった。「ヘンリー・ソーントンが撃った」

驚きがクラークソンの無表情の仮面を砕いた。「ソーントン? あのヘンリー・ソーントンが？」

「あたしたち、彼が撃つのを見た」レジーが言った。「彼女を撃って、それからあたしたちを温室に閉じこめ、屋敷に火を放った。あたしたちも殺すつもりだった」

オクタゴン・ハウスの内部で木材が砕け落ち、屋根のべつの部分から炎が噴出した。炎がたてる轟音を制して、アリスがきびきびした口調で言った。「巡査部長、ほかにも言いたいことはあるけれど、さしあたりこの屋敷から離れないと。このちかくに消防車は待機してませんか？」

クラークソンは警察官に戻り、頭を振った。「たとえ待機してても役にはたちませんよ。地震で水道の本管が破損した。あとは風向きが変わって火がこれ以上燃え広がらず、自然鎮火するのを願うだけです」上着を脱いでマダム・ニンに掛けてやり、また肩を震わせた。

それから立ちあがった。「安全な避難場所に心当たりはありますか？」

「だめ、だめよ！」スーリンが叫んだ。「彼女をここに残してはいけない！」

「マダム・ニンがきみにとっておばさんみたいな存在だったことは知っている。さぞ辛いだろう」クラークソンはスーリンのかたわらにひざまずいた。「ミス・フェン、きみのおばさんはきちんと葬られると約束できればどんなにいいか。だが、できないんだ。わたしだってきみと同様、そうしてあげたいと思っている。いまは危機的状況で、火事が広がっている。われわれはまず生存者を守らねばならない。わたしと一緒に来なさい。友だちも一緒に」

「あなたもお辛いですよね」少しの間を置いてスーリンは言った。労わりが必要なのは自分だけではない。「おばさんはあなたを大事に思ってたわ、ミスター・クラークソン。本人は認めたがらなかったけれど、そうだったんです」

「いや、感傷に浸るのは彼女の柄じゃない」クラークソンが小さくほほえんだ。「きっと彼女なら、なにぐずぐずしてるの、さっさと安全な場所に逃げなさい、とわれわれをどやしつけるだろう」

青と白の植木鉢を抱えたアリスを先頭に、トスカニーニの鳥籠を抱きしめるジェマがあとにつづき、しんがりはマダム・ニンのハンドバッグを手に、小さな旅行鞄を斜め掛けにした放心状態のスーリンだ。並んで歩くレジーはスーリンの腕をしっかり摑んでいた。女たちののろのろした歩みに、クラークソンが歩調を合わせる。彼はレジーとジェマからヘンリー・ソーントンの悪行の一部始終を聞きだした。テイラー・ストリートの下宿屋に着くと、彼は怒りと苛立ちに頭を振った。

「つまり、ソーントンは私立探偵ラングフォードの失踪、いや殺人に関与していたんですね。あなたはそれを目撃した、ミス・レイノルズ。署長に報告しますよ。ラングフォードが姿を消した一件で、署長はピンカートン探偵社からやいのやいの言われていたからね。

共犯はダニーという名前の中国人？」

「それに、ドアマンのデズモンド」レジーが念を押す。「大柄なアイルランド人で潰れた鼻。でも、ラングフォードを刺したのはソーントン。あたしを監禁したのも。スーリンとジェマが真相を突きとめてくれなかったら、あたしは独房で朽ち果てていた」

「ありがとう、みなさん」クラークソンが言った。「あの悪党のせいで大変な目に遭って気の毒に思いますが、警察もピンカートン探偵社も解けなかったラングフォード失踪の謎を解いたんだからたいしたもんだ。そのうえソーントンの過去の犯罪まで暴いた」そこでコートのポケットから鉛筆と小さな手帳を取りだす。「わたしは悪党ソーントンと面識がないんだが、人相を教えてもらえますか。後日、あらためて調書をとらせてもらいますが……」

クラークソンが去ると、四人は下宿屋の玄関をくぐった。ミセス・ブラウニングの下宿人たちは、程度の差こそあれみなうろたえていた。ミセス・ブラウニング本人は居間のソファーでナプキンを顔に当ててすすり泣き、男の下宿人が玄関ホールに陣取って指示を飛ばしている。例えば、いますぐここを出てゴールデン・ゲート公園に向かうんだ。軍が避難民のためのキャンプを設営している。あるいはポーツマス・スクエアのような開けた場所、倒壊する建物の下敷きにならない場所を見つけるんだ。ダイニング・ルームでは二人の女性が情報交換していた。九死に一生を得た人の話とか、燃え落ちた歴史的建造物の話とか。若い夫婦はすでに荷造りして出てゆく途中、ダイニング・ルームに立ち寄って食べ物を摑んでいった。

四人が階段をのぼる途中ですれ違ったのは、バスケット素材のトランクとダッフルバッグを持った男で、あたふたと駆けおりていった。ジェマは〝トスカニーニを落ち着かせるために〟自室に引きあげ、残り三人は最上階のアリスの部屋に落ち着いた。アリスは窓辺の小さなテーブルに月下美人の鉢を置いた。

スーリンはソファーに沈みこんだ。張りつめっぱなしだった気持ちが一気にゆるみ、どっと疲れが押し寄せた。マダム・ニンの死が追い打ちをかける。

「あなたは顔と手を洗って着替えたほうがいいわね、レジー」動く気配のないスーリンを気遣い、アリスが言った。「それぐらいの時間はあるわよ」

手と顔にこびりついた垢と煤を拭き取るのに濡れタオルを手渡す。短いやり取りの末、レジーは、アリスのデニムのズボンとスカートの合体物にリネンのシャツ、ポケットがたくさんあるフィールド・ジャケットを借りることになった。着替えが終わると、レジーは洗面器を手にスーリンのかたわらにひざまずき、海綿で顔と首と両手を拭いてやった。

「じきにちゃんとしたお風呂に入れるよ」ささやきかける。「少しは気分がよくなった？」

スーリンは弱々しく笑みを返した。ええ、よくなった。いろんなことがあったし、マダム・ニンを失ったけれど、レジーがそばにいてくれる。スーリンはシャツのなかから赤い絹紐を取りだした。なにも言わず、紐の先の指輪を掲げてみせた。

「あんたにあげたいものがあるんだ」レジーがかたわらに置いてあった洗濯袋を取りあげた。「中を見てご覧」

スーリンは袋の口を開いた。青いドラゴンローブ。息を呑む。「あのとき、これを取りにいったのね？」

「ジェマの部屋にあった。あんたがこれを修復するのにどれぐらいの手間をかけたか、彼女が教えてくれた。これほど美しいものを置いて出られなかった。あんたが持っておくべきものだよ」

「ゴールデン・ゲート公園まではたして辿りつけるかしらね」ジェマが入ってきて言った。髪を洗って顔の汚れを落としていた。「それでもまあ歩いていくしかないわね」

標本が山積みのダイニングテーブルから、アリスが顔をあげた。「それよりも、運ぶ手段を考えなきゃ。馬車でも荷車でもいい。これをみんなここに残していくんじゃ、なんのために救いだしたのかわからない」

スーリンは起きあがった。「あたしはオークランドに行く。おばさんのところの女の子たちを探しだして、彼女が亡くなったことを知らせないと。ちゃんとやっていけるか、この目で確かめる」旅行鞄を指さす。「ここに入ってるお金は彼女たちのものだから」それからレジーに向かって言った。「一緒に来てくれる？」

レジーの表情が、訊くまでもないよ、と言っていた。

そのとき、ジェマがはっと息を呑んだ。東向きの窓の前に立っている。ほかの三人も彼女に並んだ。「ああ、なんてこと」アリスが言った。

暮れなずむ空を背景に、大火災のせいでサンフランシスコがより明るく、より間近に見えた。地平線上のオレンジ色の光が増えるたび、恐怖はいや増しになった。身のまわりのものを詰めた箱や小さな家具、子どもやペットを積んだ荷馬車や自家用車が通りをくだってゆく。遠くでサイレンが鳴り、爆発の衝撃で大地が揺れ、火の手があがるたび空が赤と金色に染まる。

サンフランシスコが燃えるのを、四人の女たちは固唾を呑んで見守った。スーリンはさめざめと泣いた。あたしの街、あたしの故郷。アリスは袖口で涙を拭った。

最初に匂いに気づいたのはジェマだった。繊細でやさしくてエキゾチックな匂い。彼女につづいてアリスも振り返り、あっと声をあげた。

月下美人の花が開きつつあった。

アリスはかたわらに行ってオイルランプに火をつけ、青と白の鉢に並べた。「ジャスミンに似ている」と、アリス。「でも、もっとあたたかくて甘い香り。もっと力強く、でも繊細」満足そうにため息をついてノートを開き、特徴を記す。「中央の白い花弁が最初に開き、そのまわりの花弁が開くごとに香りを放ち……」

花柄からさがる花の丸みのある花びらがゆっくりと開いてほどけてゆく。澄んだ白い花びらは、ランプに照らされた部屋に昇る小さな月だ。花びらを取り囲むのが細長いがく弁だ。屋根裏部屋に立ちこめる甘い香りに誘われて、開け放した窓から蛾が飛びこんできた。

アリスが記録を終えた。四人揃ってテーブルを囲み、うっとりと眺めた。束の間、燃える都市も潜りぬけた恐怖も消えさった。行く手に待つ困難もいっとき忘れた。

破壊の只中に、これほどまでに美しく優雅なものが存在する。それは疲れた魂をほぐす香油だった。

25

「地獄で見る雲ひとつない美しい空みたいだ」ネリーが言い、不快なまでにオレンジ色の夜明けに目をやった。いまはレジーよ、とジェマは自分に言い聞かせた。友をレジーと呼ぶことに慣れないと。といっても、慣れるための時間はないに等しい。

朝になったらばらばらになるのだから。

「一緒に行こうよ」レジーが言い張った。彼女とスーリンはジェマと並んで歩道にいた。背後の下宿屋は蜂の巣を突いたような騒ぎだ。ここで夜を越した下宿人たちが慌ただしく出てゆく。近所の人たちもおなじだ。猫が訴えるように鳴き、子どもたちはむずかり、下宿の女主人はキッチンで一生分の荷物をトランクに詰めながら泣いていた。火の手はきょうにもテイラー・ストリートまで届くだろう。大火事はすべてをその腹におさめ、マンモスのように、それとも竜のように、ノブ・ヒルをのっしのっしとのぼってくる。「あたしたちはオークランドに行く」レジーがつづけた。抱えているのは、株分けしてもらった月下美人の小さな鉢だった——ジェマもひと鉢持っている。アリスが徹夜で株分けをしてくれたのだ。〝新しい家に置いてね、それがどこであっても〟アリスはそう言って三人を送りだした。レジーとスーリンの新しい家は、さしあたりオークランドになるだろう。「マダム・ニンの女の子たちと一緒に住むことになる」と、レジー。「あんたの部屋も確保するから――」

ジェマは頭を振った。「ジョージを探さないと。それにメットの団員たちも。仕事にもどるつもり……」メトロポリタン・オペラの巡業団に加わる契約は、ソーントンの汚れた金に頼らず、ジェマが自力で手に入れたものだ。いろんなものを失ったけれど、それだけは手元にある。それを手放すのはいけないことのような気がする。ほかになにも残っていないのだから。それにジョージ、彼の安否を確かめないうちはここを離れられない。南のほうで立ち昇る煙と貪欲にすべてを呑みこもうとする炎を見て、体が震えた。

レジーはため息をついたが、落ち窪んだ目でチャイナタウンの方角を見つめる無言のスーリンを急かすことはしなかった。チャイナタウンは全焼した。一時間前、ジェマは部屋の前を通ったときに泣き声を耳にした――夜のあいだ消失範囲がどこまで広がったかを知り、あの気丈なスーリンが子どものように泣きじゃくっていた。「コウ爺、叔父さん、ミッション・ホーム。かわいそうないとこたち……」

「きっと無事よ」そう言って慰めようとするレジーの声も聞こえた。いま、スーリンはマダム・ニンの旅行鞄を握りしめ、生まれ育った街が煙の向こうに垣間見えないかと目を凝らしている。そんな彼女を、ジェマは抱きしめずにいられなかった——スーリンの細い腕が背中に食いこむ。抱き合う二人をレジーが抱える。「ねえ、あたしたちと一緒においでよ、サル」

「どうかそうして」と、スーリン。でも、ジェマは頭を振った。別れを惜しみつつ挨拶を交わすと、スーリンとレジーは坂をのぼっていった。レジーが一度だけ振り返って言った。「手紙、きっと手紙をちょうだいよ!」ジェマは無理に笑顔を作り、小さく手を振った。

じきに二人は煙に包まれて見えなくなった。

〝これで終わりなんて冗談じゃない〟ジェマは思った。真顔になって鳥籠と月下美人の鉢を抱えた。咲いた花の儚い美しさを脳裏に浮かべた。だが、火が美も平和も呑みこんでゆく。すべてを呑みこむ。それでも、友人たちは呑みこまれなかった。散り散りにはなっても。

「うまくいった!」アリス・イーストウッドがいつものきびきびした口調で言いながら、角を曲がって現れた。両手でスカートを叩きながら埃を払っている。先に三人と別れの挨拶をすまして、荷馬車を探してくると言って飛びだしていったのだった。「御者がフォート・メイソンまで乗せていってくれるって。アカデミーの植物標本も一緒にね。あなたも潜りこめるわよ、ジェマ」

だが、ジェマは頭を振った。「フォート・メイソンから先、どこへ行くんですか?」

アリスは肩をすくめた。「わからない。あたしが築きあげてきたものは、ほとんどすべてがここにあったのよね。アカデミーも仕事も」

〝あたしたちはみんな孤児になったってことね〟ジェマは思った。わたしもアリスもレジーもスーリンも——みんな拠りどころを失った。「それでも、あなたには仕事がある」ジェマは言った。慰めにもならないだろうけれど。

「たしかにそれが喜びだった。一からまたはじめて、おなじ喜びを得られるものかどうか」アリスはほほえもうとしたが、顎が震えていた。へたり込みそうになるアリスを、ジェマは抱きしめた。

警官が大声で叫んでいる。急いで避難してください。火の手が迫っています。一時間もしないうちにここまで燃え広がります。アリスは月下美人の鉢を胸に抱いて荷馬車に乗った。萎れた花が腕から垂れる。ジェマは鳥籠と鉢を両手に抱えて、べつの方向へ歩きだした。

ほかになにもないのだ、とそのとき気づいた。着ている服はアリスから借りた。持ち物はすべてオクタゴン・ハウスと一緒に燃えてしまった。二日前には真珠とベルベットを身に着け、サンフランシスコのダイヤモンドで飾りたてた上流階級のために歌っていたのに。いまは着の身着のままで瓦礫の街を歩いている。

〝あなただけじゃないでしょ〟そう自分に言い聞かせた。どこを見回しても、すべてを失って呆然自失の人たちがとぼとぼと歩いている。小さな女の子を抱く母親、人形を握りしめる少女、服を堆く積んだ乳母車を押す母親……松葉杖を突いた男が瓦礫をよけながら懸命に歩いてゆく……バーの前の崩れた壁に酔っ払いが腰をおろし、盗んだウィスキーをラッパ飲みしている……年取った中国人の女性が孫たちに支えられ、ジェマの拳ほどしかない纏足でよちよちと歩いている……

「ヴィーーヴェイーヴァーヴーーーー」トスカニーニがジェマの朝の発声練習を真似て歌う。

「お黙り」ジェマはそのときはじめて、自分が泣いていることに気づいた。

ゴールデン・ゲート公園に向かおうと決めていた――避難民を誘導する警官たちが言うには、公園にはテントが張られ炊き出しが行われ、軍隊が出動して治安を守っているそうだ――が、焼け野原になったユニオン・スクエアまで来て力尽きた。気がつくとトランクに腰をおろしていた。誰かが逃げる途中で足手まといになるからと捨てていったのだろう。そのトランクに座って通りの向かいの焼け落ちた店をぼんやり見つめた。楽器店だ……ウインドウの楽器の燃え殻を見て、ジョージを思い胸が痛んだ。燃え残ったピアノの鍵盤が黒ずんだ歯を剝きだして笑っているみたいだ。

「ボンジョルノ」懐かしい声がした。「ミカエラ、本名は忘れてしまった。ここでなにをしているの？」

「こっちが訊きたいですよ、セニョール」ジェマは目をしばたたかせて偉大なカルーソーを見あげた。煙る朝日を浴びて立つ無帽の彼は、寝間着をズボンに突っ込んだ上にコートを羽織っていた。そんな姿を見て驚く気力も残っていない。「オペラ団のほかの人たちはどこですか？」

「何人かはわたしと一緒にここで夜を明かした。残りはジェファーソン・スクエアかゴールデン・ゲート……」カルーソーは黒髪を手で梳いた。「ホテルから立ち退きを食らってね、ばらばらになった。ここらが火事になったのは明け方だった。わたしの従者がいま馬車の手配をしている。このあたりにトランクをひとつ置き忘れたので、戻ってきたところだ……」彼は焼け野原を見回し、肩をすくめた。「きみはノブ・ヒルにいるから大丈夫だと思っていたんだが」

ジェマも彼を真似て髪を手で梳いた。髪はおおかた焼けてしまい、ゆうべ、焦げた髪を櫛で梳かそうとしたら、灰まみれの髪がごそっと抜けた。それでも頭皮は焼けていなかったのだから、運がよかったと思わないと。燃えた髪の臭いを嗅いだときは、とてもそうは思えなかった。コーンブロンドの豊かな髪がいまや刈株だ。手で触れるとチクチクする。

「いいえ、ノブ・ヒルにいても安全じゃなかった」

「サンフランシスコ……」カルーソーが自分のトランクに並んで座った。「まるで地獄だ。ベスビオ火山のほうがまだましだった」

「ベスビオ火山?」

「この春はナポリで歌うことになっていた。でも、断った。ベスビオ火山が目と鼻の先だからね。このところ不穏な動きをしていてね。だから、噴火したり炎を巻きあげたりしない場所で歌おうと思った。それでサンフランシスコに来てみたら、このざまだ」

ジェマは弱々しく笑い、カルーソーはユニオン・スクエアの残骸を眺めながら腹の底から笑った。「家に戻れると思うと嬉しいよ。イタリアに、妻と息子たちのもとに……」彼がハミングをはじめた。二日前の夜にジェマとデュエットした『カルメン』の曲、テノールが故郷を懐かしむ歌だ。「〝マ・メール、ジュ・ラ・ヴォア! ウィ、ジュ・ルヴォア・モン・ヴィラージュ〟……さあ」ミカエラのパートを歌えないでいるジェマを、彼がけしかけた。「一緒に歌おうじゃないか」

「歌えません」喉は嗄(か)れ、心は重い。

「きみは歌手じゃないのか? それとも演者なのか?」

ジェマは彼を見つめた。勘弁してほしい。「どういう意味ですか?」

「演者は注目を浴びるために歌う」カルーソーはポケットから小さな手帳と鉛筆を取りだしてスケッチしはじめた。明らかに暇つぶしだ。「尻軽(チベッタ)のフレムスタッド、彼女は演者だ――なんでもかんでも自分、自分。自分の声、自分のスポットライト、自分の舞台。偉大な演者ではあるけどね」最後に敵を持ちあげた公明正大な自分にご満悦だ。「歌うのは自分のため。歌手はちがう。音楽のために歌うんだ。音楽を愛しているから。ドン・ホセがカルメンを刺すたびに、わたしは泣く。そのたびに思うんだ。ろくでなしめ、哀れな女を殺すな、彼女はおまえにはもったいない。音楽のせいで、わたしは笑い者になる。笑い者にされてもかまわない。わたしは歌うことが好きでたまらない。いつも新鮮な気持ちで歌っている」彼はスケッチをつづけ、また歌いだした。「マ・メール、ジュ・ラ・ヴォアア！ジュ・ルヴォアア・モン・ヴィラージュ――」

ジェマも歌った。歌わずにいられなかった。「オー、スヴェニール・ドートレフワ！スヴェニール・ドゥ・ペイ……」ああ、過ぎさった日々の思い出、故郷の思い出……。

歌い終えると、カルーソーはスケッチを差しだした。トランクに座るしょげたソプラノを巧みに戯画化したスケッチだった。それでもスポットライトは彼女に当たり、ひときわ輝いて見える。ジェマはほほえんだ。「偉大なカルーソーと一緒に歌っただけでなく、彼にスケッチしてもらえるなんて」

「いつかまた一緒に歌おう、カリッシマ。きみなら『椿姫』のヴィオレッタを歌える。おっと――」カルーソーがぱっと立ちあがった。手帳をコートのポケットにしまう。「従者が手招きしている。馬車を調達したんだろう。荷物を詰めたトランクを置いてはいけない。ここには二度と戻ってこないだろうからね。きみも一緒に来たまえ」立ちあがったジェマのお尻をポンと叩く――危機に際しても変わらない男はいるものだ。「馬車がどんなに小さくても、きみと鳥籠ぐらいは乗せられるだろう」

ジェマはスケッチを畳んでポケットにしまい、彼のあとについていった。片手に鳥籠、もう一方の手に萎れた花が垂れさがる植木鉢を持って。向かったのはゴールデン・ゲート公園でも橋のたもとの緑地帯、プレシディオでもなかった。もっと小さな広場で、朝食を作る焚火を避難民が取り囲んでいた。あたり一面の焼け野原で、もうどこがどこやらわからない。目に入るのはひび割れた道路と焼け残った建物の骨組みだけだ。だが、メトロポリタンのコーラスの歌手たちがいて、ジェマを歓声で迎え抱きしめてくれた。愛人から準主役の座を買ってもらった新入りのソプラノに対する敵意は、誰からも感じなかった――大変な目に遭った仲間同士、わだかまりは水に流そうというのだろう。ジョージの消息を尋ねてみたが、彼を見た者はいなかった。

カルーソーの従者が調達した馬車に全員は乗れないので、残りの楽団員が待つはずのフェリーの船着き場まで馬車が二往復することになった。「わたしは荷物と一緒にあとから行きます」ジェマはそう言ってカルーソーとコーラスの歌手たちを送りだした。

底に数匹残ったサーディンの缶を恵んでもらい、ジェマはオイルの最後の一滴まで飲みほすと、顎に垂れたオイルを拭いてあたりを見回した。凝った襞飾りのスーツに高いヒールのブーツの女性が、焼け落ちた店の前の階段に腰をおろし、紙コップの水を飲み、残りを煤まみれの浮浪児に手渡した。広場の真ん中に、キャスターに載ったアップライトピアノがあった。道路の亀裂に車輪が引っかかり、キャスターごと傾いている――燃え盛る炎からピアノを引っ張りだそうとした人がいたの？　灰をかぶった縁なし帽の女性が目の前を通りかかった。ジェマは一瞬、フライング・ローラーかと思った――汽車で乗りあわせた女。西部の汚物溜めは呪われている、罪深き行いをあらためないかぎり、神は彼らに火事と地震をもたらすでしょう、とわめきたてた愚かな女。〝じつはそれほど愚かではなかったんだ〟と、ジェマは思ったが、ほんとうにフライング・ローラーかどうか確かめる前に、灰をかぶった女は通りすぎていった。

　血に染まった包帯を頭に巻いた海賊みたいな男が堅くなったパンの耳をくれたので、ジェマはそれを食べ、屑をトスカニーニにやった。彼は楽しそうに飛びまわり、さえずっていた。〝おまえは暢気でいいねえ。歌って、歌って、まわりで世界が焼け落ちたのも知らずに〟

　カルーソーの声が甦った。〝きみは歌手じゃないのか？　それとも演者なのか？〟

　煤まみれの浮浪児が泣きだした。襞飾りのスーツの女の抱きしめようとする腕を、彼は払いのけた。ジェマは月下美人の鉢を下に置き、広場の真ん中に置かれたアップライトピアノにちかづき、試しに和音を弾いてみた。むろん音が狂っている。焼け残った木箱をひっくり返して座り、ネブラスカのレッド・フックの教会でミサの終わりに必ず歌われた讃美歌を弾いた。孤児院の惨めなミサでも歌わされた。「われと留まれ、夜が落ちる。闇が深まる。主よ、留まれ、われと……」八行の歌詞をしっかり歌った。最後の和音を弾いて顔をあげると、浮浪児が膝を抱えてじっとこっちを見つめていた。スーツの女性もだ。

「ほかのも知ってる？」浮浪児が尋ねる。

ジェマは歌った。『美しく輝けるものすべて』、それにヘンデルの『わたしは知る。わたしの贖い主は生きておられるのを』、それから『トスカ』の羊飼いの少年の歌。『フィガロの結婚』第二幕の伯爵夫人のアリア、『アメイジング・グレイス』に『故郷だけがすべてではない』。喉が痛くなり、声が引っかかったが、それでも歌いつづけた。紙コップの水を差しだす人がいて、ジェマはそれを飲みほして気づいた。広場に集まる人の数が増えて、無言でピアノを取り囲んでいる。切り傷と煤だらけの指がうまく動いてくれなくても、モーツァルトの『ラウダーテ・ドミヌム』を歌った。頭に包帯を巻いた男の頬を涙が伝うのが見えた。たぶんジェマも愛鳥に似て暢気なのだろう。まわりで世界が焼け落ちるのもかまわず、歌っているのだから。でも、ほかになにもできない。わたしは歌手だ。だから歌う。

「ジェマ！」ちょうど『主よわれはきみのもの』を歌っている最中だった（襞飾りのスーツの女性に知っているかと尋ねられ、ネブラスカの真面目に教会に通う少女だったのだもの、むろん知っています、と答えた）。低い声で名前を呼ばれたのは。讃美歌の途中で顔をあげたとたん、男の手が伸びてきて、木箱から抱えあげられ抱きしめられた。彼の顔を見るまえから泣き笑いだった。鋼のように力強くて大きな手は見間違いようがない。楽々と十一度届く手が、いまはジェマの背中をしっかり押さえている。

「ジョージ――」彼に会うのは地震の前の真夜中の舞踏会以来で、あのときはダークスーツの襟にクチナシの花を挿していた。それがいまは煤で汚れたシャツ姿だ。燃え殻が降ってくるなかを歩いてきたみたいに、腕は火傷跡だらけだ。ジェマは彼にしがみつき、喉をつまらせた。ジェマの髪に顔を埋めて、彼がスペイン語でなにか言っている。やがてジェマを地面におろすと、英語に切り替えた。

「きみを探してサンフランシスコ中を歩きまわった」目にかかる焦げた髪を掻きあげた。

「テイラー・ストリートからハイド・ストリート、ノブ・ヒルをのぼったり、くだったり――」

〝わたしを探しまわってくれたのね〟ジェマの目に涙が溢れる。〝探しまわってくれた〟ジェマが彼を探してここまで来たように。

「――オクタゴン・ハウスに行ってみたら、灰になっていた。きみはソーントンと安全な場所に避難したんだろうと思った」

ソーントン。考えただけで、まるで骨髄に鉛を流しこまれたように骨そのものが震えだした。「彼は姿を消したわ」煙に紛れてどこに消えたのか誰も知らない。「厄介払いができてせいせいする」いま言えるのはせいぜいそれだけ。

下宿を焼け出されたジョージは、ひとまずゴールデン・ゲート公園に避難した。テントを張ったり担架を運ぶのを手伝い、料理中の火事の消火に手を貸して火が燃え広がるのを防いだ。「もしやきみが来るかもしれないと思って、パレス・ホテルのあたりをうろうろしていたら、ほんの一ブロック先からきみの歌声が聞こえた」

〝ソーントンは間違っていた。わたしも間違っていた〟と、ジェマは思った。頼れるのは自分だけを金科玉条にサンフランシスコに乗りこんできて、ソーントンのシニシズムに魅了され……いま、ようやくわかった。頼れるのは自分だけではない。友だちはいずれ裏切るわけではない。ジェマの友だちは裏切らなかった。きょうのところは。

〝わたしもまた友だちを裏切らなかった〟レジーとスーリンを助けようと燃えるオクタゴン・ハウスに飛びこんだことを思い出し、そう思った。

「わたしもあなたを探しに来たのよ」ジェマはやさしく言った。

彼の手が背中をぎゅっと摑む。「ジェマ――」

「ねえ、おっさん」浮浪児が横で文句を言う。「彼女に歌わせてやったらどうなんだよ」

ジョージはにやりとした。煤で黒くなった顔の中で歯だけ白い。彼がピアノのほうに首と倒したので、ジェマは、どうぞ、と手振りで伝えた。想像のなかの燕尾服の裾を払って木箱に座り、指の曲げ伸ばしを行う。「リクエストは？」聴衆に尋ねる。いまやピアノのまわりには六重の人垣ができていた。

ジェマが『今夜は下町で熱い時間がすごせるよ』を歌うと、聴衆はためらいがちに笑いながらコーラスに加わった。やがてカルーソーの馬車が、ジェマと荷物をフェリーまで送り届けるために戻ってきた。ジェマは鳥籠を手に、ありがとうの声に笑顔で応えた。喉は完全に潰れていた——あれだけ声を大事に守ってきたのに、ほんの一回でだめにしてしまった。でも、そうするのにこれ以上の機会はなかっただろう。二日前のソーントンの舞踏会で無感動な大金持ち相手に歌うよりはるかにいい。勝手気ままで飽食な客の誰ひとり、頭に包帯を巻いた男みたいに涙を浮かべなかった。男はいま、ジェマの手を両手で握りしめている。

ジョージは馬車にジェマを乗せ、鳥籠と植木鉢を倒れないよう置いてから乗りこんだ。月下美人をちゃんと育てられるか心許(こころもと)ないが、それでもジェマは植木鉢を膝に載せた。

「ニューヨークに戻るつもり?」揺れる馬車の中で、ジョージが尋ねた。「全員が揃ったら、オペラ団はどこに向かうのかな?」

「それはオペラ団が決めることだから」ジェマはニューヨークに戻りたくなかったけれど、ほかに選択肢はないようだ。「あなたはどうするの?」彼を見ながら思った。〝わたしを探しに来てくれたんでしょ〟

「ぼくにはもう自分のものといったらいま着ている服しかない」ジョージがジェマの手を

取ってキスした。「だから、ニューヨークもいいかも」

　彼に抱き寄せられ、ジェマはぬくもりに包まれてもたれかかった。安堵と恐怖と疲労が胸の中で石になった。トスカニーニはさえずりながら飛び跳ねる。「もう、暢気なんだから」涙がこみあげた。火はゴーゴーと燃えて煙を空に巻きあげる。こうして、二人はサンフランシスコをあとにした。

幕間

26

一九〇六年九月、カリフォルニア州タホ地域

町はもうこりごりだ、とアリス・イーストウッドは思う。舗装道路は紙のようにしわくちゃになる。巨大な建物はアシのように揺れる。大地が肩をすくめるやいなや、すべてが崩れ去る。〝あんたって馬鹿ね、山でも森でも地震は起きるんだからね！〟そう自分を茶化してみても、建物や街灯柱や壁に囲まれると不安でいたたまれなくなるのだ。タホ地域に来てようやく、胸いっぱいに空気を吸いこんで、サンフランシスコの煙の残滓を吐きだせた。

〝古くからの友人たちがフォールン・リーフ湖に最近開いたサマーキャンプに、ゲストとして招待してくれたの。山の空気を満喫しているわ〟レジーとスーリンとジェマに手紙で知らせた。毎日、へとへとになるまで歩きまわっていることは、手紙に書かなかった。サンフランシスコ時代の友人たちはそれぞれに悩みを抱えている――ジェマはニューヨークで暮らし、メットのコーラスで歌い、生活費の足りない部分は教会で歌って補っている。

レジーとスーリンはオークランドで、マダム・ニンの恐れおののく女の子たちを落ち着かせようと奮闘している。アリスは歩きまわって採集したリンドウとスイレンの押し花を三人に送ったが、余計なことは書き送らなかった。デソレーション渓谷にひとりで出掛け、雪堤をさまよい歩いて暗くなるまで戻らなかったこと。赤い穂状の花をつけるイチヤクソウをかじかむ指で採取し、寒さで青ざめた顔が斑になるまで岩にへたり込み、立ちあがる理由（どんな理由でも）を見つけようとしたこと。毎朝五時に起き、山の空気を曙光が染めるなか、ブルマーにローブを羽織って湖畔まで歩き、冷たい水に飛びこんで水面下を漂い、肺が破裂しそうになるまで浮かびあがらないこと。そこでなら、目を閉じても、アカデミーやライフワークの植物標本が火に包まれる光景が脳裏に浮かばない。

〝ここで自由気ままにやっているわ。サンフランシスコに戻るつもりはありません〟アリスは友への手紙にそう書いた。少なくとも後半部分は本意だ。

最後に郵便物を取りに町に出てから二週間が経っていた。早朝の水泳のあと、濡れた髪をコートの襟にかからぬようお団子にして、町に出掛けたのは九月一日のことだった。郵便局の前で、追いかけっこをする少年二人にぶつかりそうになる――「やめなさい」ちかくのベンチから二人の姉が読んでいた本から顔をあげ、怖い顔で叱りつけた。

「なにを読んでいるの？」アリスは十二歳ぐらいの少女に尋ねた。

「読んでるんじゃありません。勉強してるの」少女はため息をついた。「弟たちも勉強しなきゃいけないのに。母さんを待っているあいだ」——ばか騒ぎする少年たちを睨む——

「でも、やりゃしない」

「あとであなたのノートを写させちゃだめよ」アリスは言った。「勉強しないで楽しようなんてとんでもない。なにをやってるの、算数？　あなたぐらいのとき、台数が好きだったわ」

「得意だったんですか？」

「いいえ。でも、ほかの誰よりも一所懸命に勉強したわ。クラスの数人の男子が、おまえになんか負けないって言ってて、たしかにあたしよりできたけれど、それでもその子たちに負けまいと必死になった」アリスは思い出して笑みを浮かべた。このところ笑顔が錆びついていた。「ほかの人が失敗した分野で成功をおさめるのは誇らしいものよ」

「誇るのは罪だって、母さんは言います」

「どうして？　必死に努力したんだもの、誇らしく思ってもいいんじゃない？」

少女は顔をしかめ、おさげの先っぽに結んであるリボンを引っ張った。「算数であまりいい成績をとろうとしちゃだめよって、母さんは言うの。勉強好きの女は誰にも好かれないから」

アリスは少女の母親を殴ってやりたかった。才能ある少女の頑張りを、よってたかって潰そうとするのはどうして？　若いアリス・イーストウッドは学校で教えて生活費を稼ぎ、植物採集の学術踏査に加えてもらおうと必死になった。コロラドで滝壺に滑り落ちそうになっても笑ってごまかした。一滴でも涙を流そうものなら、これだから女は困る、とまわりの全員が言うにちがいないから。若いスーリンはいまオークランドで、レジーと住む部屋の家賃を払うためお針子をしている。身に着けた高い技術を安物のキャリコを縫うことで無駄にし、白人のお針子の半分の給金しかもらえない。黄金の声の持ち主のジェマは、持病の偏頭痛のせいで教会で歌って生計を立てている。女は才能があって、賢くて、性格がよいだけではだめなのだ。それだけでは報われない。

アリスは算数の教科書を持つ少女に挨拶をすると、郵便局に入った。手紙の束を受けとり、局内のベンチに座って読んだ。アカデミーの友だち、セスとエミリーからの手紙……冒険好きな東部の女子学生たちの学術踏査の案内役を依頼する手紙……スーリンからの手紙。オークランドのチャイナタウンの寺で、マダム・ニンの供養をしてもらったこと、叔父といとこたちの供養もしてもらったことが書いてある。彼女とレジーはもっとよい仕事を求めて東部に行くつもりだそうだ。マダム・ニンの女の子の一人がオークランドの商店主と結婚し、その様子をリジーが描いた絵が同封されていた。

結婚したのはその女の子だけではなかった――ニューヨークの消印のある手紙に、アリスは顔をほころばせる。〝親愛なるアリス、これからは手紙の宛名をジェマ・セラーノにしてね！　ささやかな結婚式だったけれど、月下美人の押し花を髪に飾りました――株分けしてもらった分はまだ花を咲かせていないけれど、サンフランシスコで開いた花を、『ラクメ』の譜面の「花の二重唱」のページに挟んでおいたの……〟

ジェマの手紙で浮きたった気持ちが、つぎの手紙で萎んだ。

〝もっと前に手紙を差し上げなかったことをお詫びします〟クラークソン巡査部長の手書き文字は傾いている。文字まで疲れて見える、とアリスは思った――サンフランシスコは地震直後から丸三日間燃えつづけ、それからの数カ月、警官たちは、家を失った人や怪我人や死者の世話、瓦礫の撤去作業などに追われて息つく間もなかった。〝ひとつ知らせがあります。現時点で、ミスター・ヘンリー・ソーントンは死亡扱いになりました。死体は発見されていませんが、火事で多くが行方不明となっており、彼が姿を現さず、当局に連絡をしてきていないことから、死亡者リストにその名前が加えられることになった次第。彼の会社は弁護士によって整理され、資産は東部にいると思われる親族に分与され……〟

アリスは手紙を封筒に戻した。不意に唇が乾く。ソーントン。帽子を被りなおし、手紙の束をバッグにしまって郵便局を出た。教科書を読んでいた少女はまだベンチに座っており、弟たちは彼女の言うことを無視して大騒ぎだ――アリスは何気なく立ちどまり、方程式を解こうと一心不乱の少女を見おろした。「優秀なだけじゃだめよ」そんな言葉が口をついた。「学校の勉強でもなんでも一番にならなきゃ」

少女は顔をあげて目をしばたたいた。「どうしてですか？」

「なぜなら、人生の目的は良い人になることではないから。詩篇(しへん)はそう謳っているけれど」アリスは寒気を覚えてコートの襟を立てた。「人生の目的は生き残ること。生き残る人間が必ずしも良い人間とはかぎらない」

アリス・イーストウッドは確信していた。ヘンリー・ソーントンがサンフランシスコ大火災を生き延びられなかったはずがない。

27

一九〇八年九月、パリ

わずかな貯金と無鉄砲なアメリカ人女相続人の申し出だけを頼りに、ニューヨークを離れてから一年ほどがすぎた。

「スーリン、あなた、サックスでいいように使われてるわよ」派手好きで有名なナタリー・バーニーが、ピンを何本も口に咥えひざまずいてティーガウンの裾を折るスーリンに宣った。「アメリカのデパートでお針子をやるのもいいけれど、どうせ人にかしずくならパリでやるべきよ。わたしは来週、パリに戻るから、デザイナーに紹介してあげる。どのデザイナーにするかはあなたが決めればいい。パリのファッションハウスで働きたいと思わないの？　自分の創作物に刺繍できるのよ」

パリはスーリンの憧れだった。パリとカロ姉妹。スーリンだけでなく、レジーにとっても憧れの地だ。サンフランシスコとは距離を置きたかった。まったくべつの人生を歩みたかった。オークランドはサンフランシスコにちかすぎたし、ニューヨークもけっきょくはおなじだった。悪夢はいまだレジーに取り憑いていた。叫んだりのたうち回ったりはしなくても、朝になるとシーツは冷や汗で湿っているし、レジーは目の下に隈を作って窓辺に佇み外を見ている。

ナタリーの新しいティーガウンの裾上げを終えたときには、スーリンの気持ちは固まっていた。レジーと一緒にフランス行きの船に乗ろう。ナタリーのパリの住所を書いた紙を握りしめ、彼女が申し出を実行に移してくれるかどうか確かめに行こう。

数カ月後、ナタリー・バーニーに連れられて、スーリンはカロ姉妹の店に足を踏み入れた。ナタリーは気取った足取りでマリー・カロのオフィスに入っていった。スーリンの刺繍のポートフォリオにざっと目を通し、ドラゴンローブに息を呑んだのち、カロ姉妹の長女はその場でスーリンを雇った。

ナタリーの作家や芸術家の友人たちのおかげで、パリにすんなり融けこむことができた。故郷と思えるほどではないけれど。おおかたのフランス人がスーリンを見る目に浮かぶのは好奇心だけで、敵意はまず感じられない。アジア人の顔とアメリカ英語のせいで外国人とみなされる。ただそれだけのことだ。

パリに来て一年経っても、アパートメントのドアを開けるたび喜びが全身を駆け巡る。ここは二人のお城だ。スーリンとレジーのお城。縦長の窓、天窓、中古の家具。最上階のひと間だけのアパートメントには、キッチンと居間とアトリエが混在している。背の高い屛風に隠れてベッドと衣裳簞笥がある。直射日光が当たらないテーブルの上には月下美人の鉢。

アパートメントのあるモンマルトル界隈にもすっかり馴染んだ。家賃は安いし、カフェは手ごろな値段だし、住民たちは近所に風変わりな芸術家が暮らしていることに慣れきっている。隣人たちの多くは、スーリンとレジーが経済的な理由から同居していると思っている。事情を知っている人たちも眉を吊りあげたりしない。ボヘミアンの世界では、そういう関係は珍しくもなかった。まるで夢の世界に生きているようだ。美しい生地やデザイン、最高の糸とスパンコールに囲まれ、絹の造花からビーズ刺繡したスカーフまで、出すアイディアはまともに取り合ってもらえる。

レジーはちがった。絵と真摯(しんし)に向き合うことに興味を失ったように見える。パリの通りや記念碑をささっと描いた水彩画を、友だちがセーヌ河畔の屋台で売ってくれているが、レジーはそれを観光客相手の土産物程度に思っているらしく、サインを入れようとはしなかった。

「見せられるものはないし、売れるものはない」レジーはよくそう言って、部屋の隅に置いた描きかけのカンバスを指さす。いまは忙しすぎるとか、芸術の新たな方向性が定まっていないとか言い訳をする。小遣い稼ぎにムーランルージュの新しいショー『夢の恋人(レーヴ・アムルーズ)』

のポスターを描いている。もっとも、絵を教えることで定収入を得てはいた。

「夢にも思ってなかった。パリでアメリカ人に絵の描き方を教える日がくるなんて。連中には、真面目に芸術に取り組むつもりなんてないけどね。彼らが興味を持ってるのはボヘミアンな生活。彼らのお目当ては、クラスのあとで行くカフェでワインを呑みながら感傷に浸ること」


秋の雨の日のことだった。スーリンが帰宅すると、レジーが封筒を振ってみせた。キスするあいだも封筒を握りしめたままだった。「アリスから?」スーリンは封筒を目顔で示した。

「そう、あんたが戻ったら封を開けようと待ってたんだ。いま読みたい? それともあとにする?」スーリンの耳元でささやくと、首筋に唇を這わせて〝あとにする〟の意味をはっきりさせた。

ずっとあとになって、しわくちゃのシーツと幸せの靄に包まれてスーリンは丸くなった。レジーの体を指で辿るのはいつも新鮮だ。レジーの腿、お尻、横腹。オークランドでマダム・ニンの女の子たちを探しだし、二人で住む場所を確保した最初の夜、レジーの痩せ衰えた体を間近にして涙を堪えきれなかった。胸はぺたんこであばら骨は浮きだし、肌は青く血管が透けて見えた。それから二年ちかく経ったいま、レジーは見事なまでに肉感的だ。

八月の午後、田舎にピクニックに出掛けたせいで肌はほんのり日焼けしている。笑いながら素っ裸で湖に飛びこむ友人たちに混じるレジーの脚には、毎日モンマルトルの坂をのぼりおりしているせいできれいに筋肉がついていた。

レジーはいま、寝そべったまま読めるように、日焼けした腕を伸ばして手紙を掲げている。「アカデミーの施設建設が遅々として進まないんで、アリスは気落ちしてるみたいだね。でも、野外活動を楽しんではいる」

「アリスは岩山を登ったり湖を歩いて渡ったりするのが好きだもの」スーリンは言った。「デスクに向かっているよりそっちのほうが向いてるんじゃない。アカデミーが移転先をなかなか決めようとしなくても、それほどがっかりしてないわよ。それより月下美人がどうなってるか知りたいんでしょうね。あたしたちの近況よりそっちのほうに興味があるに決まってる」スーリンは親しみをこめて言った。

「いい知らせ」レジーが先を読んで歓声をあげた。「ブエノスアイレスに新しくできたオペラハウスから、ジェマに声がかかったって。テアトロ・コロン。ジェマがつぎの手紙で詳しいことを知らせてくれるね、きっと」ニューヨークでは端役ばかり演じてたけれど、ジェマがもっと大きな役を望んでいることを二人とも知っていた。「おつぎはクラークソン。こりゃ驚いた！　クラークソンがサンフランシスコ市警察を辞めてピンカートン探偵社に入ったんだって」

「彼がそうしたのは、ソーントンの死に納得がいかなかったからよ」と、スーリン。「警察はソーントン事件の捜査に終止符を打ったけれど、ピンカートンは捜査をつづけさせてくれる」スーリンはしまったと思った。ソーントンの名前を出したとたんレジーが体を強張らせたからだ。きっと今夜もレジーは悪夢にうなされるだろう。

「レジー、夕食はカフェですませましょう」スーリンは言った。カフェで友だちに会っておしゃべりしたり笑ったりしているうちに、精神科病院やそこに彼女を押しこめた男のことを束の間でも忘れられるかもしれない。

レジーは無理にほほえんだ。「カフェは明日の夜にしよう。もう夕食の支度をはじめたから」

狭いキッチンを動きまわるレジーを見ながら、過去の話を避けるのはあたしもおなじだ、とスーリンは思った。唯一のちがいは、レジーが進むべき道を見つけようともがいているのに対し、スーリンには夢中になれる仕事があることだ。いいえ、仕事ではない。キャリアだ。悪夢を寄せつけないキャリア。カロ姉妹がいなかったら、レジーと同様、過去に取り憑かれていただろう。一度だけ、レジーが打ち明けてくれたことがあった。嫌な記憶が不意に頭を占領してどうにも払いのけられないことがある、と。薬を染みこませた布で鼻と口を覆われ意識を失ったときの記憶。重たいドアを叩きながら、こんなところに監禁されるいわれはないと叫んでも、誰も助けにきてくれなかった記憶。

スーリンは悪夢ときっぱり縁を切った。オークランドでマダム・ニンの女の子たちが新しい下宿先に落ち着くのを助けていたころ、夢に聖クリスティナが出てきた。あそこに舞い戻ってレジーを必死に探す夢、現実と見まがうほど鮮明な夢だった。おばさんが撃たれて大理石の床に崩れ落ちる夢も見た。美しいスーツを真っ赤に染めて草の上に横たわるおばさんの姿も夢に出てきた。

ジェマも悪夢にうなされているのだろうか。果てしなくつづく螺旋階段をおりた先にソーントンが待ち構えていることに気づく夢を見たりするの？ 火に包まれた屋敷から二人を引き摺りだし、空気を吸おうと喘ぎながら目覚めることがあるのだろうか？

アリスが悪い夢を見るとは想像できない。分別があって怖いもの知らずのアリスなら、過去に苛（さいな）まれたりしないだろう。そんな不躾なことは訊けないけれど、考えずにいられない。煙が充満する廊下を月下美人の鉢を抱えて逃げまわる夢を見て、夜中に目を覚ましたことはあるの？

ニューヨークのホテル火災の犠牲者の遺族はどうしているだろう？ ピンカートンの私立探偵は、ソーントンに殺される前の年に結婚したばかりだったそうだ。若いラングフォード未亡人と忘れ形見の女の子はどうしているの？

ソーントンはいったい何人から人生を奪ったのだろう？

28

一九一〇年七月、ブエノスアイレス

ジェマはトスカニーニの鳥籠を置くと、陽射しが降りそそぐテラスをゆっくりと歩きはじめた。抜けるような青空と壁を這うブーゲンビリアの花の鮮やかさから目を守ろうと、額に手をかざした。「ジョージ、どうかもう一度言ってちょうだい。わたしたちならできるって」

「ぼくたちならできる」彼が室内から声をかける。いたるところにバッグが転がり、家具は町はずれの二部屋だけの古いアパートメントから荷馬車で運ばれてくる途中だ。それでも、ピアノはここにあって、彼は椅子に座って蓋を開けるところだった。「きみは秋に『トスカ』を歌う契約にサインしたし、さらに伯爵夫人も歌う。テアトロ・コロンの指揮者は、きみが歩いたあとの地面にひれ伏すだろう。心配しないで、コラソン」

〝それでもし『トスカ』の初日に偏頭痛に襲われ、すべてをぶち壊したら？〟そんな不安が頭をよぎるが、心配するのはひとまずやめることにした。よく晴れた日だ。ジョージはグラナドスの『ファンタンゴ』を弾き、トスカニーニは鳥籠の中で羽ばたき、さえずっている。取り越し苦労をしてもしょうがないから、ジェマは埃まみれのテーブルへと歩いた。麗らかな宵はここでジョージと夕食を食べよう。マルベック・ワインの入ったガラスのタンブラー、パプリカと固ゆで卵をフランクステーキで巻いたマタンブレ・アルヤド、下の通りから聞こえるスペイン語の響き……。

「さあ、あなたはここ」ジェマは月下美人の鉢を置いて葉を撫でてやった。アリスが株分けしてくれた繊細な植物はニューヨークのアパートメントの窓辺に葉を垂らして、最初の一年をなんとか生き抜いた。ジェマがかいがいしく世話を焼いたおかげであって、間違っても奇跡とは言わない。悪臭漂う晩夏の夜にようやく花を咲かせ、通りから立ち昇る生ごみや馬糞の臭いを制してえもいわれぬ香りを放った。ほどなくして仕事の依頼が舞いこみ、二人で南米に移った。なんとブエノスアイレスで『魔笛』の夜の女王を歌う仕事だった。

カルーソーの口利きだったのではないかと、ジェマはいまも思っている。地震のあと、巡業途中のどこかで誰かに耳打ちしたのでは？　もしそうなら、扉を開いてくれた彼には足を向けて寝られない。テアトロ・コロンの指揮者が、彼女の黄金の声と黄金の髪を崇拝してくれて（誘いをぴしゃりと断っても彼はめげなかった）、ジョージから口移しに覚えたアルゼンチン訛りのゆるいスペイン語を、オペラ団が評価してくれた。「アメリカからやって来るソプラノときたら、ありがとうのひと言もなし、そもそもスペイン語のありがとうを憶えようともしない」ジェマの衣裳係は鼻を鳴らし、夜の女王の冠をジェマの髪に留めた。「失礼にもほどがあるってもんよ！」

そしていま、大きな仕事が舞いこんだ。それがカルーソーの口利きであろうと、アリスの月下美人の花が幸運を呼んでくれたのだろうと、なんとしても摑みとる。ついに主役を張れるし、日当たりのいいテラス付きのアパートメントで最愛の人と暮らせるし、クイーンズの教会の聖歌隊で歌って生活費の足しにする必要もない。

「あなたは今夜、リハーサルがあるのよね。『魔笛』のリハーサルで出会った管楽器奏者たちとの」ジェマはジョージに尋ね、月下美人を最後にひと撫でして部屋に戻った。アパートメントの主室の半分をグランドピアノが占めているが、二人ともなんの不満もない。

「あなたが代役を頼まれたのはなんの曲？」

「K四五二。モーツァルトのピアノと管楽のための五重奏曲　変ホ長調」グラナドスの『ファンタンゴ』を弾いていたジョージの両手が、モーツァルトのラルゲットを奏でる。彼がにやりとする。仕事のことでやきもきしないし、どういうわけか仕事にあぶれたことがない。オペラの新しいプロダクションにジェマが加わることになると、彼も劇場までついて来て数分後にはリハーサル・ピアニストとして雇われている。あるいは、オーケストラピットでちゃっかりハープシコードを弾いている。そのうえ第二ヴァイオリンと意気投合し、地元の小さなアンサンブルに誘われた。そこで三カ月ほどコンサート衣裳を着てモーツァルトやブラームスを演奏し、つぎの月にはラフな恰好でバーでラグタイムを演奏するといった具合だ。「それに、通りの向かいのカフェから仕事の依頼もきたしね。店の主人とおしゃべりしてるうちに、タンゴ・ナイトで弾いてくれないかって話になって……」

「カフェで弾くなんて才能の無駄遣いじゃない」ジェマは言い、背後から彼の首に腕を回した。

「でも、カフェで弾くのが好きなんだ。窮屈なネクタイをしなくていいし……」ピアノのスツールに座ったまま振り返り、大きな手でジェマのウエストを摑んだ。ジェマは屈んでゆっくりとキスする。はじめてのキスは、サンフランシスコから汽車でニューヨークに着いてホームに降りたったときだった。煤で汚れくたびれ果て、焼けた髪の臭いが抜けていなかった。自分でも意外だったが、先にキスしたのはジェマだった。彼の指がまるでピアノのキーを叩くように背中を這いまわり、〝ここがわが家だ〟と思いながら、ジェマは彼の腕の中で蕩けた。

〝ぼくのサンフランシスコでの仕事は、グランド・オペラ・ハウスとともに消滅した〟あのとき彼は言い、肩をすくめた。彼はニューヨークで暮らすことをあっさり決めたが、ジェマにとっては並大抵のことではなかった。メットのコーラスで歌うということは、リハーサルにちゃんと顔を出し、低姿勢に徹することだ。これが最後のチャンスなのだから――それでもジョージがいつもそばにいて、おかしな話をして笑わせてくれた。例えば、十五歳で摑んだ初仕事はブエノスアイレスの怪しげなラウンジでピアノを弾くことだったが、じつはそこは売春宿だった話。サンフランシスコ行きの豪華列車でピアノを弾く仕事にありついたものの、いちばん金持ちの乗客がくれたチップはなんとディナーロールだった話。ジェマはあっけなくジョージと恋に落ちて、あっさり結婚を決めた。なんのためらいもなかった。

「明日、あなたのお母さんをランチに招くつもりよ」ジェマはキスの合間に言った。「荷解きもまだだけど、がみがみ言う理由ができたってお母さんは喜んでくれるわ。お母さんのレシピでメディアルーナスを焼くつもり」ブエノスアイレスに着いてすぐに、ジョージはジェマを母親に紹介してくれたが、彼なりに気を揉んだようだ。もっともそこはアルゼンチン男、深刻にはならない。それにジェマはまったく心配していなかった。〝わたしは世の母親族に好かれるの〟と、ジェマは彼に言った。心の奥底に隠していた健全な田舎娘を引っ張りだし、お手伝いしたいのでエプロンを貸してください、とスペイン語で言えば相手はまいる。「それはそうとわたしの『トスカ』の楽譜を見なかった？　二幕のスカルピアを罵る場面をもっと練習しておきたいの――」

「荷解きに一日使っても大丈夫だよ、コラソン、なんなら二日」

「いいえ、最初のリハーサルまでに仕上げておきたいの。ここまで完璧に準備してきたソプラノははじめてだって言わせたい」公演の最中に偏頭痛が起きるかもしれない。土壇場でキャンセルなんてことにならないともかぎらないから、それまでに良好な関係を築いておきたかった。

〝サンフランシスコを離れてからも、偏頭痛はいっこうに改善していないじゃない。それどころかひどくなってる〟頭の中でささやく意地悪な声を追い払った。だからってなにができる？　痛みに耐えること、偏頭痛を受け入れて生きることしかできない。「友だちに手紙を書かないとね」ジェマは言い、ピアノの上からジョージの譜面が入っている箱をどけた。「住所が変わったことを伝えて――」

「前のアパートメントに鍵を返しに行ったついでに郵便物を回収してきた」ジョージはそう言うとピアノに向き直り、またグラナドスの曲を弾きはじめた。「上着のポケット――」

ジェマはポケットを探り、よれよれの封筒を取りだした。パリの消印とアメリカの消印を見て嬉しくなった。

「スーリンはいまやカロ姉妹の店の上級刺繍師ですって」ジェマは手紙を声に出して読みながらテラスに出た。「レジーはパリの観光客を口ぎたなく罵ってる。彼女、自分の作品をどこかに出展してるのかな。尋ねても答えてくれないのよね」楽譜に使うようにと、スーリンが刺繍した栞（しおり）を同封してくれた。ここの公園でも見かけたセイバの木の深紅の花を刺繍してある。でも、レジーの愉快なスケッチは同封されていなかった。彼女はなにも描いていないのだろうか。ジェマは顔をしかめ、アリス・イーストウッドの手紙に移った。

「目の調子がよくないんですって……いまは東海岸を旅してて、せっせと植物標本を作っていて、ヨーロッパに行くつもりらしい。イギリスのジャイアントセコイアがセコイアデンドロンとおなじかどうか知りたい――」

「セコイアデンドロンってなに？」ジョージがタンゴを奏でながら言った。

「尋ねないほうがいいわよ。『カリフォルニアの木々』の注釈付き参考書が送られてきてもいいならべつだけど。彼女はどうして戻らないんだろう」ジェマはアリスの手紙を繰りながら言った。「クラークソンはニューヨークのピンカートン探偵社に移ったんですって」ソーントンを調査するため、という部分は声に出して読まなかった。新しい家の日当たりのいい場所で、その名前は口にしたくなかった。

〝死んでいてくれますように〟声に出さずに祈り、手紙を畳んだ。〝ソーントンが死んでいてくれますように〟スーリンはマダム・ニンのために法の裁きがくだされることを願っている。レジーは死体を見るまでソーントンの死を信じないだろう。アリスもそうだ。科学者は実際に目で見て確かめないと納得しないものだ。でも、ジェマは望みを抱いている。彼が死んでいるという望み、二度と彼に煩わされず、ただ……

先に進みたい。

まだ一年ある。

アリス・イーストウッドがロンドンに行き、キュー王立植物園を訪れて、社交欄のページを開いたままベンチに放ってあった新聞を見つけ、あの言葉に目が釘付け(くぎづ)けになるまでにまだ一年ある。

〝不死鳥の冠〟

海を越え、大陸をまたいで届けられた電報に記されるあの言葉。無謀な計画と慌てて手配される船旅のチケット、記憶が煽(あお)る悪夢に結びつくあの言葉。

全員をパリへと駆り立てるあの言葉。

第二幕

29

一九一一年六月二十三日、パリ

「赤ワイン(ヴァン・ルージュ)を」ジェマはそばをうろつくウェイターに注文した。待っているあいだは真っ黒なフレンチコーヒーをすすっていたが、全員が揃ったいま、これから話し合う内容を考えれば酒が必要だ。

　だが、誰も口火を切ろうとはしない。パリの喧噪(けんそう)の通りで、女四人が黙りこんでいる——斜めに射す夏の午後のくすんだ光、頭上で揺れる縞模様の日除け、通りすぎる車のクラクション、交通量の多い川みたいに流れる早口のフランス語。ロンドンでアリスが打った電報がテーブルの上に置いてあり、全員がしばしそれを見つめていた。

　最初に口を開いたのはジェマだった。アリスに顔を向けると耳元で真珠が揺れた。「あなた、ちっとも変わらないわね。あのときのまま」たしかに白髪が増えてはいるけれど、きちんと結ったお団子といい、糊のきいたブラウスといい、首からさげたレンズといい、別れたときのままだ。「あいかわらず植物採集で世界を飛びまわってるのよね。いずれは古巣のカリフォルニア科学アカデミーに戻るつもりつもりなんでしょ？」

アリスの笑みが消えた。「いまのところ正式に要請されてないから。サンフランシスコに腰を据えるのは……どうしても気が進まなくて」

スーリンが目をしばたたく。レジーは咳払いした。〝世間話はいいかげんやめたらと思ってるのね〟ジェマだってそうしたい。アリスは気まずそうに遠くを見つめる。だったらつぎはスーリンだ。「とってもエレガントよ、スーリン。パリの水が合ってるのね」

スーリンはこくりとうなずいた。おさげに着古したチュニックのサンフランシスコの寡黙なお針子の面影はなかった。向かいに座る自信に満ちた女性は、最新流行のホブルスカートのせいで足取りは小刻みながら、優雅にカフェの階段をあがってきた。艶やかな髪は流行りの刈り上げ（シングルカット）で、夏の軽い羽織り物はアーモンドの花の刺繍のターコイズブルーのシルク。だが、ジェマに向ける吟味するような視線は、昔のスーリンそのものだった。ジェマの黒白の縞のウォーキングスーツのステッチひとつ見逃すまいとしている。喉元を飾るカメオも縞のタフタのリボン飾りの大きな黒の麦わら帽も、吟味の対象だ。

「とってもお洒落」スーリンが言う。「ブエノスアイレスの流行はパリに遅れること半年ってところかしら。じきにホブルスカートが流行りだすわ」

「負けるな、ブエノスアイレス」ジェマの顔に貼りついていた人好きのするにこやかな笑みが、ほんものの笑みになる。スーリンは吟味する視線を今度はアリスに向けた。〝あなったた。〝やっぱりね〟とジェマは思った。〝やっぱりね〟とジェマは思った。


たがなにを言いだすかわかってる……〟

「アリス、その帽子」スーリンはがっかりしている。〝やっぱりね〟とジェマは思った。

「サンフランシスコで被っていた、十年愛用してるって言ってた帽子よね」

「これのどこがいけないの？」アリスは平らなパンケーキみたいなカンカン帽を脱いだ。

「去年のクリスマスにあなたが送ってくれた帽子はよそ行き用で、これは毎日かぶるやつ」

「さすがに無理があるんじゃない、アリス」と、ジェマ。「スーリンに手を加えてもらったほうがいい」

「マダム・ライディグの最新のオペラガウンにつけようと持ってきたんだけど……」スーリンはハンドバッグをごそごそやり、小さな裁縫セットとビーズ刺繍をしたシルクの花を取りだした。「それはひどすぎて見過ごせない」アリスの帽子を膝に置くと針を取りだした。ジェマはフーッと息を吐いた。テーブルを覆っていた不安定で脆い沈黙がなくなってゆく。

「この人、なにかを縫っていれば幸せなのよ」レジーはスーリンが座る椅子の背に腕を預け、誇らしげに笑った。レジーはむろんホブルスカートなんて穿いていない――男物のズボンとチョッキがボヘミアンそのもので、剝きだしの頭が夏の陽射しを浴びている。首には赤いスカーフを巻き、シャツの襟の赤いケシの花の刺繡はむろんスーリンが刺したのだろう。「いまはまだアトリエの主任刺繡師じゃないけど、テブー通りを走る車の半分は彼女の刺繍が目当てなんだ。ポール・ポアレだって彼女を引き抜こうとしてる」

「おだてたってだめよ」スーリンの口調は女房のそれだ。

「はいはい、宝物」レジーが堂々と彼女の指にキスしても、カフェの客の誰も気づかない。さすがはフランス人。こういうことにはアメリカ人よりはるかに寛容だ。あるいはわかっていないだけなのかも。男同士のカップルはもっと慎重に振る舞うけれど、女二人が一緒に暮らしても、安全と経済的理由からだと思われる。こっそりやる分には、女のほうがいろんなしがらみから解放されうるのだ。ありがたいことに。感慨深いものがある、とジェマは思った。

「あんたってまるで『ラ・ボエーム』のマルセロみたい」ジェマはレジーに言い、テーブル越しに日焼けした手を握った。「ついに念願のパリにいるんだものね！　手紙では絵の展覧会のことに触れてなかったけど、いまはなにを描いているの？」

　レジーの笑顔が消えた。「あれやこれや」短い返事。ジェマはもっと聞きたかったが、赤ワインを運んできたウェイターに邪魔された。賑やかなやり取りののち、なんとかウェイターを追い払った。レジーは赤ワインを一気にグラス半分呑みほした。スーリンはアリスの帽子のリボンに刺繍するので忙しい。アリスはインクの染みのある指でワイングラスの脚を回していた。煤にまみれ疲れはてた四人が、サンフランシスコの下宿屋で、世界でも希な植物が白い花びらをほころばすのを眺めてから、ずいぶん遠くまで来たものだ、とジェマは思った。

「まったくねえ」ジェマはため息をついた。「四人がこんな形で再会するとは思ってもいなかった」

「ニューヨークであなたに連絡するつもりだった」スーリンが顔をあげた。「でも、なかなか時機が合わなくて……」

「あたしもはじめてヨーロッパに来たとき、あなたたちに会いたかったのに機会を逸してしまって……」アリスらしくもなく語尾を曖昧にぼかした。四人ともワイングラスを覗きこむばかりだ。

〝きっとどこかで会えると思ってたのにね〟ジェマはそんな思いを口に出しかけてやめた。人生は思わぬことの連続で、気がつくと五年が経っていた。人生でいちばん大切な友情をかろうじてつないできたのは、何通かの手紙だった。みんな楽しいことばかり書き連ね、散り散りになる原因となった出来事について言及することはなかった。〝わたしだって楽しい話題しか取りあげなかった〟と、ジェマは思う。〝結婚式、テアトロ・コロンで『トスカ』の初日にカーテンコールを十四回も受けたこと——悪いことは書かなかったでしょ？〟例えば、偏頭痛が前より頻繁に起きるようになり、十五回に一回は出演をキャンセルしていること。そう、書かなかった。辛いことはなにもないふりをしてきた。

たぶんみんなそうなのだろう。手紙には楽しいことしか書いてよこさないけれど、アリスはサンフランシスコに戻ることをしぶっている。レジーは手紙に美術界のゴシップを書き並べているのに、自分の絵のこととなると沈黙を守っていて……。

「そうなのよね」と、アリス。「あたしもこんな形でみんなと会いたくなかったわよ。こんな形でパリに来ることになるなんて——パリに行く機会があったら、なにはさておきパリ植物園でマツヨイグサの変種を調査をしたいと思っていた。花弁は丸いのか切れ目があるのか知るために。ところが、いまの目的は殺人者に法の裁きを受けさせることなんだから」アリスはハンドバッグからしわくちゃの新聞の切り抜きを取りだし、テーブルの上の電報に重ねて置いた。「さあ、みんな、世間話は終わりにして、本題に入りましょう。ソーントンのことを話し合わないと」

　新聞の社交欄の切り抜きを回す。アリスがロンドンで偶然見つけた新聞だ。

「ソーントンの名前は出てないけどね」アリスが黒い手袋に包まれた指で切り抜きを押しやった。「名前はウィリアム・ヴァン・ドーレンになってる」

　名前ではぴんとこないが、誉めたてた記事はべつだ。ニューヨークの億万長者がパリにやって来て、婚約者に不死鳥の冠を贈ったという記事。青と白の翡翠に五十七個のサファイア、四千の真珠、カワセミの羽根で作られた蝶、それに月下美人の花の彫刻。みんなにとっておおいに意味がある。こういう冠を所有する男と言えば……。

「クラークソンはこの五年間、ソーントンを探しつづけて噂のひとつも耳にしなかった。

それなのに、アリスは偶然拾った新聞の社交欄で彼に出くわした」レジーが頭を振る。

「まるで笑い話じゃないの」

「クラークソンがね、ヴァン・ドーレンとソーントンが同一人物だと確信したら教えてくれって」と、アリス。「彼とは電報でやり取りしたんだけど、証拠がなければフランス警察は動いてくれないから――」

「同一人物よ」スーリンがようやく帽子から顔をあげた。「二日前、ドレスをリッツ・ホテルに届けたときに、中庭で紅茶を飲みながら張っていたの。そうしたら彼がすぐ脇を通った。触れるぐらいちかくをね。ソーントンはパリにいる」

レジーが憤慨して彼女を見つめた。「なんで言ってくれなかったのよ!」

「だって、あなたのことだから、一緒に行くって言うに決まってる。そんな危険は冒せなかった。彼はあなたの顔を知ってるのよ、レジー。でも、彼にとってあたしはただの中国人のお針子。注意を払うわけないし、リッツの混雑した中庭であたしに気づくわけがない。あとから応接係に尋ねたら、ミスター・ウィリアム・ヴァン・ドーレンだって教えてくれた」

「彼がリッツに泊まっているってどうしてわかったの?」アリスが尋ねる。

「アメリカ人のご婦人方がカロ姉妹の店でドレスを作ったの。あすの夜、ヴェルサイユ宮殿で開かれるポール・ポワレ主催の仮面舞踏会に着ていくドレス」スーリンはアリスの帽子を掲げて矯めつ眇めつした。「それで仮縫いとときに、おなじホテルに泊っているヴァン・ドーレン一行の噂話をしていたの。それがリッツ・ホテル。できあがったドレスを届ける役を買ってでて、鉢植えのヤシの陰に座って待ったっていうわけ」

「ほんとうに彼だったの?」ジェマは声をひそめて言った。

スーリンが目を見つめて言う。「ええ」

また沈黙が訪れた。みんながおなじことを考えているのがジェマにはわかった。四人を焼き殺そうとした平凡だけれど魅力的な男のことを。

「ヴァン・ドーレンは本名なのかしら、それとも偽名」アリスが言う。

「本名にちがいないと思う」ジェマは自分でも集めた新聞の切り抜きを取りだした。「ブエノスアイレスでパリ行きの船に乗る前に、ニューヨーク社交界の記事に目を通して――」

「ブエノスアイレスで手に入るの?」

「もちろん。国外追放された金持ちがアルゼンチンにどれぐらいいるかわかる? 彼の婚約を大げさに書きたてた記事を見つけたの。〝ニューヨークのヴァン・ドーレン家のウィリアム・ヴァン・ドーレンが、ヨーロッパで十年をすごしたのち、ひっ迫していた家族の財政を立て直し〟」ジェマはそこまで読んで切り抜きをテーブルに置いた。「五番街のアスター・ハウス・ホテルにほどちかい実家を改築し、花嫁に贈る別邸をニューポートに建設予定――なんてことが事細かに書いてある。記事を書いた人はニューヨークの上流階級の家系や生活ぶりに相当詳しいみたい」ジェマはワイングラスを取りあげ、指が強張るのを感じた。「でも、ウィリアム・ヴァン・ドーレンがヨーロッパではなくサンフランシスコに行ってたことは、記事を書いた人も知らなかった。故郷から遠く離れた場所で、彼が偽名で財を成し、それから故郷に舞い戻ってふたたび富を築いたことは知られていない」

「でも、サンフランシスコ時代の彼の写真を見た人がいたら――」

「その点に関して、彼はすごく慎重だった」レジーが感情を殺した声で言う。「彼はけっして写真を撮らせなかった。なぜなのか不思議に思ってた」

「彼は元気そうだったわよ」スーリンのリズミカルな針の動きが止まった。「健康そのものでよく笑って。紳士淑女の一団を引き連れ、美しい婚約者を腕にぶらさげ、高価な自家用車をおもてに待たせて……」

四人はほぼ同時にグラスを掲げ、赤ワインを一気に呑みほした。

「あたしたちには彼と対決することはできない」アリスが言う。「あなたたちがどう考えているのかわからないけど、できないと思う」

スーリンが体を震わせた。レジーが寒さから守ろうとするようにスーリンを抱き寄せた。ジェマは顔をしかめた。「そうよね、わたしも彼と対決したくない」考えただけで鳥肌がたつ。「彼とは二度と会いたくない。マダム・ニンとピンカートンの私立探偵殺害容疑で、彼が裁判にかけられればむろん出廷するけど」

「中国人の娼館の女将を殺したからって誰も気に留めない」スーリンがつぶやいた。「世間の関心はもっぱらピンカートンの私立探偵に向かうでしょうね」粋な装いの奥から怒りが滲みだす。ジェマは思わず手を伸ばして彼女の手に触れそうになった。だが、スーリンがそれを歓迎するとは思えない。その黒い瞳に疑念が光っている。〝あなたが纏う優雅さのガラスにもひび割れがあるのね〟ジェマは思い、ちくりと心が痛んだ。

「彼が法廷に引き摺りだされる可能性はある、とマイケル・クラークソンは考えている」アリスが言った。「事が思いどおりに運んだらね。まずあたしたちがヴァン・ドーレンはソーントンだと立証する。あたしたちの関与はそこまで。クラークソンがパリに到着するまで、距離をとって見守る――彼はいまピンカートンの私立探偵だから、地元警察に手を回して彼を正式に逮捕してもらう」

レジーが疑念を口にした。「ソーントンみたいな人間は、警察を買収する。判事も」

「クラークソンはいつごろこっちに来るの？」ジェマは尋ねた。レジーがワインのお代わりを注文した。「もしソーントン一行がパリを離れて――」

「七月末まで滞在する予定よ」と、スーリン。「クラークソンがすでに向こうを出発していたら――」

「ええ、出発している。一週間前に、ニューヨークから船に乗ったと電報で知らせてよこした」アリスが言う。「あすの朝、フランスの港に着く」

「——だったら、ヴァン・ドーレン一行は七月いっぱいパリにいるから、時間は充分にあるわよ」

ジェマは目をしばたたいた。「どうして知ってるの？」

「噂好きのアメリカのご婦人たち」スーリンはワインを呑んだ。「ソーントンの婚約者の花嫁衣裳はポワレが作っているんだけど、時間がかかるから、あと数カ月はパリに滞在することに決めたらしいわ」

「ときどき思うんだけど……」ジェマは指でテーブルを叩いていることに気づき、慌ててやめた。「わたしたち全員が死んだと、彼は信じているのかしら？　わたしたちはこの五年間、じっと身を潜めていたわけじゃないでしょ。彼を探す手掛かりはまったく摑めなかった。クラークソンが調べていたのはソーントンという名の男で、その消息はわからなかった。でも、わたしたちが生き延びたという噂を、彼が耳にしてたとしたら？」

「彼にあたしの本名がわかるわけない」スーリンがターコイズブルーのシルクの袖から糸くずを摘みながら言った。「つまり、あたしが生きていることを彼は知る術がない——あたしと出くわさないかぎり——たぶん——彼はあたしに気づかなかったはず」

「あの日、あたしが温室にいたことを、彼は知らなかった」アリスが言う。「だから、この五年間に彼がまた珍しい植物を集めはじめて、あたしの名前を小耳に挟んだとしても、気にも留めないでしょう。それにあなたはいま、結婚姓で舞台に出ているんじゃないの、ジェマ？」

ああ、よかった、とジェマは思った。「この五年間のおおかたはブエノスアイレスにいたし。でも、もし彼がレジーの絵を目にしてたとしたら？　彼には鑑賞眼があるうえレジーのスタイルも知っている」

レジーとスーリンが目配せした。身を竦ませるレジーの代わりにスーリンが言った。「サンフランシスコを出て以来、この人は本気で絵を描いてこなかったの」

彼女の言わんとしていることが理解できたから、誰もなにも言わなかった。「あたしたちが彼を探していることを、ソーントンは知らないと思うのよね」アリスはレジーの気持ちを慮って話題を変えたのだろう。「つまり――」

「つまり、わたしたちはクラークソンが来るのを待つってことね」ジェマが言い終えたところにワインのお代わりが運ばれてきた。「それで、クラークソンは七月末までに正式な逮捕の準備を整えればいい」

四人はワインを呑んだ。パリの夏の白い靄に包まれて、全員が肩を落とした。それだけ？　ジェマは三人の気持ちをそう解釈した。サンフランシスコ大火災の最中、四人を見殺しにした男、子どもがレモンドロップを買う手軽さで判事を買収できる男を、逮捕できる見込みはないに等しいんじゃないの？

レジーがようやく口を開いた。「彼の婚約者ってどんな人なの?」

「ええと――」ジェマは新聞の切り抜きをめくった。「ウィーンの貴族。彼女がパリに来たのはむろん花嫁衣裳を作るため。父親はオーガスト・フリードリヒ・アレンバーグ・フォン・ロクセン男爵――その爵位がほんものかどうかわからないけれど、皇帝フランツ・ヨーゼフ一世のもとで陸軍元帥だった。決闘で負った傷のある、筋金入りの軍人ね。それで、中国趣味の美術や骨董に手を出し――」

「その関係でソーントンと知り合ったのね」スーリンが言う。

「父親のことはいいから」レジーがきつい口調で言う。「娘のほうはどうなの? ソーントンの未来の妻は?」

「ミス・セシリア・アレンバーグ・フォン・ロクセン」ジェマは読みあげた。「それとも〝レディ〟と呼ぶべきなのかしら。十八歳、スイスで教育を受け完璧な英語を話す。それでニューヨークで人気を博した」

スーリンは最後の糸を切ると、アリスの黒いカンカン帽を掲げた。リボンにビーズ刺繍のシルクの花がちりばめられている。「さあ、できたわ、アリス。ずっとよくなった」

「いまや待ちの戦術をとるってことね」と、ジェマ。アリスは帽子を受けとると満足の笑みを浮かべて眺めた。「クラークソンがやって来たら――」

そのとき、レジーが椅子を乱暴に引いて立ちあがり、なにも言わずに店から飛びだした。

30

　スーリンは慌ててレジーのあとを追った。地下鉄の駅に向かっている。レジーの苦悩をわがことのように受けとっていた。レジーの手のわずかな震え、目立つまいとするような前屈みの姿勢から苦悩が伝わってきた。なによりも光を失ったグリーンの瞳が苦悩を訴えていた。ほかの人たちは、レジーが癇癪を起こして席を立ったと思っただろうが、それだけでないことをスーリンは知っていた。

「わかってる、わかってるって」追いついたスーリンにレジーは言った。「みんなに失礼な態度をとった」レジーの頬はスカーフとおなじぐらい赤かった。ばつが悪いのだ。

「わかってくれるわよ」スーリンは言った。「あたしもわかってる」

「彼の名前を耳にするとぞっとする」レジーはスーリンの手を取って曲げた腕に摑まらせた。「彼の安否なんて知らないままでいたかった」

「そうはいかないって、おたがいにわかってるよね。彼の消息についてなにも知らなければ心安らかでいられるけれど、彼が生きている以上、殺人罪で裁判にかけられないかぎり安心できない」

マダム・ニンを殺した罪で。ピンカートンの若い私立探偵を殺した罪で。スーリンは無意識のうちに、金の鎖に通して首からさげている翡翠の指輪に触れていた。どっちもおばさんの形見だ。レジーがくれた指輪は、いまスーリンの指を飾っていた。

シンプロン地下鉄駅の入り口に屋台を出す花売りが、にこやかに花束をふたつ差しだしたが、スーリンは頭を振った。この若い花売りからはよく花を買っていたが、きょうはその気にならない。地下通路では大道芸人がアコーディオンで『ラデツキー行進曲』を弾いていた。彼が陽気な曲を弾くと、レジーとスーリンは踊りだし小銭を彼の帽子に落としたものだが、きょうのレジーは硬貨を一枚彼に手渡すと、足早にプラットホームに向かった。バルベス＝ロシュシュアール駅に着くまで、どちらも口をきかなかった。駅からカゾット通りのアパートメントまで歩いてすぐだ。

わが家まで。

〝いつになったらほんとうのわが家だと思えるようになるのだろう〟と、スーリンはときどき思う。〝もうれっきとしたわが家でしょ〟と、そのたびに自分を叱りつける。二人で住むスタジオ・アパートメントは、芸術家や作家仲間のあいだでよく知られるようになった。いつ行っても楽しい会話と笑いに溢れ、たいてい中国料理にありつけるからだ。ときども、フランス語を覚えるのに忙しく、パリのことを知るのに忙しく、仕事場でてんてこ舞いの毎日だから、恋しさをホームシックだとは思わなかった。マリー・カロがラ・パゴッドという名の骨董品店のことを話題にするまでは。

「それはそれは精巧な磁器と美しい家具でいっぱいなのよ」マリーが教えてくれた。「店主のムッシュー・ルイ・ドンは上海出身でとても愉快な人。店の骨董品を見ているとデザインのアイディアが湧いてくる。あなたも見に行くといいわ、スーリン、それで感想を聞かせて」

ラ・パゴッドに足を踏み入れたとたん、記憶が一気に甦った。スーリンにサンフランシスコを思い出させたのは、細かな象嵌細工の家具でも彫刻を施した翡翠でもなかった。香りだった。ローズと白檀を練りこんだお香の匂いを胸いっぱい吸いこんだ。マダム・ニンがパレス・オブ・エンドレス・ジョイで焚いていたのとおなじお香だ。

サンフランシスコの猥雑（わいざつ）なチャイナタウンが懐かしくてたまらなくなった。詮索好きな隣人たちを煩わしいと思ったこともあった。人のことはほっといてよと思った。いまなら親切心からくるお節介だったとわかる。労わり合い守り合うことで、中国人社会を比較的安全な場所に保っていたのだ。ここパリにはレジーがいるし、楽しいディナー・パーティーも開かれるし、多くの友だちがいるのに孤独だったことに、スーリンは思いがけず気づいた。

正月にやって来る軽業師を眺める子どもたちの元気な笑い声が懐かしい。生まれたときから知っている人たちやその家族の噂を、広めてまわるお節介な隣人たちにもう一度会いたい。蒸し暑い夏の午後のサンフランシスコ湾の潮の香りが恋しい。高音の油で炒めた豚肉とニンニクのおいしそうな匂い、寺院から流れだすお香の煙。露天商のしつこい口上。パリでは望むべくもない。フランスに住む中国人はわずか三百人だ。中国の香味野菜や食材が手に入るのは、リヨン駅のそばの店一軒きりだ。

子どものころに食べた料理が恋しいというだけの話ではなかった。それは膝がガクッとなるほどの強い憧憬だった。泣きたくなった。

「あれはローズの香りのお線香ですか？」パゴッドの店主に尋ねた。一時間ほど好物の料理の話に花を咲かせると、ルイ・ドンは息子と姪、テオとポーリーンを紹介してくれた。それから、陶器の壺に入ったカラシナの漬物と線香の束を持たせてくれた。アパートメントに戻るとおばさんのために線香をあげた。叔父さんのためにも、会ったことのないいとこたちのためにも、コウ爺のためにも線香をあげた。彼らは地震を生き延びたかもしれないけれど、この世でもあの世でも穏やかに暮らしていますように、と祈って神さまに捧げものをしても害はないはずだ。

少なくともマダム・ニンの女の子たちは無事だった。そのうち二人はマダム・ニンの金を持って中国へ帰った。四人は結婚した。若さと美貌――それに持参金――のおかげで良縁に恵まれた。バタフライとヒヤシンスは、オークランドのチャイナタウンのはずれで下宿屋をはじめた。

骨董屋の店主に親切にしてもらったお返しに、スーリンはシルクでモクレンの花を作って渡した。もらったカラシナの漬物と豚バラ肉を蒸し煮にしてテーブルに出した。ひと口食べたときのレジーの表情を見て、スーリンは大笑いした。

それからレジーは、中国料理の作り方を教えてくれと言い、いまはかんたんなものならいくつか作れるようになった。「お手伝いのチャンの足元にもおよばないわね」スーリンはそう言ってレジーをからかった。「でも、帰ったらエビと青エンドウの炒め物が待ってるのっていい気分。もっと生姜(しょうが)をたっぷり使ったらもっとおいしくなるけど」

「サンフランシスコが恋しいんだよね」レジーが言う。「絵が描けなくても、あんたのために料理はできるよ。練習を重ねて、パリに中国料理店を開く」たとえ冗談にせよ、そう言ってもらっただけでスーリンは胸がいっぱいになった。絵を描かなくなったら、レジーは生きる目的を失うだろう。スーリンは自分が仕事に生きがいを感じていることに、後ろめたさを覚えていた。

スーリンはいまやカロ姉妹の店の上級刺繡師で、ポール・ポワレから引き抜きの話がきている。彼は贅沢な刺繡のシンプルなドレスを得意としている。オリエントに触発されたデザインだそうだ。主催する仮面舞踏会にスーリンを招いてくれたし、彼が提示した地位――彼の刺繍スタジオの主任――は、断るには惜しいものだ。それに、オリエンタルのデザインを取り入れている。

「彼が呼ぶ〝オリエンタル〟とはアラブやペルシャのことなのよ」ポワレのアトリエをはじめて訪ねたあと、スーリンはレジーに言った。「ハーレムパンツ。それに、日本の着物に似せたコートとかね」

「カロ姉妹よりもいい給料を出してくれるんだよね」レジーが痛いところを突いてくる。「多少は心が動いてるんじゃないの?」

「暮らしていくのに充分なお金を稼いでるでしょ?」スーリンの言葉にレジーはうなずいた。慎ましい暮らしを送るかぎり、上級刺繍師の給料ならお釣りがくる。「カロ姉妹にはすごくよくしてもらったわ。彼女たちがチャンスをくれなかったら、ポワレはあたしの存在すら知らなかったわけだから」

「あんたをものすごく誇りに思うよ、バオベイ」レジーがそう言ってスーリンを抱き寄せた。「危険をものともせず飛びこんでいって、夢を叶えたんだからね」

「あなたが一緒にいてくれたからよ」スーリンは抱擁を返した。でも、頭の隅にこびりついたままの不安を口にしなかった。いつかおたがいに相手を誇りに思える日が来ることを願った。でも、ソーントンに与えられた恐怖を、レジーはいまだに乗り越えられない。芸術家たちとの交流も、パリの文化的豊かさも、レジーに筆を取らせる原動力にはなっていない。スーリンの願いは、レジーが真剣に絵と向き合うことだった。その日はちかいと思っていた。

アリスの電報を受けとるまでは。

それ以来、レジーの飲酒量は増えた。酒はたしなむ程度だったレジーが、アリスの電報を受けとってからワインをたくさん買いこむようになった。「なにが言いたいの？」スーリンの表情を見て、レジーは自分のグラスにお代わりを注ぎながら言った。「自分のうちなんだもの、お酒ぐらい呑ませてよ」

「今週はこれで三度目でしょ、レジー。あなたらしくもない」

「あたしらしいよ。あんたの馬鹿げた心配に付き合わないからってなに？　いいこと、スーリン。酒呑みがみんなアルコール依存症になるわけじゃないからね」レジーの強気な態度に、スーリンは肩をすくめるだけだった。驚いたし、傷ついていたけれど。

ソーントンが収監されたら、レジーは変わるだろうか？　そうでありますように、とスーリンは祈った。

「ソーントンの野郎を殺してやりたい。いまはヴァン・ドーレンか。なんと名乗ろうと知ったこっちゃない」レジーはいま、アパートメントの鍵を開けながら言う。上着と赤いスカーフを掛け、髪を指で梳く。「ウィーン生まれの婚約者に言ってやらないと。あんたが結婚しようとしてる男の正体を見極めろって」

「クラークソンが彼を逮捕したら、婚約者は彼に見向きもしなくなるわよ」スーリンは言う。「あたしたちは手を出す必要ないのよ。ソーントンをサンフランシスコに送って、裁判を受けさせるのはクラークソンの仕事だもの」

「ソーントンみたいな男はぜったいに法の裁きを受けない。たとえ裁判になっても、金の力で無罪を勝ち取る。判事を買収し、証人に金を渡して口を封じる」

「証人の口を封じる? それは不可能よ」スーリンも上着を掛けながら言った。「あたしたちが証人なんだもの。あなたとあたし、ジェマとアリス。あたしたちは買収されない。彼は公正な裁判を受けることになるわ」

屏風の向こうでベッドのスプリングが鳴った。レジーがベッドに体を投げだしたのだ。レジーにはソーントンという名の悪魔が取り憑いている。みんなが彼のせいで心に傷を負ったけれど、レジーほどではない。彼がピンカートンの私立探偵を殺すのを見たし、冷酷にマダム・ニンを撃ち殺すのを見た。危うく焼死しかけた。最悪なのは、目が覚めたら、とうてい逃げだすことのできない場所に監禁されていたことだ。死ぬまで独房に閉じこめられ、抗議の声をあげても誰にも届かない。修道女たちはレジーを被害妄想だと思っていたのだから。

月下美人の鉢が置いてある隅のテーブルで足を止める。一本だけ蕾をつけた枝が垂れさがっている。あす、アリスに見せてあげよう。しばらくアパートメントを留守にしよう。レジーにはひとりきりの時間が必要だ。「買物に行ってくるわね」スーリンは声をかけ、上着をまた着た。「卵を切らしてるから」返事はなかった。スーリンはそっとため息を呑みこんだ。

近所の食料品店で卵を六個と青エンドウを買った。店を出ようとしたら店主の妻と姪に摑まり、ターコイズブルーのシルクの上着を誉めそやされ、裁断がどうのと質問攻めにされた。パリではファッションがつねに話題の中心で、カロ姉妹の店で働くスーリンは隣人たちの羨望の的だった。

アパートメントに戻ると、レジーは天窓の下に座り、スケッチブックを膝に置いて、手にはスケッチ用の木炭を持っていた。手の届くテーブルの上にはワインのタンブラー。ソーントンが捕まったら、レジーは絵を描きあげられるようになるだろうか？　レジーは美を創造したいと心の底から願っている。描くことさえできれば。レジーの心の傷はいずれ癒(いや)されるだろう。元のレジーに戻るとは思わない。そんな幻想は抱いていなかった。二人で心から笑い合える日がきてほしい。願うのはそれだけだ。

いまのスーリンにできるのは、素知らぬ顔で生活をつづけていくことだ。最良の選択とは言えないが、それしかなかった。

「アリスはちっとも変わってなかったわね?」スーリンはせいいっぱい明るく言い、卵を戸棚にしまった。「世に知られていない植物の標本には大枚をはたくくせに、服にはいっさいお金をかけない。カロ姉妹の店に来て、何着か注文してくれたらいいのに。最低限必要な服だけでも」

返事がないので言葉をつづけた。「ジェマはすてきだったわよね。結婚生活も仕事もうまくいってるのね」

「ヴェルサイユ宮殿で開かれる仮面舞踏会の招待を受けなかったんだね?」レジーが言い、顔をあげた。

「ええ。行かないことにしてよかった」招待状はコルクボードにピンで留めてあった。細かな刺繡を施したドレスのスケッチ画と並べて。建築家で画商のホーテンス・アクトンのためにデザインしたデイドレス。社交界の華、リタ・リディグのためのティーガウン。政治活動家ナンシー・キュナードのためのイブニングスカーフ。ポール・ポワレからの招待状をここに留めたのは、キャリアの階段をここまであがった記念のトロフィーだからだ。

「ポワレは招待客全員に仮装するよう求めてるんですって」スーリンは陽気さを失うまいとした。「それで、ふつうのイブニングドレスで来る招待客に貸すためのドレスを用意しているそうよ。カフタンとかその類の服」

レジーがスーリンの背後に立った。スーリンの肩に顎を乗せ、長い腕をウェストに回す。

「ひどい態度をとってごめん、バオベイ。みんなをここに招こう。ジェマの旦那にも会いたいしね。カフェで急に席を立ったことを謝らないと」

「なんならムーランルージュの踊り子たち全員を招いたら」スーリンは振り向いて顔を仰向け、キスを待った。レジーが冷静になってくれてよかった。

「ソーントンが新たなカモを見つけたことが引っかかってたんだ。彼はうまくやれると思っている」ウェストに回されたレジーの腕に力が入った。「花嫁は彼の正体を知らない」

「彼のことは考えないで。それより、友だちを招いて開くささやかなパーティーのことを考えましょうよ」

レジーの上機嫌は夜までつづき、ソーントンの名を二度と口にしなかった。ワインを呑まずに夕食の支度をした。かんたんな中国風オムレツとグリーンサラダ。それがこっちを安心させるための芝居だったことに、スーリンはあとから気づいた。

翌朝、目が覚めるとレジーはいなかった。コルクボードに留めた招待状もなくなっていた。

31

「ただいま」ジェマは夫に言い、ピンを抜いて大きな黒い帽子をベッドに放った。「三人とも立ち直れずにいたわ」

「どういうこと、コラソン?」ジョージはデスクに向かったまま生返事をした。練習しているのだ——ホテルの部屋にはピアノがないので、ロールトップデスクをピアノ代わりに指慣らしをしている。リネンのシャツに汗染みができており、右手が激しく三連符をデスクに打ちつけているから、シューベルトの『魔王』だろうとジェマは推察した。秋にブラジルのマナウスで声楽コンサートを開く予定で、自分の声だけでなく、ジョージの才能を見せつけられる曲を選ぶつもりだった。彼ほどのピアニストが、歌いあげるソプラノのためにアルペジオばかり弾いていてはもったいない。クライマックスの和音を弾き終えると、彼は振り返って目にかかる濡れた黒髪を掻きあげた。「フランツ・シューベルトはよくもこんな常動曲の三連符を作曲したもんだ。地獄で朽ち果てればいい」ジョージに抱き寄せられ、ジェマはその膝に座った。「きみが友だちに関してそんな感想を持ったのはどうして？」

「アリスは古巣のアカデミーに戻ることをしぶっているのよ。レジーは絵を描けない。スーリンはとっても優雅で自信に満ちているけれど、なにかが欠けている気がした」ジェマはため息をついた。「わたしの思いすごしかもしれないけれど」

「きみたちは大火災を生き延びたんだもの。立ち直るのに時間がかかるのはしょうがない」

「五年も経ったのよ。どうしてみんないまだに……」ジェマは彼の肩に顔を摺りよせ、ぴったりの言葉を探した。「立ち往生してるって言うか」ヘンリー・ソーントンが鎌首をもたげたものだから、みんなその場に凍りついた。琥珀に閉じこめられた昆虫みたいに、悪夢から抜けだせないでいる。〝わたしたちはサンフランシスコを出てばらばらになったけれど、団結して苦難を乗り越えればよかった〟

ジョージがジェマの髪を手で梳いた。「きみがつぎにみんなと会うとき、ぼくも同席しようか？」

〝ひとりで大丈夫ってことを証明したい〟そう思ったけれど、口には出さなかった。ジョージはジェマを丸ごと愛し、受け入れてくれた。頼られることが大好きな人で、ジェマはずっと頼りっぱなしだった――オクタゴン・ハウスの火災から立ち直り、キャリアを立て直し、偏頭痛と折り合いをつけながら仕事に邁進するあいだずっと。でも、頼るのも限度がある。数多くのリハーサルやリサイタルや日々の練習で、彼がジェマの声をピアノの音色に乗せて運んでくれるように、彼はつねにジェマを支えてくれた。

「こんな形でパリに来るとは思ってなかったわよね?」ジェマはわざと軽い口調で言った。

二人がいまいるホテルの部屋は狭かった。セーヌ左岸の安宿の二階の部屋だ。アリスが見つけてくれた――彼女はふたつ先の角部屋に滞在している――金持ちのソーントン(いまはヴァン・ドーレンを名乗っているらしい)がまかり間違っても足を踏み入れない場所だから安心だ。

「来年、『ファウスト』でマルガレーテをここで歌うときには、リッツに泊まって毎日シャンパンを空けよう」と、ジョージ。

「無理だってわかってるくせに」ジェマは彼の膝からおりて背後にまわり、広い肩を指圧した――練習を長くつづけたあとは必ず肩が凝っている。シューベルトの常動曲の三連符を弾いたあとだからなおのこと。

「マルガレーテなら眠ってたって歌えるくせに」

「そういうことじゃないの。わかってるでしょ。パリ・オペラ座の上層部は、新しい歌手に情け容赦ないってもっぱらの噂よ。『ファウスト』の公演中に偏頭痛に見舞われて歌えなくなったら、あたしのキャリアはそこで終わる」

「偏頭痛はよくなってきてるじゃない。新しい薬が――」

「成分の半分はアヘンチンキなのよ。常用したくない」偏頭痛はサンフランシスコに行く前よりもひどくなっていた。むろん友だちには言わなかった。カフェでみんなと会ったときは、最盛期を迎えた優雅なディーヴァそのものという顔をしつづけた。〝役に恵まれているのは、指揮者が理解のある人で、わたしが冷やしタオルで顔を覆って暗い部屋で横になっているあいだ、代役を立てても文句を言わないからなの〟とは口が裂けても言わなかった。友人たちも、どうしてほかのオペラハウスで歌わないの、と尋ねはしなかった。それはジェマが手紙でテアトロ・コロンを世界最高のオペラハウスと持ちあげ、よそで歌おうなんて夢にも思わない、と書き綴ってきたからだ。

よそで歌うのは怖いから。引き合いがきても、パリのオペラ座やウィーンの国立歌劇場で歌う危険は冒したくなかった。サンフランシスコのあと、それなりに地位を築き、なんとかしがみついてきた。そこから敢えて出ようとは思わない。後ろめたさを感じるとしたら、危うく焼き殺されそうになっても、ほかの人たちみたい心に痛手を負わなかったことだ。ジェマには自分の人生があり、友だちもいて、声も失わずにすみ、ジョージもいる――ほんの少し勇気を失ったとすれば、それが代償と言えるかもしれない。

肩甲骨のとくに凝った部分を押すと、ジョージがうめいた。「パリにはいつごろまでいるつもり？」

「数週間かな。クラークソンがこっちに着いたらはっきりしたことがわかるはず。彼が乗った船はあすの午前中、ル・アーヴルに着く予定なの。それで、あなたが……」

「うん、ぼくが迎えに行くよ。彼はフランス語が話せないだろうから。それから、みんながいる場所まで連れていくから、計画やら陰謀を練れば……」ジョージは顔を仰向けてジェマを引き寄せキスした。一度ですむわけがない。

「偏頭痛が起こりそうな予感がするの」ジェマはキスの合間にささやいた。最初の小さな兆候――首筋のわずかな強張り、疲れていないのに出るあくび。

「すぐにやって来るやつ?」偏頭痛の起こり方がまちまちなことを、彼も心得ていた。貨物列車みたいに猛スピードで起こるのもあれば、ゆっくりとやって来て症状が重く長引くのもあった。

「ゆっくりなのみたい。だから――」彼のしわくちゃのシャツから体を引き剝がすと、黒白のスーツのボタンをはずすのも、コルセットの紐をほどくのも、靴下留めをはずすのも彼の指に任せた。彼はピアノを弾くようにジェマの体を弾きまくる。緩急自在に操られるうちジェマの口から喘ぎが洩れる。その午後のそれは速くて繊細だった。ショパンのノクターンのようにさざ波を立てては抑えて、まるで指の動きだけで募る痛みを止めようとするかのように。

偏頭痛が真夜中に頂点に達したときには、すでにカーテンを引いて室内は暗くしてあり、氷嚢(ひょうのう)も用意してあり、痛みを緩和するアヘンチンキの量もきちんと計ってあった。ジェマはベッドに丸くなって呪った。〝もうたくさん、もうたくさんだってば〟――ヘンリー・ソーントンに殺されかけたせいで、偏頭痛がひどくなるなんて割に合わない。彼のことは過去に置いてきたつもりだった。生き延びたうえに仕事をなんとか軌道に乗せたのに、偏頭痛ごときを征服できないのはどうして？

ジョージはジェマの気をそらそうと、やさしく語りかけながら頭皮のマッサージをしてくれている。「七月末にブエノスアイレスに戻れたら、プッチーニの新しいオペラの初演に間に合うね。ニューヨークの初演みたいにカルーソーが主役というわけにはいかなくても」

「カルーソー」激しく爪を立てる痛みの靄の中で、ジェマはつぶやいた。「彼とまた競演できるかしら。テアトロ・コロンではじめての『魔笛』の舞台で、夜の女王の役がわたしにまわってきたのは、彼のおかげだといまも思ってるんだけど」

「そうかもね」と、ジョージ。「でも、それ以後はすべて、きみが実力で勝ち取ったものだよ、コラソン」

「そうね」それでも、運がよかった、すごくついていた。そう思う。暗くした部屋でベッドに横たわり、少しの物音に顔をしかめながら、これはヘンリー・ソーントンの祟りなんだろうかと思った。強運がこれで帳消しになるのだ。

　翌朝、スーリンがやって来てドアを叩いても、ジェマはそれほど驚かなかった。モンマルトルのアパートメントから走りづめに走って息を喘がせ、目を血走らせたスーリンは、レジーがいなくなった、と言った。

「そんな、まさか」ジェマは寝ぼけ眼でつぶやいた。偏頭痛のあとはいつもそうだが、頭がぼうっとしていた。ジョージはその朝早く、クラークソンを出迎えるためにル・アーヴルに発った。

「ヴェルサイユ宮殿で開かれるポワレの舞踏会の招待状を持って出たのよ」スーリンは打ちひしがれていた。アリスも部屋から出てきた。「ソーントンも来るはずよ。彼に見つかったら大変――」

　ジェマは垂らした髪に思わず触れた。オクタゴン・ハウスの火事で焼失した髪は元の長さに戻っていた。恐怖を振り払おうと深呼吸し、スーリンの肩に触れ、つぎにアリスの肩に触れた。「ヴェルサイユ宮殿までどうやって行けばいい?」

32

「ヴェルサイユ＝シャトーまで三枚」アリスのフランス語は流暢だが、まちがいなくアメリカ訛りがある。

レジーはモンパルナス駅からヴェルサイユ行きの列車に乗ったにちがいない。レジーがまだいるのではないかと、三人で手分けしてホームや待合室を見てまわった。ジェマはポーターに尋ね、長身で黒髪で赤いスカーフを巻いた女性が小一時間前にホームにいたことを知った。ヴェルサイユに行くにはこの列車でいいのか、とその女はポーターに尋ねたそうだ。それもアメリカ訛りのフランス語で。

客車は混んでいた。三人は座席に肩を寄せ合って座った。おなじ車両にはピクニックバスケットを持った家族と、郊外に散歩に出掛けるカップルがいた。服装からそうだとわかる。老夫婦は黙って窓の外を見ており、市内を抜けると厳しかった表情がやわらいでいった。スーリンは前にレジーと一緒に、お城と庭園を見物するためこの列車に乗ったことがあった。あのときは幸せだったのに、いまはヴェルサイユで直面するであろう現実に恐れをなしていた。列車はパリ郊外を縫って走った。家々の裏手には野原や田園が広がり、田舎道を縁取るのはポプラの並木だ。スーリンは最悪の事態を思い浮かべまいと必死だった。爪を噛んだり泣いたりしないよう堪えた。アリスは窓外に視線を向けたままだ。ジェマは落ち着いているように見えるが、両手のなかでもみくちゃになったハンカチが不安を訴えていた。

アパートメントを飛びだす間際に思いついてドラゴンローブをバッグに押しこみ、いまそのバッグの上で両手を握りしめていた。カロ姉妹の店で働くきっかけとなった青いローブは、幸運を呼ぶお守りだ。それに、これがあれば招待状なしにパーティーに潜りこめるだろう。あと必要なのは大胆さだ。

「ヴェルサイユ宮殿まで駅から歩いて十分ほどよ」アリスがガイドブックから顔をあげて言った。「パビリオン・デュ・ブタールまではもっと歩かないと。宮殿の敷地の外にあるから。王族の狩猟用別邸として使われていたそうよ」

その別邸が有名になったのは、ポール・ポワレが借りあげて途轍もないパーティーを開くようになったからだった。趣向を凝らした夜会はパリ社交界の注目の的で、上流階級の人びとが殺到する。

「必要とあれば這ってでも行くわよ」ジェマが言った。三人ともおなじ場面を思い浮かべているのだ、とスーリンは思った。レジーが顔を歪めて放った言葉。〝ソーントンの野郎を殺してやりたい〟ジェマの表情から決意のほどが窺える。それはスーリンもおなじだ。レジーが騒ぎを起こすのを、なんとしても阻止しなければならない。

ヴェルサイユの駅のホームに立ってようやく、客車が混んでいたわけがわかった。ほかの六両の客車には〝パーティー参加者専用〟の札が掲げられていた。専用車から降りてくる乗客を、一般客がぽかんと見惚れる。楽器ケースとガーメントバッグを抱えるポマードで艶々の髪の楽士たち。べつの車両から降りてきた楽士は、白いチュニックに赤いサッシユを巻き、お揃いのターバンを頭に巻いて、楽器の革ケースを大事そうに抱えていた。そっくりの髪型の女性のグループがホームを闊歩し、彼女たちのトランクを運ぶポーターがあとにつづいた。女性たちのおしゃべりにポーターが無関心なのは英語だったからだ。

「驚いた、クイーンズから来た人たちよ」ジェマは言った。「舞踏会の余興に駆りだされた人たちだから、あとについていけばパビリオンに行ける」

駅舎を抜けると、遊覧馬車がずらっと並び、ここにも〝パーティー参加者専用〟の札が出ていた。騒々しい女性の一団が馬車に乗りこんだ。

「早い者勝ち」アリスが言い、ちかくの馬車にちかづいていった。御者が待ったをかける。「パーティー参加者専用だよ」三人をじろじろ見て言う。「招待状は持ってるかね?」

スーリンは帆布のバッグを開き、贅沢な刺繍のドラゴンローブをちらっと見せた。「いいえ、でも、パビリオンに行かないとならないよ。あたしの女主人のクレルモン＝トネール公爵夫人が仮装用の衣裳をお忘れになったから」公爵夫人はこの舞踏会用のドレスをカロ姉妹に注文していたから、招待客名簿に名前が載っているはずで、スタッフも耳にしているにちがいない——パリ社交界にその名を馳せる公爵夫人なのだから。

御者がうなずいたので、スーリンは馬車に乗りこみ、褐色の肌の女性たちがつめてくれた席に座った。

ジェマは輝くような笑みを御者に向けた。「パーティーの余興に雇われた歌手なの」御者が疑いの目で見るので、ジェマは咳払いのひとつもせずに『ラクメ』の「鐘の歌」の出だしのヴォカリーズを歌った。豊かで魅惑的な声が苦もなく流れだした。御者が手振りで許可を出したので、ジェマはスーリンの隣に座った。

アリスはなにも言わずに乗りこみ、ジェマとスーリンの向かいの席に座る。前の馬車に乗ろうとけたたましい笑い声をあげて押し合いへし合いする女性たちを指さして言った。「彼女たちの付き添い」

「だったらなんで一緒に乗らないんだ?」

「あの人たちと一緒に乗りたいと思います?」アリスが冷ややかに言うと、御者は御者台に座り馬に舌鼓で合図した。

馬は蹄の音も軽やかに公道を進み、林の中の私道へと折れた。やがて金メッキのアカンサスの葉が飾られた鋳鉄の門が見えてきた。パビリオンを囲む高い木立の向こうに日が沈みかけていたが、門を抜けた楕円形の芝地にはシャンデリアが煌々と灯る天幕が並んでいた。玄関につづく車回しも、花壇を縫って走る石畳の小径も松明で照らしだされている。パビリオンもまた窓という窓、ドアというドアから明かりが洩れている。

専用馬車から降りた楽士と踊り子たちは、大きな天幕に案内されていった。パビリオンの玄関先の石段に、磨き抜かれた自家用車が到着するたび、『千夜一夜物語』の世界から抜けだしたような衣裳の男女が現れ、ポールとデニス・ポワレ夫妻の出迎えを受ける。お仕着せ姿の使用人たちが招待状をあらためため、夫妻のところへと案内する。三人が眺めていると、二人の屈強な使用人が、イブニングドレス姿の若いカップルを呼び止め、中に入ることを阻止した。

「あらあら」それを見たアリスがつぶやく。「通用口にまわったほうがよさそう」

「こそこそしててスタッフに見咎められたら、レジーを探せなくなるわ。堂々と招待客として入りましょう」スーリンはドラゴンローブを取りだして羽織った。

いつもは衣裳箪笥の奥に吊るしてあるドラゴンローブを、スーリンはときどきカロ姉妹の店に持ってゆき、刺繡の見本として同僚たちに見せていた。異なるステッチや結び目の縫い方を教え、皇后がどんなときにこういうローブを纏ったか話してきかせた。このローブを纏うたび、もともとの持ち主に思いを馳せる。どんな望みを、どんな悲しみを抱いていたのだろう。この美しい衣裳を愛していたのだろうか。宮廷から奪い去られるまでに、いったい何度袖を通したのだろう。

ドレープがきれいに出るよう、ジェマが手を貸してくれた。「よく似合ってるわ。バッグはわたしが持っていてあげる。ローブを纏った女性は自分でバッグを抱えたりしないでしょ」

スーリンはうなずき、深呼吸した。「行きましょう」

ドラゴンローブの威力で入り口に立つ使用人をかわすことができたが、屈強な男の使用人は手強かった。そこで階段の上に向かって声を張りあげた。「ムッシュー・ポワレ！」

ポール・ポワレは歓声をあげ、階段をおりてくると握手の手を差しだした。「これはこれは、マドモアゼル・フェンじゃないか！　親愛なるスーリン！　なんと見事なローブだろう！　ほかの衣裳が霞んでしまう！　これなんだよ、きみをぜひうちの刺繍部門の責任者にと願った理由はね！」

「ムッシュー・ポワレ」スーリンは背後を指さした。「あたしの友だちです。ソプラノのジェマ・セラーノ、ブエノスアイレスのテアトロ・コロンで絶賛されたんですよ。こちらはサンフランシスコのアリス・イーストウッド、アメリカでもっとも有名な植物学者でカリフォルニア科学アカデミーの研究主幹」

「ようこそ、ようこそ。スーリン・フェンの友だちなら大歓迎ですよ」ポワレは言った。

二人の屈強な男たちは後ろにさがった。

「おや、また車が着いた」ポワレは三人の手にキスしてから言った。「わたしは招待客を出迎えなきゃならない。レディの控室は玄関を入って右手だから。衣裳でもドレスでも好きなのを選びなさい。仮装するというのがこのパーティーの唯一の条件だからね。それから、マドモアゼル・フェン」彼はまたスーリンの手を握った。「あすかあさって、わたしのオフィスに来てくれたまえ。雇用条件について話し合おうじゃないか」

招待客を出迎えに戻る彼に、スーリンは曖昧な返事をした。ポワレと雇用条件について話し合う気はなかったからだ。

三人は堂々と入っていった。控室の片側には仮装用の衣裳やポワレデザインのドレスがずらっと並び、もう一方には衣裳に着替えた招待客が脱いだドレスがラックに吊るされていた。数人の女性が衣裳を選ぶ最中で、背後には脱いだドレスを受けとってラックに掛けようとメイドが控えている。

「なにもここまでしなくったって」アリスがどっしりとした金のサテンのハーレムパンツに胡乱（うろん）な目を向けた。

けっきょくアリスはスカートとブラウスの上から黒と銀のカフタンを着ることにした。ジェマはトラベルスーツを脱ぎ、ターコイズブルーのハーレムパンツとスパンコールの上着に着替え、金髪をお揃いのスパンコールのスカーフで包んだ。メイドが彼女に手渡したのは、宝石とブルーの羽根で飾られた仮面だった。アリスは金のビーズの縁取りの黒い仮面を、スーリンはブルーのサテンの仮面をつけることになった。

「準備はいい?」アリスが言う。「捜索開始」

パビリオンも庭園も祭りのような賑わいだった。客たちのあいだをトレイを掲げた従者が歩きまわる。パビリオンの壁のくぼみには溢れんばかりに花を盛った大きな壺が置かれ、壁のブランケットに吊された鳥籠から聞こえる南国の鳥のさえずりは、音楽を圧するほどの賑やかさだ。ほっそりした褐色の肌の若い女性たちが、ヒョウ柄の全身タイツ姿で踊っている。庭園に立ついくつもの天幕では、それぞれべつの音楽が奏でられ、余興が繰り広げられていた。ムーランルージュの踊り子たちは、もっぱら男性客相手に脚を高くあげてフレンチカンカンを踊り、クイーンズから来たアメリカ人女性たちは曲芸を披露する。赤いトルコ帽にトルコ風チュニックのバーテンダーが、緑と青の炎をあげるカクテルを作って喝采を浴びた。

だが、一時間かけてパーティー会場を四周したにもかかわらず、レジーを見つけだせなかった。銅の桶に入った氷とシャンパンは何度も入れ替えられた。すでに三百人ほどの客が来場したのに、門を入ってくる自家用車はいまだにあとをたたない。

「ますます見つけにくくなるわね」アリスとジェマと再会したとき、スーリンは失望を滲ませて言った。「外は真っ暗で、招待客が引きも切らず、しかもみんな仮面をつけている」

「ソーントン探しも同時にやるべきなんじゃない?」ジェマが言った。「彼の姿を見た人いる？　わたしたちより先にレジーが彼を見つけたら――」

「そうならないことを願いましょう」と、アリス。「でも、そうね、あの男も監視する必要があるわね」

「レジーはソーントンを狙っているわけでしょ？」ジェマが言う。「物陰に隠れて、到着する客たちを見張っているかもしれない。招待客はまず玄関でポワレ夫妻に挨拶するわけだから」

「あたしはパビリオンの玄関ちかくで目を光らせるから」スーリンは言った。「あなたたちは玄関が見える場所に隠れて見張っててちょうだい。少し離れた場所から」

スーリンが持ち場についてから三台の自家用車が到着した。石段に横づけした車から運転手が降りてきて、後部座席のドアを開ける。まるで入場式だ。イトスギの生垣の陰に立つスーリンは、最初の車から現れた長身の人物を見て思わず両手を握りしめた。ソーントンが、いえ、ヴァン・ドーレンが屈みこんで手を差し伸べると、銀色のレースの手袋に包まれた小さな手が伸びて、若い娘が降りてきた。セシリア・アレンバーグ・フォン・ロクセンは、ポワレ作の青を基調にした玉虫色のランプシェード形のドレス姿だった。足元で金の靴が光る。シルバーブロンドの髪はうなじで三つ編みのお団子にしている。つづいてイブニングスーツの年配の男性が降りてきた。痩せぎすで威厳があり、グレイの髪がライオンのたてがみのようだ。仮装用衣裳には見向きもしないタイプだろう。決闘で負った傷跡を仮面で隠すなどもってのほか。セシリアの父親の男爵だ。つぎの車からは、アラブ風の衣裳の若い男性二人が降りてきて、階段をのぼる男爵のあとにつづいた。

ソーントンは使用人に命じて車のトランクから箱を降ろさせた。大きさと形から不死鳥の冠が入っているのだろう。ようやく彼も階段をあがり、ゆっくりと歩を進めた。ほかの客たちが中に入るのを見計らっているのだ。婚約者と二人だけでポワレ夫妻に挨拶し、注目を一身に浴びるために。

ポワレの仕草から、使用人が新生児を抱くようにして運んできた箱の中身を、早く見たくてたまらないのがわかる。ポワレとソーントンは並んで玄関を入り、セシリアはポワレ夫人の案内で中に入っていく。そのあとから、ほっそりした男性がゆっくりと階段をあがっていった。

男性ではない、レジーだ。

ズボンの上に長い赤のカフタンと銀の錦織のベストという恰好だが、どこにも力が入っていないゆるい歩き方や、フードみたいに頭に巻いた柄物のスカーフから覗く髪でレジーだとわかった。声をかけるわけにはいかない。ソーントンに警戒させてはならない。スーリンは芝生を踏んで玄関へと急いだ。玄関ホールも舞踏場もごった返していた。一時間前よりも音楽は賑やかになり、招待客は酔いがまわっている。スーリンは立ちこめる紫煙に息をつまらせた。フレンチカンカンの踊り子たちと一緒に踊るトルコ風の衣裳の男に、喝采を送る一団に赤いカフタンのレジーがいた。スーリンはべつのグループの背後に身を潜ませた。

そのとき拍手が聞こえた。ソーントンの取り巻きが手を叩いている。踊り子にではない。ポワレ夫人と不死鳥の冠をつけたセシリアが控室から出てきたのだ。セシリアの首は冠の重さを支えるには細すぎる。真珠の連が肩を擦る。ドレスの玉虫色が、カワセミの羽の色にぴったりとまではいかないが合っている。ソーントンが勝ち誇った笑みを浮かべ、ポール・ポワレは思わず称賛と嫉妬の叫びを洩らした。

セシリアがほっそりした手で冠に触れてなにかささやくと、ソーントンは鷹揚な笑みで応えた。セシリアの父親は励ますようにうなずいて、娘の視線を受けとめた。胸を張りながらもため息をつく彼女の気持ちがスーリンにはよくわかった。セシリアはつぎにポアレ夫人になにか尋ねた。夫人が階段の上を指さす。化粧室。スーリンはレジーを探しまわったときに覗いたので場所を知っていた。

アラブ風の衣裳の若い男性二人がセシリアの父親と一緒にダンスフロアの端へと移動した。仮装していても身のこなしから軍人だとわかる。紛れもなく男爵の警護にあたっているのだ。男爵は彼らの上官なのだろう。ソーントンと取り巻きは、カンカンを踊りながら庭に出ていく踊り子たちのあとについてフレンチ・ドアへと向かった。スーリンは深紅のコンゴウインコの鳥籠の陰に隠れた。

そこでパニックに襲われる。赤いカフタンを見失ってしまった。

あたりを見回すと、レジーがちょうど化粧室に入るのが見えた。どうしてソーントンから離れるの? スーリンは客を掻き分け、レジーのあとを追って階段をのぼった
化粧室のドアはわずかに開いており、レジーの声が聞こえた。怒りに声をうわずらせず、穏やかな口調で我慢強く語りかけている。動揺した人の甲高い声も聞こえた。スーリンが中に入ろうとしたとき、ドアが勢いよく開いた。

「いいえ(ナイン)、いいえ、ほんとうのわけがない(ダス・カン・ニッヒ・ヴァー・ザイン)!」セシリア・アレンバーグ・フォン・ロクセンは絶叫した。あっけにとられたスーリンを尻目に、セシリアは真珠をジャラジャラ揺らしながら階段を駆けおりていった。

化粧室を覗くと、レジーが観念したようにソファーに沈みこんでいた。

33

青いドラゴンローブのあとを追って、ジェマとアリスが混み合う階段をのぼり化粧室に跳びこむと、スーリンが怒鳴っていた。

「気はたしかなの?」スーリンは黒い短髪を揺らしてレジーを見おろしていた。レジーはというと赤いカフタン姿でソファーにぐったり座っている。「ウィーンの娘になにを話したの? どうして——」

「あたしは、その、彼女に警告したかっただけ」レジーは縮こまり凍りついているようにジェマには見えた。琥珀に閉じこめられ、いまだにオクタゴン・ハウスから逃げだそうともがいている。「彼女が結婚しようとしている男は人殺しだってね。あたしはなにも——」

キモノガウンに翡翠の数珠を巻いた女が、踊り子と一緒にくすくす笑いながら化粧室に入ってきた。アリスが鋭い一瞥を食らわせると、女は悲鳴をあげて後じさった。ジェマは化粧室のドアを閉めて鍵をかけた。レジーが顔をあげる。そこではじめてジェマとアリスに気づいたようだ。

「あの娘がソーントンに言いつけるわよ」ジェマは語気荒く言った。「あたしたちが生きていたことが彼にばれるじゃないの――」

「名前は名乗らなかったもの――」

「あんたの様子を聞けば、ソーントンにはぴんとくるはず。なに考えていたの？」

「彼女を救いたかった」レジーはますます縮こまった。「あんたを救いたかったのに、サル――ニューヨークで辛い思いをしたあんたを力づけたかった。でも、その必要はなかったんだよね。それどころか、あんたはあたしたちを救ってくれた。それに、スーリンは精神科病院からあたしを救いだしてくれた。なのに、あたしは誰の助けにもなれなかった。だから、今度こそ……」レジーは言葉を呑み、それから顎をあげた。目が涙で光る。「あんたたちは、ソーントンになんとしても償いをさせると意気込んでいる。彼の婚約者がどうなろうとかまわないんだ。でも、あたしはそうは思えない。彼女がかわいそうじゃないの」

「それで、彼女を危険に曝した」スーリンがぴしゃりと言った。「ソーントンって男は自分の犯した罪を隠すためならなんだってやるのよ。現にサンフランシスコでそうだったじゃない。そのことを知った彼女に、ソーントンがなにをやるかわかったもんじゃない――」

「でも、彼女はあたしたちのことを知らない」レジーが声を張りあげる。「父親は権力者なんだから娘を守るでしょ。あたしはただ彼の本性を知ってもらいたかっただけ。そうしたら、彼女のほうから婚約を解消するだろう――」

「まあまあ」黒と金のカフタン姿のアリスが三人を順繰りに見つめた。階下の喧噪がドア越しに聞こえる。けたたましい笑い声、シタールと笛の音色。これがほんもののハーレム音楽ですよと言って、楽士たちは（陰で舌を出しながら）ムッシュー・ポワレを丸めこんだのだろう。「すんだことをごちゃごちゃ言ってもはじまらない。あたしたちの誰も、ミスター・ソーントンに姿を見られていないし、この先もそうできるはず。みんな仮面をつけてここを出ましょう」

急いで化粧室を出た。通りすがりの金の台の上では、ピンク色のトキが肢の鎖を苛立たしげにガチャガチャいわせていた。あたしはハーレムパンツのおかげで自由に動きまわれる、とジェマは思った。やる気のない曲芸師が、リボンで飾った輪をお腹で回すのを見物する人たちがいた。その人垣を掻き分けて進む。黒と金のカフタンを見失わないようついてゆくと、階段の途中でアリスの背中にぶつかった。

階下の踊りの輪の向こうに、不死鳥の冠のカワセミの青が光るのが見えた。冠をつけた娘を覗きこむ男。黒いイブニングスーツ姿で、指に煙草を挟んだソーントン――ヴァン・ドーレン――だ。彼の取り巻きは、インド人の曲芸師が体を自在に曲げて絡めるのを眺めている。ソーントンの仮装は黒いアイマスクだけだが、よく目立つ。ジェマは彼が婚約者と共に到着するのを見ていないから、その姿を目にするのはオクタゴン・ハウス以来はじめてだった。

耳元でささやかれたように、ジェマには彼の声が聞こえた。〝すまない〟ゴーゴーと燃える炎が温室のドアを舐める。ジェマはガラスを叩き、声をかぎりに叫んだ。〝すまない、ジェマ〟

ブロンドの婚約者が彼の袖を引っ張ると、冠の真珠が激しく揺れた。ソーントンはその手を握って笑いかけたが、彼女は手を振りほどきなにか言った。彼の顔に苛立ちの翳が差す。まわりを気にしているのがわかる。取り巻きが何事かと視線を交わし……婚約者はなにか訴え、階段を指さした。

ソーントンが見あげる。

ジェマとアリスは曲芸師の陰に隠れた。レジーの髪はスカーフで隠れているし、顔は仮面で隠れている。彼の視線はレジーを素通りした。だが、階段の下にいるスーリンは、仮面をつけているとはいえ、華麗なドラゴンローブはいやでも目立つ。ソーントンの視線が釘付けになった。衝撃を受けたのが、ジェマには手に取るようにわかった。

一瞬ののち、レモンイエローの酒のグラスを掲げるけたたましい女たちに紛れ、スーリンは姿を消した。ソーントンが必死に彼女を目で追う。不意に顔が青ざめた。ジェマはレジーの手首を摑んで引き寄せた。

ソーントンが血眼になって探している。略奪品の冠をかぶる婚約者が彼の袖を引っ張る。彼は意を決したように彼女の肘を掴み、人混みを掻き分けて玄関ホールへと向かった。外に連れだすつもりだ。彼の指が婚約者の腕に食いこんでいるのがジェマには見えた。彼女の悲鳴が夜に融けこんで消えた。

「彼はあたしに気づいた」階段の下に全員が集まると、スーリンが言った。四人を取り巻く人びとの動きの目まぐるしさは、まるでブレーキの利かない回転木馬だ。「彼は気づいた」

「彼はローブに気づいただけよ」と、アリス。「いまならまだこっそり抜けられる」

たしかにそうだ、とジェマは思った。厨房を抜ければ道に出られる。パリに戻り、ジョージとクラークソンに合流する。二人はそろそろル・アーヴルからパリに着くころだ。クラークソンがパリ警察に掛け合って逮捕状を取ってくれるはずだ。

ソーントンが婚約者を引っ張っていった庭園を、レジーは見つめたままだった。あどけない目をした十八歳の娘。「あたし、気に入らないんだ。彼があの子を無理やり引っ張っていったのが」

〝わたしは恐れる自分が気に入らない〟と、ジェマは思った。五年間、ずっと恐れてきた。みんなに取り憑く男を、恐れてきた。そしてここにその男がいる。

「もううんざり」スーリンが唐突に言った。「怯えて暮らすことにうんざりだわ」

「わたしもよ」ジェマは言い、階段を駆けおりた。

残りの三人もあとにつづいた。

香しい庭園も人で溢れていた。カフタン姿の千鳥足の男たちと宝石をちりばめた衣裳の女たちが呑んでいちゃつき、月をぼんやり見あげている。ジェマはスーリンとレジーを従えて芝地を横切った。オリエンタルラグを敷いたペルシャ風の天幕が立ち並び、竜の口を象った支柱に挿した松明があたりを照らしている。これをデザインした人は、ただの蠟燭よりエキゾチックだと思ったのだろう。

「わたしには理解できない」セシリア・アレンバーグ・フォン・ロクセンの不機嫌な声が鉢植えのキンバイカの向こうから聞こえた。火を呑む曲芸に使う鉄の火鉢ではまだ石炭が燃えていた。「あの女性が言っていたことが、わたしには理解できないの。あなたはサンフランシスコに行ったことがないと言ってたじゃない！」

「行ったことはないとも」ソーントンは軽く受け流そうとしているが、声から緊張が伝わってきて、ジェマのうなじの毛が立った。「ねえ、ダーリン、噴水の向こう側に行って踊りを見物しようじゃないか。レジーナ・バデが芝生の上で踊るとムッシュー・ポワレが言っていた。ボルドー国立歌劇場のプリマバレリーナだそうだ――」

「バレリーナなんて見たくない。あなたに答えてほしいの！ サンフランシスコのオクタゴン・ハウス、最後の愛人――。だらしない女たちと付き合う男性を、父がどう思っているかあなたも知っているはずよ。父に約束したじゃないの、けっして——」

「いったい誰からそんな話を聞いたのかな？　知らない人の言うことを真に受けちゃだめだよ」彼はくすくす笑い、仮面をはずした。だが、そこで笑顔が凍りつく。火鉢の奥の暗闇から女たちがするりと抜けだして、松明の明かりの下に立ったからだ。彼の顔から血の気が引くのを見て、猛烈な怒りと、おなじぐらい猛烈な満足感でジェマの胃が捻じれた。

「こんばんは、ヘンリー」ジェマは落ち着いた声で言い、仮面をはずした。

パビリオンの前の広い芝地から拍手が起こった。仮装の衣裳を纏った客たちが、ボルドーのバレリーナをうっとりと見つめる。だが、こちらでは静寂がみなを支配していた。ソーントンは呆然と視線を泳がせている。ドラゴンローブを纏ったスーリンから、なにかに取り憑かれたような目のレジーへ、ポワレのハーレムパンツ姿のジェマへと。

〝アリス、アリスはどこ？〟ジェマは一瞬思った。彼女はいつの間にか姿を消し、ここにいるのはソーントンを睨みつける三人だけだ。だが、考えている余裕はない。

「この女たちがなにものなのか皆目見当もつかない」ソーントンがセシリアに言った。困惑の素振りを見せようとしたが、視線は三人のあいだをしきりに行ったり来たりしていた。

死んだものと思っていた三人の女たちが、無傷でここに立っている。

オクタゴン・ハウスで、彼女たちは立ち向かわずに逃げだそうとし、焼け死ぬところだった。いまはちがう。三人とも一歩前に出た。

するとは無意識に一歩後退した。

婚約者の声は小さかった。「ウィリアム、彼女はなぜあなたをヘンリーって呼んだの？」

「この三人とは会ったこともない」彼が言う。声に力が戻った。「そろそろ中に戻らないか、マイディア？　お父上はきみを連れ帰りたいと思っておられるだろう。乱痴気騒ぎになりそうだ――」

「乱痴気パーティーが好きだったじゃない」レジーが彼の言葉を遮って言った。「芸術家の集まりにあたしを連れていってくれたでしょ、忘れたの。あたしがあんたとベッドを共にしていたころ」

「それに真夜中の舞踏会もね、わたしがあなたとベッドを共にしてたころの」と、ジェマ。「あのとき不死鳥の冠をつけたのはわたしだった。婚約者にはそのことを話していないだろうけれど」

しんがりはスーリンだ。「あたしたちみんなを燃える屋敷に閉じこめて死ぬに任せた。あんたが罪のない女性を無慈悲に撃ち殺すのを、あたしたちが目撃したあとで」

「なにをたわけたことを」ソーントンは怒りの形相を浮かべてはいたが、彼女たちにちかづくことができない。ジェマもレジーもスーリンも一歩も引かない構えだ。三人のあいだになにかが通い合い、それが竜の口に挿された松明のように赤々と燃えあがった。

「招待されていない客が紛れこんでいると、ムッシュー・ポワレに伝えないとな」ソーントンが横に一歩動いた――石炭が燃える火鉢の熱い縁に袖が触れた。服に守られているから火傷することはないが、それでもソーントンは竦みあがった。

〝彼はいまだに炎に怯えるんだ〟と、ジェマは思った。パレス・グリルでクレープパンからあがる炎に竦んでいたのを思い出す。火傷跡のある手を握りしめたのを思い出す。〝一九〇二年にニューヨークで起きたパーク・アベニュー・ホテルの火事〟彼が火をつけたせいで大勢の人が亡くなり、本人は私腹を肥やした。

オクタゴン・ハウスに火をつけたときの、恐怖に引き攣る青ざめた彼の顔を思い出す。スーリンと目が合い、おなじことを考えているのがわかった。

スーリンは素早く動いて松明を引き抜いた。レジーは驚く婚約者の腕を摑んで彼から引き離そうとした。もう一方の腕をソーントンが摑み、パビリオンへと引っ張っていこうとしたが、ジェマの動きは速かった。あいだに割って入ると、胸にわだかまっていた熱く燃える凶暴ななにかが解き放たれた。シャツの前を両手で摑んで思いきり押すと、彼はセシリアから手を離した。ジェマが顔をあげると、スーリンが二本目の松明を抜くのが見えた。ほほえんでいる。

ジェマもほほえみ返して松明を受けとった。

花々で縁取られた広い芝地では、陶酔の表情の客たちの前で、薄物を纏ったバレリーナがくるくる回りアラベスクのポーズをとった。反対側にも人垣ができ、フランス人俳優が

『千夜一夜物語』を朗読していた。ペルシャ風の天幕がつきたここでは、ヘンリー・ソーントンが女二人に挟まれてせいいっぱい虚勢を張っていた。無慈悲な眼差しの女二人は松明を剣のように高く掲げ、彼に迫ってゆく。後ずさる彼は背中に火鉢の熱を感じる。

「婚約者に言いなさい」ジェマがしゃがれ声で言う。「自分がなにをしてきたか、彼女に言いなさい」

「さあ、言いなさい」スーリンが怒鳴りつけた。

とどめを刺すのはレジーだ。うろたえる婚約者の腕を握ったまま言った。「さもないと、あんたを焼き殺す。あんたがあたしたちを焼き殺そうとしたときみたいに」

「なんてことだ」誰かが叫んだ。「いったい何事だね?」男の声だ。ジェマにはどこと見当がつかない国の訛りがある英語で男は言った。声の主を確かめて無駄にする時間がジェマにはなかった。ソーントンにはその言葉が聞こえなかったようだ。恐怖に立ち竦んでいたソーントンがわれに返り、三人を懐柔しにかかる。最初はジェマを、つぎにスーリンを。レジーと並んで立ち尽くすセシリアを、彼はちらっと見ると、スーリンに突進してその手から松明を叩き落とそうとした。ジェマはすかさず彼にちかづき、袖に炎を押しつけた。袖口に火がつき、彼は悲鳴をあげて後じさり、火を叩き消した。「このあばずれ」怒鳴りながら懇願してもいる。

「その調子」スーリンは松明を突きだし、ソーントンの婚約者に顎をしゃくった。「彼女はまだ納得してないから、話してやりなさい——」ドラゴンローブといい、輝く黒い瞳といい、剝きだした歯といい、スーリンは北京の宮殿で侵略者と彼らが掲げる松明を見おろす皇后そのものだ。ただし、この皇后は松明を自分で握っており、攻め込む側だ。

ソーントンは揺らめく炎を見つめながら乾いた唇を舐めた。「そんなつもりはなかった」早口で言い、説得するように両手を挙げた。「事故だった。きみたちが追ってくるのを阻止しようとしただけだ。あとから人をやって、きみたちを温室から出すつもりだった——焼き殺すなんてとんでもない、わたしは怪物じゃない——」

「あなたが玄関で女性を撃ち殺したのも事故だったたって言うの？」火鉢から離れようとする彼に、ジェマは松明を突きだした。スーリンが怒りくるう皇后なら、ジェマはさしずめ雷と氷を操る夜の女王だ。「冷酷にも彼女を撃ち殺したわけを言いなさい」

「ただの中国人のポン引きじゃないか。盗人の売春婦——」

「な、なんですって？」婚約者が声をあげた。レジーは雌ライオンのように彼女を抱きとめて守った。低い声がまたなにか言った。英語ではない。ジェマは振り返るわけにいかない。一瞬でも気を抜けば、ソーントンは狂犬のように襲いかかってくるだろう。

ところが、彼は目の前で動く松明の炎に魅入られ、火傷跡のある手を突きだして早口でまくしたてるばかりだ。この場を丸くおさめられるとまだ信じているのだろう。ジェマは頭の冷静な部分でそう思った。炎から逃れられさえすれば、悪夢から飛びだしてきたような女たちから逃れられさえすれば、婚約者と元の鞘におさまることができると信じているのだ。だから、彼は言葉を尽くして説得にあたった。最初はジェマを、つぎにスーリンを、さらにはレジーと婚約者を。〝そんなつもりはなかった、嘘じゃない、そうせざるをえない理由があった〟彼が説得に説得を重ねるうちに、セシリアが叫び声をあげた。

「やめて。やめて、あなたたちみんな、どうかやめて――」輝く中国の冠がずれて目を覆う。前が見えずよろめき、彼女は冠を脱いで火鉢に放った。

火のまわりは早かった――金線が、真珠をつなぐ糸が、鮮やかなカワセミの羽根が燃え、その名の由来となった不死鳥のように青い炎をあげた。見つめるしかなかった――ジェマの脳裏に浮かんだのは燃えるサンフランシスコだった。あっという間に炎に包まれた大都市。

ソーントンは崩れ落ちる冠を見つめていた。彼に望んだような幸運をもたらしてはくれなかった八角形の邸宅から、必死な思いで持ち出した宝物が燃えてしまう。彼が壊れた、とジェマは思った。〝なにがあなたを壊したの〟殺人も彼を壊さなかった。火災も彼を壊さなかった。だが、燃えて灰になった冠が彼を壊した。

「この馬鹿くそ女」彼はセシリアを殴り倒した。

「いいかげんにしたまえ」ジェマの背後で低い声が響き、ライオンのたてがみのようなグレイの髪の長身の男、貴族的な顔に決闘の傷跡のある男が勢いよく出てきた。かたわらに立つのはアリス・イーストウッド、鷲のように怒りに目を輝かせたその姿は復讐の天使そのものだ。

「おわかりでしょ？」その声はトランペットだ。「この男があなたのお嬢さんをどんなふうに扱うかご覧になりましたよね？」その言葉を聞くより早く、セシリアの威厳たっぷりの父親、オーガスト・フレデリック・アレンバーグ・フォン・ロクセン男爵はソーントンの喉を摑み、激しく揺すった。ちょうどそのとき、ムッシュー・ポワレの最初の花火が夜空に赤い光の花を咲かせた。

　ジェマは急に力が抜けて濡れた芝生に座りこみ、レジーはすすり泣くセシリアを父親にあずけ、スーリンは松明を支柱に戻そうとしてローブの裾を踏んでよろけ、アリスがさっと手を伸ばして彼女を支えた。「ロサ・アルバ」白いバラに似た花火を見てアリスは言った。そのつぎはカリフォルニア・ポピーみたいな金色の花火だった。「エスコルチア・カリフォルニカ……あとのことは男性陣に任せましょう」

　〝説得力のある証人が必要だと思ったのよ〟みながひと息ついたあと、アリスが言った。〝自白させるのもいいけれど、それを聞くのにふさわしい人物が必要でしょ〟だから、スーリンとジェマがソーントンを追いつめているあいだ、アリスは機転をきかせてパビリオンに引き返し男爵を探した。皇帝の名誉をかけて決闘した、オーストリア＝ハンガリー帝国の元陸軍元帥だから、その言葉の重みは、中国人のお針子や絵を描けない画家や、初老の植物学者や身持ちの悪いオペラ歌手のそれとは比較にならない。

「アリス、あんたって天才」レジーは感心して言った。「いまのあんたを描きたい。逆光のなかで、復讐の天使みたいに手を掲げる姿を」

「まずは逮捕してもらわないと」アリスがすまして言った。「絵はそのあと」

「ピンカートン探偵社のミスター・クラークソンがいまごろはパリに着いていますから、彼と話をしてみてください」ジェマはやって来たフランスの憲兵たちに言った。「彼はいろんな情報を持っているので、きっと参考になるはず……」

たしかに男性陣があとを引き受けてくれた。それもセシリアの父親の意向を受けて秘密裡に。彼の配下の者たちは、アラブ風の衣裳を着ていても、姿勢のよさや踵を鳴らして敬礼する姿から軍服を着慣れた連中だとわかった。いろいろなことがいっぺんに起きた。泣き崩れるセシリアをパリのリッツ・ホテルに送り届ける車がやって来た。抵抗するソーントンを憲兵が連行していった。パーティーは中断されることなくつづいた。なによりもスキャンダルを恐れるムッシュー・ポワレは、事情を説明されると、羽目をはずしすぎた客が憲兵に諫められただけ、どうかご心配なく、と詮索好きの客たちを追い払った。シャンパンと即興のカンカンショーに魅かれて客たちがパビリオンに引きあげたあと、手錠をつけられたソーントンは待機する車へと引っ張ってゆかれた。

　四人は芝生の上に座って一部始終を見届けた。アリスに向かってヨーロッパ式の敬礼をした。「奥さま（グナーディゲ・フラウ）」男爵は手を振って憲兵をさがらせ、アリスに向かってヨーロッパ式の敬礼をした。「わたしはあなたがどういうお方か知りませんし、なにがどうなっているのか見当もつきません」彼はひと息にそれだけ言った。きっとうろたえているのだろう。軍人といえども、勝手のちがう戦場に放りこまれれば多少はうろたえる。ジェマは彼を気の毒に思ったが、ぐったり疲れて説明する元気もなかった。

　アリスも哀れに思ったのだろう、彼を散歩に誘い、芝地を歩きながらこれまでのいきさつを説明した。散歩から戻った男爵は困惑の表情を浮かべ、ドイツ語でつぶやいた。「あなたたちは、これ以上なにも話すことない。ミスター・クラークソンがすべてを立証してくれるでしょう」アリスが彼の腕をやさしく叩いて言った。「ところで、キッツビューエル近郊に山荘をお持ちだとか。もしかして、庭に高山植物が生えていませんか？」

34

マイケル・クラークソンはワインが進むにつれて涙もろくなっていった。レジーとスーリンが暮らす部屋を歩きまわり、壁に掛かる絵を一枚ずつ眺めていった。最後に、レジーがチャイナタウンの風景を描いた屏風の前で感極まった。パレス・オブ・エンドレス・ジョイが描かれていたからだ。

「正義。おれが愛したただ一人の女に対し、ついに正義がなされる」彼は泣いた。「おれのニーナ、結婚するつもりだった、すべきだった。かわいそうなニーナ」

「お願いだからそんな言い方しないで」スーリンが言う。「おばさんは〝かわいそうなニーナ〟なんて言われたくなかったはず。それに、結婚したくてもできなかったじゃないの。カリフォルニアでは異人種間結婚は違法だもの」

「だったら彼女をワシントン州に連れていって、あっちで結婚すればよかった。まともな暮らしをさせてやりたかった」彼は夕食の皿が並んだままのテーブルに突っ伏し、組んだ腕に顔を埋めた。

スーリンはため息をつき、彼の手を軽く叩いた。マダム・ニンには妻になる気などこれっぽっちもなかったろう。娼館の経営者として、あこぎなやり方はせずに儲けを出していたのだから、まともに生きていると思っていたはずだ。

ジョージがスーリンに笑いかける。「そろそろ彼を寝かせてやろう」クラークソンをそっと椅子から立ちあがらせた。「さあ、行くよ、相棒」

クラークソンはやっとのことで立ちあがり、ジョージにもたれかかったままドア口で振り返り、手を振った。「おやすみ、みなさん」呂律がまわらない。「ここにいるジョージはいい奴だ。よそであらためて祝杯をあげようって魂胆だな」

「ここにいるジョージは、マイケルをホテルに連れて帰るって魂胆さ。夜風に吹かれて散歩して、快適なベッドに直行だ。おやすみ、みんな。ジェマ、好きなだけいていいよ」

ドアが閉まると、女たちは笑い転げた。

夕食を食べるのにふさわしいカフェやビストロはいくらでもあるが、グラスがかちんと鳴る音や賑やかなおしゃべりに囲まれて食事する気にはなれなかった。心痛と不安に苛まれた長い旅が終わったいま、理解し合える仲間とだけすごしたい。なにに傷つき、なにを失ったか、わかっているのはこの四人だけだ。いま、心安らぐ場所はレジーとスーリンのアパートメントしかなかった。

「警察の事情聴取、なんか拍子抜けしなかった?」ジェマはワインのお代わりを注ぎながら言った。シャンパンは一時間前に呑み尽くした。

「燃える松明でソーントンを追いつめたあとだもの、なんだって拍子抜けするわよ」アリスが言い、握っている箸で青と白の磁器の皿を指した。「最後のエビ二匹、食べたい人いる？」アリスは箸の使い方がとても上手だ。脆い植物標本をピンセットで摘むより楽だそうだ。

「拍子抜け、大歓迎」ジェマが言った。「ようやく終わったんだから、一週間眠りつづけるわよ。誰にも文句を言わせない」

四人はそれぞれに恨みを晴らした気分だった。四人の証言は信用に足るものだ、とピンカートン探偵社が太鼓判を捺してくれた。ヘンリー・ソーントンとウィリアム・ヴァン・ドーレンが同一人物だとクラークソンが知った時点で、探偵事務所の調査チームは点と点をつなぎあわせ、ヴァン・ドーレンの富はソーントンの所有財産を移し替えたものだと証明した。

クラークソンはル・アーヴルの港で下船すると、その足でパリ警察の警視総監ルイ・レピーヌと治安判事を訪ね、持参した証拠書類を並べて簡潔明瞭に事情を説明した。ソーントンの遺言により全財産が遠い親戚で共同事業者、イタリア在住のウィリアム・ヴァン・ドーレンの手に渡ったことを、クラークソンはジョージの通訳で伝えた。ヘンリー・ソーントンがサンフランシスコで死んだことが確実視されると、弁護士は全財産をニューヨークのヴァン・ドーレンの銀行口座に振り込んだのだ。

「ヴァン・ドーレンはずっと前から計画していました」警察署でクラークソンは語った。

「どこかの時点でソーントンは死んだことにして、ウィリアム・ヴァン・ドーレンとしてニューヨークに戻る計画でした。永いこと外国にいて、鉄道と鉱山と海運と不動産で富を蓄えたという触れ込みで」

　つぎに女たち四人は、ソーントンとヴァン・ドーレンが同一人物であると証言し、署名した。四人のうちの一人は、彼がピンカートンの探偵ダニエル・ラングフォードを殺すのを目撃した。三人は彼が冷酷に女性を撃ち殺すのを目撃した。彼は四人を温室に閉じ込めて屋敷に火を放ち、見殺しにした。

ヴァン・ドーレンは収監され、数日のうちにクラークソンとピンカートンの同僚一人が彼をサンフランシスコまで護送し、裁判にかける。

「彼が法の網をかい潜るんじゃないかって、いまだに心配なんだよね」いま、レジーは言い、テーブルを立って後片付けをはじめた。「彼の殺人を目撃したあたしたちの宣誓陳述書は、充分に効力があるものかどうか心配だしね」

「あたしも心配だったわ、バオベイ」スーリンが皿をシンクに運びながら言う。「もしクラークソンと男爵があの場にいなかったら、ソーントンは警察をうまく丸め込み、彼に捨てられた女たちが、怒りに任せて口走るたわ言ですませようとしたでしょうね」

テーブルに残る二人が笑い声をあげた。「アリス、あなたって救いがたい人ね」ジェマがくすくす笑いながら言う。ワインとおしゃべりは果てなくつづいていた。「娘はヒステリーを起こすし、未来の娘婿は人殺しかもしれないから、男爵は気もそぞろだっただろうに。そんな彼から山荘への招待を取りつけるんだから恐れ入る」

「でも、男爵は希少なアルパイン・オーキッドを育ててるのよ。ジムナデニア・レリカニは深い赤茶色の花を咲かせるの。彼に頼んで標本を作らせてもらうつもり」

スーリンが窓をすべて開け放って夜風を入れた。パリの灯りが誘いかける。ジェマは窓辺に立ってうっとりと眺めた。スーリンは不意に既視感に襲われ、壁にもたれかかった。どこで見た光景だろう？　ジェマは開いた窓から街並みを眺めている。アリスはべつの窓の前に立ち、レジーはシンクで洗い物をしている。四人が醸しだす親密さ、でも、なにかがちがう。

スーリンがレモンタルトを薄く切って皿に載せて勧めると、ジェマは頭を振った。

「もうお腹いっぱい。お料理はすべておいしかった。豚の角煮も豆苗の炒め物もエビも。そのうえタルトまでって、時間がないのによく作れたわね」

「そうじゃないのよ」スーリンはタルトにフォークを刺した。「このレモンタルトは隣のパン屋さんで買ったの。ほんとうに食べなくていいの？」

「これ以上ひと口でも食べたら、ズボンがはち切れる」ジェマはポアレのゆったりしたハーレムパンツを穿いていた。「これは大事にとっておきたいの。モーツァルトの『後宮からの誘拐』でコンスタンツェを歌うのにぴったりだから」

四人は窓辺に並んだ。街灯が店先や通行人を照らしだす。遠くで教会の鐘が鳴る。あたたかな微風が部屋を吹き抜ける。

「ジェマ、あなたはレジーにとって大切な存在なんだから、連絡を絶やさないでね」スーリンが言う。

「ええ、おたがいにね。あなたはレジーにお似合いよ。傍から見てもわかる。以前のレジーはつねに苛立っていた。つねになにかを、誰かを求めて、手に入らないから苛々していた。でも、それがなくなったわね」

「ジョージから聞いたわ。偏頭痛のこと」と、スーリン。「べつの治療法を試してみる気はあるの？　中国で数千年つづく鍼術（しんじゅつ）という治療法。パリにとても腕のいい中国人の鍼灸師がいるのよ。あたしも診てもらってるの。眼精疲労からくる頭痛や、前屈みの姿勢で刺繍に根を詰めるせいで起きる首の痛みが治ったのよ」

「なんでも試してみたい」ジェマの言葉には実感がこもっていた。「効くと思う？」

「たとえ効かなくても、偏頭痛があるからって歌うのをやめるつもりはないんでしょ？」

「そうね。痛みと共存する術を身につけるしかない。できるかぎりのことをやってね」

スーリンがほほえむ。「鍼灸で痛みをやわらげることはできるわよ。あたしが保証する。

レジーは鍼灸で眠れるようになったのよ」

アリスとレジーのやさしい笑い声に、二人は振り返った。

「レジーから悪夢のことを聞いたわ」ジェマが言う。「ソーントンが逮捕されてすっかり片がついだんだから、悪夢を見なくなるといいわね」

「そうだといいんだけど」スーリンがつぶやいた。「そう願っている。ときどき思うのよ。有罪の判決がくだって彼が処刑されるのを見届けないかぎり、レジーは安心して眠れないし、絵も描けないんじゃないかって。あなたは裁判を傍聴するつもり？」

「いいえ、召喚されればべつだけど」ジェマは頭を振った。「わたしの問題でジョージを引っ張りまわしてしまったから。あなたはサンフランシスコに戻らないの？」でも、戻ったらサンフランシスコ。望郷の思いは強い。チャイナタウンは再建された。でも、戻ったら戻ったで、今度はパリに戻りたくなるだろう。

「アリス」返事に窮するスーリンをその場に残し、ジェマはアリスのかたわらに立った。「あなたはカリフォルニア科学アカデミーに戻るつもりはないの？　この場ではっきりしたことが言えないのはわかってる。でも、あなたさえその気になれば、向こうは席を空けて待っていてくれるんでしょ？」

「そうね」アリスがそう言うまで少しの間があった。「たぶん戻ると思う」

「わたしたちみんな、いずれは戻ることになるんだわ」ジェマが唐突に言った。「ソーントンの裁判のためにじゃなくて――自分たちのために。おたがいのために」

　スーリンは目をしばたたいた。「戻るの？」

「いけない？　地震以来、わたしたちはある意味で孤児だったのよ、根無し草になった――あなたもわたしもレジーも、アリスだって。それはそれで大変だけど、逆を言えばどこでも好きな場所に落ち着くことができるってことでしょ。一緒に家庭を作りたいと思う相手を自分で選べるってこと」ジェマはスーリンにほほえみかけた。「チャイナタウンのど真ん中に自分のアトリエを開くことだってできるのよ――パリジャンのお墨付きをもらってるんだもの。最新のファッションを求めて、サンフランシスコのお金持ちが大挙して押しかけるわよ」

　いろんな思いがスーリンの頭を駆け巡った。チャイナタウンのアトリエなら、知り合いの女性たちを雇うことができる。カロ姉妹の店で身につけた技術を彼女たちに教えることができる。店の二階はレジーのアトリエだ。ジェマが『蝶々夫人』を歌うことになったら、着物に刺繍してあげよう。それは芸術作品だ。サンフランシスコの金持ち婦人の襟元を飾るダイヤモンドよりも光り輝く芸術作品。

「でも、サンフランシスコにあなたを受け入れる場所はあるの？　オペラハウスは再建されたの？　あなたには歌う場所が必要だし、ジョージにだって……」

「わたしはどこでだって歌えるわよ。オペラ団に巡業はつきものなのよ。ブエノスアイレス以外からの仕事を受けるには、いま少しの度胸が必要なんだけど。巡業の合間にサンフランシスコに戻ってゆっくりするの。ジョージはサンフランシスコが大好きなのよ。サンフランシスコ時代の話から懐かしさが伝わってくるもの」

「レジーは？」アリスが言う。「あなたはどう考えてるの？」

「あたしはどこでだって描ける」即答だった。「パリの生活はこれはこれで楽しいし、スーリンもここにいるほうがいろいろ楽だと思うけど、彼女がどうしても戻りたいって言えば、あたしも戻る。彼女のいる場所がわが家だからね」

スーリンは満面の笑みを浮かべた。パリ中を照らせる輝かしい笑みだ。手を伸ばすと、レジーがかたわらにやって来た。

満ち足りた沈黙をアリスの歓声が破った。サイドテーブルに駆け寄る。「見て、あなたの月下美人の花が開く！」

四人でテーブルを囲んだ。一瞬、スーリンの記憶が甦った。サンフランシスコの下宿屋で、地震と火事を生き延びた四人の女たちは、白い花がほころぶのを見つめて安らぎを覚えた。甘い香りが煙たい空気をやわらげた。花びらが開くにつれ香りはより豊かに、より深くなった。人を酔わせる香りは、どんなバラもジャスミンも敵わなかった。

エピローグ

『金ぴか時代の女流画家を回顧する』（ウィリアム・モロー刊、二〇〇〇年）
十二番目：レジーナ・レイノルズ、本名ネリー・ドイル（一八七七〜一九七一年）

アリス・イーストウッド
油絵、三〇×四〇インチ
所蔵：カリフォルニア科学アカデミー、サンフランシスコ
説明文／メモ
　本作品が描かれた一九一二年、植物学者アリス・イーストウッドは、一九〇六年の地震後に再建された植物研究部研究主幹に返り咲いたところだった。画家の古い友人でもある本作品のモデルは、古めかしい黒のドレス姿でデスクに向かっている。そのデスクの上にあるのは、オレンジ色の花びらのアムシンキア・イーストウディア、カリフォルニア固有のフィドルネックの標本で、発見者である彼女に敬意を表してイーストウッドのフィドル

ネックと呼ばれている。皮肉っぽくユーモラスな表情でまっすぐ前を見つめ、装飾品といったら首からさげたレンズと花飾りのついた帽子だけである。デスクに預けた腕の先に雑誌が置かれ、開いたページにはシェイクスピアの『アントニーとクレオパトラ』の一節が載っている。〝かぎりなく不可思議な造化の書物を、わたしは少しばかり読むことができます〟

『椿姫』のヴィオレッタ役、ジェマ・セラーノ

油絵、三〇×四〇インチ

所蔵：デ・ヤング美術館、サンフランシスコ

説明文／メモ

オペラ歌手ジェマ・セラーノの肖像画からは、永年の友人だからこそ描けた親密さが伝わってくる。舞台で歌う彼女ではなく、楽屋の彼女を捉えた作品。サンフランシスコ・オペラと深い関係があり、一九二〇年代末の引退公演もそこで行ったが、この作品で描かれているのは、世界に名だたるテアトロ・コロンの一九一七年のプロダクション『椿姫』で、彼女の代名詞となった月下美人の造花を髪に挿し、発声練習をしている。高級娼婦の白い夜会服に身を包んだソプラノが、競演はエンリコ・カルーソーである。鏡の前に散乱するブリキの容器に入った白粉や香水瓶、譜面がくつろいだ雰囲気を醸しだし、絵全体から受

ける印象は華々しさではなく充足だ。偉大な歌手はスポットライトを浴びて得意がるのではなく、自分の仕事に打ち込むことで満足感を得ている。

スーリン
油絵、一〇×二〇インチ
所蔵：デ・ヤング美術館、サンフランシスコ
説明文／メモ
ファッションデザイナーのフェン・スーリン（画家の終生のパートナー）が自宅で仕事する姿を描いた作品。彼女が刺しているのは金糸と銀糸で描き出す不死鳥――複雑な刺繡デザインのひとつで、グオ・ペイのような現代のデザイナーに影響を与えた。第一次大戦直前にサンフランシスコで彼女が自分のアトリエを開く前に、パリのカロ姉妹の店で人気を博したデザインである。ボブヘアのデザイナーは刺繡を刺した部屋着姿で、首からさげた鎖の先で翡翠の指輪が揺れる。陽射しに輝く肌のあたたかみのある質感は、レイノルズの作品の特徴である。ありふれた日常を描いたこの絵には、画家本人も登場している。刺繡枠の横の鏡にはイーゼルの裏側とカールした黒髪と絵の具で汚れた腕がちらっと映っている。

裁判を受けるウィリアム・ヴァン・ドーレン

木炭画、八×一一インチ

個人所蔵

説明文／メモ

絵画の下絵。描かれているのは、殺人罪で起訴され裁判を受ける鉄道王ウィリアム・ヴァン・ドーレンだ。判事や傍聴人や陪審員の細かな描写に画家は真骨頂を発揮している——それに比べるとヴァン・ドーレン本人は荒々しい数本の線で輪郭だけが描かれ、まるで砕かれた殻のようだ。レイノルズは証人として召喚されたが、証言は行わなかった。法廷で審理がはじまって数日後に、ヴァン・ドーレンが首吊り自殺をしたからである。この下絵をもとに描かれた油絵は存在しない。そもそも描かれなかったのかもしれないし、あるいは画家が破り捨てたのかもしれない。

不死鳥

油絵、四〇×六〇インチ

所蔵：デ・ヤング美術館、サンフランシスコ

説明文／メモ

レイノルズは肖像画を得意とした。友人や家族を描いたものから、上流社会に依頼され

て描いたものまで多彩な作品を残している。その一枚が、一九一三年のミセス・ギルバート・グールド、旧姓ミス・セシリア・アレンバーグ・フォン・ロクセンの豪華な結婚式の絵である（二一六ページ参照）。だが、風景画にもめぼしい作品が何枚かある。なかでもサンフランシスコのチャイナタウンを色彩豊かに描いた作品は有名で、画家がこの街に戻ったときに描いたものだ。ここにアトリエを構え、終生そこで描きつづけた。詳細な塔や竜の形の街灯が、中国の事物への画家の深い愛を物語っている。賑やかな通りを行き交う人びと、洗濯物の配達をする少年や戸口に立つ豪華な衣裳のマダムが、色鮮やかに活写されている。チャイナタウンは一九〇六年の地震で焼失したが、その後再建された。サンフランシスコと同様、大災害を生き延びた人びともまた復活を果たした。灰のなかから甦る不死鳥のように。

著者あとがき

サンフランシスコ

一九〇六年四月十八日の朝には、サンフランシスコはウェストコーストの宝石だった。叩きあげの大富豪が闊歩する賑やかな都市、様々なエンターテイメントを提供する劇場、楽しいことはなんでもござれの街だった。それから三日ののち、アメリカ史上最大の自然災害によって焼け野原となった——ミシガン州ベントン・ハーバーのフライング・ローラーが伝道師を送りこみ、不道徳な生き方をやめなければ西部の汚物溜めは破壊されるであろう、とご宣託を伝えたのは史実だ。推定マグニチュード七・九の地震で多くの建物が倒壊したが、都市の運命を決定づけたのは地震後に発生した火災だった。サンフランシスコは優れた消防システムを誇っていたが、地震で水道管が破損した。倒れた蠟燭や壊れたコンロ、塞がった煙突から出た火がまたたく間に燃え広がり、消防車がホースをつなごうにも使える水道管はごくわずかだった。民間人と消防士たちの英雄的な奮闘もむなしく、サンフランシスコは三日三晩燃えつづけた。倒壊した三万ちかい建物には、ノブ・ヒルの大邸宅や、前夜にカルーソーが歌ったグランド・オペラ・ハウス、チャイナタウン全域、それに数多の人家や商店が含まれる。火事が発生する以前に逃げだした人びとは、ゴールデン・ゲート公園のテント村に集まるか、フェリーでオークランドに渡った。都市は無法地帯と化し、出動した軍隊には、略奪者をその場で撃ち殺してよいという命令が出ていた。倒壊を免れた建物の多くが、防火帯を作るという無駄な努力のため爆破された。こういった予防措置がとられたにもかかわらず、少なくとも六百人が命を落とした。実際には数千人が亡くなったと思われる。それでもサンフランシスコは灰のなかから立ちあがり、記録的な早さで再興し、一九一五年には万国博覧会を開催している。

(ケイト・クイン：サンフランシスコ大地震を題材に書きたいという思いは昔からあり、焼失する以前のオペラハウスで歌うオペラ歌手をヒロインにするつもりだった。でも、そういう本には中国人のヒロインも必要だとわかっていたので……)

(ジェイニー・チャン：ケイトから話を聞いて最初に思ったのは、〝おたがいに世界大戦を題材にした本を書き終えたばかりで、地震を巡る本を書くのは精神的に辛すぎない？〟だった。でも、チャイナタウンの女性たちのことを調べていくうち、中国人のヒロインの人物像を創りあげるのは、複雑だけれど挑戦し甲斐があると思うようになった。なんとしても彼女を書きたい！)

チャイナタウン

当時のマスコミや政治家たちは、チャイナタウンを悪が蔓延る街、そこに住む中国人を自堕落で汚れた人種と捉えていた。サンフランシスコのチャイナタウンは、典型的な中国人コミュニティ――不公正な法律や人種差別主義によって歪められたイメージ――ではないという事実を、彼らは無視した。相互防衛の必要に迫られ、二十立方マイルのなかに一万五千人が肩寄せ合って暮らせば、環境が劣悪になるのはやむをえない。一八八五年のチャイナタウンの建物や慣習を描いた地図には、サンフランシスコ管理委員会が中国人の道徳的腐敗を示す意図で作成した報告書が添えられている。ゆえに地図で強調されているのは、チャイナタウンの悪評のもととなった娼館（白人経営のものも中国人経営のものも）や賭博場、阿片窟だ。実際には人家や商店が大半を占めていた。ほかにも工場やオペラ劇場、中国寺院、キリスト教の伝道所や教会、病院の役割も担った大きな漢方薬局、それにむろん洗濯屋もあった。

スーリンのようなチャイナタウンの住人は、賭博や阿片や売春が人生を狂わせることは百も承知だった。多くの人たちがこういった悪癖に染まる理由もわかっていた。そのひとつが一八八二年に施行された中国人排斥法で、これにより、わずかな職種を除いて中国人労働者の渡航が禁止された。一八八二年以降、中国人男性たちは妻や子どもをアメリカに呼び寄せられなくなった。彼らはゴールドラッシュの時代にやって来て鉄道敷設に携わったのに、いまや家族のためにできることといったら働いて金を送ることだけだ。独り身の寂しさから、多くの男たちが麻薬や賭博や売春に慰めを求めた。金に余裕のある者は妻を——二番目の妻を——娶(めと)った。

一八九〇年には、チャイナタウンの人口の九十パーセントは男性で、この男女の不均衡が人身売買を助長した。中国人や白人の貿易商が中国から女性を密輸し、娼館に売り飛ばし、年季奉公人として白人家庭に送りこんだ。この悲劇の連鎖のはじまりは女の子のいる家庭（女の子しかいない家庭）だ。中国の親は伝統的に娘より息子を尊び、飢餓に見舞われれば娘を売り飛ばした。娘たちはアメリカでメイドをしていると信じる程度の純朴さを持ち合わせていた親もいただろう。むろん事情がわかったうえで娘を売り飛ばす親もいた。チャイナタウンのもっとも安値の娼館の女たちはひどい扱いを受け、たいていは三年以内に病気か酷使で命を落とすか、自ら死を選ぶかだった。

伝道師のドナルディーナ・キャメロンは、このような境遇の若い娘たちを助けることを一生の仕事とし、ミッション・ハウスに匿った。女たちのなかには自力で逃げだして安全なミッション・ハウスに駆けこむ者もいた。キャメロンは助けた女性たちに結婚相手を見つけてやった。大半がカトリックの中国人男性だった。女たちは不幸な過去が結婚の差し障りになることを恐れたが、なにがなんでも家庭を持ちたい男たちからすれば、そんなことは問題ではなかった。わたしたちはこういう過去をスーリンの母親に与えた。

それでも、スーリンがレジーに語ったように、チャイナタウンは悪習と売春だけの街ではない。ごくふつうの生活を送るごくふつうの家族も大勢いた。大地震前のチャイナタウンの写真には、手をつないで通りを歩く子どもたちや、みんなで新年を祝う行事に参加する女たち、鉢植えのスイセンを売る屋台や、野菜を詰めた木箱に囲まれて店の前に立つ食料雑貨商が写っている。だが、地震ですべてが焼失した。今日のチャイナタウンは、西洋人が考えるオリエンタル建築の概念を基にデザインされたものだ。チャイナタウンの商人や指導者たちも、非中国人を惹きつけるエキゾチックな街並みや商店を目玉にして再建を行った。彼らが促進しようとしたのは商売のみならず、文化交流だったのかもしれない。世界中のチャイナタウンがこの基準に倣っている。

（ケイト：今日のサンフランシスコのチャイナタウンはすてきだけれど、一九〇六年の面影を留めてはいない。当時の姿を見たかった）

（ジェイニー：調べる途中で知ったのだけれど、チャイナタウンの騒々しくて愉快な大晦日のパレードは中国の習慣にはない。こういうパレードが最初に行われたのは一九五三年。冷戦の最中、共産主義国家の中国は敵だった。差別が激化することを恐れたチャイナタウンのコミュニティのリーダーたちは、中国系アメリカ人の積極的な貢献を知らしめる場が必要だと考えた。そこでパレードを行ってチャイナタウンとサンフランシスコに観光客を呼び込むことにし、それが全市をあげてのお祭りとなった）

フェン・スーリン

スーリンは架空の人物だ。移民の子としてカリフォルニアに生まれ、人種差別や排斥運動にめげず、必死に働いて成功を手にしようとする人びとに囲まれて育った。一九〇六年には、永くアメリカで暮らしてすっかり西欧化した中国人が大勢いたし、その子どもたちは自らを中国人ではなく中国系アメリカ人とみなしていた。移民のなかにはチャイナタウンの外に住み、白人と中国人の両方を相手に商売し、子どもを公立学校に通わせる者もいた。スーリンはアメリカで生まれ育った移民二世であり、伝統的な価値観を否定してはいないが、まわりから期待されるのとはべつの生き方をしたいともがいている。二十世紀初頭のアメリカには、中国人男性が就ける仕事はかぎられており、女性にいたってはないに等しかった。裁縫や刺繡は家でやる賃仕事、代表的な家内工業だった。スーリンが刺繡を得意とするのは理に適って（かな）いる。中国刺繡の技法を調べたらなおさらのこと、これを物語に織り込まない手はないと思った。そんなわけで、スーリンの繊細な刺繡を生みだす技術は、パリのファッションハウスへの切符となった。

（ジェイニー：わたしは開拓者や移民一世の勇気につねづね感服していたので、スーリンの勇気の源を、一か八か（いちばち）の勝負に出て人生を一変させた人たちを見て育った生い立ちに求めた）

(ケイト:スーリンの苗字をフェン(〝不死鳥(フェニックス)〟にすることは、最初から決めていた。本書のタイトルに結びつけるのと同時に、灰のなかから立ちあがる彼女の勇気を讃える意味もあった)

ジェマ・ガーランド

オペラ歌手のジェマ・ガーランド、本名サリー・ガンダーソンは架空の人物だが、メトロポリタン・オペラ・カンパニーが地震当日にサンフランシスコ公演を行ったのは史実だ。偉大なエンリコ・カルーソー(彼がナポリの仕事を断ったのは、いつ噴火するかわからないベスビオ火山のそばで歌うのが不安だったから)は、地震の直前まで『カルメン』の舞台に立っていた。上流の人びと(たまたま滞在していた有名な俳優のジョン・バリモアを含む)が、ダイヤモンドで飾りたて、有名なテノールの声を聞くために劇場に押し寄せた。最初の揺れが起きる直前に刷りあがった新聞には、カルーソーを褒めちぎる批評が載っていた。ミカエラを演じたベシー・アボットも、カルメンを演じたオリーヴ・フレムスタッドも批評家から無視された。リハーサル中に共演者と怒鳴り合いの喧嘩をしたオリーヴだが、オペラ歌手としてはすばらしいキャリアを築いた――ジョギング中に息を止めたまま何本の街灯柱を通りすぎたかを数えて肺を鍛えたという話は事実だ)。

(ケイト:わたしは大学でオペラ歌手の訓練を受け――ジェマとおなじリリックソプラノ

——学生ローンのおかげもあって学位を取ったのだが、それがようやく役だった！　ジェマのモデルは、わたしが習ったすばらしい声楽教授サリー・アーネソンだ。ネブラスカの農場育ちで、意志の強い青い目のブロンド、ヨーロッパのオペラハウスで夜の女王を演じ、スリル満点のハイFで大成功をおさめた。ジョージという名の卓越した技術をもつピアニストと結婚し、二人三脚で数多くのコンサートやリサイタルを行った。二人との付き合いはいまもつづいている）

（ジェイニー：わたしがオペラファンになったきっかけは、夜の女王のアリアを聴いたこと——ハイFが鐘のように鳴り響いたときの衝撃はいまだに忘れられない。ウェブページのボーナスマテリアルにどのソプラノのパフォーマンスを載せるかで、ケイトと意見が分かれている）

（ケイト：エディタ・グルベローヴァ）

（ジェイニー：ディアアナ・ダムラウ）

アリス・イーストウッド

植物学者アリス・イーストウッドの人生は波乱万丈で、いくら紙幅を費やしても描ききれないほどだ。植物学を独学で学び、世界を股にかけて研究調査を行い、希少植物を採集するためなら危険を顧みなかった。また緻密な研究を行って数多くの学術論文を発表している。三十五歳のとき、カリフォルニア科学アカデミーの植物研究部研究主幹に任命され、九十歳まで勤めあげた。一九〇六年の大地震でアカデミーが炎に包まれそうになると、平然とランチバッグをマストドン（古代の象に似た長鼻類の哺乳動物）の角に引っかけ、ひび割れた階段の手摺りの外側を六階まで伝いのぼり、研究室から千五百の植物標本を助けだした。その後、お気に入りのツァイスのレンズを首からぶらさげ、着の身着のままサンフランシスコを脱出した。助けだせなかった植物標本について、こう語っている。「採集することに無上の喜びを感じたものよ。それを一からやり直せるんですもの、こんなに嬉しいことはない」ゴールデン・ゲート公園にカリフォルニア科学アカデミーが再建されると、彼女は実際に一からやり直した。十数にのぼる新種の植物の学名に彼女の名前がついており、彼女の肖像画はいまでもアカデミーの植物研究部に飾られている。

（ケイト：オクタゴン・ハウスでアリスがジェマと一緒だったくだりはわたしの創作だけれど、アリスは終生オペラを愛し、多方面に親交があったのは事実だから、オペラ歌手と友だちでもいいんじゃない？）

（ジェイニー：盛大に花で飾った帽子をかぶる彼女の写真を見つけたときには、二人とも文字どおり叫んでいた。〝この帽子の花を作ったのはスーリンよね！〟）

レジーナ・レイノルズ／ネリー・ドイル

レジー／ネリーは架空の人物であり、エピローグの彼女の作品を紹介したアートブックも創作だが、十九世紀初頭にサンフランシスコとパリの両方で名をなした女性芸術家は存在している。とくにセーヌ左岸には、祖国を離れた女性芸術家が多く住んでいた（例えばアメリカ人作家のナタリー・バーネイ）。彼女たちは芸術のために生き、おおっぴらに同性とロマンチックな関係を築き、フランス人はそれに目くじらをたてなかった。レジーが不当に拘束された精神科病院は創作だが、もととなったのは、サンホセ近郊のアグニューに実在した州立精神科病院で、一九〇六年の地震で建物が倒壊し、数百人の入院患者が独房から解き放たれた。

ヘンリー・ソーントン／ウィリアム・ヴァン・ドーレン

われらが悪党は架空の人物だ。カリフォルニアに数千エーカーの土地を所有する人物として、古い地図にH・ソーントンの名前が記載されており、人物像を形作るにあたっては、（いかがわしいやり方で）巨万の富を成した十九世紀の非情な実業家を参考にし、そこに慈善家で芸術の後援者の顔を付け加えた。オクタゴン・ハウスも創作だが、八は幸運と健康をもたらすという言い伝えにより、十九世紀に八角形の家が流行したのは事実で、八十軒が現存している。そのうち二軒はサンフランシスコにある。この時代は、西欧の富豪たちのあいだで中国の骨董品がもてはやされた――その大半が一八六〇年に北京の円明園から、一九〇〇年に紫禁城から略奪された品々だった。ソーントンが富を築く元手を手に入れたパーク・アベニュー・ホテルの火災は、一九〇二年に実際にあった大災害で、二十一人が亡くなっているが、おそらく放火によるものではない。

(ジェイニー：ソーントンの過去の出来事に当てはめられそうな大災害を探して、膨大な資料を読みまくったわよね)

(ケイト：そしてそれを検証するのにＧｏｏｇｌｅスプレッドシートが役立った)

フランスのファッションハウス

スーリンが刺繍師として働いたカロ姉妹の店は、二十世紀初頭にパリに実際にあったファッションハウスで、四人姉妹が経営していた。そのデザインを特徴づけるのは精緻な刺繍だった。同時期に、ポール・ポアレがファッション界に旋風を巻き起こし、ホブルスカートやコルセットなしのガウン、〝オリエンタル〟・デザイン、最高級のもてなしで人気を博した。一九一一年六月、ヴェルサイユ宮殿にほどちかいパビロン・デュ・バタールを借り切り、エキゾチックな鳥や金メッキの家具、膨大な数のシャンパンボトルで飾りたて、センセーショナルなパーティーを開いた。招待客にはペルシャ風の衣裳が提供され、フランス人バレリーナや裸のアフリカ人ダンサーが、エジプトやインドの演奏家たちが奏でる音楽に合わせて踊り、彼のバー兼実験室で開発された宝石色のカクテルが振る舞われた。

本書を書くこと

二人で一冊の本を物する第一の目的は、永年の友情を損なうことなく満足のゆく物語を作りあげることだった。それがうまくいってどんなに嬉しいことか。成功した理由はつぎの三つだ。Ｇｏｏｇｌｅドキュメントと、労働倫理の共有、スプレッドシートがなんでも解決してくれるという揺るぎない信念！　歴史への熱い思いは言うにおよばず――もっと掘りさげたい逸話は数多あるのに、それができないもどかしさ。

（ケイト：チャイナタウン、ミッション・ホームのドナルディーナ・キャメロンのキャラクターをもっと膨らませたかった。サンフランシスコ中のポン引きから恐れられた女傑なのだから）

（ジェイニー：わたしはタイ・レオンについてさらっと流したことが心残りだ。彼女は十代のころ、親が決めた結婚から逃れたくて家出し、やがて公民権運動家になった。政府の職に就いた最初の中国人女性で、エンジェル島の移民局に勤めた。また連邦議会選挙に中国人女性ではじめて票を投じたことでも有名だ。しかし、同僚のチャールズ・シュルツと結婚したことでどちらも職を失った。カリフォルニア州ではアジア人と白人の結婚は禁止されていたからだ）

物語に合わせて史実に多少の修正を加えたことをお断りしておく。ヒロインたちは架空の人物だが、彼女たちが遭遇する出来事は史実だ。アリス・イーストウッドが植物標本を救いだすのに手を借りたのは同僚たちであり、むろんジェマはその場にいなかった。地震直前の『カルメン』の舞台で、ベシー・アボットはミカエラ役から降ろされてはいないし、エンリコ・カルーソーはもっと前にサンフランシスコ入りをしていた。ブエノスアイレスでジェマが歌った役柄は、彼女の声に合わせて選んだもので、テアトロ・コロンの実際の公演スケジュールとは一致しない。

パリで、スーリンは中国人経営の骨董屋ラ・パゴダを訪れている。威勢がよくて話し好きの骨董商、C・T・ルーが経営するその名前の店は実在し、いまも残る建物は文化イベントの会場として使われている。もっとも、実際のラ・パゴダが営業をはじめたのは一九二六年だった。スーリンが訪れたラ・パゴダはジェイニーの小説『The Porcelain Moon』に登場する店で、スーリンがそこで出会った子どもたちは成長してこの小説の登場人物となる。

アリス・イーストウッドは何度もヨーロッパを旅しており、何月何日にどこにいたかまで知ることができる。なぜなら彼女は、つねに持ち歩いていた手帳に、かかった費用にいたるまで克明に記しているからだ。食事代に宿泊代、交通費。本作品中では、彼女がポアレの有名な仮面舞踏会に出られるよう、実際よりも早くロンドンからパリへ移動させている。

本書を書くための参考資料（サンフランシスコ地震から紫禁城と円明園の略奪品、刺繍のステッチ、オペラハウスまで）をリストアップし、それぞれのウェブサイト（katequinnauthor.com と janiechang.com）のブッククラブのページに挙げておく。本書にまつわるボーナスマテリアルもご覧いただきたい。読書会でディスカッションするのに役立つ質問や、Ｓｐｏｔｉｆｙ独占のプレイリスト、スーリンのエビと豆苗の炒め物、ジェマのレモンタルト、ほんもののサンフランシスコ・ピスコパンチも載ってます！

謝辞

本書を執筆中も、その前の下調べでも、たくさんの方々のお力添えをいただきました。お礼を申しあげます。ロイ・レヴィンとジャン・トムソンは、下調べでサンフランシスコを訪れたわたしたちに、コンドミニアムの部屋を提供してくれました。エミリー・マグナギーとセス・コットレスはカリフォルニア科学アカデミーを案内し、アーカイブにある本や書類に自由に目を通すことを許してくれ、植物やアリス・イーストウッドに関する質問に答えてくれました（二人に敬意を表し、地震のシーンにアリスの同僚として登場させました！）。ポール・プライスとジュリー・ドゥヴィアは知識が豊富なキュレーターで、カロランズ・シャトーやフィロリ・ヒストリック・ハウスガーデンを巡る旅に付添い、金ぴか時代のカリフォルニアの大邸宅の暮らしぶりをつぶさに教えてくれました。サンフランシスコ公共図書館サンフランシスコ・ヒストリー・センターのフォトキュレーター、クリスティーナ・モレッタにもお礼を言います。アメリカ華人歴史協会、それにグオ・ペイの刺繍を施したファッションを展示しているリージョン・オブ・オナー美術館のおかげで、スーリンの人物像はまったくの別物になりました。友人であり歴史小説の作家仲間であるステファニー・ドレイ、ステファニー・ソーントンは、本書の第一稿に赤を入れてくれました。わたしたちの忍耐強い配偶者たち。スティーヴンは、スプレッドシート作成でおおわらわな二日間、手製のラーメンでわたしたちを元気づけてくれました。ジェフが引っ越しの手配を一手に引き受けてくれたので、ジェイニーは無事に締切を守ることができました。最後に、わたしたちのすばらしいエージェントのケヴィン・ライアンと、辛抱強く見守ってくれた編集者のテッサ・ウッドワード、ウィリアム・モローの疲れ知らずのＰＲとマーケティングチームにお礼を言います。あなたたちがいなかったら、本書が世に出ることはなかったでしょう！

訳者あとがき

ケイト・クインの〝近代史物〟第五弾は、おなじ歴史小説家で友人のジェイニー・チャンとのコラボ作品だ。時代は二十世紀初頭、舞台はサンフランシスコ。登場人物のひとりに言わせると、〝サンフランシスコはゴールドラッシュでひと山あてたもんだから、いまや体裁を取り繕おうと必死よ。画廊に劇場に大邸宅……金持ちの男たちが金塊みたいに転がってて、拾われるのを待ってる〟。西部のゴールデン・シティと謳われたこの都市に、一九〇六年四月十八日早朝、マグニチュード七・八と見込まれる大地震が襲いかかる。その災禍を手を携えて生き延び、友情を育むのが、なにひとつ共通点のない四人の女性だ。ネブラスカの農場育ちで三十の坂を越えたオペラ歌手、その友人でブロンクス生まれの自由奔放な絵描き、冷静沈着で有能な中年植物学者、二十歳にもならない中国人のお針子。鷲のごとく怒りに目を爛々とさせる〝復讐の天使〟や、命がけで子を守る〝雌ライオン〟に譬えられる、芯が強く勇敢なヒロインたちだ。

それぞれの人物像や時代背景は著者あとがきに詳しいので、ここではサンフランシスコとチャイナタウンの歴史をごく簡単におさらいしておく。

先住民族が小さな村に分かれて住んでいたサンフランシスコ湾岸に、スペイン人入植者がやって来たのが一七六九年のことだった。それから七年経った一七七六年、つまり独立宣言が大陸議会で採択された年には、スペイン人によって要塞が築かれ、キリスト教の伝道所が建てられた。

一八二一年、スペインの植民地だったメキシコが独立、サンフランシスコはメキシコ領となる。一八三五年にはイギリス人の入植者がここで農場経営をはじめ、市長と共に街路を整備してイェルバ・ブエナ（スペイン語で良いハーブの意味）と名付けた。このころからアメリカ人の入植が盛んになる。

アメリカ＝メキシコ戦争がはじまった一八四六年、アメリカ軍がメキシコ領だったカリフォルニアを征服してアメリカ領土であると宣言し、翌四七年には、イェルバ・ブエナはサンフランシスコと改名された。

一八四八年一月、カリフォルニアで金が発見されゴールドラッシュがはじまる。一攫千金を夢見た人たちを乗せた船がサンフランシスコ湾にマストを並べ、サンフランシスコの人口は一八四八年の千人から四九年には二万五千人へと膨れあがる。鉱山で財を成した起業家たちはそれを元手に事業を興し、サンフランシスコを拠点とする金融機関ウェルズ・ファーゴが一八五二年に、カリフォルニア銀行が一八六四年に設立された。

その後、サンフランシスコは交易都市として発展を遂げ、一八七三年にはケーブルカーが敷設されて、誰でも楽に急坂をのぼれるようになった。坂の上のほうにはビクトリア様式の邸宅が立ち並び、ゴールデン・ゲート公園が整備され、学校や教会、高級ホテルや劇場などの文化施設が建てられた。

つぎにサンフランシスコのチャイナタウン。アメリカの大都市に付き物のチャイナタウンだが、アメリカで最初に形成されたのがサンフランシスコだった。規模においても、一九八〇年代にマンハッタンに抜かれるまでは全米一を誇っていた。

カリフォルニアに中国人がやって来るのはゴールドラッシュの時代だ。一八六〇年ごろにはカリフォルニアの労働力の四分の一を中国系移民が占めていた。だが、ゴールドラッシュは（金を採り尽くして）一八六〇年代に終焉を迎え、あぶれた中国人労働者の受け皿となったのが、太平洋沿岸から難関のシエラ・ネヴァダ山脈を越えて東に延びる大陸横断鉄道の敷設工事だった。低賃金でも文句を言わず、忍耐強く勤勉な中国人労働者は鉄道会社に重宝された。ほかにも西部の毛織物、煙草、靴、縫製業で重要な労働力となる。サンフランシスコでは洗濯業に従事する中国人も多かった。

サンフランシスコにチャイナタウンが形成されたのは一八四九年からで、相互扶助組織が作られ、仏教や道教の寺院が建てられ、医療も娯楽も提供され、独自の伝統文化が受け継がれてゆく。だが、チャイナタウンが市の中心部であったため、市当局から幾度となく立ち退きを要求される。低賃金でよく働く中国人労働者は、白人労働者から見れば自分たちの仕事を奪う憎い敵だ。差別と偏見に根差した中国人排斥運動は激しさを増し、一八六七年には、アイルランド系労働者を中心とした暴徒が建設現場で働く中国人労働者を襲撃する事件が起きた。ついに一八八二年、中国人排斥法が施行され、教師、学生、商人、旅行者以外の中国人（つまり労働者）は入国を禁じられ、市民権も認められなくなった。一八九八年には、〝中国人移民の二世、三世は完全なアメリカ人であって中国人ではない。ゆえにほかのアメリカ人のように市民権を与えるべき〟という趣旨の判決を最高裁が下している。中国人排斥法は第二次大戦中の一九四三年十二月に廃止されたが、移民の数には制限が設けられた。こういった制限がほぼ完全に取り払われたのは、一九六五年のことだった。

一九〇六年の大地震と火災で灰燼に帰したサンフランシスコだが、復興は急ピッチで進められ、一九一五年には万博を開催して再起を祝った。全焼したチャイナタウンも見事に復活する。災禍を生き抜いたヒロインたちと同様、灰の中から蘇る不死鳥だ。

二〇二四年酷暑の八月

加藤洋子

訳者紹介　加藤洋子
文芸翻訳家。主な訳書にクイン『狙撃手ミラの告白』『ローズ・コード』『亡国のハントレス』『戦場のアリス』(ハーパーBOOKS)、シモタカハラ『リーディング・リスト』(北烏山編集室)などがある。

不死鳥は夜に羽ばたく

2024年9月25日発行　第1刷

著　者　ケイト・クイン＆ジェイニー・チャン
訳　者　加藤洋子
発行人　鈴木幸辰
発行所　株式会社ハーパーコリンズ・ジャパン
東京都千代田区大手町1-5-1
04-2951-2000(注文)
0570-008091(読者サービス係)
印刷・製本　中央精版印刷株式会社

ISBN978-4-596-71401-5